BASTEI LÜBBE

JUDE DEVERAUX

DIE BESTSELLER-AUTORIN AUS AMERIKA

WEN DIE SEHNSUCHT BESIEGT

Aus dem Englischen
von Eva Malsch

BASTEI
LÜBBE

BASTEI-LÜBBE-TASCHENBUCH
Band 12678

Deutsche Erstveröffentlichung
Titel der amerikanischen Originalausabe:
The Heiress

Printed in Germany Juni 1997
Einbandgestaltung: K.K.K.
Titelfoto: Agentur Schlück: Pino Daeni 530
Satz: hanseatenSatz-bremen, Bremen
Druck und Bindung: Ebner Ulm
ISBN 3-404-12678-5

1

England, 1572

»Die Erbin von Maidenhall!«

Joby konnte sich kaum beherrschen, als sie ihren Bruder Jamie und ihre ältere Schwester Berengaria nebeneinander an der Tafel sitzen sah. Jetzt blendete die Schönheit der beiden sie nicht mehr so wie in der frühen Kindheit. Manchmal hatte der Vater sie hoch in die Luft geschwungen und versprochen, eines Tages würde sie genauso schön sein wie Berengaria ...

Aber er hatte nicht die Wahrheit gesagt. Auch in anderen Dingen nicht. Zum Beispiel hatte er behauptet, sie würden stets genug zu essen haben und immer in einem warmen, komfortablen Haus wohnen – und bald würde die Mutter nicht mehr mit ihren Geistern reden. Doch die schlimmste Lüge betraf das ewige Leben.

Joby warf die dunklen Locken in den Nacken und schaute ihren Bruder an, die Augen voller Sterne. Nachdem sie einige Jungen im Schwertkampf besiegt hatte, war ihr das Haar abgeschnitten worden. Um sich zu rächen, hatte sie ihren Kopf mit warmem Honig und Kiefernharz eingerieben. Inzwischen war es nachgewachsen, das einzige an ihrer äußeren Erscheinung, was ihr gefiel. »Die Erbin von Maidenhall«, wiederholte sie. »O Jamie, denk doch an das viele Geld! Glaubst du, sie badet in einer goldenen Wanne? Geht sie mit Smaragden ins Bett?«

»Sonst hat sie ja nichts im Bett«, murmelte Rhys, Jamies Gefolgsmann. »Ihr Vater hält sie genauso unter Verschluß wie sein Gold.«

Leise stöhnte er, als Thomas, Jamies zweiter Gefolgsmann, unter dem Tisch gegen sein Schienbein trat.

Joby erriet, daß dieser Tritt den armen Rhys zum Schweigen bringen sollte. Weil sie erst zwölf war, dachten alle, sie wüßte nichts vom Leben. Und dabei mußte es bleiben. Natürlich verheimlichte sie ihnen, was sie wußte und was nicht. Nach ihrer Meinung wurde sie ohnehin schon ihrer Freiheit beraubt. Wenn die Erwachsenen erfuhren, was sie wußte, würden sie versuchen herauszufinden, wo sie's gelernt hatte.

Jamies Augen funkelten. »Nun, mit Smaragden geht sie wohl nicht ins Bett. Aber vielleicht trägt sie ein seidenes Nachthemd.«

Träumerisch stützte Joby ihr Kinn in die Hand. »Seide . . . Italienische oder französische?«

Alle, die am Tisch saßen, brachen in Gelächter aus, und sie genoß die Aufmerksamkeit, die sie erregte. Wenn sie die Leute auch nicht mit strahlender Schönheit betörte, so trug sie doch wenigstens zur allgemeinen Heiterkeit bei. Dieser Zweig der Familie Montgomery konnte sich keine Spaßmacher beim Dinner leisten. Es gab nicht einmal ausreichend zu essen. Aber Joby bemühte sich, den ansonsten trostlosen Alltag zu beleben.

Mit einem mächtigen Satz sprang sie auf den Tisch und von dort auf den kalten Steinboden des alten Schlosses. Die Stirn leicht gerunzelt, beobachtete Jamie seine Mutter, die still dasaß und so wenig aß, daß niemand verstand, warum sie nicht verhungerte. Doch sie nahm Jobys unmanierlichen Temperamentsausbruch gar nicht wahr, wie üblich in ihrer Traumwelt versunken. Blicklos starrte sie in die Richtung ihrer jüngsten Tochter und schien sie nicht zu sehen. Oder sie wußte nicht, wer es war. Manchmal nannte sie das Mädchen Edward oder Berengaria, oder sie sprach es mit seinem richtigen Namen an – Margaret.

Jamie musterte wieder seine jüngere Schwester. Wie immer trug sie Pagenkleidung, eine enge Hose und ein Wams. Zum tausendsten Mal überlegte er, nun müsse er sie endlich dazu zwingen, sich wie ein Mädchen anzuziehen. Doch das brachte er nicht übers Herz. Sie würde früh genug heranwachsen und das rauhe Leben kennenlernen. Deshalb sollte sie so lange wie möglich ein Kind bleiben.

»Und was hat sie tagsüber an?« fragte sie. Nur fünf Leute saßen am Tisch, und nun kamen die wenigen Diener, die immer noch für die Familie arbeiteten, aus der Küche in die Halle. Aber sie stellte sich vor, sie würde auf einer Bühne vor der Königin und zahlreichen Zuschauern stehen. Gähnend streckte sie sich und spielte eine Frau, die am Morgen aus dem Bett stieg. »Bring mir meinen goldenen Nachttopf!« befahl sie einer Phantasie-Zofe und wurde von Berengarias Gelächter belohnt. Wenn Joby ihre Schwester amüsierte, würde Jamie der Posse nicht Einhalt gebieten.

Mit vulgären Gesten gab Joby vor, sie würde den Saum eines Nachthemds hochheben und sich auf einen Topf setzen. »Oh, diese Smaragde sind so hart!« jammerte sie und rutschte umher.

Jamie tuschelte mit Berengaria. Dann hob er die Brauen, um Joby zu bedeuten, sie dürfe nicht zu weit gehen.

Würdevoll erhob sie sich. »Hol mir mein Kleid! Nein!

Nein! Nicht dieses! Das auch nicht! Du Närrin! Wie oft soll ich dir noch erklären, daß ich all diese Kleider bereits anhatte? Ich will *neue!* Immer wieder neue! Erwartest du, die Erbin von Maidenhall würde so was anziehen? Die Seite ist dermaßen dünn, daß sie sich *verbiegen* würde, wenn ich sie trüge.«

Darüber mußte Rhys lachen, und sogar Thomas, der sich nur selten amüsierte, verzog einen Mundwinkel. Am Hof hatten sie Frauen in steifen Kleidern gesehen, die den Eindruck erweckten, sie wären aus Holz geschnitzt.

»Ja, das trifft meinen Geschmack schon eher.« Joby trat zurück und betrachtete ein imaginäres Kleid. »He, ihr Männer! Hebt mich hinein!«

Grinsend entblößte Thomas seine Zähne, und Jamie lachte schallend.

Joby sprang hoch, um anzudeuten, sie würde sich in das steife Kleid heben lassen. Dann wartete sie, während ihre Zofe die Häkchen am Rücken schloß.

»Und jetzt die Juwelen!« rief sie und wühlte in unsichtbarem Geschmeide. »Smaragde, Rubine, Diamanten, Perlen . . . Was ich wähle?« beantwortete sie eine scheinbar alberne Frage. »Wie kann man sich zwischen so prachtvollen Juwelen entscheiden? Natürlich trage ich alle.« Sie spreizte die Beine, als stünde sie an Deck eines schwankenden Schiffes, und breitete die Arme aus. »Stemmt eure Hände gegen meinen Rücken, Männer, und stützt mich! Und du legst mir den Schmuck an!«

Das Publikum applaudierte entzückt, während sie erst den einen Fuß emporschwang, dann den anderen, die Arme verdrehte und den Hals reckte, den eine Henkersschlinge hochzuziehen schien. Mit ihrem steifen Nacken gelang es ihr irgendwie, das Gewicht massiver Ohrgehänge vorzutäuschen. Schließlich wurde ihr ein Kopfschmuck aufgesetzt, unter dessen Last sie heftig schwankte. Die Familie, die Gefolgsleute, die Dienerschaft – alle außer der Mutter kicherten hilflos. »Laßt mich jetzt los!« gebot sie den Männern, die immer noch ihre Schultern stützten. Wie ein betrunkener Seemann an Bord eines Schiffes, von stürmischen Wellen umtost, neigte sie sich nach rechts, dann nach links, fiel beinahe hin und stand endlich still, in majestätischer Haltung.

Nur mühsam konnten die Zuschauer ihr Gelächter unterdrücken, um gespannt auf die nächste Szene zu warten.

»Und nun«, verkündete Joby, »will ich den Burschen empfangen, der mich – die reichste Frau Englands – eskortieren wird. Ich möchte sehen, ob er der Ehre würdig ist, mich zu dem Mann zu geleiten, den ich auf Wunsch meines Vaters heiraten soll ... Nein, wartet! Erzählt mir von ihm!«

Alle Blicke richteten sich auf Jamie, der schüchtern den Kopf senkte und Berengarias Hand an sein Herz preßte. Erst vor wenigen Tagen war er heimgekehrt, und er ertrug es nicht, wenn sich einer der geliebten Menschen außerhalb seiner Reichweite befand.

»James Montgomery«, fuhr Joby fort. »Von dieser Familie habe ich schon gehört. Diese Leute besitzen nicht viel Geld, aber wessen Reichtum kann sich schon mit meinem messen? Was? Redet lauter! Ich verstehe euch nicht ... Sicher, ich weiß, wie reich ich bin. Trotzdem – eine Frau läßt sich so was immer wieder sehr gern sagen.« Gedankenverloren schien sie ihren linken Arm zu bewundern. »Wovon sprach ich gerade? Ach ja, der Mann, der das Privileg genießen wird, mich zu begleiten ... Ein Montgomery ... Was behauptet ihr da? Er entstammt dem *armen* Familienzweig?« Ihr Koboldgesicht mit der spitzen Nase drückte ungläubiges Staunen aus. »Arm? Dieses Wort kenne ich nicht. Erklärt mir doch, was es bedeutet.« Nachdem das Gelächter verstummt war, fügte sie hinzu: »Ah, jetzt habe ich's begriffen. Wenn man nur hundert Seidenkleider und kleine Juwelen besitzt, ist man arm. Was? Keine Juwelen? Keine Seide? Dieser Mann bewohnt ein Haus mit schadhaftem Dach? Und manchmal kommt kein Fleisch auf den Tisch?«

Nun runzelte Jamie die Stirn. Nur wegen seines Geldmangels hatte er den erniedrigenden Auftrag angenommen, eine verwöhnte Erbin quer durch England zu eskortieren und ihrem fast ebenso reichen Verlobten zu überantworten. Und es mißfiel ihm, daß dies laut ausgesprochen wurde.

Joby ignorierte die ärgerliche Miene ihres Bruders. »Wenn er nichts zu essen hat, muß er ziemlich – klein sein«, meinte sie verwundert, und der grinsende Jamie vergaß seine Probleme. Klein war er nun wirklich nicht. »Soll ich ihn in einer Kassette herumschleppen?« Mühsam hob sie ihre zierlichen, mit zahllosen Juwelen belasteten Hände. Die riesengroßen Ringe zwangen sie, die Finger zu spreizen. »Natürlich in einer Schmuckkassette. Ah, vielleicht ist das sogar vorteilhaft. Es wird den Eindruck heraufbeschwören, ich hätte noch mehr Juwelen . . . Was? Die Kassette wurde noch nicht angefertigt? Ihr seid entlassen! Und . . . Oh, er ist groß, obwohl er nichts ißt? Das verstehe ich nicht. Aber ich sollte ihn mal begutachten. Wie lautet dieses Wort doch gleich? Ach, ja – arm. Also, ich werde mir diesen – eh – armen Mann ansehen.« Hoheitsvoll erwartete die Erbin von Maidenhall die Ankunft von James Montgomery und knirschte mit den Zähnen, um das Geräusch rostiger Türangeln nachzuahmen. »Wie ich aus berufenem Munde hörte, knirschen verrostete Türangeln ganz erbärmlich«, informierte sie die Zuschauer nebenbei. »Deshalb verwenden wir keine in diesem Haus.«

Dann riß sie verblüfft die Augen auf und hielt einen Arm vors Gesicht, als müßte sie sich vor blendendem Licht schützen. »Oh, Ihr seid einfach zu schön!« flötete sie im Bühnenflüsterton.

Bei diesen Worten wurde Jamie feuerrot, und seine beiden Gefolgsmänner – der dummen Frauen müde, die seine außergewöhnliche Schönheit anhimmelten – schüttelten sich vor Lachen.

»Kein Juwel der Welt«, überschrie Joby den Jubel ihres Publikums, »ist Eurer Schönheit ebenbürtig. Oh, Ihr müßt mir gehören!« Mit ausdrucksvollen Gebärden streifte sie ihren Schmuck ab und warf ihm alle Kostbarkeiten zu. »Ihr müßt mich heiraten! Von einem Mann wie Euch habe ich schon immer geträumt. Neben Euch verblassen alle Smaragde, denn sie funkeln nicht so hell wie Eure Augen. Keine Perle schimmert so herrlich wie Eure Haut. Und nicht einmal Diamanten . . .« Sie verstummte, weil Jamie sein abgenutztes Sitzkissen nach ihr schleuderte, fing es auf und preßte es an ihre flache Brust. »Oh, ein Pfand meines schönen Geliebten! O Himmel, darauf hat er – *gesessen!* Es durfte seinen zartesten Körperteil berühren. Könnten meine Augen und Lippen doch teilen, was dieses wunderbare Kissen genoß . . .«

Diesmal unterbrach sie sich, weil Jamie über den Tisch sprang und ihr den Mund zuhielt. Erst als sie mit ihren scharfen Zähnen in seinen kleinen Finger biß, ließ er sie los. »Wenn du nicht endlich still bist, bringe ich dich um. Wo hast du diesen Unsinn gelernt? Nein, erzähl's mir lieber nicht! Aber wenn du schon keine

Rücksicht auf *meine* Gefühle nimmst – denk wenigstens an deine liebe Schwester!«

Sie spähte an ihm vorbei in Berengarias lächelndes, schönes Gesicht. Beiden Schwestern gefiel es, den anderen weiszumachen, die ältere wäre so unschuldig, engelsgleich und ahnungslos, wie sie aussah. In Wirklichkeit vertrauten sie sich alles an und blieben oft die halbe Nacht wach, wenn Joby ihre neuesten Eskapaden schilderte.

»Hinaus!« befahl Jamie. Sein weit ausholender Arm schloß alle ein, die sich im Raum aufhielten. »Jetzt habt ihr euch lange genug über mich lustig gemacht. Sag doch, kleine Schwester – womit hast du den Haushalt während meiner Abwesenheit amüsiert?«

Niemals um Worte verlegen, erwiderte Joby: »Das war ein sehr ernster Haushalt. Da Vater und Edward . . .« Rasch preßte sie eine Hand auf den Mund.

Tiefes Schweigen erfüllte die alte, schäbige Halle. Für kurze Zeit hatten alle vergessen, daß sie erst vor zwei Tagen zwei Tote zu Grabe getragen hatten. Genaugenommen befand sich der Haushalt in Trauer, beklagte den Verlust des Vaters und des ältesten Sohnes. Aber Edward hatte die schlichten Freuden der Familie nie geteilt, der Vater war den anderen Schloßbewohnern stets ferngeblieben, in seinem Turmzimmer verbarrikadiert. Allen fiel es schwer, Menschen zu beweinen, die sie kaum gesehen hatten und, in Edwards Fall, auch nicht vermißten.

»Ja«, bestätigte Jamie. »Daran sollten wir uns erinnern.« Hocherhobenen Hauptes ging er zum Tisch und führte Berengaria aus der Halle. »Warum hat mir's niemand gesagt?« fragte er wenig später, während er am winzigen Fenster im Zimmer seiner Schwester stand, und löste einen lockeren Stein aus der Wand. Wasserschäden. Schon vor Jahren, während seiner Abwesenheit, waren die bleiernen Regentraufen verkauft worden, und nun sickerte das Wasser ins Mauerwerk. Er drehte sich um und schaute Berengaria an. Heiter saß sie in ihrem Polstersessel, der besser in eine Bauernhütte gepaßt hätte als in diese einst glanzvolle, ruhmreiche Festung. »Warum hat mir's niemand gesagt?« wiederholte er.

Zunächst wollte sie die Erklärung abgeben, die sie sich zurechtgelegt hatte, dann jedoch entschloß sie sich zur Wahrheit. »Weil wir zu stolz waren. Stolz – der Fluch aller Montgomerys.« Zögernd lächelte sie. »Wegen dieses Stolzes knurrt uns jetzt der Magen, und der Schweiß bricht uns aus der Stirn ... Spielst du mit dem Dolch, den Vater dir geschenkt hat?«

Wie ihm erst jetzt bewußt wurde, hielt er den schönen Dolch mit dem vergoldeten Griff in der Hand. Schon vor Jahren waren die Juwelen, die ihn geschmückt hatten, durch Glasperlen ersetzt worden. Aber wenn man die Waffe ins Sonnenlicht hielt, sah man das Gold, das den Stahlgriff immer noch umhüllte. »Ich hatte vergessen, wie gut du mich kennst«, gestand Jamie lachend. Er setzte sich auf ein Kissen zu Berengarias Füßen, lehnte den Kopf an ihre Knie und schloß genüßlich die Augen, als sie sein dichtes schwarzes Haar streichelte. »Keine Frau ist so schön wie du?«

»Findest du's nicht ein bißchen eitel, so was zu behaupten – wo wir doch Zwillinge sind?«

Er küßte ihre Hand. »Oh, ich bin alt und häßlich und voller Narben, während du von der Zeit unberührt bleibst.«

»Unberührt – das stimmt«, versuchte sie, über ihre Jungfräulichkeit zu scherzen. Aber er lächelte nicht und hob eine Hand vor ihr Gesicht. »Es ist sinnlos«, fügte sie sanft hinzu und hielt seine Finger fest. »Selbst wenn Fackeln direkt vor meinen Augen brennen, sehe ich sie nicht. Und welcher Mann wünscht sich eine blinde Ehefrau? Niemandem auf dieser Welt kann ich nützen. Wäre ich nur bei meiner Geburt gestorben . . .« Unvermittelt sprang er auf, und sie beteuerte erschocken: »O Jamie, es tut mir leid. So hab ich's nicht gemeint. Das war gedankenlos von mir. Bitte, setz dich wieder, laß dich berühren.«

Er gehorchte. Schmerzhaft hämmerte sein Herz gegen die Rippen, wieder einmal quälte ihn sein Gewissen.

Von Anfang an war er größer gewesen als seine Zwillingsschwester, und so hatte seine Geburt viele Stunden gedauert. Als sie endlich zur Welt kam, umschlang die Nabelschnur ihren Hals. Bald wurde ihre Blindheit offenkundig. Die Hebamme hatte erklärt, daran sei Jamie schuld, weil er sich so viel Zeit genommen habe, um das Licht der Welt zu erblicken. Seither lebte er mit dieser Last, die bleischwer auf seiner Seele lag.

Die Zwillinge hatten sich stets sehr nahe gestanden. Niemals verlor Jamie die Geduld mit seiner Schwester, nie wurde er ihrer Gesellschaft müde. Während der Kindheit hatte er ihr liebevoll geholfen und sie ermutigt, auf Bäume zu klettern, in die Berge zu wandern und sogar allein auszureiten.

Nur sein Bruder Edward hatte ihn nicht für einen selbstlosen Heiligen gehalten, der sich unermüdlich um die blinde Schwester kümmerte. Als jemand bemerkte, wie freundlich Jamie doch sei, der auf wilde Spiele mit seinen Kameraden verzichtete, um mit Berengaria Beeren zu pflücken, erwiderte Edward: »Er hat ihr doch das Augenlicht gestohlen, oder? Warum sollte er nicht alles für sie tun, was in seiner Macht steht?« Solche Worte hatten Jamie immer wieder in tiefste Verzweiflung getrieben.

Er holte tief Atem und kehrte in die Gegenwart zurück. »Vor lauter Stolz wollte mir niemand erzählen, was Edward tat?« Neue Schuldgefühle peinigten ihn, weil er seine Schwester verlassen hatte, die ihn dringend brauchte. In seiner Abwesenheit waren schreckliche Dinge geschehen.

»Mach dir keine Vorwürfe!« Mit beiden Händen umfaßte sie seinen Kopf, zwang ihn, sie anzuschauen, und zerrte an seinen Locken. Es war kaum zu glauben, daß diese schönen, von langen Wimpern umrahmten blauen Augen nichts sahen. »Wenn du mich bemitleidest, reiße ich dir sämtliche Haare aus.«

»Autsch!« protestierte er lachend, und sie ließ ihn los. Dann drückte er ihre Hand an seine Brust. »Gegen meine Gewissensbisse bin ich machtlos. Ich wußte doch Bescheid über Vater und Edward.«

»Ja.« Berengaria schnitt eine Grimasse. »Vater steckte die Nase unentwegt in seine Bücher, und Edward führte sich wie ein Schwein auf. Kein Mädchen im Dorf, das den zehnten Geburtstag schon hinter sich hatte, war vor ihm sicher. Und er starb nur deshalb so jung, weil der Teufel ihn mochte und für immer in die Hölle holen wollte.«

Gegen seinen Willen mußte Jamie lachen. »In diesen letzten Monaten habe ich dich schrecklich vermißt.«

»Jahre, lieber Bruder. Es waren Jahre.«

»Warum erinnern sich die Frauen ständig an unwesentliche Einzelheiten?«

Als sie ihn ins Ohr kniff, schrie er auf. »Erzähl mir nichts von deinen Frauen! Dein neues Abenteuer interessiert mich viel mehr.«

»Wie nett von dir! Bildest du dir etwa ein, es wäre eine ritterliche Heldentat, eine reiche Erbin quer durchs Land zu eskortieren?«

»Natürlich, wenn *du* der wackere Begleiter bist. Ich verstehe immer noch nicht, daß Edward dein Bruder war.«

»Da er fünf Monate nach der Hochzeit unserer Eltern geboren wurde, hege ich gewisse Zweifel an der Vaterschaft«, entgegnete Jamie zynisch.

Wäre dieser Verdacht von jemand anderem geäußert worden, hätte Berengaria ihre Mutter, die schon seit langer Zeit in geistiger Umnachtung lebte, sofort verteidigt. »Einmal habe ich Mutter danach gefragt.«

Erstaunt hob er die Brauen. »Und was sagte sie?«

»Sie winkte ab und antwortete: ›In jenem Sommer umschwärmten mich so viele hübsche Männer, daß ich mich nicht erinnern kann, wer's war.‹«

Jamies Ehrgefühl regte sich, aber weil er seine Mutter gut genug kannte, verflog sein Zorn, und er grinste. »Wenn sie schwanger war – wer hätte einen besseren Bräutigam abgegeben als Vater? Wahrscheinlich befahl seine Mutter: ›Leg dein Buch beiseite, mein Lieber, du mußt endlich heiraten.‹«

»Glaubst du, er hat in der Hochzeitsnacht gelesen? O Jamie!« Ihr Atem stockte. »Vielleicht sind *wir* . . .«

»Sogar ein Gelehrter vergißt hin und wieder seine Bücher. Du weißt ja, wie ähnlich wir unseren Vettern und Kusinen sehen. Und Joby ist Vater wie aus dem Gesicht geschnitten.«

»Das stimmt. Du hast also auch an solche Dinge gedacht?«

»Manchmal.«

»Wenn Edward dich in den Pferdemist warf oder an

einen Baumstamm fesselte und dann davonlief? Oder wenn er deine Sachen ruinierte?«

»Oder wenn er dich beschimpfte – oder mit Henry Oliver verheiraten wollte.«

Berengaria stöhnte. »O Gott, der bedrängt Mutter unentwegt.«

»Besitzt er immer noch die Intelligenz einer Möhre?«

»Eher eines Rettichs«, erwiderte sie ausdruckslos und verbarg ihren Kummer über den einzigen Heiratsantrag ihres Lebens. »Bitte, reden wir nicht mehr von Edward, der uns fast alles genommen hat, und diesen Mann. Erzähl mir lieber von deiner Erbin.«

Er wollte protestieren, besann sich jedoch eines Besseren. Was »seine« Erbin anging, bestanden gewisse Zusammenhänge mit der Spielsucht, Hurerei und Verworfenheit Edwards, den er nicht »Bruder« nennen mochte. Während Jamie im Dienste der Königin sein Leben gewagt hatte, war Edward seinen Lastern verfallen. Fast den gesamten Montgomery-Besitz verkaufte er, um Pferde zu erwerben (deren Hälse oder Beine er brach) und schöne Kleider (die er zerriß) oder um das Geld zu verspielen.

Während Edward die Familie in den Ruin trieb, schloß sich der Vater im Turm ein und begann eine Weltgeschichte zu schreiben. Er aß wenig, schlief kaum, sprach mit niemandem. Berengaria und Joby konfrontierten ihn mit Beweisen für Edwards Exzesse und beklagten sich bitter, weil der Bruder immer wieder Ländereien verkaufte, um seine Spielschulden zu bezahlen. Seufzend entgegnete der Vater: »Was kann ich tun? Eines Tages wird ihm ohnehin alles gehören, also soll er damit machen, was er will. Ich *muß* dieses Buch zu Ende schreiben, bevor ich sterbe.«

Wenig später starben Edward und der Vater an einer

Fieberkrankheit. Als Jamie nach Hause kam und an den Beerdigungen teilnahm, stellte er fest, daß der Landbesitz die Familie nicht mehr ernähren konnte. Den Montgomerys gehörte nur mehr der Grund und Boden, auf dem die alte Festung stand. Das Herrschaftshaus, die Felder und die Bauernhütten waren veräußert worden.

Vier Tage lang war Jamie in seinem Zorn untröstlich. »Was dachte er denn, wovon ihr leben würdet? Keine Pacht, keine Ernte ... Wie wollte er euch ernähren?«

»Natürlich mit dem Geld, das er am Spieltisch zu gewinnen hoffte«, antwortete Joby, die gleichzeitig frühreif und rührend jung wirkte. »Vielleicht solltest du zu jammern aufhören und überlegen, was du tun könntest«, fügte sie hinzu und warf einen vielsagenden Blick auf ihre Schwester. Damit hatte sie angedeutet, kein Mann würde eine blinde Frau heiraten. Und deshalb wäre Jamie für sie verantwortlich.

»Also wart ihr zu stolz, um mich nach Hause zu rufen«, bemerkte er nun, »du und Joby.«

»Nein, *ich* war zu stolz«, erklärte Berengaria. »Joby sagte ... Aber das möchte ich nicht wiederholen.«

»Daß es feige von mir war, euch einem Monstrum wie Edward auszuliefern?«

»Du drückst das viel milder aus als Joby«, erwiderte sie lächelnd. »Wo sie bloß diese gräßlichen Wörter lernt ...«

»Jedenfalls ist sie eine echte Montgomery, daran besteht kein Zweifel. Vater behauptete, was ihm sein jüngstes Kind zumute, würde sogar das Leiden Hiobs übertreffen.«

»Ja, er haßte alles, was ihn von seiner kostbaren Weltgeschichte ablenkte«, meinte sie bitter. »Aber Joby konnte ihm wenigstens was vorlesen, im Gegensatz zu mir.« Jamie drückte ihre Hand. Eine Zeitlang hingen sie ihren unglücklichen Erinnerungen nach, bis Berengaria energisch forderte: »Schluß mit alldem! Erzähl mir von deiner Erbin!«

»Oh, sie ist nicht *meine* Erbin. Sie wird einen Bolingbrooke heiraten.«

»Wieviel Reichtum kommt da zusammen . . .«, seufzte sie wehmütig. »Glaubst du, sie verbrennen jeden Tag riesige Scheite, um ihr Haus warmzuhalten?«

Jamie lachte. »Joby träumt von Juwelen und Seide, du träumst von Wärme.«

»In meinen Träumen wünsche ich mir noch viel mehr. Wenn du deine Erbin doch heiraten würdest . . .«

Ärgerlich schob er ihre Hand beiseite, stand auf und trat ans Fenster. Ohne zu merken, was er tat, zog er den alten Dolch wieder aus der Scheide und begann damit zu spielen. »Warum sind alle Frauen so romantisch veranlagt?«

»Romantisch? Ha!« rief sie leidenschaftlich und sprang auf. »Ich möchte was Vernünftiges zu essen auf den Tisch bringen. Weißt du, wie man sich fühlt, wenn man wochenlang nur verschimmelte Linsen hinunterwürgt, und wie schwer sie einem im Magen liegen?«

Jamie eilte zu ihr, legte die Hände auf ihre Schultern und drückte sie in den Sessel. »Tut mir leid. Ich . . .« Was konnte er sagen. Während seine Familie fast verhungert wäre, hatte er an der königlichen Tafel gespeist.

»Daran bist du nicht schuld«, erwiderte sie leise. »Aber Rüsselkäfer im Brot verscheuchen alle romantischen Gedanken. Wir müssen den Tatsachen ins Auge blicken. Was für Möglichkeiten haben wir? Sollen wir unsere reichen Verwandten um Hilfe bitten? Wenn wir bei ihnen wohnten, würden wir drei Mahlzeiten am Tag bekommen.«

»Wieso bist du nicht schon vor Jahren zu ihnen gezogen, zusammen mit deiner vorlauten kleinen Schwester? Edward wäre das gleichgültig gewesen, und Vater hätte es nicht einmal gemerkt. Warum seid ihr hiergeblieben und habt schimmliges Zeug gegessen?«

»Stolz . . .«, entgegnete sie lächelnd.

»Leider können wir unseren Stolz nicht verkaufen. Sonst wären wir noch reicher als die Maidenhall-Erbin.«

Beide brachen in Gelächter aus. »Reicher als die Maidenhall-Erbin« war in England zu einer Redensart geworden, die Jamie sogar in Frankreich, gehört hatte.

»Nein, unser Stolz läßt sich nicht verkaufen«, bestätigte Berengaria langsam. »Aber wir besitzen etwas anderes, und das ist sehr wertvoll.«

»Was denn, bitte? Interessiert sich irgend jemand für abgebröckelte Steine? Oder sollen wir behaupten, aus unserem Brunnen würde heilkräftiges Wasser sprudeln und zahlungsfähige Gäste in diesem alten Gemäuer aufnehmen. Oder . . .«

»Deine Schönheit.«

»Sollen wir Pferdeäpfel verkaufen?« fuhr er fort. »Oder . . . Meine – was?«

»Deine Schönheit. Das war Jobys Idee. Überleg doch mal, Jamie! Was kann man *nicht* mit Geld kaufen?«

»Sehr wenig.«

»Schönheit nicht.«

»Ah, ich verstehe. Du forderst mich also auf, meine – Schönheit zu verkaufen, wie du's nennst. Wenn ich mich verkaufen lasse, kann man Schönheit kaufen, falls ich tatsächlich schön bin.« Seine Augen funkelten, wie immer, wenn er sie neckte. »Und wieso weißt du, daß ich nicht so häßlich bin wie deine verfaulten Linsen?«

»Jamie, ich sehe nichts, aber bin keineswegs blind«,

erklärte sie geduldig, als spräche sie mit einem Einfaltspinsel, und er mußte seinen Lachreiz bekämpfen. »Glaubst du, ich höre die Frauen nicht seufzen, wann immer du vorbeigehst? Oder die vulgären Wörter, die sie einander zuflüstern, wenn sie sich vorstellen, was sie gern mit dir täten?«

»Oh, jetzt hast du mich neugierig gemacht. Erzähl mir mehr darüber.«

»Ich mein's ernst, Jamie!«

Lächelnd beugte er sich hinab und rieb seine Nase an ihrer. »Süße kleine Schwester«, murmelte er, obwohl er nur wenige Minuten älter war als Berengaria. »Hast du mir nicht zugehört? Ich soll die reiche Erbin zu ihrem Bräutigam bringen. Also steht bereits fest, wen sie heiraten wird. Mich jedenfalls nicht.«

»Und wer ist dieser Bolingbrooke?«

»Ein reicher Mann. Er wird fast genausoviel erben wie sie.«

»Wozu braucht sie noch mehr Geld?«

Jamie lächelte nachsichtig. Ihr ganzes Leben hatte sie auf dem Land verbracht. Für sie bedeutete Reichtum nichts weiter als warme Kleidung und genug zu essen. Aber er war auf Reisen gegangen und wußte, daß es niemals »genug« Geld und »genug« Macht gab. Viele Leute kannten das Wort »genug« gar nicht.

»Mach dich nicht lustig über mich!« fauchte sie.

»Ich habe gar nichts gesagt!« Protestierend hob er die Hände. In der einen hielt er immer noch den Dolch.

»Wie du weißt, kann ich deine Gedanken lesen. Die Königin hat doch angedeutet, Perkin Maidenhall könne einen Adelstitel kaufen, für eine beträchtliche Summe.«

»Das lehnt er ab. Wegen seines Geizes ist er in ganz England verschrien. Ich bin froh drum. Wenn's ihm nicht aufs Geld ankäme, hätte er keinen armen Mann wie mich beauftragt, seine kostbare Tochter zu eskortieren.«

»Sicher, du bist arm, aber du hast alle Adelstitel unseres Vaters geerbt.«

»Ja«, stimmte er verwirrt zu. »Ich bin ein Earl, nicht wahr?«

»Und ein Viscount, außerdem ein dreifacher Baronet.«

»Hm. Glaubst du, Joby würde vor mir niederknien und meinen Ring küssen?«

»Denk doch an den Heiratsmarkt, Jamie! Du bist ein Aristokrat und bildschön.«

Krampfhaft schluckte er. »Das klingt ja so, als wäre ich eine Gans, die fürs Weihnachtsessen versteigert wird. Seht doch, Ladies, da steht Lord Gänserich! Schaut Euch sein prächtiges Gefieder an! Wie wundervoll er auf Eurer festlichen Tafel aussehen würde . . .«

Berengaria preßte sie Lippen zusammen, dann fragte sie: »Was haben wir denn außer dir? Welcher reiche Mann würde *mich* heiraten, eine Blinde ohne Mitgift? Und Joby? Sie bekommt ebenfalls keine Mitgift, wird wohl kaum zu einer atemberaubenden Schönheit heranwachsen, und ihre Manieren lassen zu wünschen übrig.«

»Wie nett du über deine Schwester redest . . .«, hänselte er sie.

»Sei nicht albern!«

»Oh, verzeih mir!« erwiderte er unwillig. »Wann immer ich in den Spiegel schaue, sehe ich nur mich – nicht diesen Apoll, für den meine Schwestern mich halten.« Er holte tief Luft und bezwang seinen Ärger. »Glaubst du, an das alles hätte ich nie gedacht? Ich hab's zwar etwas anders betrachtet als du, aber ich weiß, daß ich viele Probleme lösen würde, wenn ich eine reiche Frau heirate. Das war auch mein erster Gedanke, der dieser Erbin galt.« Nun zeigte ihr Gesicht jenes gewisse Lächeln, das er nur zu gut kannte. »Was hast du gemeinsam mit deiner dreisten Schwester ausgeheckt?« Obwohl die beiden Mädchen einander kein bißchen glichen, hielten sie zusammen wie Pech und Schwefel. »Berengaria!« rief er in strengem Ton. »Was ihr auch geplant habt – mit mir dürft ihr nicht rechnen. Ich will meinen Auftrag erfüllen, auf ehrliche Weise, und sobald ich die junge Dame ihrem Bräutigam übergebe, wird man mich gut bezahlen. Mehr gibt es nicht dazu zu sagen, und ich verbiete dir und diesem unmöglichen Balg . . .«

Stöhnend verstummte Jamie. Er konnte in den Krieg ziehen, Männer aufs Schlachtfeld führen, Verträge zwischen den Ländern aushandeln. Aber nur der Himmel vermochte ihm zu helfen, wenn er seinen beiden Schwestern ausgeliefert war.

»Damit will ich nichts zu tun haben, verstanden?« stieß er hervor. »Hör auf, so niederträchtig zu lächeln, Berengaria!«

2

»Wenn sie sich in dich verliebt, wird Perkin Maidenhall ihr sicher erlauben, dich zu heiraten. Sie ist sein einziges Kind, wird sein ganzes Vermögen erben, und natürlich erfüllt er alle ihre Wünsche.« Sogar in Jamies Ohren klangen Jobys Worte überzeugend. Dazu wollte er einiges sagen, doch das konnte er nicht, weil mehrere Nadeln in seinem Mund steckten. Schon den ganzen Vormittag und den halben Nachmittag stand er im

Unterhemd da, auf bloßen Füßen, während das Mädchen den Dorfschneider und sechs Näherinnen herumkommandierte. Mit vereinten Kräften wollten sie eine Garderobe anfertigen, die das Herz der Erbin gewinnen würde.

Letzte Nacht hatte er ein halbes Oxthoft miserablen Wein getrunken und den ungeheuerlichen Erklärungen seiner Schwestern gelauscht. So gräßlich der Plan auch war – was sie innerhalb dieser kurzen Zeit geleistet hatten, beeindruckte ihn.

Als er ihnen zuhörte, erfuhr er von weiteren Schandtaten seines Bruders (oder Halbbruders, wie er ihn lieber nannte). Edward hatte die Montgomery-Ländereien an Männer verkauft, die charakterlich großartig zu ihm paßten.

»Diese stinkenden, verlogenen, mörderischen . . .«, begann Joby.

»Ja«, fiel Jamie ihr ins Wort, »aber was haben sie verbrochen?«

Keiner der neuen Besitzer wußte, wie man ein Landgut verwaltete. Statt dessen terrorisierten sie die Pächter, brannten die Ernte und die Häuser nieder, vergewaltigten alle jungen Mädchen, die sie finden konnten, und ritten über frisch bepflanzte Felder.

Als Jamie erfuhr, seine Schwestern hätten den Bauern versichert, er würde nach seiner Rückkehr alles in Ordnung bringen, verschluckte er sich beinahe an seinem Wein. »Das ist nicht mehr mein Land.«

Berengaria zuckte die Achseln. »Viele Jahrhunderte lang war dieses Land im Besitz der Montgomerys. Und nun willst du dich deiner Verantwortung entziehen?«

»Weil es nicht mehr mein Eigentum ist!« Er schrie beinahe, aber seine Schwestern spürten, wie schwer die Last jener Jahrhunderte auf seiner Schulter lag,

»Da wir gerade von Eigentum reden . . .« Joby nickte einem Diener zu, der hinter Jamie stand.

Später dachte er, vielleicht wäre er aus einem Fenster gesprungen und davongerannt, hätte er sich nicht so schrecklich betrunken. Erst vor zwei Wochen hatte er den Auftrag übernommen, die reiche junge Frau durch England zu eskortieren. In dieser kurzen Zeit hatten seine Schwestern alle Bewohner der drei winzigen Dörfer auf dem einstigen Montgomery-Land für ihren Plan gewonnen.

Wenn er sich vorstellte, wie die Leute über ihn redeten, stieg ihm das Blut in die Wangen. Seine Gefolgsmänner mußten so heftig lachen, daß sie aus der Halle flohen. Offensichtlich hatten die beiden Mädchen ihren Bruder »verkauft«.

»Nur deine Schönheit«, versuchte Berengaria ihn zu trösten – als könnte ihm das helfen.

»Wie einen Deckhengst oder Zuchtbullen«, meinte Joby. Erbost wollte er sie packen, aber sie nahm kichernd Reißaus.

Der Diener, dem sie zugenickt hatte, führte Repräsentanten aus allen umliegenden Häusern in die alte Halle. Dort zeigten sie das Hab und Gut vor, das sie gerettet oder – wie Jamie vermutete – gestohlen hatten. Silberne Löffel, der Henkel eines goldenen Wasserkrugs, Münzen mit den Köpfen längst verstorbener Könige, Beutel voller Gänsefedern, Ferkel (eins versuchte, sich gemeinsam mit Jamie zu betrinken), Tierhäute, eine Gürtelschnalle, ein paar Knöpfe vom Kleid einer reichen Dame – ein unübersichtliches Arsenal.

»Und was soll das alles, bitte?« fragte Jamie und musterte die Sachen, die sich auf dem Tisch und am Boden häuften. Inzwischen hatte das neugierige Ferkel alle Holzbecher umgestoßen und die Reste getrunken. Auch die Speisen, die übriggeblieben waren, erregten seine Aufmerksamkeit. Was den Menschen ungenießbar erschien, schmeckte ihm köstlich.

»Das verkaufen wir, und du bekommst eine wundervolle Garderobe, nebst vielen anderen Sachen«, erklärte Berengaria. »Wie einen Fürsten werden wir dich ausstaffieren, und sobald dich die Erbin von Maidenhall sieht, wirst du ihr Herz erobern.«

Wie absurd! Lachend warf er den Kopf in den Nakken. Das Ferkel schaute zu ihm auf und begann schrill zu quieken. Als er sich umblickte, stellte er erstaunt fest, daß niemand außer ihm lachte. Immerhin befanden sich etwa hundert Leute in der Halle (wahrscheinlich hatten die meisten noch nie in ihrem Leben gebadet).

»O Jamie, du bist unsere einzige Hoffnung!« beschwor ihn Berengaria. »Du kannst die Liebe jeder Frau gewinnen.«

»Nein!« Krachend stellte er seinen Becher ab und trat beinahe auf den winzigen Huf des Ferkels. Unbemerkt kletterte das kleine Tier auf den Tisch und steckte seinen Rüssel in den Wein. »Diese Frau heiratet einen anderen! Niemals würde Perkin Maidenhall ihr erlauben, mich zu wählen.« Er hätte gern hinzugefügt, er würde gern aus Liebe heiraten. Aber so einen Luxus konnte sich ein armer Earl nicht leisten. Trotzdem hatte er beschlossen, auf ehrbare Weise in den Ehestand zu treten. Wenn er auch kein Geld besaß, er trug mehrere Adelstitel. Vielleicht die Tochter eines wohlhabenden Kaufmanns . . .

Zum Beispiel die Maidenhall-Erbin. Sie wurde immer nur als »reich« bezeichnet. Kaum jemand hatte sie gesehen. Eine geheimnisvolle Aura schien sie zu umgeben, wie eine Märchenfee. Während einige von ihrer göttlichen Schönheit schwärmten, behaupteten andere, sie sei häßlich und verunstaltet. Wie auch immer, sie würde Millionen erben.

»Ich kann nicht. Und ich will nicht. Nein!«

Das hatte er letzte Nacht verkündet. Nun wurden ihm neue Kleider angepaßt. Wie seine Schwestern und die Dorfbewohner diese außergewöhnlichen Stoffe beschafft hatten, wollte er gar nicht wissen. Wahrscheinlich war Edwards Geldkassette regelmäßig geleert worden. Und da Jamie einige Frauen wiedererkannte, die früher im Herrschaftshaus gearbeitet hatten, nahm er an, der neue Eigentümer würde einige Stoffballen vermissen.

Auch davon wollte er nichts wissen. ». . . mmte Schw«, stieß er hervor.

»Ja, lieber Bruder?« Joby nahm ihm die Stecknadeln aus dem Mund.

»Laß dieses verdammte Schwein verschwinden, das mir ständig um die Beine streicht.«

»Aber es liebt dich«, entgegnete sie, während alle Anwesenden nur mühsam ihre Belustigung verbargen. Freudestrahlend beobachteten sie ihn, in der Gewißheit, er würde ihre Probleme lösen. Welche Frau konnte ihm widerstehen? Hoch gewachsen, zweihundert Pfund schwer, breitschultrig, mit schmalen Hüften und muskulösen Schenkeln und einem Engelsgesicht, schöne dunkelgrüne Augen, schwarzes Haar, eine honigfarbene Haut, die schön geschwungenen Lippen einer Marmorstatue – kein Wunder, daß sein Anblick die Frauen entzückte.

»Dieses Ferkel ist weiblichen Geschlechts«, betonte Berengaria. Da konnten sich die Leute nicht mehr beherrschen und brachen in schallendes Gelächter aus.

»Das reicht!« brüllte Jamie und zerrte an der schwarzen Samtjacke, die ihm gerade angepaßt wurde. Mit einem Schmerzensschrei ließ er sie los. Zwei Nadeln steckten in seiner Handfläche. Geduldig hielt er still, während Joby sie entfernte und ihm aus der Jacke half.

Dann nahm er seine alte, abgetragene Kleidung, die auf einer Truhe lag, und stürmte zur Tür, ohne sich anzuziehen. Beinahe stolperte er, als das Ferkel zwischen seine Füße rannte, hob es wütend hoch und wollte es aus dem Fenster werfen. Doch dann schaute er ihm in die Augen. »Hölle und Verdammnis!« murmelte er und klemmte das wohlgenährte Geschöpf unter seinen Arm. Von gellendem Gelächter verfolgt, warf er die Tür hinter sich zu. »Frauen!« schimpfte er und lief die alten Steinstufen hinab.

3

Axia sah und hörte nichts, bevor der Mann einen starken Arm um ihre Taille schlang, eine große Hand auf ihren Mund preßte und sie hinter die Hecke zerrte. Wie rasend hämmerte ihr Herz gegen die Rippen. Ich muß ruhig bleiben, ermahnte sie sich, um jeden Preis . . . In diesem Augenblick verzieh sie ihrem Vater alles. *Deshalb* hatte sie ihr bisheriges Leben hinter hohen Mauern verbringen müssen, wie eine Gefangene. Wie war der Mann in den Garten gelangt? Scharfe Eisenspitzen ragten aus der Mauer. Ständig rannten Hunde umher und schlugen Alarm, sobald sich ein unbefugter Eindringling zu nähern wagte. Überall wimmelte es von Dienern.

Eine Ewigkeit schien zu verstreichen, während er sie hinter die Hecke zog. Eben noch hatte sie ein Porträt ihrer schönen Kusine Frances skizziert – vermutlich das zwanzigste in diesem Jahr –, und im nächsten Moment war sie entführt worden. Wieso weiß er, wer ich bin, fragte sie sich. Der Mann blieb stehen und drückte ihren Rücken an sich. Unter ihren Brüsten spürte sie seinen kraftvollen Arm. Nie zuvor war sie einem Mann so nahe gewesen. Im ganzen Haus trieben sich die Spione ihres Vaters herum, und wenn ein Gärtner oder ein Lakai sie auch nur anlächelte, wurde er am nächsten Tag entlassen.

»Versprecht Ihr mir, nicht zu schreien, wenn ich Euren Mund loslasse?« Sein Atem streifte ihr Ohr. »Vielleicht glaubt Ihr mir nicht, aber ich will Euch kein Leid antun. Ich brauche nur eine Information.«

Erleichtert atmete sie auf. Natürlich. *Alle* Männer ersuchten sie um Informationen. Wieviel Gold verwahrte ihr Vater in seinem Haus? Wie viele Landgüter besaß er? Welche Mitgift würde sie erhalten? Nichts interessierte die Leute so brennend wie sein Reichtum.

Sie nickte. Gewiß, sie würde alles erzählen, was sie wußte – nämlich nichts.

Aber der Mann entfernte seine Hand nicht sofort von ihren Lippen. Statt dessen schaute er auf sie herab. Ihr Hals war nach hinten gebogen, ihr Kopf lehnte an seiner Schulter, seine Wange berührte ihre Stirn. »Was für ein hübsches kleines Ding!« flüsterte er, und zum erstenmal empfand sie echte Angst und begann, sich zu wehren. »Laßt das!« befahl er. »Für solche Spielereien fehlt mir die Zeit. Ich habe zu tun.«

Entrüstet wandte sie ihr Gesicht zu ihm. Sollte sie sich etwa entschuldigen, weil sie die Entführung verzögerte?

Doch er erwiderte ihren Blick nicht und spähte durch das Gebüsch zu Frances hinüber. »Sie ist schön, nicht wahr?« Als Axia in seine Hand biß, ließ er ihre Lippen los, aber nicht ihren Körper. »Autsch! Warum habt Ihr das getan?«

»Ich würde noch mehr tun, wenn Ihr . . .«

Wieder hielt er ihr den Mund zu. »Ich sagte doch, ich will mich nicht an Euch vergreifen. Glaubt mir, ich bin nur hierhergekommen, um die Maidenhall-Erbin durch das Land zu geleiten.«

Endlich verstand sie, warum er sich so merkwürdig benahm. Er wollte diese Frau begutachten, und es war nur natürlich, daß er Frances – die keinen lumpigen Heller besaß – für die Erbin hielt. Immerhin kleidete sich die Kusine eleganter als die Königin, und sie führte das Leben einer reichen Frau. Mit anderen Worten, wenn sie eine Nadel fallen ließ, rief sie eine Dienerin und befahl ihr, sie aufzuheben.

Axia nickte.

»Werdet Ihr schweigen, wenn ich meine Hand entferne?«

Wieder nickte sie.

Da ließ er ihren Mund los, und gleichzeitig lockerte sich der Griff des Arms, der ihre Taille umklammerte.

Sofort befreite sie sich und sprang davon, aber er warf sie zu Boden, und sein großer, schwerer Körper preßte ihr fast die Luft aus den Lungen. Nachdem sie sich von ihrem Schrecken erholt hatte, starrte sie ihn verwundert an. Er war nicht nur schön, sondern göttlich – ein Märchenprinz.

Und Jamie musterte eine hübsche junge Frau, nicht so schön wie die Erbin, aber sie besaß ein ausdrucksvolles Gesicht mit großen braunen Augen, von dichten Wimpern umgeben, eine zierliche Nase, glänzendes dunkelbraunes Haar und einen zauberhaft geschwungenen kleinen Mund. Furchtlos erwiderte sie seinen

Blick, als wollte sie ihn herausfordern. So hatte ihn noch keine Frau angesehen, und das faszinierte ihn. Was ihre übrigen körperlichen Merkmale betraf – wenn ein Mann diese vollen Brüste, die schmale Taille und die sanft gerundeten Hüften betrachtete, mußte es ihn in den Fingern jucken.

Verwirrt runzelte Axia die Stirn. Warum hatte ihr Vater einen so schönen Mann beauftragt, sie ins Haus ihres Bräutigams zu bringen? Sonst heuerte er immer häßliche Männer an, die eine reiche junge Frau nicht reizen würden. Und für sein Geld wollte er immer nur das Beste haben. Wie Frances behauptete, waren schöne Leute zu nichts zu gebrauchen. Sie schienen zu glauben, allein schon ihre Gegenwart würde genügen. Und nun sollte dieser schöne, nutzlose Mann eine reiche Erbin eskortieren?

»Würdet Ihr mir bitte zuhören?« fragte er, und sie spürte, wie seine Hand von ihrer Taille nach oben wanderte. Noch nie war sie einem so glühenden Blick begegnet, aber sie wußte instinktiv, was der Mann beabsichtigte.

»Wenn Ihr mich anfaßt, schreie ich«, warnte sie ihn in eisigem Ton.

»Normalerweise widerstrebt es mir, Frauen zu vergewaltigen«, erwiderte er gekränkt, als hätte sie seinen Stolz verletzt.

»Dann nehmt Eure Hände weg und steht auf!«

»Ach ja . . .« Sein Lächeln mußte schon viele Frauen betört haben. Aber die Maidenhall-Erbin wurde von allen hübschen jungen Männern verführerisch angelächelt. Allerdings galt dieses besondere Lächeln nicht ihr, sondern einer Frau, die er mit ihr in Verbindung brachte. Er erhob sich noch immer nicht. »Werdet Ihr schweigen?«

»Nur wenn Ihr mich endlich von Eurem Gewicht erlöst! Ich bekomme keine Luft.«

Nur zögernd glitt er von ihr herunter. Als sie diesmal zu fliehen versuchte, hielt er ihren Rock fest. »Besitzt Ihr denn gar kein Ehrgefühl?«

»Oh, doch!« Ihre braunen Augen funkelten wütend. »Wenn ich mit ehrenwerten Leuten zu tun habe! Ihr, Sir, seid nicht befugt, Euch hier aufzuhalten.«

»Nun, ich bin nur einen Tag früher dran, das ist alles.« Seine Hand strich erneut über Axias Körper, und ihre Augen verengten sich.

»Wenn Ihr mich nicht loslassen wollt, erzähle ich Euch gar nichts«, drohte sie und rümpfte die Nase, als fände sie seine Berührung widerwärtiger als alle Sünden der Welt. Ihre Worte schienen ihn zu schockieren. Zweifellos pflegten alle Frauen seine Wünschen zu erfüllen. Da sie einen Großteil ihres Lebens mit Frances verbracht hatte, kannte sie die Macht der Schönheit. Stundenlang konnte Axia mit den Gärtnern über die Frage streiten, wie ein Apfelbaum gestutzt werden sollte. Frances brauchte nur heranzuschlendern, mit den Wimpern zu klimpern und zu verkünden, nach *ihrer* Meinung müsse man die Zweige so oder so abschneiden. Sofort stolperten die Männer über ihre eigenen Füße, um zu gehorchen. Im Kräutergarten hatte ein liebeskranker Bursche den Rosmarinbusch zu einem großen F geformt, um Frances zu erfreuen. Und im Teich wimmelt es von Schwänen, ihren Lieblingsvögeln.

Wenn es auch übertrieben wirken mochte, Axia haßte schöne Menschen. Oh, sie zeichnete oder malte sie sehr gern, aber sie bevorzugte die Gesellschaft von Leuten, die wie Tode und der Verwalter aussahen.

»Ja, natürlich.« Der Mann rückte wieder von ihr weg.

»Aber ich flehe Euch an, lauft nicht davon und macht keinen Lärm. Oder ich muß . . .«

Ärgerlich setzte sie sich auf. »Ihr müßt mich wieder anfassen? Um das zu verhindern, werde ich Euch alles erzählen, was Ihr wissen wollt.« Ihr abweisender Blick verwirrte ihn sichtlich, und sie mußte lächeln.

Er stand auf und reichte ihr eine hilfreiche Hand, die ignoriert wurde. »Was möchtet Ihr wissen?« Anmutig erhob sie sich. »Wieviel Pfund das Gold wiegt, das auf Maidenhall verwahrt wird? Oder soll ich die Menge in Wagenladungen beziffern?«

»Zynisches kleines Ding! Nein, ich interessiere mich nur für *sie*.«

»Ach ja, die schöne Frances«, seufzte sie und fegte den Staub von ihrem Kleid. Der Mann trug schwarzen Samt, sie selbst rauhes Leinen. Wenn man sich im Garten aufhielt, war Samt ziemlich unpraktisch.

»So heißt sie? Frances?«

»Wollt Ihr ein Liebessonett für sie schreiben? Ich warne Euch, auf ›Frances‹ reimen sich nur wenige Wörter.«

Lachend schaute er durch die Hecke zur Bank hinüber, wo Frances in der Sonne saß, ein Buch aufgeschlagen. »Warum rührt sie sich nicht? Ist sie so von ihrer Lektüre gefesselt?«

»Frances kann nicht lesen und schreiben. Nach ihrer Ansicht würden sich Falten in ihre schöne Stirn graben, wenn sie zu lesen versuchte, und das Schreiben könnte ihre glatten Hände ruinieren.«

Wieder mußte der Mann lachen. »Warum sitzt sie dann so still da?«

»Sie wird porträtiert«, erklärte Axia und verdrehte die Augen, als würde sie ihn für einen Idioten halten, weil er das Offensichtliche nicht bemerkte.

»Aber *Ihr* malt sie, und Ihr seid hier. Hat sie Eure Abwesenheit nicht wahrgenommen?«

»Der Gedanke, daß sie betrachtet wird, genügt ihr vollkommen – ob von nah oder fern, spielt keine Rolle.« Neugierig musterte sie sein Wams. »Blutet Ihr?«

»Verdammt! Ich habe die Kirschen vergessen.« Erbost zog er zerquetschte Kirschen aus seiner Brusttasche.

»Also seid Ihr nicht nur ein unbefugter Eindringling, sondern auch ein Dieb.«

Jamie kehrte der Hecke den Rücken. »Was macht das schon aus? Sie ist so reich, daß sie die paar Kirschen sicher verschmerzen wird. Möchtet Ihr welche?«

»Nein, danke. Würdet Ihr mir jetzt verraten, was Ihr wissen wollt, damit ich wieder an die Arbeit gehen kann?«

»Kennt Ihr sie gut?«

»Wen?« In gespielter Unschuld schaute sie zu ihm auf.

»Die Maidenhall-Erbin natürlich.«

»Nun, so gut wie sonst jemand. Interessiert sie Euch? All das Gold?«

»Genau, all das Gold«, bestätigte er ernsthaft und spuckte einen Kirschkern auf den Boden. »Was könnte ich tun, um ihr Wohlgefallen zu erregen?«

»Und warum wollt Ihr das?«

Sein Gesicht nahm einen sanfteren Ausdruck an, und jetzt wirkte er noch hübscher. Wenn er andere Frauen so ansieht, schmelzen sie sicher dahin, dachte Axia, ebenso schnell wie billiges Kerzenwachs. Er neigte sich zu ihr, und seine Flüsterstimme erschien ihr genauso angenehm wie seine äußeren Vorzüge. »Sagt mir's doch!« bat er in verführerischem Ton. »Was könnte ich ihr schenken? Was würde ihr gefallen?«

Axia lächelte honigsüß. »Einen Spiegel mit zwei Seiten?« Der würde ihm gestatten, sich selber zu bewundern, während Frances in ihrer Schönheit schwelgte.

Gerade noch rechtzeitig unterdrückte er sein Gelächter, denn er wollte keinesfalls die Aufmerksamkeit anderer Leute erregen. »Ich brauche einen Freund oder eine Freundin«, erklärte er und warf die letzte zerquetschte Kirsche weg. »Jemanden, der mir hilft, mein Ziel zu erreichen.«

»Meint Ihr mich?« fragte sie, obwohl sie es bereits wußte. Als er nickte, fügte sie hinzu: »Und was bekomme ich, wenn ich Euch beistehe?«

»Allmählich beginne ich, Euch zu mögen.«

»Da ich dieses Gefühl nicht erwidere, erläutert Euer Anliegen, damit wir uns endlich trennen können.«

»Geht nur!« Gleichgültig hob er einen Arm. »Morgen werde ich zurückkehren. Vielleicht sehen wir uns dann. Vielleicht nicht.«

Axia verfluchte ihre Neugier, aber sie mußte es einfach herausfinden. »Was bietet Ihr mir an, wenn ich Euch helfe?« Mit Geld ließ sich eine Erbin nicht ködern. Das pflegte sie zu verschenken.

»Reichtümer, die Eure kühnsten Träume übertreffen würden.«

Ah, dachte sie, das Maidenhall-Gold – und Silber und Ländereien und Schiffe und Lagerhäuser, mit herrlichen Schätzen gefüllt ...

»Nein, seht mich nicht so an!« bat er. »Wirklich, ich möchte Euch nichts antun. Ich versuche nur ...« Zögernd hielt er inne, um sie forschend zu mustern.

»Wollt Ihr sie für Euch gewinnen?« Verwirrt hob er die Brauen, und da wußte sie, daß sie richtig geraten hatte. Natürlich war er nicht der erste. Tausende wollten das Maidenhall-Gold heiraten. Doch sie mochte ihm die Illusion nicht rauben, er wäre als erster auf diese gute Idee gekommen. Warum hat Vater einen so attraktiven Mann angeheuert, fragte sie sich erneut. Einen Mann, der sich einbildet, die Frauen würden sich drum reißen, seine Wünsche zu erfüllen? »In der Tat, Ihr seid sehr ehrgeizig«, meinte sie lächelnd. »Ist sie denn nicht verlobt?«

»Nun ja . . .« geistesabwesend zog er einen kleinen Dolch aus seiner Scheide, und Axias Herz schlug schneller. Doch ihre Angst war unbegründet, denn er schien gar nicht zu merken, daß eine Waffe in seiner Hand lag.

»Oh, ich verstehe«, erwiderte sie. »Ihr wollt sie auf der Reise umstimmen und ihre Liebe erringen.«

»Glaubt Ihr, das wird mir gelingen?« Ehrliche Besorgnis schwang in dieser Frage mit.

Beinahe hätte sie mitfühlend seinen Arm getätschelt. »Frances wird Euch sicher liebgewinnen«, prophezeite sie und amüsierte sich über ihre Lüge. Natürlich haßte Frances alles, was ebenso schön war wie sie selbst. Deshalb zog sie es vor, sich mit häßlichen Menschen oder Gegenständen zu umgeben, damit ihre Schönheit noch besser zur Geltung kam. »Also seid Ihr hierhergekommen, um die Maidenhall-Erbin zu heiraten? Ist Eure Familie in Not geraten?«

Seine Augen strahlten. »Oh, ich wußte es ja – Euch kann ich vertrauen. Als ich Euch da stehen sah, den Pinsel in der Hand, spürte ich's sofort – Ihr seid vertrauenswürdig. Gewiß werden wir die besten Freunde. Werdet Ihr sie auf der Reise begleiten?«

»O ja. Wir sind Kusinen.«

»Auch ich habe reiche Vettern und Kusinen«, verkündete er lächelnd.

»Ich weiß noch immer nicht, wer Ihr seid.«

»James Montgomery, Earl of Dalkeith. Ein Titel, aber keine Ländereien, kein Gold. Und Ihr seid Mistress . . .?«

»Maidenhall. Axia Maidenhall.«

»Ein ungewöhnlicher Name für eine ungewöhnliche Lady. Nun, was muß ich tun, um die Erbin zu beeindrucken? Ein Geschenk? Sonette, die ihre Schönheit besingen? Seltene Früchte? Vielleicht gelbe Rosen? Sagt es mir! Stellt mir die schwierigste aller Aufgaben! Nichts ist unmöglich.«

»Gänseblümchen«, erwiderte sie, ohne lange zu überlegen.

»Die schlichtesten aller Blumen?«

»Ja, denn Frances verabscheut alles, was mit ihrer Schönheit wetteifert. Rosen wären Rivalinnen, und Gänseblümchen bilden den perfekten Rahmen für ein funkelndes Juwel.«

»Ihr seid sehr klug, nicht wahr?«

»Nun, eine Frau in meiner Position muß ihren Verstand gebrauchen, um zu überleben.«

Lächelnd nickte er ihr zu. »Das verstehe ich.«

»Ein Umhang, mit Gänseblümchen gefüttert. Den legt Ihr um Frances' Schultern, während sie träumerisch die Augen schließt. Ist das nicht romantisch?«

»Ja, sehr.« Nachdenklich schaute er sie an. »Sagt Ihr mir auch die Wahrheit?«

»Ich schwöre es bei allen Heiligen – die Maidenhall-Erbin liebt Gänseblümchen.«

»Und warum seid Ihr bereit, mir zu helfen?«

Axia senkte schüchtern den Kopf. »Werdet Ihr mir erlauben, Eure verarmte Familie zu porträtieren?«

»Gewiß«, versprach er. »Und ich werde Euch gut bezahlen. Ich habe eine Zwillingsschwester.«

Welch ein eitler Bursche, dachte sie und blickte immer noch zu Boden, um ihre Gedanken zu verbergen. Er glaubt doch tatsächlich, ich würde meine eigenen Kusine verraten, nur um irgendeine charakterlose Schönheit zu malen. »Mylord, Ihr erweist mir eine große Ehre.«

»Ihr dürft mich Jamie nennen.« Um seine Großmut zu bekunden, beugte er sich vor, wollte ihren Mund küssen, aber sie drehte den Kopf zur Seite, und so streiften seine Lippen nur ihre Wange.

»*Das* gehört nicht zu unserer Abmachung«, mahnte sie und hoffte, den gleichen arroganten Ton anzuschlagen wie Frances, als sie an diesem Tag ihren zwölften Verehrer abgewiesen hatte. »Noch nicht!« fügte sie hinzu und eilte zu ihrer Staffelei zurück. Aus den Augenwinkeln beobachtete sie, wie er durch den Obstgarten rannte, erstaunlich schnell für einen so großen, kräftig gebauten Mann. Sie hob einen Pinsel auf, näherte ihre Hand der Leinwand, doch sie konnte nicht malen, weil sie sich vor Lachen schüttelte. Warte nur bis morgen, James Montgomery, dachte sie. Dann würde er merken, daß *sie* die Maidenhall-Erbin war und Frances nur eine arme, bezahlte Gesellschafterin. Doch dann erstarb ihr Gelächter, kalte Angst jagte ihr einen Schauer über den Rücken. Wenn dieser Earl so mühelos in den Garten eingedrungen war, würde das auch anderen gelingen – Männern, die ihren Vater aus diesem oder jenen Grund haßten (und die gab es zu Genüge), die seine Tochter entführen mochten, um Lösegeld zu fordern. Plötzlich begann sie zu schwanken, und im nächsten Augenblick sank sie ohnmächtig zu Boden.

*

An diesem Abend hielt Jamie sein Wort und schrieb

seinen Schwestern. Was soll ich ihnen erzählen, überlegte er, als er zur Feder griff. Die beiden wollen ein Märchen hören, und das sei ihnen gegönnt. Die Geschichte von einem Ritter, der allen Gefahren trotzt, um eine edle Maid zu erringen – und diese Maid ist über alle Maßen schön, so wie Frances Maidenhall . . .

»Meine liebsten Schwestern, heute habe ich sie gesehen. Endlich konnte ich die Lektionen verwerten, die ich lernen mußte, um den grausamen Edward zu entrinnen. Ich benutzte einen tiefhängenden Zweig, um mich über eine hohe Mauer zu schwingen. Die Hunde konnte ich mühelos besänftigen, nachdem ich ein Kleidungsstück aus dem Gärtnerschuppen gestohlen hatte. Als sie daran schnupperten, wurden sie lammfromm. Sicher hätte Joby dieses Abenteuer in vollen Zügen genossen. Die Maidenhall-Erbin saß im Garten und ließ sich porträtieren, still wie eine Statue, vollkommen wie Venus. Kein Wunder, daß ihr Vater sie gefangenhält, denn ihre außergewöhnliche Schönheit ist kostbarer als alle Juwelen. Ich sprach nicht mit ihr, schaute sie nur an und weidete mich an ihrem Liebreiz.«

Jamie hielt inne. Ja, das mußte den Mädchen gefallen. Abenteuer und Romantik. Was sollte er ihnen sonst noch mitteilen, um sie zu beruhigen? Ach ja, er würde von seiner hilfreichen neuen Freundin berichten.

»Glücklicherweise konnte ich mit dem Mädchen reden, das die Erbin malt – ein netter Sperling in einem goldenen Käfig, sehr klug. Sie will mir helfen, die Hand der reichen jungen Dame zu gewinnen. Wenn es vollbracht ist, wird mich dieser Sperling nach Hause begleiten und euch porträtieren. In Liebe, James.«

*

»Dieser Idiot!« fauchte Joby, nachdem sie den Brief

gelesen hatte. »Eine unscheinbare Frau soll ihm helfen, eine Schönheit zu erobern? Also, *ich* würde keinen Finger für ihn krumm machen.«

Einige junge Männer hatten Berengaria aus der Ferne beobachtet und Joby gebeten, sie ihrer Schwester vorzustellen. Da war sie jedesmal schrecklich wütend geworden.

»Unser Bruder ist verliebt«, bemerkte Berengaria.

»Glaubst du? Ja, natürlich, er schwärmt in den höchsten Tönen von ihrer Schönheit. Das freut mich. Wenn er sie nicht lieben könnte, würden ihn sicher Gewissensbisse plagen. Wäre ich an seiner Stelle . . .«

»Nein, nein, er liebt diesen unscheinbaren Sperling.«

»Du bist verrückt«, erwiderte Joby, aber es klang nicht gehässig.

»Wart's doch ab!« Berengaria lächelte versonnen.

4

»Nun?« Rhys musterte Jamie über seinen Ale-Krug hinweg. »Du hast sie gesehen. Wie ist sie?«

Seit Jahren waren die drei jungen Männer – Jamie, Rhys und Thomas – eng befreundet, hatten zusammen zahlreiche Schlachten überstanden, ihr Essen geteilt oder gemeinsam gehungert. Oft erweckte Jamie den Eindruck, er wäre sanftmütig und leicht zu gängeln. Aber Rhys und Thomas wußten es besser. Wenn jemand seine Grenze überschritt, konnte ihn Jamies Zorn das Fürchten lehren.

Wie Rhys und Thomas im Lauf der Jahre festgestellt hatten, besaß ihr Herr nur eine einzige Schwäche – er hielt die Frauen für Engel auf Erden. Gewiß, bei seinem Anblick benahmen sich viele wie die reinsten Engel. Wohin die drei Freunde auch zogen, ob sie blonde Däninnen trafen oder schwarzhaarige Schönheiten im Heiligen Land – überall verwandelten sich die schlimmsten Zankteufelinnen in liebenswürdige, huldvolle Geschöpfe, sobald sie Jamie sahen.

Rhys erinnerte sich an eine eindrucksvolle Szene in Frankreich, wo ihn eine Bäuerin mit ihrer Mistgabel bedroht hatte. Dann kam Jamie, lächelte sie an, und wenig später kramte sie Weinflaschen unter den Bodenbrettern hervor und bot ihm ein Federbett an. Thomas und Rhys mußten auf der Erde schlafen.

Wäre Jamie anders veranlagt gewesen, hätte er seine Wirkung auf die Frauen ausgenutzt. Doch das tat er nicht. Er blieb stets nett und höflich, aber er lehnte die meisten Angebote ab. »Sonst würde ich dem Gemahl dieser Frau ein Unrecht zufügen«, pflegte er zu verkünden, was alle Männer in seiner Hörweite zu schallendem Gelächter veranlaßte.

Am königlichen Hof wäre er sehr beschäftigt gewesen, hätte er sich nicht an seine Prinzipien gehalten. Fast alle Frauen, ledige und verheiratete, wollten ihn in ihr Bett locken. Nur ganz selten erlag er der Versuchung. Er war weder prüde noch asketisch, sondern einfach nur vorsichtig.

»Auf dem Schlachtfeld bemühe ich mich, dem Tod zu entrinnen«, erklärte er. »Warum sollte ich für eine Nacht mit einer verheirateten Frau mein Leben riskieren? Oder den Vater einer Jungfrau erzürnen? Und eine Geliebte kann ich mir nicht leisten.«

So nahe sich die drei Freunde auch standen, Rhys und Thomas wußten nicht viel über Jamies Liebesleben. Manchmal war sein Bett nächtelang leer, und am

Morgen gähnte er, aber er verriet nicht, wo er gewesen war.

Sein Entschluß, eine Ehe einzugehen, zeigte deutlich, welch große Sorgen er sich um seine Familie machte.

»Also, wie ist sie?« fragte Rhys noch einmal. Die Maidenhall-Erbin. Eine Legendengestalt. Wie Midas oder Krösus. Seit ihrer Geburt spielte sie in vielen Tagträumen die Hauptrolle, das einzige Kind eines schwerreichen Mannes. »Wäre ich so reich wie die Maidenhall-Erbin ...« Jeder in England sprach irgendwann diese Worte aus. Angeblich hatte sogar die Königin einen ausländischen Botschafter gefragt, ob er sie für ebenso reich wie die Maidenhall-Erbin halte.

Aber niemand sagte: »Wäre ich so reich wie Perkin Maidenhall ...«, denn das klang nicht romantisch, insbesondere, weil sein Geiz berüchtigt war. Zahlreiche Anekdoten rankten sich um seine Sparsamkeit, und man behauptete sogar, er würde seine Kleider so lange tragen, bis sie in Fetzen an seinem Leib hingen. Und er war knochendürr, weil er sich kaum einen Bissen gönnte. Er verachtete jede Art von Amüsement. Niemals ließ er sich an Spieltischen blicken. Einem Gerücht zufolge hatte er nur geheiratet, um ein Stück Land zu erwerben, das zwischen seinen Grundstücken lag. Der Brautvater war nicht bereit gewesen, es zu verkaufen. Ein einziges Mal hatte Perkin mit seiner Frau geschlafen und ein Kind gezeugt. Wenige Tage später war sie gestorben.

Nein, Maidenhall wurde nicht beneidet. Um so mehr seine Tochter, ein mutterloses Mädchen, das man niemals in der Öffentlichkeit sah. Sie lebte im südlichen England, hinter hohen Mauern. Nicht einmal die Bewohner des Dorfes, das in der Nähe des Anwesens lag, hatten sie jemals zu Gesicht bekommen. Und wenn jemand im Haus über sie sprach, »verschwand« er. Überall wimmelte es von Maidenhalls Spionen.

»Ja, raus damit!« rief Thomas. Normalerweise überließ er es Rhys, herauszufinden, was er wissen wollte. Aber diesmal erforderte Jamies beharrliches Schweigen etwas drastischere Maßnahmen.

»Ein netter kleiner Sperling . . .« Träumerisch starrte Jamie ins Leere. »Große braune Auge, die einem Mann mitten ins Herz schauen können, runde Brüste – und sie bewegt sich auch so behende wie ein Vogel.« Ein Lächeln umspielte seine Lippen. »Leider ist ihre Zunge so spitz wie der Schnabel eines Vogels.«

Entsetzt schnappten seine Freunde nach Luft. Rhys war der erste, der sich von seinem Schrecken erholte. »Du hast dich in die Erbin *verliebt*?«

Jamie schaute die beiden an, als zweifelte er an ihrem Verstand. »In Axia?« Sobald er den Namen ausgesprochen hatte, erkannte er, daß er zuviel verriet. Gewisse Dinge mußten geheim bleiben. »Mit Liebe hat das nichts zu tun. Ich eskortiere eine Frau zu ihrem . . .«

»Einen vollbusigen Sperling, eh?« Lachend stieß Rhys seinen Ellbogen zwischen Thomas' Rippen. »In diesem Winter können wir uns die Bäuche vollschlagen, wenn er die Maidenhall-Erbin heimgeführt hat.«

Thomas lächelte nicht. »Wer ist Axia?«

»Nun, sie wird mir helfen, die Erbin zu erobern«, murmelte Jamie verdrießlich.

»Aber ich dachte, dein kurvenreicher Sperling wäre die Erbin«, sagte Rhys verwirrt.

»Nein«, entgegnete Jamie und spähte in sein Ale. »Die Erbin heißt Frances, und sie ist so schön wie das Sonnenlicht. Nie zuvor sah ich eine so vollkommene Frau – goldenes Haar, lange Wimpern, rosige Wangen, ein bezaubernder Mund, ein perfekt geformtes Kinn. Eine Göttin in Rosa und Weiß.«

Verständnislos runzelte Rhys die Stirn. »Deine Worte passen nicht zum Klang deiner Stimme. Da beschreibst du ein Naturwunder, und es hört sich so an, als würdest du von einer Hexe sprechen. Wie könnte eine Frau, die so aussieht, einem Mann mißfallen?«

»Sie hat sich geweigert, lesen und schreiben zu lernen. Und sie genießt es, sich porträtieren zu lassen.«

»Oh, eine Frau nach meinem Geschmack!« bemerkte Rhys lachend. »Vielleicht sollte *ich* mein Glück bei ihr versuchen, wenn sie deiner unwürdig ist . . .«

Jamies vernichtender Blick brachte ihn zum Schweigen. »Natürlich werde ich meine Pflicht erfüllen. Ich muß an meine Schwestern denken. Und wenn es mir möglich ist, diese Frau zu erringen, werde ich's tun.«

»Allzu schwer dürfte dir das nicht fallen.«

»Du hast ihre Schönheit nicht gesehen, Rhys. Sicher muß ich sie sehr lange umwerben. Daran ist sie gewöhnt.«

»Im Gegensatz zu deinem vollbusigen Sperling?« Forschend musterte Thomas seinen Herrn. Er war älter als die beiden anderen, die ihren dreißigsten Geburtstag noch nicht gefeiert hatten. Mit seinen fast vierzig Jahren kannte er die Welt gut genug, um zu erkennen, wie vorteilhaft es war, sich einem Mann wie Jamie anzuschließen. James Montgomery tat sein Bestes, um für alle zu sorgen, die zu ihm gehörten.

»Wäre ich doch ein freier Mann, ein Bauernsohn . . .« Jamie lächelte wehmütig. »Dann könnte ich heiraten, wen ich wollte. Auf die Freiheit!« rief er, hob seinen Krug und leerte ihn in einem Zug.

Rhys und Thomas wechselten einen Blick, ehe sie ihr

Ale tranken. Ganz egal, wie lange sie Jamie schon kannten – sie würden ihn nie verstehen. Da zählte er zu den wenigen Männern, die Maidenhalls Tochter gesehen hatten, und er beklagte sich, weil er eine so schöne Frau heiraten sollte.

»Auf die Freiheit«, seufzten sie.

5

»Hast du ihn gesehen?« fragte Axia, hochrot vor Zorn.

»Nein«, erwiderte Tode und säuberte seine Fingernägel mit einem Taschenmesser, ohne seine Erregung zu verraten.

Als ein kräftiger Gärtner die bewußtlose Erbin ins Haus getragen hatte, war Todes Herz beinahe stehengeblieben. Zunächst hielt er sie für tot. Er brachte sie in ihr Zimmer, befahl einem Diener, den Dorfarzt zu holen, und verriegelte die Tür. Dann erkannte er, daß Axia nur ohnmächtig war, und ließ den Doktor nicht herein. Er flößte ihr eine Arznei ein, und sobald sie zu sich kam, forderte er sie auf, die Ereignisse zu schildern. Nur mühsam verbarg er seine Angst. Dieser Eindringling hätte ihr etwas antun können.

»Er geht nicht – er stolziert!« Mittlerweile hatte sie sich von ihrem Schwächeanfall erholt und rannte wütend im Zimmer umher. »Ständig wirft er den Kopf in den Nacken und strafft die Schultern, als würde ihm die ganze Welt gehören. Warum? Weil er den Titel eines Earls trägt? Ha! Mein Vater verspeist täglich zwei Earls zum Frühstück.«

»Kein Wunder, daß er ein Choleriker ist . . .«

Über diesen Scherz konnte Axia nicht lachen. »Du

hättest sehen sollen, wie er die liebe Kusine Frances angegafft hat. Sicher wäre dir schlecht geworden.«

Daran zweifelte Tode, was er allerdings für sich behielt, da er ihre Meinung über Frances teilte. »Das war sehr klug von Euch, ihm weiszumachen, Frances sei die Erbin. Sonst hätte er Euch womöglich entführt.«

»O nein, James Montgomery will mich heiraten. Beziehungsweise *sie*. Der interessiert sich nur für das Maidenhall-Gold.« Stöhnend sank Axia in einen Sessel. »Warum hat niemand Augen für *mich*? Mein Vater sperrt mich ein, als hätte ich irgendwas Schreckliches getan. Sogar Verbrecher dürfen sich freier bewegen als ich.«

»Keine Erbin oder junge Frau von Eurem Stand sucht sich ihren Ehemann selber aus«, gab er zu bedenken, weil er erriet, was sie am schmerzlichsten quälte.

»Ja, aber andere Frauen müssen sich nicht mit Männern herumschlagen, die über hohe Mauern klettern, nur um sie zu sehen – oder um ihr Geld zu riechen. Aber manchmal bin ich meinem Vater fast dankbar, weil er die Leute von mir fernhält.« Sie hob eine Hand, um auf die Welt jenseits des Gartens zu zeigen. »Was glauben denn die Leute da draußen, was ich den ganzen Tag mache?«

Natürlich wußte Tode, daß er hin und wieder seine Pflicht als Spaßmacher erfüllen mußte. »Nun, sie malen sich aus, Ihr würdet Kolibrizungen in einer Sauce aus lauter Perlen essen, Eure Juwelen zählen und jeden Tag Seide für neue Kleider aussuchen.«

Statt zu lachen, starrte sie ihn erbost an. »Da sagst du die reine Wahrheit.«

»Ich werde dafür bezahlt, Euch zu erheitern, und was ist amüsanter als die Wahrheit?« Mühselig entfernte er sich von der getünchten Mauer. An diesem Tag machten ihm seine verkrüppelten Beine schwer zu schaffen.

»Setz dich!« befahl Axia in schroffem Ton, weil sie wußte, wie sehr er ihr Mitleid verabscheute. »Du fällst mir auf die Nerven, wenn du so herumhinkst.«

»Verzeiht mir.« Tode nahm in einem Polstersessel Platz und schaute sich in dem kleinen, unnötigerweise ziemlich schäbigen Zimmer um. Dieses Anwesen hatte Perkin Maidenhall gekauft, weil es zu einem größeren Landstrich gehörte, das er unbedingt besitzen wollte. Kurz nach Axias Geburt hatte er sie hierhergeschickt, um sie hinter hohen Mauern zu verstecken. In ihren neunzehn Lebensjahren hatte sie nur zwei Gefährten gekannt – Tode und Frances.

Bei seiner Ankunft war Tode zwölf Jahre alt gewesen. Ein Leben voller Angst und Schmerzen lag hinter ihm, und er hatte geglaubt, auf dem Landsitz Maidenhall würde ihn nichts anderes erwarten. Aber Axia, erst acht Jahre alt, eher eine kleine Erwachsene als ein Kind, schloß ihn sofort in ihr Herz und gab ihm alles, was sie zu bieten hatte. Unter ihrer liebevollen Fürsorge lernte er lachen und erkannte, was Wärme und Güte bedeuteten. Natürlich hatte er sie von Anfang an geliebt.

»Dieser Montgomery soll Euch morgen abholen – oder Frances?« Seine Augen, das einzig Schöne in seinem Gesicht, funkelten mutwillig, als er sie hänselte, um sie von den Tatsachen ihres Lebens abzulenken.

»Frances oder mich oder dich!« erwiderte sie ärgerlich. »Er will sich nur das Maidenhall-Gold aneignen. Wenn ich dir eine Perücke aufsetzte, würde er vor dir niederknien und dir seine Liebe gestehen.«

»Oh, das möchte ich sehen!« Tode strich über die Narben an seinem Hals. Nur wenige Menschen wußten, daß sein Körper vom Schlüsselbein bis zur Wadenmitte völlig unversehrt war.

Axia seufzte verzweifelt. »Muß ich das auf der ganzen Reise erleben? Werden mich alle Männer hofieren und belügen, von hier bis Lincolnshire? Werden mich hübsche junge Burschen ins Gebüsch zerren und mir falsche Liebesworte zuflüstern, in der Hoffnung auf den Reichtum meines Vaters?« Verächtlich runzelte sie die Stirn. »Wenn sie nur wüßten! Mein Vater zahlt überhaupt nichts. *Er* wird bezahlt. Einzig und allein der Sohn eines reichen Mannes, zum Beispiel Gregory Bolingbrooke, kann sich's leisten, das Gold meines Vaters zu heiraten.«

Bedrückt hörte er ihr zu. Er widersprach ihr nicht, weil er auf ihrer Seite stand. Doch das verschwieg er ihr. Sonst würde sie sich noch elender fühlen. Niemals in ihrem ganzen Leben hatte sie dieses Anwesen verlassen. Hier war sie aufgewachsen, von Menschen umgeben, die ihr Vater (nicht allzu großzügig) bezahlte. Wer ihr nachspionierte und Maidenhall berichtete, was sie tat, bekam eine Prämie. Für ihn war sie nur eine Ware, die er an den meistbietenden verkaufen konnte, und deshalb durfte sie ihre kostbare Jungfräulichkeit nicht an einen armen Gefolgsmann oder Diener verlieren.

Sobald sie eine gewisse Zuneigung zu diesem oder jenem Mann entwickelte, wurde er entfernt. Und weil sie von Frauen beeinflußt werden konnte, mußten auch sie verschwinden, wenn sie sich mit ihnen anfreundete. Abgesehen von Frances, hatte es nur Tode geschafft, in Axias Nähe zu bleiben. Wenn man ihn anschaute, konnte man sich nicht vorstellen, er würde jemals Liebesgefühle erwecken. Trotzdem war er der einzige Mensch, den sie liebte.

»O Tode«, klagte sie, »weißt du, was mich in dieser Ehe erwartet?«

Er war froh, weil sie zur Zimmerdecke hinaufblickte (die frisch getüncht werden mußte), sonst hätte sie den Kummer in seinen Augen gelesen. Was sie erwartete, wußte er tausendmal besser als sie.

»Keine Liebe«, fuhr sie fort, »so naiv bin ich nicht, um das Gegenteil zu glauben. Meine lebenslange Gefangenschaft hat mich weise gemacht. Mit diesem Bolingbrooke kann irgendwas nicht stimmen, sonst müßte sein Vater keine Braut für ihn kaufen. Also darf ich mich nicht auf liebevolle Stunden mit einem gesunden, jungen Mann freuen. Werde ich jemals Kinder bekommen?« Als sie plötzlich den Kopf senkte und ihn anschaute, wandte er sich rasch ab, um seine Miene zu verbergen. »Sag's mir nicht!« rief sie. »Ich will's nicht wissen.« Dann sprang sie auf und breitete ihre Arme aus. »Nur ein einziges Mal möchte ich richtig *leben.* Ich möchte einem Mann in die Augen schauen und darin sehen, ob er mich meiner selbst willen liebt oder haßt, nicht wegen des Goldes, das mein Vater besitzt. So wie Frances bin ich nicht. Die kann's kaum erwarten, den Leuten zu erzählen, sie sei die Kusine der reichsten Erbin von England. Lieber unterhalte ich mich mit der Köchin als mit diesen alten Männern, die mein Vater zu mir schickt.«

»Aber ich dachte, Ihr würdet sehr gern mit den Leuten reden, die von draußen kommen, und ihnen Fragen stellen.«

»Ach, könnt ich doch die Welt sehen – und malen!« Anmutig drehte sie eine Pirouette, und ihr Rock bauschte sich. »Aber wenn ich die Welt ungestört betrachten wollte, müßte ich ein ganz gewöhnlicher Mensch sein, wie Frances.«

Wieder einmal verschwieg Tode, was er von Frances hielt. Als Axia zwölf Jahre alt gewesen war, hatte der Vater geschrieben, in absehbarer Zeit würde er eine dreizehnjährige Kusine auf den Landsitz schicken, die ihr Gesellschaft leisten sollte. Darüber hatte Axia sich so unbändig gefreut, daß Tode eifersüchtig geworden war. Während der nächsten Monate stellte sie das ganze Haus auf den Kopf, um alles für Frances' Ankunft vorzubereiten. Sie zog aus ihrem schönen Schlafzimmer und ließ es für ihre Kusine neu einrichten.

Als Tode gegen diese Extravaganz protestierte, erklärte sie in einem Ton, der keinen weiteren Widerspruch duldete: »Wenn's ihr hier mißfällt, wird sie nicht bleiben.« Obwohl sie fürchtete, ihren Vater zu erzürnen, und deshalb niemals eigene Wunsche äußerte, zögerte sie nicht, etwas für die Menschen zu erbitten, die sich in ihrer Obhut befanden. Also wurden neue Fenster- und Bettvorhänge und neue Kissen für Frances bestellt. Und als der große Tag näher rückte, wußte sich Axia vor lauter Glück kaum zu fassen.

Aber an dem Morgen, wo Frances endlich eintrat, verschwand Axia. Tode mußte lange nach ihr suchen, und endlich fand er sie, hoch oben auf dem Ast eines Apfelbaums. »Und wenn sie mich nicht mag?« wisperte sie. »Das wird sie meinem Vater sagen, und er läßt sie wieder wegbringen.« Geduldig sprach er auf sie ein und beteuerte, jeder würde sie mögen. Da kletterte sie vom Apfelbaum herunter, um ihre Kusine zu begrüßen.

Leider täuschte sich Tode. Frances mochte Axia nicht. In seiner schrecklichen Jugend hatte er Erfahrungen gesammelt, und so durchschaute er das Mädchen sofort. Von ihrer übereifrigen Kusine umschwirrt, nahm sich Frances alles, was sie nur kriegen konnte. Kein

Wunder, daß dieser James Montgomery sie für die Erbin hielt, denn sie kleidete sich so, wie es einer reichen jungen Dame geziemte. Von Axia mit Wohltaten überhäuft, glaubte Königin Frances, dies wäre ihr angestammtes Recht. In den sieben Jahren seit ihrer Ankunft hatte Tode oft versucht, Axia zurückzuhalten, wenn sie ihren Vater um weitere Geschenke für die Kusine bat – Orangen im Winter, Seidenstoffe in ganz bestimmten Farben. Aber Axia winkte nur ab. »Wenn sie sich drüber freut, warum soll sie es nicht bekommen? Mein Vater kann sich's leisten.«

Während all der Jahre hatte Axia niemals aufgehört, Frances zu verwöhnen, obwohl es ihr nicht vergolten wurde. Hin und wieder rächte sie sich mit spitzen Bemerkungen für die Undankbarkeit ihrer Kusine, oder sie heuchelte Gleichgültigkeit. Manchmal malte sie häßliche Frauengesichter auf Frances' Spiegel und schob ihr Gänseblümchen unters Kopfkissen, damit die Kusine nießen mußte.

Abrupt wurde Tode aus seinen Gedanken gerissen, als Axia verkündete: »Ich werde Frances spielen.«

»O ja, natürlich. Wir tapezieren Euer Schlafzimmer mit Spiegeln und entfernen all die langweiligen Bücher, die Ihr so liebt. Auch die Gemälde müssen verschwinden. Und . . .« Lächelnd unterbrach er sich. »Aber sagt doch, wer wird Frances sein?« Doch er hatte die Antwort bereits erraten. »Nein, niemals wird Euer Vater . . .«

»Er wird's nicht wissen, und es wäre ihm auch egal. Wenn er's erfährt, erzähle ich ihm einfach, ich hätte es getan, um seine kostbare Ware zu schützen. Falls irgend jemand die Maidenhall-Erbin als Geisel nehmen will, wird er sich die mittellose Frances schnappen, nicht mich. Sicher würde sie ihrem Entführer bald die Wahrheit erzählen. Aber darüber mache ich mir keine Sorgen, denn man wird uns streng bewachen. Also besteht keine Gefahr.«

»Auf diese Idee hat Euch Montgomery gebracht, nicht wahr?«

»Ach, zum Teufel mit ihm! Dieser Mann besitzt kein Ehrgefühl, keinen Anstand, keine Seele. Sonst würde er nicht so niederträchtige Pläne schmieden.«

Tode wußte, was Axia für Menschen empfand, die sich ihr nur näherten, weil sie nach dem Geld ihres Vaters strebten. Einmal hatte sie bemerkt: »Eins muß ich Frances immerhin zugestehen – ihre Freundschaft läßt sich nicht erkaufen, ich hab's versucht.«

Lächelnd eilte sie zu Tode, legte ihre Hände auf die Armstützen seines Sessels und neigte sich zu ihm hinab. Sie war der einzige Mensch, der sich nicht angeekelt von ihm abwandte, und wann immer sie ihm so nahe war, stieg ein Gefühl heißer Liebe in ihm auf. »Verstehst du denn nicht, Tode? Das ist meine einzige Chance. Und deshalb werde ich diese Reise als die arme Gesellschaftsdame meiner reichen Kusine antreten.«

Mit sanften Rehaugen schaute er sie an. »Würdet Ihr noch weniger besitzen als Frances, wäret Ihr tatsächlich bettelarm.«

Natürlich wußte sie, wie sehr er sie liebte, und das nutzte sie notfalls aus, denn er war offiziell der wichtigste Spion ihres Vaters. Sie schenkte ihm ein süßes Lächeln. »Alles hängt von dir ab.«

»Laßt mich in Ruhe!« rief er und hob abwehrend einen Arm, denn er wußte bereits, was sie beabsichtigte. »Dazu könnt Ihr mich nicht überreden. Es ist zu gefährlich. Und der Zorn Eures Vaters . . .«

»Wie wütend wäre er erst, wenn irgendwelche Schurken mich gefangennehmen und Lösegeld fordern würden?« Sie senkte die Stimme und hoffte, er würde diesen kleinen Schwachpunkt in der Logik ihrer Gedankengänge nicht bemerken, denn vorhin hatte sie versichert, nichts könne ihr zustoßen. »Und wie wäre dir zumute, wenn mein Vater sich weigerte, das Lösegeld zu bezahlen, und wenn man mich ermorden würde?«

Als sie seine Lider zucken sah, wußte sie, daß sie gewonnen hatte. Lachend klatschte sie in die Hände und begann, im Zimmer umherzutanzen. »Niemand wird wissen, wer ich bin! Keine Burschen werden mich angaffen, so wie die neuen Diener, die mein Vater eingestellt hat. Und niemand wird meine Kleidung betrachten und sich fragen, ob ich im Bett Seide trage. Niemand wird meine Worte auf die Goldwaage legen, nur weil sie von der reichsten Erbin Englands ausgesprochen wurden. Und ich werde nicht mehr drei Heiratsanträge pro Tag bekommen.«

Nun mußte Tode lächeln. Natürlich übertrieb sie ein bißchen, aber ihre Verehrer warfen tatsächlich unentwegt Briefe mit glühenden Liebeserklärungen über die Mauern. Ihre Schönheit wurde in Sonetten besungen, und man behauptete, man habe sie »aus der Ferne« beobachtet oder man sei auf einen Baum geklettert, um über die Mauer zu spähen und sich unsterblich zu verlieben. Wann immer Frances so etwas hörte, meinte sie: »Diese Männer müssen *mich* gesehen haben.«

»Wird Frances zustimmen?« fragte Tode, um Zeit zu gewinnen, die er dringend brauchte. Darüber mußte er gründlich nachdenken. »Ihr wißt doch, wie gern sie Eure Pläne durchkreuzt.«

»Du fragst, ob sie sich bereit erklären wird, *alles* zu besitzen?« fragte Axia verblüfft. »Ihre Schönheit *und* das Gold?« Axia lachte fröhlich. »Überlaß Frances nur mir.«

»Möge Gott ihrer Seele gnädig sein«, flüsterte er so leise, daß sie es nicht verstand.

*

Gelassen hörte Frances sich an, was Axia zu sagen hatte. In ihrem Zimmer hingen mehrere kostbar gerahmte Zeichnungen und Gemälde, die ihr schönes Gesicht zeigten. »Ich soll mich also für die reiche Erbin ausgeben und mein Leben aufs Spiel setzen?« fragte sie und reckte ihre Nase in die Luft. »Alle Schurken dieses Landes werden sich auf das Gold deines Vaters stürzen.«

Seufzend verdrehte Axia die Augen. »Du weißt doch, mein Vater würde mich niemals quer durchs Land schicken, ohne für meine Sicherheit zu sorgen.«

»Für deine Sicherheit«, bestätigte Frances und lächelte schwach. »Aber wenn ich die Erbin mime – was wird dann aus mir?«

»Du tust ja so, als würde hinter jedem Baum ein bewaffneter Räuber lauern. Morgen schickt mein Vater die Männer hierher, die uns eskortieren sollen. Die kennen uns nicht. Und die Leute, die daheim bleiben, werden nichts sagen. Die interessiert das gar nicht«, fügte Axia bitter hinzu. Natürlich würde sie Tode beauftragen, den Dienstboten Schweigegeld zu zahlen. »Außerdem wirst du nicht wie eine Königin reisen. Du kennst den Geiz meines Vaters. Ganz England weiß, wie er zu knausern pflegt. Zweifellos wird unsere Karawane so ärmlich aussehen, daß sie niemanden an Perkin Maidenhalls Reichtum erinnert. Man wird mich – nein, dich – für die Tochter eines gewöhnlichen Kaufmanns halten, nicht mehr und nicht weniger. Das ist deine Chance . . .«

»Hör auf!« Frances trat ans Fenster, dann drehte sie

sich wieder zu ihrer Kusine um. »Immer mußt du deinen Willen durchsetzen, nicht wahr, Axia?«

»Wie kannst du so etwas behaupten? Ich lebe wie eine Gefangene.«

»Wie eine Gefangene! Ha! Was ein Gefängnis ist, kannst du nur wissen, wenn du arm gewesen bist. So wie meine Familie. Aber du hattest zeitlebens alles, was du dir nur wünschen konntest. Was immer du willst, du brauchst deinen Vater nur darum zu bitten, und du bekommst es. Und dein Wort ist Gesetz in diesem Haus.«

Axia ballte die Hände, aber sie schwieg. Natürlich mußte sie Frances recht geben. Was Armut bedeutete, wußte sie nicht. Während die Welt hungerte, genoß sie jeden erdenklichen Luxus. Trotzdem war sie undankbar und sehnte sich nach Freiheit. Ihre Kusine verstand es immer wieder, Schuldgefühle zu wecken.

»Also gut, ich will dir zeigen, wie es ist, keine Macht zu besitzen«, fuhr Frances fort, als Axia keine Antwort gab.

»Macht?« Beinahe blieb das Wort in Axias Kehle stekken. »Glaubst du wirklich, ich wäre mächtig?«

»In diesem Haus bist du die Königin«, erwiderte Frances lachend, »aber du merkst es nicht.«

»Du bist es doch, die mit den Gärtnern flirtet, die Reitknechte neckt und . . .«

»Gönnst du mir diese kleine Freude nicht? Was habe ich denn sonst? Du brauchst nicht einmal zu sagen: ›Öffne die Tür!‹ Weil sie so oder so geöffnet wird. Du siehst es nicht, wie sich alle überschlagen, um Gnade vor deinen Augen zu finden.«

»Oh, ich lebe so bescheiden wie möglich, aber ich habe von Prinzessinnen gehört . . .«

»Unsinn, das sind doch nur Märchen. Also gut, warten wir einmal ab, wie du dich als ganz gewöhnliches Mädchen zurechtfinden wirst. Aber ich warne dich. Wenn wir das Spiel beginnen, führen wir's auch zu Ende. *Ich* bin die Erbin von Maidenhall bis wir unser Ziel erreichen. Wenn du in einer Woche oder schon morgen zu mir kommst und erklärst, du möchtest wieder du selbst sein, werde ich behaupten, daß ich nicht weiß, wovon du sprichst. Nur unter dieser Bedingung bin ich einverstanden.«

»Ja, gewiß.« Nachdenklich runzelte Axia die Stirn. »Bildest du dir ein, es wäre so einfach, das Leben einer Legendengestalt zu führen, niemals zu wissen, wer ein Freund und wer ein Feind ist? Vor drei Jahren wurde ich beinahe entführt. Findest du es so großartig, an jedem Morgen voller Angst zu erwachen?«

»So wie ich mich vor dir fürchte? Du mußt deinem Vater nur schreiben und ihn bitten, mich zu meinem Vater und meinen jüngeren Schwestern zurückzuschikken. Als ich zu dir zog, verspielte ich alle Chancen, jemals eine gute Partie zu machen. Weil ich deine Gefangenschaft teile, lerne ich niemanden kennen. Aber vielleicht finden meine Schwestern reiche Ehemänner, nachdem ich mich aufgeopfert habe.«

»Ich schicke dich nicht weg«, beteuerte Axia, wie schon so oft. Doch die Kusine glaubte ihr nicht.

Bei jeder Meinungsverschiedenheit klagte Frances: »Jetzt wirst du mich zu meiner Familie schicken und verhungern lassen!«

Nun entstand ein kurzes Schweigen, dann lächelte Frances. »Wir sollten eine finanzielle Vereinbarung treffen. Oder soll ich mein Leben für nichts und wieder nichts riskieren? So dumm bin ich nicht.«

»Oh, ich hatte auch gar nicht erwartet, du würdest mir nur aus Freundschaft einen Gefallen tun.« Axia entrollte ein Pergament. »Hier ist eine Liste der Dinge, die du erhalten sollst.«

Aufmerksam studierte Frances das Schriftstück, dann schüttelte sie den Kopf. »Das genügt nicht. Für so ein Almosen begebe ich mich nicht in Todesgefahr.«

Auch darauf war Axia vorbereitet. »Setzen wir uns?« schlug sie müde vor. Es dauerte immer sehr lange, mit Frances zu verhandeln.

Stunden später hatten Gold, Juwelen, Kleider und sogar die Pachteinkünfte aus den Ländereien, die einst das Eigentum von Axias Mutter gewesen waren, die Besitzerin gewechselt.

Wie Axia sich eingestand, war der Preis niedriger, als sie angenommen hatte. Sie stand auf und rollte das Pergament zusammen. »Dieser Rollentausch wird dir nicht gefallen.«

»Dir auch nicht«, entgegnete Frances.

Zögernd schüttelten sie einander die Hände und ließen sich sofort wieder los. Das Abkommen war geschlossen.

6

Jamie war schlecht gelaunt.

Zu Hause, wo er mit seinen Schwestern gescherzt und gelacht hatte, war ihm die Idee, eine reiche junge Frau zu erobern, großartig erschienen. Allzulange würde er's nicht mehr ertragen, in Gasthäusern voller Flöhe auf dem Fußboden zu schlafen. Außerdem wollte er die Ländereien zurückkaufen, die sein Vater und Edward verschleudert hatten. Dazu brauchte er Geld. Also war er zu der Ansicht gelangt, sämtliche Probleme ließen sich lösen, wenn er das Herz einer Erbin gewann, die ihren Vater bitten würde, ihn heiraten zu dürfen, statt des vorgesehenen Bräutigams.

Natürlich glaubte er in seiner Eitelkeit, mit ihm würde das Mädchen eine viel bessere Wahl treffen. Er entstammte einer alten, angesehenen Familie, und seine Adelstitel machten den Geldmangel ganz sicher wett.

Am letzten Abend hatte er einigen Kindern einen halben Penny gegeben, mit dem Auftrag, Gänseblümchen zu sammeln, die als Futter einen Umhangs dienen würden. Seither plagte ihn sein Gewissen. Perkin Maidenhall hatte ihn angeheuert, weil er ihm vertraute. Seine Tochter sollte vor Feinden geschützt und nicht umgarnt werden.

Wie kann ich den beiden so was antun, fragte sich Jamie. An seinem Erfolg zweifelte er nicht. Trotz seiner geheuchelten Bescheidenheit wußte er, wie er auf die Frauen wirkte. Aber jedesmal, wenn er sich ausmalte, wie er die schöne Frances umwerben würde, tauchte die hübsche kleine Axia vor seinem geistigen Auge auf. Er erinnerte sich an ihre Brüste, die er an seinem Arm gespürt hatte, an ihren abweisenden Blick. Vielleicht war es gerade das, was ihm an ihr gefiel. Sein gutes Aussehen betörte sie nicht. Stolz hatte sie die Schultern gestrafft, um zu bekunden: Auch ich bin was wert!

Allein schon der Gedanke an Axia beschwor ein Lächeln herauf, das sofort wieder erlosch. Wie sollte er wochenlang mit *ihr* durchs Land reisen, während er die Liebe der Maidenhall-Erbin zu gewinnen suchte? Was natürlich ehrlos war, weil er sie nicht liebte und vermutlich niemals lieben würde. Zudem wurde sie von ihrem Verlobten erwartet und . . .

»Verdammt, was ist denn das?« Er saß auf seinem

Pferd, blinzelte und rieb sich die Augen. Unmöglich ... Sicher spielte ihm das schwache Licht der Morgendämmerung einen Streich. Immerhin war er fast die ganze Nacht wach geblieben, um einige Dorfbewohnerinnen zu beaufsichtigen, während sie zahllose Gänseblümchen in einen Umhang (den er sich kaum leisten konnte) genäht hatten. Nun lag dieser Umhang, mit ein paar hundert Gänseblümchen gefüttert und sorgfältig verpackt im Wagen, bei den Sachen, die Jamie und seine Gefolgsmänner auf der Reise benötigen würden. Langwierig und mühsam hatte er sich auf die Begegnung mit der Erbin vorbereitet.

Als er jetzt den Hügel überquerte, glaubte er nicht, was er sah.

»Wie viele sind das?« fragte Thomas, der neben ihm ritt.

»Ich zähle acht«, antwortete Rhys, an Jamies anderer Seite. »Ein Wanderzirkus ...«

»Wie soll ich sie denn beschützen?« würgte Jamie hervor.

Vor den steinernen Mauern, die das reiche Mädchen bewachten, warteten acht Wagen. Keine gewöhnlichen Wagen. Sechs bestanden aus massiven Eichenbrettern, von dicken Eisenbändern zusammengehalten. Auf dem Holz prangte der Name »Maidenhall«, in großen Lettern. Schatztruhen auf Rädern. Hätte der Brautvater einen Trompeter engagiert, der verkünden sollte, welche Kostbarkeiten durchs Land befördert wurden, wäre es nicht auffälliger gewesen.

Die beiden anderen Wagen, rot und golden gestrichen, schmückten sich mit geschnitzten Engeln und bestickten Vorhängen. Im Heiligen Land hatte Jamie viel dezentere Wagen gesehen, in denen Sultansfrauen umhergefahren waren. Nichts konnte deutlicher anzeigen, daß die Maidenhall-Erbin mit der Mitgift zu ihrem Bräutigam reisen würde.

»Sicher werden wir alle Diebe des Königreichs anlocken«, meinte Thomas.

»Und jeden Jüngling, der nach der schönen Maid schmachtet«, ergänzte Rhys, fing einen Blick von Jamie auf und räusperte sich. »Oh, ich wollte nicht . . .«

»Eines Tages wirst du noch über deine spitze Zunge stolpern, Rhys«, warnte Jamie und spornte sein Pferd an.

Bevor Thomas ihm folgte, neigte er sich zu Rhys hinüber. »Heute ist er in miserabler Stimmung. Halten wir lieber den Mund.«

»Wahrscheinlich quält ihn sein Gewissen«, murmelte Rhys, dann sprengte auch er den Hang hinab.

Es fiel Jamie tatsächlich schwer, seinen Zorn zu bezähmen. Natürlich war Maidenhall nur ein Kaufmann – schwerreich, aber eben nur ein Kaufmann, der nichts von Kriegskunst und Strategien wußte. Aber sein einziges Kind quer durch England zu schicken, mit einer Wagenkolonne, die geradezu nach Geld stank – davor müßte sogar der dümmste Zivilist zurückschrecken.

Allmählich ging die Sonne auf, und in ihrem Licht beobachtete Jamie, wie einige Männer erwachten. Vermutlich die Fahrer. Wo steckten die Wachposten? Nicht einmal Maidenhall konnte erwarten, daß drei Männer genügten, um eine solche Karawane zu schützen.

Bald entdeckte Jamie die Wächter. Drei riesige Männer traten aus dem Schatten der Vehikel, streckten sich gähnend und erregten sofort sein Mißfallen. Offenbar war Maidenhall einem weit verbreiteten Irrtum erlegen. Er verwechselte Größe mit Kraft. Aber wenn man Männer anheuerte, durfte man sie nicht so beurteilen wie das Fleisch, das man beim Schlachter kaufte – nach ihrem Gewicht. Diese drei Burschen waren ebenso hoch gewachsen wie Jamie, wogen aber nur die Hälfte. Und ihre trägen Bewegungen wiesen auf mangelnde Leistungsfähigkeit hin.

Da mache ich nicht mit, dachte er, wußte aber, daß er sich selbst belog. Hatte Maidenhall in seinem Brief – persönlich waren sie einander nie begegnet – nicht betont, er engagiere Montgomery, weil er sich auf ihn verlassen könne? Genügte es nicht, daß Jamie das Vertrauen des Mannes mißbrauchen würde, indem er dessen Tochter zu betören suchte? Wenn er sie jetzt mitsamt ihren fahrbaren Schatztruhen im Stich ließe, wären die Gewissensbisse unerträglich.

»James Montgomery«, stellte er sich vor, während er vom Pferd stieg. Wie erwartet, starrten ihn die drei Männer unverschämt an. Beinahe stöhnte er. Diese Blikke bestätigten seine Befürchtung, er würde den Kerlen erst einmal klarmachen müssen, wer hier die Befehle erteilte. »Seid Ihr nur zu dritt?«

»Bisher hat sich niemand darüber beklagt«, ächzte einer der Männer. »Und normalerweise braucht man nur einen Wachtposten.« Er schaute seine Gefährten an, die selbstgefällig grinsten.

Saft- und kraftlos, dachte Jamie. Und nichts im Hirn.

»Außerdem sind wir zu viert«, erklärte ein anderer Mann und verzog höhnisch die Lippen. »Den da habt Ihr übersehen.« Alle drei brachen in wieherndes Gelächter aus, entzückt von diesem geistreichen Witz.

Endlich konnte sich einer der Burschen beruhigen und einen Zeigefinger ausstrecken. »Das ist der vierte.«

Ein paar Schritte entfernt, stand ein großer, dünner, unscheinbarer Junge. Das Schwert an seiner Seite sah so aus, als hätten es die alten Römer nach England gebracht. Schüchtern lächelte er Jamie an, der seufzend die Schultern zuckte. Dann ging er zu dem Baum, wo Thomas und Rhys warteten.

Thomas hob die Brauen, und Jamie erklärte: »Wir werden die Wagen tarnen, so gut es geht. Um diese Karawane zu schützen, würde ich hundert Soldaten brauchen, nicht diese faule Bande. Die werde ich möglichst bald zum Teufel schicken. Aber vorerst müssen wir die drei ertragen.«

»Und der Junge?« fragte Thomas.

»Schick ihn zu seiner Mutter zurück und sprich mit den Fahrern. Und du, Rhys, wirst dich nicht mit diesen Angebern prügeln und dein wildes Temperament ausnahmsweise zügeln.«

Rhys warf Jamie einen vorwurfsvollen Blick zu, aber er nickte. Auch er hatte die Männer auf Anhieb unsympathisch gefunden, und es juckte ihn in den Fingern, alle drei ein bißchen zurechtzustutzen.

»Kaufmänner!« murmelte Jamie verächtlich und kehrte zu den Wagen zurück. Das Tor in der Mauer war immer noch verschlossen, und er zog am Glockenstrang. Als sich niemand blicken ließ, läutete er ein zweites Mal, wieder ohne Erfolg. Wie er ärgerlich feststellte, standen die drei Männer hinter ihm und warfen sich in die Brust. Offensichtlich wollten sie ihre Überlegenheit demonstrieren.

»Wir müssen Euch vor diesem Biest warnen«, verkundete einer der Kerle.

Für alberne Spiele fand Jamie keine Zeit. »Öffnet das Tor!« brüllte er. Wie sollte er eine hilflose Frau beschützen, die von kostbaren Schätzen umgeben war? Aus allen Richtungen würden die Diebe herbeieilen. Wenn Axia etwas zustieß – nein, verbesserte er sich, Frances, der Erbin?

In seine eigenen Gedanken versunken, hörte er kaum, was die Männer hinter ihm redeten.

»Habt Ihr den Krüppel schon gesehen?« fragte einer, viel zu dicht an Jamies Ohr. »Dieses Monstrum mit der häßlichen Fratze?«

Jamie drehte sich nicht um. Das wagte er nicht. Manche Leute nannten auch Berengaria einen Krüppel.

»Wenn er rauskommt, muß ich mich zusammennehmen, damit ich mein Frühstück bei mir behalte.« Auch dieser Scherz wurde mit schallendem Gelächter belohnt.

»Der darf uns nicht begleiten, sonst wird mir jeden Tag schlecht.«

»Wir sollten ihn den Hunden zum Fraß vorwerfen, so wie die elenden Bettler und die Blinden.«

Soeben hatte Jamie noch gegen das Tor gehämmert. Nun drehte er sich blitzschnell um und schlug den Mann nieder, der zuletzt gesprochen hatte, stellte einen Fuß auf seinen Hals und hielt dem zweiten sein Schwert an die Kehle. Blitzschnell waren seine Gefolgsleute hinzugesprungen. Thomas bedrohte den dritten Burschen mit einem Dolch, Rhys kümmerte sich um den Mann, der am Boden lag.

»Verschwindet, alle drei!« stieß Jamie zwischen zusammengebissenen Zähnen hervor, »bevor ich Euer Blut fließen lasse, aus reiner Mordlust!« Wilde Rachsucht funkelte in ihren Augen, und er wußte, daß er in den nächsten Tagen seine Rückendeckung nicht vernachlässigen durfte. Aber dann rannten sie fluchend davon.

»Und wie wollen wir jetzt die Wagen bewachen, ohne diese Burschen?« Erbost schob Thomas seinen Dolch in die Scheide. Er hatte den Männern zugehört und – sobald von Blinden die Rede gewesen war – geahnt, was geschehen würde.

»Was machen wir mit dem Jungen?« Auch Rhys ärgerte sich über Jamies Verhalten. »Wenn wir Frauen beschützen müssen, können wir keine Kinder gebrauchen.«

Plötzlich lag er flach auf dem Rücken, und das alte, rostige Schwert berührte seine Kehle. »Soll ich ihn töten, Mylord?« fragte der Junge.

Obwohl Rhys die Situation nicht komisch fand, amüsierten sich Thomas, Jamie und die Fahrer, die diese abwechslungsreichen Szenen neugierig beobachtet hatten, köstlich und ungeniert. Als er sich bewegte, um anzudeuten, er würde den kleinem Kerl eine Lektion erteilen, hob Jamie beschwichtigen eine Hand. »Wie heißt du?«

»Smith, Sir.«

»Hast du schon einmal gekämpft?« Jamie wußte, daß dies nicht zutraf, doch er wollte die Wahrheitsliebe des Jungen prüfen.

Zunächst entstand der Eindruck, der Junge würde eine dramatische Geschichte erfinden. Aber dann grinste er, und sein Gesicht wirkte so nett und bescheiden wie die Gänseblümchen, die das Geschenk für Frances schmückten. »Nein, Sir, ich habe meinem Vater auf der Farm geholfen. Das war alles.«

Thomas und Jamie grinsten, und Rhys, der inzwischen aufgestanden war, lächelte beinahe. Nachtragend war er noch nie gewesen, und der Junge hatte seinen Mut sehr eindrucksvoll bewiesen.

»Gut, wir nehmen dich mit«, verkündete Jamie, befahl dem Jungen, den Umhang aus dem Wagen zu holen, und wandte sich wieder zum Eingang.

Bevor er den Glockenstrang berühren konnte, schwangen die Torflügel auf, und da stand das »Monstrum«, das die drei Schurken erwähnt hatten – ein junger Mann mit kraftvollem Oberkörper und verkrüppelten Beinen. Über die linke Wange und den Hals zogen sich lange Narben, in seltsamem Zickzack verheilt, so daß sein Gesicht einer grotesken Karikatur glich. Nachdem die Schnittwunden entstanden waren, hatte man offenbar irgendeine Essenz hineingeträufelt, damit sie für immer gerötet blieben. Und er war wohl kaum mit diesen verunstalteten Beinen zur Welt gekommen.

Alle, die hinter Jamie standen, wichen zurück. Aber er fragte, ohne mit der Wimper zu zucken: »Wie lautet Euer Name?«

»Tode.« Furchtlos erwiderte der junge Mann seinen Blick. Er wußte, was soeben geschehen war, und hatte die Gespräche belauscht.

»Und Euer richtiger Name?« Jamie runzelte die Stirn und entsann sich, wie oft er schon die Fäuste benutzt hatte, um den Leuten klarzumachen, Berengaria würde nicht, die »Blinde« heißen.

Danach hatte man Tode noch nie gefragt. Als einziges Zugeständnis an seine Eitelkeit buchstabierte er den Namen, den sein Vater ihm gegeben hatte – Toad, was »Kröte« bedeutet – etwas anders. »Das weiß ich nicht«, antwortete er wahrheitsgemäß, »aber Tode klingt gut genug.« Dann humpelte er beiseite und ließ die Männer eintreten. Als Jamie an ihm vorbeiging, drückte er beruhigend seine Schulter. Mit dieser Geste gewann er für alle Zeiten Todes treue Ergebenheit. Nur Axia pflegte ihn zu berühren, wenn auch sehr selten. Von einem Mann war er noch nie so freundschaftlich angefaßt worden.

Nun beeilte er sich, um mit dem langbeinigen Jamie Schritt zu halten. Auch er spürte die schlechte Laune des Lords, die er ihm nicht verübeln konnte. Eine Reise quer durch England mit diesen protzigen Wagen, die den Namen Maidenhall trugen, war kein Kinderspiel. Sicher würde Axia in ständiger Gefahr schweben – nein, Frances, der jetzt die Rolle der Erbin zufiel. Tode unterdrückte ein Stöhnen. Natürlich hatte Axia alle Leute, die auf dem Landsitz lebten, großzügig bezahlen müssen, damit sie die echte Maidenhall-Erbin nicht verrieten. Aber glücklicherweise mußten sie das Geheimnis nur ein paar Stunden lang bewahren, bis sie das Anwesen für immer verließen.

Frances wartete im Salon neben der Eingangshalle. Als Jamie vor der Tür innehielt, bekämpfte er seine Erregung. Schuldgefühle und Angst um die Sicherheit der jungen Frau erfüllten ihn. Was immer geschehen mochte, er würde sie gut behandeln. Das gelobte er sich inbrünstig.

Sie stand vor einer Wand, die mit schönen Szenen aus griechischen Sagen bemalt war, und angesichts ihrer Schönheit mußte er lächeln.

Aber es war kein bewunderndes, sondern ein spöttisches Lächeln, denn sie glich der Parodie, die Joby zum besten gegeben hatte. Ihr Kleid aus dunkelgrünem Samt mußte ungefähr soviel wiegen wie ein kleines Pony. Üppige goldene Stickereien versteiften das Oberteil. Auf dem weißen Busenansatz schimmerten Smaragde, und falls die riesigen ovalen Perlen an den zarten Ohren echt waren, konnte man mit ihrem Gegenwert ein ganzes Kriegsheer ausrüsten. Ein funkelndes juwelenbesetztes Netz umgab ihr Haar.

»Lord Montgomery . . .« Sie reichte ihm ihre Hand, die er ehrerbietig küßte. An jedem Finger steckte ein Ring. »Ihr werdet mich also zu meinem Verlobten eskortieren.«

»Wenn Ihr es gestattet.« Er holte ein Dokument unter den Falten seines Umhangs hervor, aber als Frances danach griff, zog er es hastig zurück. Tödliche Verlegenheit trieb ihm das Blut in die Wangen. »Darf ich vorlesen, was mir Euer Vater geschrieben hat? ›Montgomery, ich möchte Euch beauftragen . . .‹«

Sie hob eine Hand. »Vielleicht sollte ich den Brief selbst lesen.«

Verwirrt hob er die Brauen. »Ihr könnt lesen?« Alle Anwesenden zuckten zusammen und starrten ihn an. »Nun, ich meine . . .«, fügte er hinzu und räusperte sich. »Natürlich wollte ich Euch nicht kränken. Man sagte mir . . .«

Doch er wurde von Axia unterbrochen, die neben ihrer Kusine stand. »Meine Liebe, er findet es unglaublich, daß eine so schöne Frau wie du lesen kann. Das erscheint ihm genauso, als wäre eine Perle von Diamanten umhüllt. Ist es nicht so, Mylord?« Sie war kleiner als Frances und viel schlichter gekleidet – ein Sperling neben einem exotischen Vogel. Aber das braune Kleid mit der weißen Stickerei an den Ärmeln ließ ihre Augen heller strahlen als die Juwelen der Erbin.

Mit einem vernichtenden Blick gab er ihr zu verstehen, was er von ihrer Lüge hielt. Und dann dachte er an den Umhang. Zweifellos haßte Frances Gänseblümchen. Eine Frau, die sich so erlesen kleidete, würde diese schlichten Blumen nur verachten. Andererseits – welche Frau würde Blumen verabscheuen? Und er besaß nichts anderes, was er ihr geben konnte. Besser ein unpassendes Geschenk als gar keins.

»Mistress Maidenhall«, begann er, lächelte liebenswürdig und ignorierte Axias ironische Miene, »ich habe ein Geschenk für Euch.«

»Tatsächlich?« Frances schien sich ehrlich zu freuen,

und das verblüffte ihn. Die Maidenhall-Erbin mußte doch täglich Geschenke erhalten.

Am liebsten hätte er den höhnischen Ausdruck von Axias Gesicht gewischt. »Oh, es ist nichts Besonderes. Nur eine bescheidene Gabe für die Schönste aller Schönen.«

»Nun bin ich wirklich neugierig!« rief Frances entzückt. »Darf ich das Geschenk sehen?«

»Noch nicht. Erst müßt Ihr die Augen schließen.«

»O ja.« Glückselig gehorchte sie.

Jamie bedeutete Smith, der den Umhang über dem Arm trug, den Raum zu betreten, und drapierte den roten Samt zärtlich um Frances' Schultern. Viele hundert Gänseblümchen schmiegten sich an ihren Körper. Dann zog er ihr die Kapuze über den Kopf, und die Blumen umrahmten ihr Gesicht. Als er die komplizierten Häkchen unter ihrem Kinn schloß, holte sie tief Atem. Da fing es in ihrem Hals zu jucken an.

»Jetzt könnt Ihr die Augen öffnen.« Jamie trat zurück, damit die anderen sie betrachten konnten – eine mystische Frühlingsfee.

Frances schaute sich um, von seltsamen Gefühlen erfaßt, die sie zunächst nicht verstand – bis sie sich mit den Tatsachen konfrontiert sah. »Gänseblümchen!« japste sie und zerrte am Verschluß des Umhangs, konnte die Häkchen aber nicht lösen. Verzweifelt rang sie nach Atem. Ihre Lider senkten sich, ihr Gesicht wurde aschfahl, die Beine trugen sie nicht länger.

Ehe sie zusammenbrechen konnte, fing Jamie sie auf und trug sie zur Fensterbank. »Wein!« befahl er. War die Frau krank? Hatte der Vater sie deshalb vor der Außenwelt versteckt? Würde sie allmählich dahinsiechen? Er befreite sie von der Kapuze öffnete die Häkchen am Hals. Den Kopf in seinem Schoß, lag sie reglos auf den Gänseblümchen, und der letzte Blutstropfen wich aus ihren Wangen. Würde sie sterben? »Wein, verdammt!« rief er. »Holt einen Arzt!«

Tode humpelte auf seinen krummen Beinen heran, einen Zinnkelch in der Hand, den er bei Frances' Anblick fallen ließ. »Zieht ihr den Umhang aus, Mylord!«

»Was?« fragte Jamie verwundert.

»Die Gänseblümchen. Davon wird ihr schwindelig, und sie muß schrecklich nießen. Schnell, entfernt den Umhang!«

Blitzschnell riß Jamie ihr den roten Samt vom Leib und warf ihn Smith zu, der damit hinausrannte.

Sicher braucht sie frische Luft, dachte Jamie und versuchte, das Fenster aufzureißen. Als es klemmte, öffnete er es mit einem Fußtritt. Dann zerrte er Frances' Oberkörper auf das Sims. Bald konnte sie wieder mühelos atmen, war aber immer noch bleich wie der Tod.

Nachdem er sich beruhigt hatte, dachte er wieder an Axia, der er das alles verdankte. Ihre Beweggründe lagen klar auf der Hand – sie beneidete ihre reiche, viel schönere Kusine, und deshalb war sie auf eine Idee gekommen, die Frances beinahe das Leben gekostet hätte.

Er bedeutete Rhys, für Frances zu sorgen, und stand auf. Suchend schweifte sein Blick über die versammelten Gefolgsleute und Dienstboten hinweg. Wo war Axia? Wie versteinert stand sie da, mit unergründlicher Miene, aber er spürte, daß sie keine Reue empfand. Was hatte sie sich vom Tod ihrer Kusine erhofft? Würde sie Maidenhall beerben?

Hätte ein Mann einen so niederträchtigen Plan geschmiedet, würde Jamie sein Schwert ziehen. Aber sie war kein Mann. Und in seinen Augen auch keine Frau.

»Was erlaubt Ihr Euch . . .«, begann sie, als er ihr Handgelenk packte.

Sofort wurde die Aufmerksamkeit der Menschenmenge von Frances abgelenkt und richtete sich auf Axia. Obwohl alle Hausbewohner Schweigegeld erhalten hatten, wußten sie natürlich immer noch, wer die echte Erbin war.

»Verlogene kleine Schlange!« Jamie setzte sich auf einen Stuhl und zog Axia quer über seinen Schoß, so daß sie ihm das Hinterteil zukehrte.

»Hört auf!« kreischte sie. »Wie könnt Ihr es wagen . . .«

Ein schmerzhafter Hieb ließ sie verstummen.

»Mit Eurer gemeinen Intrige hättet Ihr sie fast umgebracht!« schimpfte Jamie und schlug wieder zu.

»Dafür kratze ich Euch die Augen aus!« schrie sie. »Mein Vater wird . . .«

»Oh, er wird mir sicher danken! Schon vor vielen Jahren hätte er Euch den Hintern versohlen sollen. Elendes, selbstsüchtiges, kleines Balg!« Unsanft stieß er sie zu Boden und stieg über sie hinweg.

Feuerrot vor Verlegenheit richtete sie sich auf. Alle starrten sie an. Obwohl sie wußten, wer sie war, hatte niemand auch nur einen Finger gerührt, um ihr zu helfen. Und wo trieb sich Tode herum?

Frances lehnte am Fenstersims, immer noch blaß, aber die Freude über Axias Demütigung zauberte einen rosigen Hauch auf ihre Wangen.

Eigentlich müßte sie wissen, daß ich ihr nicht ernsthaft schaden wollte, dachte Axia. Immer wieder habe ich Gänseblümchen unter ihrem Kissen, in ihrem Schrank und in ihren Kleidern versteckt, weil ich's so komisch finde, wenn sie nießt. Und dabei ist sie niemals in Lebensgefahr geraten. Wie konnten ich denn ahnen, welche Wirkung der Umhang ausüben würde? Warum sagt sie diesem widerlichen Mann nicht, es sei nur ein dummer Streich gewesen?

»Jetzt will ich dir mal was verraten!« schrie sie ihre Kusine an. Abrupt blieb Jamie stehen, den Rücken zu ihr gewandt. »Er hat's auf dein Geld abgesehen! Deshalb will er dich umwerben, und wenn du ihn zu lieben glaubst, sollst du deinen Vater fragen, ob du dir einen anderen Bräutigam aussuchen darfst.«

Wie konnte er es wagen, sie so zu demütigen? Dafür hatte sie sich nun gerächt. Und Frances würde merken, wie man sich fühlte, wenn man nur angelächelt wurde, weil man eine reiche Erbin war.

Jamie drehte sich nicht um. Unbewegt stand er da. Am Vortag, bei jener Begegnung im Garten, hatte er das Mädchen gemocht, sogar sehr. Wie konnte er sich nur so bitter in einem Menschen täuschen.

»Dann hoffe ich, daß sein Plan gelingen wird!« rief Frances, und alle Anwesenden brachen in Gelächter aus. Lächelnd verließ Jamie den Salon, und er hörte erst zu lächeln auf, als er die nächstbeste Taverne erreichte und entschlossen anfing, sich zu betrinken.

7

Mit beiden Fäusten trommelte Axia auf ihr Kissen. Niemals hatte sie ihrer Kusine nach dem Leben getrachtet, obwohl das alle zu glauben schienen, und statt dessen nur einen Niesreiz bewirken wollen. Wie hätte sie denn wissen sollen, daß die überempfindliche Frances keine Luft kriegen würde, wenn ein paar Gänseblümchen ihre Wangen berührten?

Und dieser Montgomery! Axia ließ sich aufs Bett fallen und breitete die Arme aus. Bei der ersten Begegnung hatte er sie sympathisch gefunden. Daran konnte kein Zweifel bestehen. Nicht das Geld ihres Vaters hatte ihn interessiert, sondern *sie*.

Aber jetzt sah er nur noch Frances und die vollgestopften Wagen, was immer sie enthalten mochten. Der armen Kusine gönnte er keinen Blick mehr. Nach diesem Morgen war Axia in ihr Zimmer zurückgekehrt, um ihre Farben und Pinsel, die Holzkohle und Wachsstifte einzupacken, und während des restlichen Tages dort geblieben. Vielleicht hätte sie sich von den Leuten in ihrem schönen Gefängnis verabschieden sollen. Aber die hatte ihr Vater so oft ausgetauscht, daß ihr niemand nahestand außer Tode. Und Frances, wenn so unheilige Bande überhaupt zählten.

Tränen brannten in ihren Augen und wurden energisch hinuntergeschluckt. Niemand auf dieser Welt verstand, was in ihr vorging. Wer würde denn die reichste Frau von England bemitleiden? Wenn sie als Kind in Schluchzen ausgebrochen war, hatte irgendein Gärtnergehilfe gesagt: »Wischt Eure Tränen mit Goldstücken weg!« Nie leistete ihr jemand Gesellschaft, weil es ihm ein Bedürfnis war, und sie lernte immer nur die Menschen kennen, die ihr Vater bezahlte.

Wenn sie mit irgendwelchen Leuten bekannt gemacht wurde, sah sie, wie sieh ihre Mienen veränderten. Manchmal kamen junge Männer zu Besuch, die nicht wußten, wer sie war, und sie abschätzend musterten – wohlgefällig oder gleichgültig. Aber sobald sie erfuhren, sie sei die legendäre Maidenhall-Erbin, begannen ihre Augen zu strahlen, flüchtiges Interesse verwandelte sich in Faszination. Andererseits wurde sie auch unhöflich behandelt. Während ihrer Kindheit hatten einige Leute erklärt, sie würden sich nicht von ihr schikanieren lassen. So als stünde es von vornherein fest, daß sie ein Monstrum war. Einer ihrer Lehrer hatte fast jeden Satz mit den Worten begonnen: »Das Geld Eures Vaters berechtigt Euch keineswegs ...«

»Das Geld meines Vaters gestattet mir keine Freiheit«, flüsterte sie jetzt. »Nie durfte ich über einen Jahrmarkt gehen oder einem Puppenspieler zuschauen. Niemand liebte oder haßte mich um meiner selbst willen.«

Und es war auch das Geld ihres Vaters, das ihr eine normale Ehe verwehrte. Ein Mann, der seine einzige Tochter einsperrte, um ihr eine geheimnisvolle Aura zu verleihen und ihren Wert auf dem Heiratsmarkt zu erhöhen, würde sie nicht an einen starken, gesunden Gatten verschwenden.

Irgendwas stimmte nicht mit Gregory Bolingbrooke, wenn sie auch keine Ahnung hatte, was es sein mochte. Jedesmal, wenn sie die Abgesandten des Vaters nach ihrem Verlobten befragt hatte, waren sie ihrem Blick ausgewichen. Litt er an geistiger Umnachtung, an einer unheilbaren Krankheit, oder besaß er eine schwarze Seele? Wie auch immer, sein Vater bezahlte Maidenhall ein Vermögen, um dessen Erbin als Schwiegertochter zu gewinnen – natürlich unter der Bedingung, daß sie Perkin beerben würde.

Da sie ihren Vater kannte, würde sie nicht staunen, wenn sie eines Tages hören sollte, kurz vor seinem Tod habe er seinen gesamten Besitz verkauft und den Erlös mitsamt dem Bargeld an einem unauffindbaren Ort vergraben. Wahrscheinlich würde es nicht einmal ihm gelingen, sein Eigentum ins Jenseits mitzunehmen, aber er konnte verhindern, daß es in andere Hände fiel. Und

Axia wußte, wie gern er sein Hab und Gut unter Verschluß hielt.

Am nächsten Morgen würde das größte Abenteuer ihres Lebens beginnen. Wenigstens hatte ihr der Vater Zeichen- und Malutensilien gekauft. Aber wenn ihr Mann – oder der Schwiegervater, der alles zu bestimmen schien – die Ansicht vertrat, Frauen dürften nur nähen und beten und sonst nichts? »O Gott!« Wieder schlug sie mit ihren Fäusten aufs Kissen.

Aber bis jetzt hatte sie ihre Sache recht gut gemacht und war immerhin der Gefahr entronnen, während der ganzen Reise als Maidenball-Erbin auftreten zu müssen. Am vergangenen Tag hatten es die Dienstboten sichtlich genossen, ihr *nicht* die Tür zu öffnen. Die Köchin scheuchte sie aus der Küche, und ein Mann befahl ihr, aus dem Weg zu gehen. Sonst war nichts Besonderes passiert. Den Leuten hatte es einfach nur Spaß gemacht, sie wie einen »gewöhnlichen« Menschen zu behandeln. Und genau das war sie in ihren eigenen Augen.

»So gewöhnlich wie Unkraut zwischen Blumen«, hatte Frances in der Kindheit bemerkt.

»Und ebenso stark«, hatte Axia erwidert und ihre Kusine in ein frisch gedüngtes Beet geworfen.

»Gewöhnlich«, sagte sie jetzt laut vor sich hin, »aber nicht frei.«

Was würde eine gewöhnliche junge Frau tun? Sich bei James Montgomery entschuldigen und seine Gunst gewinnen? Lieber esse ich Pferdemist, dachte sie.

Sie grub ihre Fingernägel in die Handflächen, als sie sich entsann, wie er die schöne Frances angestarrt hatte. Einen Tag früher war er an Axia interessiert gewesen. Jetzt scharwenzelte er nur mehr um die »reiche Erbin« herum.

Was er ihr angetan hatte, wollte sie vergessen. Das Hohngelächter, das durchs ganze Haus gehallt war, hatte sie bewogen, den Tag in ihrem Zimmer zu verbringen.

»Zur Hölle mit ihm!« fauchte sie. Er hatte nicht einmal nach ihren Beweggründen gefragt und einfach angenommen, sie wäre neidisch, boshaft – und zu einem Mord fähig.

Neue Tränen stiegen ihr in die Augen, aber sie setzte sich auf und kämpfte dagegen an. An der Wand hing ein gesticktes Bild. »Carpe diem«, stand darauf, »nutze den Tag.« So lautete ihr Motto. Nimm dir, was jeder Tag zu bieten hat. Genieße den Sonnenschein. Stiehl die Himbeertorte vom Küchenfensterbrett – oder einen Kuß, wenn's geht. Bleib die ganze Nacht auf und denk nicht an den nächsten Morgen. Tode hatte behauptet, dieses Motto würde sie irgendwann in Schwierigkeiten bringen. Aber sie hatte lachend erwidert: »Hoffentlich! Dann würde ich mich wenigstens nicht langweilen.«

Ja, ich wünsche mir Probleme, überlegte sie nun und kicherte. Eigentlich müßte ich hochschwanger vor Gregorys Tür stehen. In diesem Fall wäre der Ehevertrag ungültig . . . Sie hielt in ihren Gedanken inne und schnitt eine Grimasse. Oder es würde mir zumindest die Qual ersparen, das Kind eines Wahnsinnigen zu gebären.

Plötzlich bemerkte sie das Dunkel, das den Raum erfüllte. Niemand war in ihr Zimmer gekommen, um die Kerzen zu entzünden. An diesem Abend wollten die Dienstboten ihr offenbar beweisen, daß die Maidenhall-Erbin auch nicht besser war als andere Leute.

Von tiefem Selbstmitleid erfaßt, runzelte sie die Stirn. Sie stieg aus dem Bett, strich ihr Kleid glatt und kämmte ihr Haar. Ehe sie das Zimmer verließ, nahm sie spontan die hübsche, bestickte kleine Kappe vom Holzständer auf dem Fenstertisch – das einzige, was ihr von der Mutter geblieben war. Auf dunkelblauer Seide tummelten sich gestickte Fabeltiere – Drachen, Einhörner und Greifvögel. Als Kind hatte Axia das Käppchen oft betrachtet, jetzt war es ihr kostbarster Besitz. Sie trug es nur selten, immer dann, wenn sie Trost brauchte. So wie jetzt.

Sie trat in den kühlen Frühlingsabend hinaus, roch den Duft der keimenden Bäume. Die Menschen, die hier lebten, würde sie nicht vermissen, aber den Garten. Während sie über den Rasen eilte, stülpte sie das Käppchen der Mutter fest auf ihre dichten Locken. Die meisten Dienstboten saßen gerade beim Essen, und so hatte sie den Garten für sich allein. Sie folgte der Nordmauer, die am weitesten vom Haus entfernt lag, und bemerkte, daß ein paar Eisenspitzen fehlten. Als sie sich vornahm, jemanden darauf hinzuweisen, entdeckte sie helle Risse in einem tiefhängenden Eichenast. Verwirrt fragte sie sich, was die Gärtner da angerichtet hatten.

Doch dann erriet sie, was geschehen war. »Hier ist er eingedrungen«, sagte sie laut und spähte erschrokken nach allen Seiten, um festzustellen, ob jemand ihre Stimme gehört hatte. Niemand ließ sich blicken. Offenbar hatte Montgomery einen Strick auf den Ast geworfen und sich herübergeschwungen. Ganz einfach, wenn man wußte, was man tun mußte ...

Axia zögerte nicht, raffte ihre Röcke und lief zum nächsten Gartenschuppen, wo sie ein Seil holte. Wenig später hatte sie, wenn auch mit einiger Mühe, die Mauer überwunden.

Eine Zeitlang lehnte sie sich an die Ziegel, die immer noch warm vom Sonnenschein waren, und sondierte die Lage. Im abendlichen Dunkel sah sie Häuser jenseits der Felder und Viehweiden. Fremde Menschen – die nicht von ihrem Vater bezahlt wurden – wanderten die Wege entlang. Heftig begann ihr Herz zu klopfen, und beinahe hätte sie nach dem Strick gegriffen, um sich jenseits der Mauer wieder in Sicherheit zu bringen.

Aber bald wurde ihre Furcht von Neugier verdrängt, als sie Stimmen hinter der Mauerecke zu ihrer Linken hörte. Langsam und vorsichtig schlich sie hin, auf Zehenspitzen, so lautlos wie möglich. Sie bog um die Ecke und erblickte drei Zelte. Über einem flatterte eine Flagge, mit drei goldenen Leoparden geschmückt.

»Vielleicht wird er etwas freundlicher, wenn ich ihm eine Tonne Zucker in den Rachen stopfe«, hörte sie jemanden sagen und erkannte die beiden Begleiter des Mannes, der ... Nein, daran wollte sie sich nicht erinnern.

»Mit oder ohne Faß?« fragte der andere.

»Mit! Und mitsamt allen Dauben. Die Breitseite voraus.«

»Irgendwas regt ihn auf«, meinte der zweite Mann, der eine angenehme, tiefe Stimme besaß. Offenbar war er schon etwas älter.

»Die Erbin? Das kann ich kaum glauben. Welch eine Schönheit! So süß und sanft und scheu! Kein Wunder, daß ihr Vater sie versteckt hat ...«

Axias Finger preßten sich an die rauhe Ziegelmauer.

»Nein, ich glaube eher, die andere regt ihn auf.«

»Diese hübsche Kleine? Es stimmt, mit diesem Busen kann sie einen Mann zum Weinen bringen. Aber man müßte schon verrückt sein, wenn man sich mit einer so temperamentvollen Frau einließe. Ah, da kommt er! Geh in Deckung!«

Verblüfft riß Axia die Augen auf. Ein Busen, der einen Mann zum Weinen brachte? Meinte er *ihren* Busen? Sie starrte auf ihre Rundungen hinab. Gewiß, es fiel ihr schwer, auf dem Bauch zu schlafen. Doch sie wußte nicht, ob sie sich in dieser Hinsicht mit anderen Frauen messen konnte.

Inzwischen war die Nacht hereingebrochen, aber Axias Augen hatten sich an das Dunkel gewöhnt. Sie sah den dünnen Jungen – einen der Wachtposten, die ihr Vater engagiert hatte, aus dem beflaggten Zelt schlüpfen und zur Dorfstraße laufen. Wenig später verließ *er* das Zelt und verschwand in der Finsternis.

Vor Neugier überwältigt, huschte sie zu dem Zelt hinüber. Was ist das für ein Mann, fragte sie sich und trat ein. Drinnen brannte nur eine einzige Kerze und warf flackernde Schatten auf die spärliche Einrichtung. Ein Klapptisch, ein Klappstuhl, eine Matte mit rauhen Leinenlaken und einer Wolldecke. Über einer großen Ledertruhe lagen Kleider, und Axia konnte der Versuchung nicht widerstehen, über die feinen Samt- und Satinstoffe zu streichen. Diesen vornehmen Staat hatte ihre Vater sicher nicht bezahlt. Ungebeten kam ihr ein Gedanke – Kleider, die eine Erbin beeindrucken sollten ...

Angewidert ließ sie einen Samtärmel fallen, dann hörte sie ein Geräusch. *Er* kehrte ins Zelt zurück. Hastig blies sie die Kerze aus. »Wer ist da?« fragte er in drohendem Ton, und sie sah die Umrisse eines Schwertes in seiner Hand.

Würde er sie umbringen, weil sie unerlaubterweise hier eingedrungen war? Mühsam schluckte sie. »Ich bin's«, antwortete sie mit hoher Stimme.

»Oh! Zieh dich aus und leg dich hin. Ich komme gleich.«

Verwirrt schnappte sie nach Luft. Wofür hielt er sie?

Jamie runzelte die Stirn. »Du bist doch das Mädchen, das Smith geschickt hat?« Viel zu reichlich hatte er dem Ale zugesprochen, und deshalb fiel es ihm etwas schwer, klar zu denken.

»Ja . . .«, hauchte sie. Diese Verwechslung nahm sie gern in Kauf, solange er die junge Frau, die er am Morgen gedemütigt hatte, nicht wiedererkannte.

»Gut. Dann zieh dich aus und zünde die Kerze an. Ich möchte sehen, wofür ich bezahle.«

Ah, jetzt verstand sie die Situation. Großer Gott, er hielt sie für eine . . .

»Mach endlich Licht!« befahl er ungeduldig.

»Nein!« fauchte sie, dann riß sie sich zusammen und fügte in sanftem, etwas höherem Ton hinzu: »Das kann ich nicht, Mylord.«

»Und warum nicht?« fragte er gelangweilt.

Ihre Gedanken überschlugen sich. »Weil ich furchtbar häßlich bin, Sir. Die Pocken . . .« Als sie seine Bestürzung spürte, erklärte sie aufreizend (zumindest hoffte sie, daß es so klang): »Aber man hat mir gesagt, mein Busen könnte einen Mann zum Weinen bringen.«

Da lachte er leise. »Nun, das muß ich herausfinden, nicht wahr?« Entschlossen ging er zu ihr.

Was jetzt, überlegte sie. Sollte sie sich zu erkennen geben? Wenn er sie in aller Öffentlichkeit verprügelte, was würde er hier in diesem Zelt mit ihr machen, wo sie ganz allein waren? Und – gütiger Himmel – was würde er tun, wenn sie ihm *nicht* verriet, wer sie war?

Carpe diem, dachte sie.

Er blieb vor ihr stehen, aber in der Finsternis sah sie ihn kaum, roch nur seinen Atem. Offenbar hatte er getrunken. Neues Unbehagen stieg in ihr auf.

»Nun?« fragte er erwartungsvoll.

Sollte sie sich jetzt alle Kleider vom Leib reißen? »Ich bin eine Jungfrau, Mylord.«

»Du bist – was?«

»Ja«, bestätigte sie. »Eine Jungfrau. Zumindest kann ich das sehr gut vortäuschen.« Sie fühlte seinen Ärger und legte einen Finger auf seine muskulöse Brust. »Gewiß möchtet Ihr gern eine Jungfrau berühren, Mylord«, flüsterte sie. »Eine Jungfrau, deren Busen einen Mann zum Weinen bringen kann . . .«

Er zögerte, dann erwiderte er gedehnt: »O ja.« Ein seltsamer Unterton in seiner Stimme ließ Axias Herz schneller schlagen. Nun konnte sie in ihre Schlafkammer zurückkehren, in der sicheren Gewißheit, daß ein Mann *sie* begehrt hatte, nicht ihr Geld.

Plötzlich tat er etwas Ungewöhnliches. Er streckte eine Hand aus und umfaßte ihre linke Brust. Vor lauter Schreck verschlug es ihr die Sprache. Doch sie konnte nicht zurückweichen, denn jetzt neigte er sich herab und küßte ihre halb geöffneten Lippen.

Es war ein zarter, behutsamer Kuß, und als James Montgomery Kopf hob, neigte sie sich zu ihm.

»Wirklich, du bist eine ausgezeichnete Schauspielerin«, flüsterte er und streichelte ihre Brust. Seine andere Hand strich über ihren Nacken, ihre Wange. »Fast könnte ich glauben, du wärst nie zuvor geküßt worden.«

»So ist es. Wollt Ihr mein Lehrer sein?«

Statt zu antworten, küßte er sie wieder.

Welch ein himmlisches Gefühl, diese intime Nähe eines anderen Menschen . . . Ihr Vater hatte niemandem gestattet, sie anzurühren, weder Männern noch Frauen. Natürlich, seine Erbin durfte sich mit keiner Krankheit anstecken und mußte unschuldig bleiben. Nur Tode faßte sie hin und wieder an, wenn sie allein waren, aber nur ihre Hand, oder seine Fingerspitzen liebkosten ihr Gesicht.

Als sie ihren Mund auf James Montgomerys Handfläche preßte, beugte er sich wieder herab und küßte ihren Hals, ihr Kinn, ihr Ohrläppchen. »Ich heiße Jamie, und du?«

»Diana«, wisperte sie, und der Atem blieb ihr in der Kehle stecken. Wie wundervoll es doch war, die Nähe seines kraftvollen Körpers zu spüren ...

»Ah, die jungfräuliche Göttin.« Sein Daumen wanderte über ihre Wange. »Nirgends finde ich Pockennarben. Dein Haut ist glatt wie Marmor.«

»Aber wärmer?«

»O ja, viel wärmer.« Mit flinken, geschickten Fingern löste er die Verschnürung ihres Kleids, und sie wußte, daß sie ihm Einhalt gebieten mußte. Aber seine Küsse erzeugten ein süßes Schwächegefühl. »Gefällt dir das? Sag mir, was du dir wünschst?«

»Das weiß ich nicht.« Axia legte ihren Kopf in den Nacken, damit seine Lippen ihren Hals besser erreichen konnten. »Mylord, dies alles ist mir neu. Aber bis jetzt habe ich nichts daran auszusetzen.«

Jamie lachte leise, seine Hände glitten über ihren Körper, und wie durch Zauberei fielen ihre Kleider zu Boden.

Überall spürte sie seine Finger, die ihre weiche, warme Haut erforschten und eine sonderbare Sehnsucht weckten. Als er seine Finger zwischen ihre Beine schob, war sie zunächst schockiert – und dann enttäuscht, weil er seine Hand wieder entfernte. »Nein«, flüsterte sie.

Nun trat er einen halben Schritt zurück und umfaßte ihre Schultern. »Du bist tatsächlich eine Jungfrau.«

»Ist das schlimm?« Im dunklen Zelt konnte sie sein

Gesicht nicht sehen, nur den undeutlichen Schimmer seiner Augen.

»Wenn man einem Mädchen die Jungfräulichkeit raubt, übernimmt man eine gewisse Verantwortung.« Plötzlich wünschte Jamie, er hätte nicht soviel getrunken. »Das kann ich nicht.«

Bitte, bleib bei mir, wollte sie flehen. Statt dessen stammelte sie: »Ich – ich brauche das Geld, denn meine Familie ist sehr arm.« Das hatte sie gelesen und oft genug gehört, wenn junge Männer zu Besuch gekommen waren.

»Dann gehört die Münze dir. Nimm sie und geh.«

Ehe er sich abwenden konnte, schlang sie die Arme um seinen Hals und preßte ihren nackten Körner an ihn. »Verlaß mich nicht, Jamie, bitte!« wisperte sie atemlos. »Mein Leben ist so einsam, und du weißt nicht, welche Zukunft mich erwartet. Gewiß werde ich schrecklich leiden müssen, daran zweifle ich nicht.« Und das war die reine Wahrheit.

Zögernd hielt er inne, und wenn er ihre Worte auch falsch deutete, so merkte er doch, daß sie ehrlich klangen. Wenn sie von Narben entstellt war und einer armen Familie entstammte, hatte sie wohl keine andere Wahl als die Prostitution. Und vielleicht würde der Mann, der sie eines Tages entjungfern mochte, nicht so sanft mit ihr umgehen wie er selbst. Außerdem begehrte er sie, und das hing nicht nur mit der Sinnenlust zusammen, die der Wein entfacht hatte.

Er nahm sie in die Arme, zog sie an sich, seine Hände strichen über ihren Rücken, ihre Hüften. Noch nie hatte er eine Jungfrau besessen, ein Mädchen, das die Berührung eines Mannes nicht kannte.

»An diese Nacht will ich mich ein Leben lang erinnern«, gestand sie. »Vielleicht könntest du – Liebe heucheln?« bat sie schüchtern. »Kein Mann hat mich je geliebt«, fügte sie traurig hinzu. »Dieses Glück werde ich auch nie wieder erleben.«

Vielleicht glaubt sie das, weil sie von Pockennarben verunstaltet ist, dachte Jamie. Aber er fand nichts an ihr, was ihm mißfallen hätte. Sie fühlte sich rein und makellos an, noch zauberhafter als Diana, die Mondgöttin. »Ja, ich liebe dich«, hörte er sich beteuern, dann kehrte ein Teil seines Verstandes zurück. »Zumindest in dieser Nacht.«

»Das genügt mir.« Während er sie verführerisch liebkoste, fragte sie: »Ziehst du dich nicht aus?«

»Nein, diese Aufgabe mußt du übernehmen.«

»Wirklich?« erwiderte sie so begeistert und interessiert, daß er lachte. »Darf ich dich auch anfassen?«

»Ja, Diana, meine Liebste.« Er hob sie hoch und wirbelte sie im Kreis herum. »Es war ein grauenhafter Tag, aber du bist mein Trost, meine Belohnung für alle Mühe.«

Und du bist der Trost, der mir mein hartes Los erleichtern wird, dachte sie und klammerte sich an ihn. Noch nie war sie so glücklich gewesen. »Oh, küß mich tausendmal, küß mich, bis mir der Atem ausgeht!«

»O ja, ich werde dich küssen – überall.«

»Und ich dich. Aber – wie soll ich dich denn auskleiden?«

Er stellte sie wieder auf die Füße und half ihr, aber nur widerwillig, denn ihre kindliche Neugier und ihre Hände, die seinen Körper erkundeten, bereiteten ihm die süßesten Qualen.

»Und darf ich dich da unten auch anfassen?« bat sie. Ihre Hand glitt zwischen seine Beine, statt einer Antwort konnte er nur stöhnen.

Er trug sie zu seinem Bett, und sie sanken auf die

rauhen Laken. Hingebungsvoll küßte er ihren ganzen Körper und genoß das Entzücken, das er erregte.

Unbewegt lag Axia da und überließ sich Jamies Lippen, die ihre Brüste liebkosten, seinen Händen auf ihren Schenkeln, seinen Fingern, die ihre Weiblichkeit erforschten. Und als sie sein Gewicht auf sich spürte, erschien ihr alles, was in dieser Frühlingsnacht geschah, gut und richtig.

»Oh, ich liebe dich, Jamie«, wisperte sie. »Ich liebe dich.«

Er antwortete nicht, begann in sie einzudringen, und sie schrie leise auf, von einem heftigen Schmerz durchzuckt. Sofort zog er sich zurück. Sie mißverstand sein Verhalten und glaubte, sie hätte ihn erzürnt. Drängend hob sie ihm die Hüften entgegen, bis er vollends mit ihr verschmolz. Diesmal biß sie sich auf die Lippen, um einen Schmerzensschrei zu unterdrücken.

»Meine Süße . . .« Mühsam beherrschte er sich, um stillzuhalten, und küßte die Tränen von ihren Augenwinkeln weg. »Nur keine Eile – wir haben die ganze Nacht Zeit.«

Allmählich verebbten die brennenden Schmerzen, und es gefiel ihr, ihn in sich zu spüren. »Oh, das ist wundervoll!« seufzte sie und streckte die Arme aus. »Nimm mich, Jamie, ich gehöre dir!«

Er lachte leise. Noch nie war ihm eine Frau wie Diana begegnet. So unschuldig und naiv . . . Offenbar wußte sie nichts von gewissen Spielregeln. »Ja«, stimmte er zu und bewegte sich vorsichtig.

Überrascht hob sie die Brauen. Sie hatte gedacht, der Liebesakt würde sich in der körperlichen Vereinigung erschöpfen. Und jetzt das . . . Oh, es war noch viel schöner. Die Augen geschlossen, hob sie instinktiv die Hüften und genoß den aufreizenden Rhythmus, der sich bald beschleunigte. Immer tiefer drang Jamie in sie ein, begierig umschlang sie ihn mit Armen und Beinen, wollte ihm so nahe sein wie nur möglich.

Sie spürte, wie er erschauerte, dann sank er auf sie herab. Zärtlich streichelte sie sein Haar und empfand heiße Freude, weil es ihr gelungen war, ihm Erfüllung zu schenken.

»Habe ich dir sehr weh getan?« fragte er leise.

»Nein, gar nicht«, erwiderte sie wahrheitsgemäß, dann kam ihr ein beängstigender Gedanke. »Jetzt muß ich gehen.« Tode würde nach ihr suchen und womöglich das ganze Haus alarmieren.

»Nein!« protestierte er und rückte zur Seite, so daß er nur mehr halb auf ihr lag. Sein Arm umklammerte ihre Taille. Dann lockerte er den Griff und wandte den Kopf ab. »Natürlich mußt du gehen.«

Sollen sie doch alle nach mir suchen, dachte sie. Was macht es schon aus, wenn sie mich finden? Wie würde mein Vater mich bestrafen? Mit lebenslangem Gefängnis?

Sie rutschte unter Jamies Körper hervor und streichelte sein Gesicht, bis er sie anschaute. »Was quält dich?« wisperte sie. »Sag es mir!«

Nach tagelanger Sorge fühlte er sich unendlich wohl in Dianas Nähe und entspannte sich. »Ach, ich weiß nicht, wie ich sie schützen soll«, entgegnete er, obwohl die Frau nicht ahnen konnte, wovon er redete.

»Oh, die Erbin.« Ihr Arm lag unter seinem Nacken, ihre Wange an seiner Schulter, sein Schenkel über ihren Hüften. Wie intim, dachte sie und goldrichtig. »Bedeutet sie dir so viel?«

»Ich darf nicht versagen, denn ich trage die Verantwortung für mehrere Menschen. Aber die Wagen . . .« Gähnend verstummte er.

»Ja, die Wagen. Mit der Aufschrift ›Maidenhall‹ . . .« Beklommen schnitt sie eine Grimasse. Sie hatte gehofft, sie – oder vielmehr Frances – könnte England durchqueren, ohne von allen Leuten angestarrt zu werden. Doch ihr Vater hatte diese protzigen Wagen geschickt, zweifellos mit unermeßlichem Reichtum beladen, und sie würden während der ganzen Reise neugierige Blikke auf sich ziehen. Sie holte tief Atem. »Wäre ich die Maidenhall-Erbin, würde ich mir wünschen, ich könnte mich in jemand anderen verwandeln.«

»In wen denn?« Jamie lächelte schläfrig. »Die Königin von England?«

»Nein, natürlich nicht. Am liebsten wäre ich eine ganz gewöhnliche Frau, vielleicht eine Kaufmannsgattin. Unterwegs würde ich in einfachen Gasthäusern übernachten oder in einem Zelt wie diesem. Und niemand würde wissen, wer ich bin.«

»Nun, jeder weiß, wer die Maidenhall-Erbin ist.«

»Wer? Ich habe gehört, sie sei ihr Leben lang gefangengehalten worden. Niemals durfte sie den Garten hinter den hohen Mauern verlassen. Sie hat sicher noch nichts von der Welt gesehen, kein Puppenspiel, keine Kirche und sie lernte nur Leute kennen, die ihr ordnungsgemäß vorgestellt wurden . . .«

»Was für eine blühende Phantasie du hast!« meinte Jamie belustigt. »Frances' Schönheit wird überall Aufmerksamkeit erregen, ganz egal, ob sie erkannt wird oder nicht. Trotzdem könnte ich sie schützen – würde ich allein mit ihr reisen.«

»Soll ich sie mit den Pocken anstecken?« erbot sich Axia.

Jamie lachte. »Wie gern würde ich dich mitnehmen! Du gefällst mir. Bei dir würde ich mich jede Nacht von den Strapazen der Reise erholen.«

»Oh, das wäre großartig!« Kindliche Begeisterung schwang in ihrer Stimme mit.

»Aber es geht nicht.«

»Warum nicht? Weil ich häßlich bin? Würdest du dich meiner schämen?«

Was er empfinden mochte, wenn er sie im hellen Tageslicht sah, wußte er nicht. Andere Sorgen plagten ihn. »Womöglich würde sie versuchen, dich zu töten.«

»Wer denn, um Himmels willen?«

»Die Kusine der Erbin. Gewiß, Frances ist eine sanftmütige, wundervolle Frau. Aber ihre mittellose Verwandte platzt fast vor Neid.«

»Oh?« würgte Axia hervor. »Benimmt sie sich schlecht? Vielleicht hat sie allen Grund dazu. Ich glaube, ich würde sie verstehen. Aber ein Mann betrachtet eine Frau oft mit anderen Augen.«

»So wie du mir reizvoll erscheinst und anderen häßlich?«

»Ja, in etwa ... Hat diese Kusine keinerlei Vorzüge aufzuweisen.«

»Anfangs gefiel sie mir. Dann wurde ich bitter enttäuscht. Ich mag Lügnerinnen nicht.«

»Und wenn es eine Notlüge war?«

Jamie stützte sich auf einen Ellbogen. »Seltsam – das hört sich beinahe so an, als würdest du sie kennen.«

»Natürlich nicht. Wie sollte ich die Kusine der Maidenhall-Erbin kennen? Aber ich weiß, wie man sich fühlt, wenn man eine schöne ältere Schwester hat.«

»Und wieso weißt du, daß die Kusine nicht schön ist?«

Axia preßte die Lippen zusammen, dann erwiderte sie: »Das entnehme ich deinen Worten. Wenn du von der schönen Frances sprichst, klingt deine Stimme ganz anders. Genauso reden die Leute über meine Schwester. Und wenn sie *mich* erwähnen, ändert sich ihr Tonfall.«

»Manche Frauen haben mehr zu bieten als nur Schönheit«, erklärte er und dachte an Berengaria. Plötzlich faßte er einen Entschluß. »Du wirst mich zu meiner Schwester begleiten«, verkündete er feierlich, als würde er ihr eine große Ehre erweisen.

»Zu deiner Schwester? Warum? Aber . . .?«

»Ich werde dich nicht deinem Schicksal überlassen. Nach dieser Nacht fühle ich mich für dich verantwortlich. Ja«, fuhr er fort, und sie spürte, wie er sich für seine Idee erwärmte. »Ich werde dem Verwalter von Maidenhall Geld für dich übergeben – und einen Brief, den du mitnehmen mußt. Morgen reisen wir ab. Ich schreibe meinen Schwestern und bereite sie auf deine Ankunft vor.«

Überwältigt von seiner Großzügigkeit, schmiegte sie sich an ihn. Sie, die reiche Erbin, bekam nur ganz selten Geschenke. Zu Weihnachten erwarteten alle, von ihr beschenkt zu werden. Nur Tode überreichte ihr hin und wieder ein kleines Präsent. Frances hatte noch nie versucht, ihr eine Freude zu machen. Und dieser Mann, ein Fremder, wollte die Verantwortung für ihr Leben übernehmen. Waren alle armen Leute so freundlich und großmütig? Oft hatte sie sich ausgemalt, wie die Armen leben mochten, wie sie einander liebten und beistanden. Jedes Jahr fuhr Frances für einen Monat zu ihren Angehörigen, und Axia träumte wehmütig vom Familienglück.

»Ist deine Schwester so schön wie du?«

»Wieso weißt du, wie ich aussehe?« Jamie streichelte ihre Schenkel, ihre Hüften, ihre Brüste. Deshalb fiel es ihr schwer, einen klaren Gedanken zu fassen.

»Ich habe dich gesehen. Wirklich, du bist . . .«

»Sag's nicht!« unterbrach er sie und küßte ihren Mund. »Ich will genauso wenig nach meiner äußeren Erscheinung beurteilt werden wie du.«

Lächelnd legte sie die Arme um seinen Hals. »Liebe mich noch einmal! Bitte!«

»Nur zu gern.« Zärtlich drückte er sie an sich.

Diesmal nahm er sich sehr viel Zeit, und sie genoß den Liebesakt in vollen Zügen. Aber was sie am meisten beglückte, war die Nähe eines anderen Menschen, das Gefühl, nicht allein zu sein.

Als er sich ermattet neben ihr ausstreckte, wußte sie, daß er bald einschlafen würde – und daß sie gehen mußte. Sie wartete noch eine Weile, dann küßte sie ihn behutsam, ohne ihn zu wecken, und befreite sich aus seinen starken Armen, die sie festhielten wie ihr Vater sein Gold.

Lautlos suchte sie ihre Kleider zusammen und zog sich an. Aber sie konnte ihr besticktes Käppchen nirgends finden. Alles würde sie lieber verlieren als diesen kostbaren Schatz. Sogar meine Jungfräulichkeit und konnte ein Kichern nicht unterdrücken. Nun, vielleicht würde Jamie dem Verwalter auch das Käppchen übergeben, zusammen mit dem Geld und seinem Brief.

»Was war das?«

Vor dem Zelt erklang eine Männerstimme, und Axia erstarrte.

»Dieses Gold macht mich ganz nervös. Wenn sich ein Schatten bewegt, steche ich womöglich zu, bevor ich sehe, wer es ist.«

Bei diesen Worten erkannte Axia, daß sie schleunigst verschwinden mußte. Jetzt, wo sie nicht mehr in Jamies Armen lag, begann sie sich ernsthaft zu fragen, was geschehen mochte, wenn der Vater von dem Verlust ihrer Jungfräulichkeit erfuhr. Immerhin hatte sie sich einem Fremden hingegeben – nicht ihrem Verlobten.

»Leb wohl, mein Liebster«, wisperte sie und schlüpfte aus dem Zelt.

Bald gewöhnten sich ihre Augen an die nächtliche Finsternis. Da die Wachtposten Laternen bei sich trugen und im Schatten jenseits der Lichtkreise nichts sahen, konnte Axia unbemerkt an ihnen vorbeihuschen. Dann geriet sie in Panik, weil sie den Strick nicht sofort fand, der von der Mauer herabhing. Endlich entdeckte sie ihn, und sie benötigte drei kraftvolle Schwünge, um das Hindernis zu überwinden. Das schaffte sie nicht geräuschlos, und sie hörte die Stimmen der Wächter, aber da war sie bereits in Sicherheit, auf der anderen Seite des hohen Walls. Sie lehnte sich dagegen und wartete, bis ihr Herz wieder langsamer pochte.

»Muß ein Eichhörnchen gewesen sein«, meinte ein Wachtposten.

»Ein Eichhörnchen, so groß wie ein Mensch«, erwiderte der andere, und beide entfernten sich.

Erst als ringsum tiefe Stille herrschte, rannte Axia durch den dunklen Obstgarten zum Haus. Am anderen Ende der Eingangshalle, in schwarze Schatten gehüllt, kauerte Tode, aber sie bemerkte ihn nicht. Die Stirn nachdenklich gerunzelt, blieb er noch eine Zeitlang sitzen. Dann erhob er sich steifbeinig und hinkte zu seiner Schlafkammer.

8

»Da ist er!« Frances stürmte ins Zimmer ihrer Kusine und riß die Bettgardinen auseinander. Da die Fenstervorhänge am Abend nicht zugezogen waren, schien grelles Sonnenlicht in Axias Gesicht. »Oh, er ist einfach himmlisch, so freundlich und rücksichtsvoll. Er hat Manieren wie ein Fürst. Und er ist der schönste Mann auf Erden.« Natürlich brauchte sie nicht zu erklären, wer »er« war.

»Außerdem ist er mein Liebhaber«, murmelte Axia, die nur widerstrebend aus ihren schönen Träumen erwachte.

»Was? Was hat meine arme Verwandte gesagt?«

»Nichts, Frances. Warum bist du so früh auf? Und was hast du da an?«

»Gelbe Seide. Himmlisch, nicht wahr? Dieses Kleid habe ich mir für die Reise aufgehoben.«

Axia seufzte. Dieses Anwesen benutzte ihr Vater oft als Station für die Wagen, die seine Waren durch das Land beförderten. Wann immer eine Ladung Seide aus Frankreich oder Leder aus Italien eintraf, bediente sich Frances. Natürlich beauftragte sie den Verwalter, seinem Herrn zu berichten, die Materialien seien für die Erbin bestimmt. Was Axia betraf, so fand sie die steife Seide viel zu unbequem, um darin auf Leitern zu klettern und Äpfel zu pflücken. Und aus Satinstoffen ließen sich ihre Malfarben nicht herauswaschen. Eigentlich hatte sie sich nie besonders für Kleidung interessiert.

»Also hast du dieses himmlische Gewand für heute aufgehoben?« fragte sie und gähnte. »Und wie viele andere Kleider sind für die Reise bestimmt? Die Garderobe einer Königin?« Sie wußte immer haargenau, welche Summen ihre Kusine ausgab oder was für Sachen sie dem Warenlager entnahm.

Frances musterte sich im kleinen Standspiegel auf dem Fenstertisch. »Ach, du hättest hören sollen, was er vorhat«, bemerke sie und beobachtete Axia im Spiegel. »Bald bin ich seine Frau ...«

Zu ihrer Genugtuung setzte sich Axia kerzengerade im Bett auf. »Was?«

Frances wandte sich zu ihr und lächelte honigsüß. »Oh, es ist schon so spät. Ich muß mich beeilen. Wie gut, daß du verschlafen hast! Dadurch fanden James und ich heute morgen reichlich Zeit, um uns anzufreunden.« Mit diesen Worten huschte sie aus dem Zimmer.

Erbost schaute sich Axia nach einem Gegenstand um, den sie auf die Tür schleudern konnte, und fand nur ihre Schuhe. Die erzeugten leider nur ein schwaches Geräusch, als sie das Holz trafen. Aber Frances mußte gelauscht haben, denn sie lachte perlend, ehe sie in die Halle hinunterrannte.

Will er sie tatsächlich heiraten, fragte sich Axia und schlug die Bettdecke zurück. Wie hat sie ihn bloß dazu gebracht? Und wie kann jemand innerhalb weniger Stunden soviel Ärger machen?

Rasch zog sie sich an, verschnürte ihr Kleid und warf einen wehmütigen Blick zu dem Ständer, wo normalerweise das Käppchen ihrer Mutter hing. Dann verließ sie ihre Schlafkammer. Wie sich ihr Leben verändert hatte ... Erst die vergangene Nacht, jetzt dieser Tag! Heute würde sie eine wunderbare Reise antreten. Während sie die Treppe hinabstieg und ihr Haar zu einem ordentlichen Knoten zusammensteckte, überlegte sie: Was werde ich sehen? Wen werde ich kennenlernen? Werde ich was essen, das ich noch nie gekostet habe? Welche neuen Gerüche werde ich wahrnehmen, welche Geräusche hören?

Als sie die Salontür öffnete, hielt sie inne. Da stand er zwischen seinen beiden Gefolgsmännern, das Sonnenlicht im Rücken, so daß seine dunklen Locken golden glänzten. Träumerisch betrachtete sie seinen Hals, den sie letzte Nacht so oft geküßt hatte, die breiten, kraftvollen Schultern. Auf einen Tisch gestützt, studierte er eine Landkarte.

Der Anblick seiner Hände weckte Erinnerungen an leidenschaftliche Zärtlichkeiten, und sie mußte sich an den Türrahmen lehnen. Würde er sie wiedererkennen? Könnte sein Herz ihm verraten, wer sie war? Verwirrt blinzelte sie und wandte sich von Jamie ab. Erst jetzt entdeckte sie Frances und Tode. Beide starrten sie an, ihre Kusine mit einem spöttischen Lächeln, und Axia zwang sich zu einer ausdruckslosen Miene. Niemand durfte wissen, was sie empfand.

»Guten Morgen!« rief sie leichthin.

Tode nickte ihr schweigend zu, wobei er sie immer noch seltsam anschaute, Frances' Lächeln vertiefte sich, und Jamie runzelte die Stirn. »Offensichtlich pflegt Ihr zu verschlafen«, bemerkte er mißbilligend, als hätte er soeben einen weiteren Beweis ihrer Nichtswürdigkeit erhalten.

Wie sie seinem Blick entnahm, erkannte er »Diana« nicht wieder. »Für gewöhnlich nicht.« Dachte er etwa, sie wäre ein Faulpelz? »Meistens stehe ich viel früher auf ...«

»Schon gut«, unterbrach er sie und konzentrierte sich wieder auf die Landkarte, womit er Axia deutlich zu verstehen gab, wie unwichtig sie war. »Hier und hier treffen wir die anderen Wagen ...«

»Was macht Ihr da?« Sie ging zu Jamie, trat so nah

wie möglich an ihn heran und beugte sich über die Karte. An ihrer anderen Seite tauchte Tode auf.

»Lord James hat einen wundervollen Plan!«, säuselte Frances. »Oh, bitte, erzählt ihr doch davon!« flehte sie.

Unwillkürlich lächelte Axia. Ihre Kusine würde vor nichts zurückschrecken, um die Aufmerksamkeit eines Mannes zu erregen – sich dumm und hilflos stellen, was auch immer. Zum Beispiel ersuchte sie Männer, die kleiner waren als sie, dies oder jenes von hohen Schränken herunterzuholen. Wenn man solche Szenen beobachtete, mußte einem eigentlich übel werden. Aber den Herren der Schöpfung schien alles zu gefallen, was sie tat.

Nun klimperte sie kokett mit den Wimpern. »Bitte!«

Nur widerwillig wandte sich Jamie zu Axia. »Letzte Nacht habe ich einen Boten zu meinen wohlhabenden Verwandten geschickt. Sie werden uns Wachtposten für die beladenen Wagen zur Verfügung stellen, die getrennt von uns fahren. Da die Männer erst morgen eintreffen dürften, müssen wir die Abreise verschieben. Wer immer sieht, muß glauben, sie würden die Maidenhall-Erbin und deren Mitgift schützen. Außerdem habe ich jemanden beauftragt, die Rolle der Braut zu übernehmen.«

»Oh, du ahnst nicht, wer mich darstellen wird!« Anmutig legte Frances eine Hand auf Jamies Arm.

»Vielleicht ich?« fragte Axia zögerlich. Sollte die Erbin jemanden spielen, der die Erbin spielte?

»Natürlich nicht!« fauchte er, als hätte sie ihn beleidigt. »Für eine Frau wäre das viel zu riskant. Und jede Frau, die in einem dieser pompösen Vehikel sitzt, würde ihr Leben wagen.«

Axia freute sich zwar, weil er sie vor allen Gefahren

bewahren wollte, aber sein Blick erweckte den Eindruck, er würde sie hassen.

»Smith!« platzte Frances heraus. »Der große Bursche, den Vater angeheuert hat, wird sich als Erbin verkleiden.«

Es dauerte eine Weile, bis Axia sich entsann, daß »Vater« eigentlich *ihr* Vater war. Sie brachte ein schwaches Lächeln zustande. Warum mußte Jamie sie unentwegt anstarren?

»Erzählt ihr doch den Rest, Lord James!« drängte Frances. »So ein brillanter Plan!«

Jamie rollte die Landkarte zusammen. Offensichtlich widerstrebte es ihm, Axia irgend etwas mitzuteilen. »Meine beiden Gefolgsmänner und ich bewachen die anderen Wagen. Während der Reise treten wir als Kaufleute auf, und man wird Mistress Maidenhall für meine Frau halten. Wenn sie meinen Namen trägt, kann ich sie besser schützen.« Die Karte unter den Arm geklemmt, musterte er sie ironisch. »Noch etwas?«

Mühsam schluckte sie. Wie sollte sie sich gegen seinen Groll wehren? »Und in welcher Gestalt werde *ich* reisen?«

»Gar nicht. Ihr bleibt hier.«

Das verschlug ihr die Sprache, und der Boden schien unter ihren Füßen zu schwanken. Warum mußte sie hierbleiben?

»Da *ich* die Erbin bewachen werde, ist sie nicht auf Eure Gesellschaft angewiesen«, fuhr er fort. »Außerdem fände ich's viel zu gefährlich, Euch mitzunehmen. Ihr habt Euren Neid hinlänglich gezeigt – und bewiesen, wozu Ihr fähig seid.«

In ihrer Bestürzung glaubte sie, ihre Seele hätte den Körper verlassen und würde irgendwo an der Zimmerdecke schweben, so daß sie auf alle Anwesenden herabblicken konnte. Sie durfte die Reise nicht unternehmen, mußte weiterhin hinter diesen Mauern ausharren – auf diesem Landsitz, wo sie gefangengehalten wurde, seit sie drei Wochen alt gewesen war, den sie bis zum vergangenen Abend nie verlassen hatte? Nach der Reise, auf die sie sich so gefreut hatte, würde man sie wieder einsperren. Und nun wollte ihr der gräßliche Mann auch noch dieses letzte bißchen Freiheit nehmen.

Sie sah Frances' triumphierendes Lächeln, James Montgomerys ärgerlich gerunzelte Stirn. Natürlich wußte er nicht, daß sie es war, die ihm letzte Nacht ihr kostbarstes Gut geschenkt und ihre Liebe gestanden hatte. Aber sie erinnerte sich an jede Einzelheit. Und nun verwehrte er ihr das einzige Glück, das sie in ihrem ganzen Leben genießen konnte.

Plötzlich wurde sie von wilder Wut erfaßt, stürzte sich auf ihn und zerkratzte seine Wangen. Der unerwartete Angriff verblüffte alle Anwesenden, so daß sich niemand rührte. Nur Jamie stolperte über seine eigenen Füße, taumelte rückwärts und hob die Arme, um sein Gesicht zu schützen. »Ich hasse Euch!« schrie Axia und versetzte ihm einen Fausthieb. »Ich hasse Euch! Ich hasse Euch!«

Als erster erholte sich Tode von seinem Schrecken. Er allein wußte, was Axia empfand. Energisch umschlang er sie mit beiden Armen und zerrte sie von Jamie weg. Auch die Gefolgsleute hatten sich inzwischen gefaßt und traten zwischen ihren Herren und die kleine Wildkatze.

»Beruhigt Euch!« flüsterte Tode und preßte Axia an sich. »Natürlich werdet Ihr abreisen. Ihr müßt nicht hierbleiben.«

Vorsichtig strich Jamie über sein zerkratztes Gesicht

und hob den Kopf. Eines seiner Augen sah so aus, als würde es sich demnächst bläulich verfärben. Als er das Blut an seinen Fingern sah, holte er tief Atem. »Sie ist verrückt!«

Axia versuchte, sich empört von Tode loszureißen, aber er rief mit durchdringender Stimme: »Frances, sagt es ihm!«

Nur zu gut wußte Frances, was sie sagen sollte. »Wenn meine Kusine Axia mich nicht begleitet, bleibe ich auch hier«, seufzte sie wenig überzeugend.

Verwundert schaute Jamie von einem Mädchen zum anderen. Hatte diese Wahnsinnige ihre reiche Kusine irgendwie in der Hand? »Ihr müßt sie nicht mitnehmen«, erklärte er Frances. Die Kratzer in seinem Gesicht begannen zu brennen. »Bedenkt doch, sie wollte Euch ermorden – und mich! Soll ich sie etwa in einem Käfig mitschleppen?«

Jetzt, wo der Zorn verebbte, zitterte Axia am ganzen Körper. Sie hatte nicht gewußt, daß sie zu einem solchen Wutanfall fähig war. Aber – nicht abzureisen ...

Tode spürte, wie ihr Kampfgeist erlosch, und lockerte seinen Griff. »Wenn Ihr nicht sagt, was gesagt werden muß, Frances, erzähle ich ihm alles«, warnte er.

Unbehaglich verzog sie die Lippen. Dieses ekelhafte Monstrum würde Lord James zweifellos verraten, daß sie nicht die echte Erbin war. Und dann würde sie hierbleiben müssen. Also versicherte sie notgedrungen: »Axia wollte mich nicht ermorden, sondern nur meinen Niesreiz wecken. Niemand konnte ahnen, welch schreckliche Wirkung diese vielen Gänseblümchen ausüben würden.«

»Und?« drängte Tode.

Frances verdrehte die Augen. Offenbar wollte er nicht lockerlassen, bis alles ausgesprochen war. »Nun ja, Lord

James, sie attackierte Euch nur, weil Ihr sie nicht mitnehmen wollt. Das hat sie geärgert.«

Da brach Rhys in lautes Gelächter aus, und sogar Thomas grinste. Ärger? Auf dem Schlachtfeld waren ihnen Männer begegnet, die ihr Leben verteidigt und weniger leidenschaftlich gekämpft hatten als diese junge Frau.

Als Jamie zauderte, schaute Frances zu Tode hinüber. Nein, er würde nicht zögern, die Wahrheit auszuplaudern. »Bitte, Lord James! Sie kann mich begleiten und die Rolle meiner Zofe übernehmen.«

»Lieber esse ich . . .«, begann Axia, aber Tode fiel ihr ins Wort.

»Das genügt nicht, Frances.«

»Also gut«, fügte Frances ungeduldig hinzu und zog einen Schmollmund. »Dann soll sie meine Kusine oder Schwester oder sonstwas sein.«

»Ich *bin* deine Kusine«, zischte Axia.

»Ja, gewiß.« Frances musterte sie von oben bis unten, verglich ihr gelbes, mit blauen Schmetterlingen bestícktes Seidenkleid mit Axias praktischer brauner Wolle und schüttelte den Kopf. Wie kann ich nur mit dieser Frau verwandt sein, schien ihr Blick zu besagen.

Rhys deutete ihre Miene nichtig und lachte wieder. Und Thomas preßte eine Hand auf seine Lippen, um ein Lächeln zu verbergen.

»Bist du auch sicher, daß Maidenhall dir genug bezahlt?« flüsterte Rhys seinem Herrn zu.

Stöhnend beobachtete James die beiden Mädchen, die sich mit schmalen Augen anstarrten. »Am liebsten würde ich die Damen in getrennten Karawanen befördern, aber das geht nicht.« Er wandte sich zu Axia. »Deshalb werdet Ihr als meine Schwester reisen.« Drohend straffte er die Schultern, ging zu ihr und neigte sich hinab, so daß ihre Nasen einander fast berührten. »Und sobald Ihr meinen Unmut erregt, schicke ich Euch mit einer Eskorte zurück, verstanden?«

Doch sie ließ sich nicht einschüchtern und erwiderte seinen Blick, ohne mit der Wimper zu zucken. »Hier und jetzt schwöre ich, alles zu tun, um Euch das Leben zur Hölle zu machen. Und wenn Ihr Euch zu rächen versucht, werdet Ihr's bitter bereuen.«

Noch nie war er von einer Frau angefeindet worden, und so konnte er sie nur verdutzt anstarren. Es war Frances, die das Schweigen brach. »Kommt *er* auch mit?« fragte sie angewidert und wies mit dem Kinn auf Tode.

Müde strich Jamie über seine Lider. Einmal war er durch einen Sturm gesegelt, der vier andere Schiffe in seiner Nähe zerstört hatte. Mit Rhys und Thomas kämpfte er gegen zwölf Türken auf einmal. Sieben Monate hatte er in einem schmutzigen Gefängnis voller Ratten verbracht. Aber bei Gott, jetzt würde er das alles viel lieber auf sich nehmen als die Verantwortung für diese beiden zänkischen Frauen. Er seufzte tief auf. »Ja, er begleitet uns, auf Maidenhalls ausdrücklichen Wunsch. Tode soll stets in der Nähe der Erbin bleiben.« Als er Axia anschaute, verengten sich seine Augen. »Was Euch betrifft ...« Er wagte kaum weiterzusprechen, aus Angst vor den unflätigen Worten, die ihm herausrutschen könnten. »Bemalt doch die Wagen, damit sie zu einem Tuchhändler passen. Da könnt Ihr Euch wenigstens nützlich machen.« Und dann stürmte er aus dem Salon, gefolgt von seinen Freunden.

*

Eine einzige Kerze flackerte in dem kleinen, spärlich

eingerichteten Zimmer, und Jamie mußte an seine jüngere Schwester denken. Sicher würde es ihr mißfallen, wenn sie erfuhr, das Maidenhall-Anwesen sei zwar komfortabel, aber keineswegs so verschwenderisch ausgestattet, wie sie sich das vorstellte. In diesem Haus verbreitete nur Frances luxuriösen Glanz.

Nun mußte er wieder einen Brief schreiben, um Berengaria und Joby zu versichern, alles sei in bester Ordnung. »Diese Axia ist verrückt«, begann er. »Aber die Erbin . . .« Nachdenklich legte er den Federkiel beiseite. *Liebte* sie ihre geisteskranke Kusine? Jamie strich über sein zerkratztes Gesicht und zuckte zusammen, als sein Daumen das geschwollene, blauschwarze Auge berührte. Nein, diese Axia mußte Frances irgendwie in der Hand haben. Aber womit? Welches Geheimnis versuchte ein steinreiches neunzehnjähriges Mädchen, mit aller Macht zu hüten?

Und was verband Axia mit Tode? Waren die beiden ein Liebespaar?

Bei diesem Gedanken zerbrach Jamie das Ende seines Federkiels und benutzte seinen Dolch, um eine neue Spitze zu schneiden. Die Beziehung zwischen Frances' Kusine und Tode interessierte ihn nicht im mindesten – welche Funktion der seltsame Mann auch im Maidenhall-Haushalt ausüben mochte. Entschlossen beugte er sich wieder über seinen Brief.

»Aber Frances, die Erbin, möchte ihre Kusine nicht zurücklassen. Offenbar findet sie das Mädchen ungefährlich. Auf der Reise werden wir uns tarnen, Frances als meine Frau, ich als Tuchhändler. Paßt dieses Gewerbe nicht großartig zu meinen schönen neuen Kleidern? Axia, die Kusine, verfolgt die Erbin mit Haß und Neid, also muß ich sie stets im Auge behalten. Sie wird als meine Schwester reisen. Welch ein Schauspiel! Keine

Wandertruppe hat jemals ein solches Spektakel aufgeführt. Übrigens, ich schicke euch eine junge Frau namens Diana, die von Pockennarben entstellt ist. Nehmt sie freundlich auf und lohnt ihr die Gunst, die sie mir erwiesen hat. Gott schütze euch, in Liebe euer Bruder James.«

*

»Nun, glaubst du immer noch, daß er in diese Axia verliebt ist?« fragte Joby.

»Jedenfalls liebt er irgendwen, sonst würde er sich nicht so elend fühlen«, antwortete Berengaria. »Wer ist Diana? Welche Gunst hat sie unserem Bruder erwiesen?«

»Die Gunst, die Frauen so hübschen Männern zu erweisen pflegen.«

Nachdenklich streckte Berengaria eine Hand aus, und Joby reichte ihr den Brief. Schon oft hatte Jamie behauptet, seine ältere Schwester könne fühlen, was zwischen den Zeilen stand. »Ja . . .« Sie drehte das Pergament hin und her. »Ohne jeden Zweifel – irgend etwas bedrückt ihn. Wer . . .« Plötzlich erhellte sich ihre Miene. »Natürlich, er sucht etwas.«

»Wahrscheinlich hat er seinen kleinen Dolch verloren«, meinte Joby betont beiläufig, aber sie wartete ungeduldig, bis ihre ältere Schwester weitersprach.

Das wußte Berengaria, und sie tat ihr den Gefallen. »Er sucht eine Frau, aber sie versteckt sich.«

»Er sollte mal im Keller nachschauen. Glaubst du, daß diese Diana sehr häßlich ist?«

»Bald werden wir's wissen«, entgegnete Berengaria. Was ihre blinden Augen nicht sehen konnten, würde Joby ihr erzählen. Den Brief immer noch in der Hand, runzelte sie die Stirn. Ja, eindeutig – irgend etwas lag bleischwer auf der Seele ihres Bruders.

9

Der Morgen graute, und die Mitglieder des Maidenhall-Haushalts erwachten gerade, als Axia gähnend die Halle betrat. Dort lief ihr der Verwalter über den Weg. »Hat Lord James Euch etwas für ein Mädchen namens Diana gegeben?« fragte sie und beobachtete seine Augen.

Zunächst wollte er erwidern, da sie nicht mehr die Erbin sei, brauchte er ihre Fragen nicht zu beantworten. Doch dann schaute er in ihr Gesicht und erkannte die Tochter ihres Vaters, eines harten Geschäftsmanns, der stets seinen Willen durchsetzte – mit allen Mitteln. Resignierend griff der Verwalter in seinen Wams und zog einen Brief hervor, den er ihr überreichte.

»War vielleicht ein blaues Käppchen dabei?« erkundigte sie sich. Als er den Kopf schüttelte, fügte sie hinzu: »Dann gebt mir das Geld, das für Diana bestimmt ist.« Münzen fielen in ihre ausgestreckte Hand, und sie warf einen kurzen Blick darauf. »Während ich den Brief lese, solltet Ihr mir das restliche Geld geben.«

»An meine liebsten Schwestern Berengaria und Joby«, lautete das Schreiben, »dies ist Diana. Sorgt gut für sie. Kein Leid darf ihr geschehen. Sie ist ein kostbares Geschenk, das ich euch schicke, denn sie besitzt eine überaus gütige Seele. Hoffentlich erfreut sie euch ebenso wie mich. Alles Liebe, James.«

Während der Lektüre spürte Axia die Münzen, die in ihre Hand fielen. Das Geld fest umklammert, eilte sie in ihr Zimmer hinauf. Als sie lächelnd aufs Bett sank, trug sie immer noch ihr Kleid, das über und über mit Farbe bekleckst war. Sobald ihr Kopf das Kissen berührte, schlief sie ein.

Wenig später wurde sie von gellendem Geschrei geweckt. »Wo ist sie?« brüllte James Montgomerys unverkennbare Stimme. Ohne sich um seinen Zorn zu kümmern, schlummerte Axia wieder ein.

Doch dann flog die Tür auf »Axia!« rief Tode in strengem Ton.

»Ja, ja«, murmelte sie schläfrig, »ich bin bereit.« Gähnend kroch sie aus dem Bett und ging an Tode vorbei.

»Warum habt Ihr das getan?« fragte Tode und folgte ihr die Stufen hinunter. »Wieso ärgert Ihr ihn? Er hält Euch für gefährlich und glaubt, Ihr wolltet Frances nach dem Leben trachten. Warum könnt Ihr nicht ...«

Am Fuß der Treppe wartete Jamie, feuerrot vor Zorn. Zumindest war sein Gesicht teilweise gerötet, rings um drei bläuliche Kratzer auf einer Wange und einem violetten Auge auf der anderen Seite.

»Habt Ihr versucht, Euch zu rasieren?« erkundigte sie sich gelassen und schlenderte vors Haus. Natürlich wußte sie, was ihn erzürnte. Aber sie hatte nur gehorcht und letzte Nacht – unterstützt von einem Küchenjungen, zwei Gärtnergehilfen und der Gemahlin des Verwalters – den Wagen des »Tuchhändlers« bemalt. Von ihrer eigenen Hand stammten die Gesichter und die Umrisse, die Burschen hatten größere Flächen mit Farbe ausgefüllt, und die Verwaltersgattin war von Axia angewiesen worden, die Schriftzüge zu pinseln.

Fast der ganze Haushalt drängte sich um den Wagen, zusammen mit den Fahrern, die der Vater angeheuert hatte, und den neuen Wachtposten, von Jamies reicher Verwandtschaft abgesandt und soeben eingetroffen. Wie Axia den ehrfürchtigen Mienen entnahm, fand ihr Werk allgemeinen Beifall.

Überlebensgroß hatte sie Jamie in schimmernder Rüstung gezeichnet. Frances, mit einem Fuß an einen Pfahl gekettet, beobachtete mit schreckgeweiteten Augen, wie er einen imposanten Drachen niedermetzelte. Sicher wäre sie getötet worden, hätte der edle Ritter sie nicht im letzten Moment gerettet. Der lange Schuppenschwanz des Ungeheuers zog sich um den ganzen Wagen herum ... Und ging in den Schweif eines furchterregenden Löwen auf der anderen Seite über. Auch dort prangte Jamie in seiner ganzen Schönheit, trug aber nur einen knappen ledernen Lendenschurz und ein weißes Hemd, das in Fetzen von seinem muskulösen Körper herabhing. Hinter ihm kämpfte Frances, vollständig bekleidet, mit einem Pfosten, an den ihre Hände gefesselt waren.

Nie zuvor hatten die Leute ein so außergewöhnliches Gemälde gesehen, und sie staunten vor allem über die frappante Ähnlichkeit zwischen den abgebildeten Gestalten und den lebendigen Vorbildern.

»Axia, ich bringe dich um!« kreischte Frances beim Anblick des Wagens und hob eine Hand, um ihre Kusine zu schlagen. Aber Jamie packte ihren Arm, und da sie niemals eine Gelegenheit versäumte, sank sie schluchzend an seine Brust. Selbstverständlich würde sie ihre Augen niemals mit echten Tränen röten, aber die Pose gefiel ihr.

Lächelnd beobachtete Axia die Szene. Sie wußte, daß Frances nichts dagegen hatte, auf Schritt und Tritt ihrem Konterfei zu begegnen. Nur die gemalten Schriftzüge störten sie. »Seht Euch Frances an, die schönste Frau von der Welt!« – »Kauft kostbares Tuch und bewundert sie!« – »Wer nichts kauft, darf sie nicht betrachten!« Auf dem ganzen Wagen verteilt, leuchteten bunte Buchstaben. »Schaut her! Kommt herein! Sie zeigt sich in Fleisch und Blut!« – »Bestaunt Jamie, den einzigen Mann auf Erden, der sich mit Frances' Schönheit messen kann!« – »Seht, wie die beiden essen, wie sie atmen!«

Wer lesen konnte, informierten die Analphabeten über die Bedeutung der Worte, dann wandten sich alle hingerissen zu Frances und ihrem Beschützer.

»O Gott, du hast mich zu einer Zirkusnummer herabgewürdigt!« fauchte Frances ihre Kusine an. »Willst du mich in einen Käfig sperren, der jedesmal geöffnet wird, wenn jemand ein Stückchen Stoff kauft, ein paar Zoll?«

»Glaub mir, dein Gesicht ist mindestens eine Fußlänge wert«, entgegnete Axia ernsthaft.

Frances wollte erneut über sie herfallen, aber Jamie hielt sie zurück. »Übermalt den Wagen!« befahl er.

Entsetztes Schweigen folgte dieser Anordnung. Etwas so Schönes sollte übermalt werden?

»Niemals!« Ärgerlich stemmte Axia die Hände in ihre Hüften und schaute ihn über Frances' Kopf hinweg an. »Meine Bilder werden den Verkauf gewaltig ankurbeln.«

»Diese Reise unternehme ich nur, um Mistress Maidenhall unbeschadet an ihr Ziel zu bringen«, stieß er zwischen zusammengebissenen Zähnen hervor. »Ich bin kein fahrender Händler . . .«

»Fahrender Händler?« wiederholte sie, als hätte er eine üble Beleidigung ausgesprochen. »Darf ich Sie daran erinnern, Lord James, daß mein Vater . . .« Gerade noch rechtzeitig unterbrach sie sich. ». . . daß Perkin Maidenhall genau das ist – ein fahrender Händler?«

In diesem Augenblick trat Thomas vor. »Wenn du gestattest . . .«

Erleichtert nutzte Jamie die Gelegenheit, sich aus der Affäre zu ziehen, und schob Frances zu Tode hinüber. »Paßt auf sie auf!« rief er, dann folgte er Thomas und floh vor der gaffenden Menge, die sich zusehends vergrößerte.

»Vielleicht könnte ich dir einen Vorschlag machen.«

»Nur zu! Ich wüßte sogar einen Rat des Satans zu schätzen. Seit diese Hexe auf meinen Nerven herumtanzt, kann ich kaum einen klaren Gedanken fassen.«

Thomas räusperte sich. Gewiß, das war niemandem entgangen. Er kannte Jamie schon lange und hatte ihn stets bewundert, weil der Bursche sogar in den schlimmsten Situationen seine Ruhe bewahrte. Aber diese junge Frau schien zu bewirken, was blutige Schlachten nicht vermochten. »Eigentlich finde ich den Wagen sehr schön.«

»Schön?« rief Jamie entgeistert. »Siehst du denn nicht, was sie gemalt hat? *Mich*!« Helle Wut verzerrte sein Gesicht, die Kratzwunden schmerzten noch heftiger, und er beherrschte sich mühsam. »Hätte sie dich porträtiert, Thomas, wärst du sicher auch nicht erfreut.«

»Mit *meinem* Gesicht könnte man nicht einmal einen Sack voller Asche verkaufen.«

»Weder mein noch Frances' Gesicht darf benutzt werden, um . . .« Angewidert kräuselte er die Lippen. ». . . um irgendwas zu verkaufen. Es wäre das Ende der Welt, wenn man eine schöne junge Frau zu gewerblichen Zwecken mißbrauchen würde.«

»Das Ende der Welt sollten wir dem lieben Gott überlassen. Aber wie dem auch sei – da wir alle zusammen reisen werden, mehrere Wochen lang, bitte ich dich, das Mädchen nicht noch mehr gegen dich aufzubringen.

Laß die Bilder, wie sie sind. Nur die Schriftzüge müssen verschwinden. Immerhin hat Mistress Axia die ganze Nacht geopfert, um den Wagen zu bemalen – auf deinen Wunsch. Wie das gemacht werden soll, hast du nicht erwähnt.«

»Mußt du mich an jedes einzelne meiner Worte erinnern?« Jamie wollte über sein Gesicht streichen, aber es tat zu weh. »Ja, ich verstehe, was du meinst. Also sag den Leuten, was sie tun sollen. Wenn ich mich in die Nähe dieser Person wage, könnte ich das unwiderstehliche Bedürfnis verspüren, sie zu erwürgen. Und dann laß die Wagen beladen. Wohl oder übel müssen wir die Reise um einen weiteren Tag verschieben.« Als er sich umdrehte, sah er, wie die Gefolgsleute der reichen Montgomerys lachend auf die farbenprächtigen Gemälde zeigten. Zweifellos würden sie seinen Vettern diesen Wagen in allen Einzelheiten beschreiben. »Thomas! Sie soll Kleider auf diesen Mann malen – den . . .«

»Meinst du den Löwenkämpfer?«

Stöhnend rannte Jamie davon.

*

»Versteht Ihr mich?«

Axia saß kerzengerade auf einem Stuhl und schaute ihn an. »Ja, Mylord«, erwiderte sie sarkastisch, und Jamie musterte sie mit schmalen Augen.

Seit einer halben Stunde versuchte er, ihr klarzumachen, wie gefährlich die bevorstehende Reise war, denn er befürchtete ernsthaft, sie könnte in alle Welt hinausposaunen, Frances sei die Maidenhall-Erbin.

Während die Wagen beladen worden waren, hatte er Zeit gefunden, sich zu beruhigen, und mit den Bewohnern des Anwesens gesprochen. Offenbar war die kleine Axia ein Organisationstalent. Wonach er auch fragte, von der Buchhaltung bis zur Fremdbestäubung, die Antwort lautete: »Das macht Axia.« Frances war immer nur Mistress Maidenhall, aber Axia wurde stets »Axia«, genannt – von jung und alt, von der Haushälterin bis zum Schweinehirten.

Alle Fäden hielt sie in der Hand, wie ein Großwesir. Kein Wunder, daß Frances sich vor ihr fürchtete ... Die Macht, die Axia ausübte, war unantastbar, und niemand wagte, irgend etwas ohne ihre Erlaubnis zu tun. »Dann muß ich erst Axia fragen«, hörte Jamie immer wieder.

Im Lauf des Tages überlegte er mehrmals, warum er sie so falsch beurteilt hatte. Bei der ersten Begegnung hatte sie seinen Blick stolz erwidert und ihm bedeutet: Auch ich bin etwas wert. Jetzt fand er ihr Selbstbewußtsein nicht mehr erstaunlich, wo sie doch die Finanzen der Maidenhall-Erbin kontrollierte.

Aber *mich* wird sie nicht kontrollieren, gelobte er sich. »Und was habt Ihr verstanden?«

»Nun, ich darf während der Reise keine Schwierigkeiten heraufbeschwören, oder ... Was habt Ihr gedroht? Ihr würdet mich an ein Wagenrad binden?«

»Nicht ganz. Ich fessle Euch drinnen im Wagen.«

»Natürlich, ich wußte ja, daß Ihr einen Gewaltakt gegen eine Frau plant, die nur halb so groß ist wie Ihr.«

Seufzend zwang er sich zur Geduld. »Nicht um *meine* Sicherheit ist mir bange, sondern um Frances' Wohl. Ihr scheint nicht zu begreifen, was die Welt in ihr sieht, Mistress Axia.« Schuldbewußt erinnerte er sich an Jobys Pantomime. »Weil ihr Vater so reich ist, gilt sie nicht als menschliches Wesen. Würde irgend jemand ihre Identität erfahren, müßte ich für ihr Leben fürchten.«

»Und ihr Leben bedeutet Euch unendlich viel, weil Ihr das Geld der Maidenhall-Erbin heiraten wollt.«

»Warum war ich nur so dumm, Euch zu vertrauen?« fauchte er. »Hätte ich Euch nicht erzählt . . .«

»Dann würde Frances glauben, Eure Zuneigung wäre echt! Jetzt ist sie wenigstens gewarnt.« Axia stand auf und lächelte spöttisch. »Ihr sagt, Ihr würdet Lügen hassen. Aber Ihr selbst seid ein Lügner von der allerschlimmsten Sorte. Um die Frauen zu betören, faselt Ihr von Liebe und Ehre: An jenem ersten Tag seid Ihr im Garten über mich hergefallen und habt mich angesehen wie kein Mann zuvor. Und die ganze Zeit dachtet Ihr nur an Frances' Gold. Dann raubt Ihr einem unschuldigen Mädchen die Jungfräulichkeit und . . .« Erschrocken verstummte sie. Doch die Worte ließen sich nicht mehr zurücknehmen. Sie ballte die Hände, verbarg die Fäuste zwischen den Falten ihres Rocks.

»Was wißt Ihr denn von dieser jungen Frau?« stieß Jamie hervor.

»Als sie hörte, Ihr würdet hier wohnen, kam sie zu mir. Armes häßliches Ding, das Gesicht voller . . .« Axia holte tief Atem. »Diese Närrin! Sie glaubte, Euch zu lieben. Aber Ihr liebt nur das Maidenhall-Gold, nicht wahr?«

Jamie wandte sich ab, damit sie sein Gesicht nicht sehen konnte. Unentwegt mußte er an jene Nacht denken, an Diana, an den Duft ihres Haars, ihre weiche Haut. »Was ist mit ihr geschehen?« fragte er leise. »Ich habe Geld für sie hinterlegt.«

»Glaubt Ihr wirklich, ich würde sie *Eurer* Familie überantworten? Nein, ich schickte sie . . .« Wohin, überlegte sie, dann erinnerte sie sich, daß sie Frances' Rolle spielte. »Ich schickte sie zu meinem Vater und meinen Schwestern.«

Aufmerksam beobachtete sie Jamie, der sich wieder zu ihr umgedreht hatte. Warum erkannte er Diana nicht? Was empfand er für sie? Warum hatte er Diana so zärtlich geküßt – und warum behandelte er Axia so grausam?

Sie musterte ihn kühl. »Was Eure Anordnungen betrifft – ja, ich werde mich von Euch fernhalten. Aber Frances befindet sich seit Jahren in meiner Obhut, und ihr ist nichts zugestoßen. Also könnt Ihr mir unbesorgt gestatten, auch weiterhin für sie zu sorgen. *Eure* Existenz vergesse ich nur zu gern. Für mich seid Ihr gestorben, Sir.« Hoheitsvoll rauschte sie an ihm vorbei und verließ das Zimmer.

Jamie sank auf die Fensterbank. Noch nie im Leben hatten ihm die Frauen Schwierigkeiten gemacht. Seine Schwester Joby, die alle Männer ärgerte, amüsierte ihn nur. Wenn sie es gar zu toll trieb, brauchte er nur die Brauen zu heben, und schon kam sie wieder zur Vernunft. Berengaria war ein Engel, und die Königin, die so vielen Männern Kummer bereitete, pflegte huldvoll mit ihm zu tanzen.

Auf all seinen Reisen hatten ihn die Frauen freundlich angelächelt. Aber nicht dieses Mädchen mit den großen braunen Augen und den glänzenden dunklen Locken ...

»Verdammt!« fluchte er und berührte sein geschwollenes Auge. Ein heftiger Schmerz durchfuhr sein ganzes Gesicht. Nein, Axia besaß kein menschliches Herz. Sie hatte versucht, ihre schöne Kusine zu ermorden, und den Wagen bemalt, um Frances und auch ihn der Lächerlichkeit preiszugeben, verhöhnte ihn und brachte ihn unentwegt in Verlegenheit. Die Liste ihrer Missetaten schien kein Ende zu nehmen. Und jetzt griff sie auch noch in das Schicksal Dianas ein, des süßen, heiteren Mädchens, von dem er ein so wundervolles Geschenk erhalten hatte. »Zum Teufel mit ihr!« flüsterte er wütend. Er hatte doch nur ihr Ehrenwort verlangt – falls sie überhaupt wußte, was das bedeutete –, ihr Versprechen, sie würde sich während der Reise anständig benehmen. Warum mußte sie alles dramatisieren? Und warum war er für sie gestorben?

Als die Tür aufschwang und Rhys eintrat, wußte Jamie, daß er keine Zeit mehr für diese Überlegungen finden würde. Er mußte an Frances denken, an die Bedürfnisse seiner Familie. Und es war nicht gerade hilfreich, was Axia, dieses Balg, gesagt hatte – Jamie würde um das Maidenhall-Gold werben.

»Die Wagen stehen bereit«, verkündete Rhys. »Möchtest du sie inspizieren?«

»Ja, natürlich.« Jamie erhob sich. Am nächsten Morgen würden sie zeitig aufbrechen, und vorher mußte er noch einiges erledigen. An der Tür blieb er stehen. »Rhys, verstehst du was von Frauen?«

»Gar nichts«, antwortete Rhys fröhlich. »Und jeder Mann, der das Gegenteil behauptet, ist ein Lügner.«

»Hm«, war alles, was Jamie zu sagen wußte, ehe er hinauseilte.

10

Drei Tage, dachte Axia und streckte sich wohlig im warmen Sonnenschein. Sie saß auf einem kleinen Hügel. Am Fuß des Hangs standen die Wagen, dahinter erstreckte sich eine Blumenwiese, und in der Ferne lag ein hübsches kleines Dorf. Wäre sie eine Landschaftsmalerin, würde sie die Szenerie auf die Leinwand bannen. Doch im Augenblick wollte sie nur mit ihren Gedanken allein sein und die Welt betrachten, zumindest einen winzigen Teil davon.

Seit drei Tagen und zwei Nächten genoß sie ihre Freiheit. Endlich erblickte sie, was sich außerhalb der hohen Ziegelmauern befand – dörfliche Häuser, deren oberes Stockwerk das Erdgeschoß überragte, Läden voller Waren, die sie nie zuvor gesehen hatte, darunter Reliquien und Kinderspielzeug.

Und was es alles zu essen gab! Sahnetorten, Honigkuchen, gezuckerte Rosinenbrötchen. Die Köche und Köchinnen von Maidenhall waren zwar tüchtig gewesen, aber nicht kreativ. Beim Anblick einer Bäckerei, in deren Schaufenster ein Brot in Tiergestalt ausgestellt wurde – ein Bär mit weit geöffnetem Rachen, einen zähnefletschenden Hund zwischen den Pfoten –, hatte sich Axia vor Entzücken kaum zu fassen gewußt.

Und Rhys hatte ihr dieses Brot gekauft. Lieber Rhys, dachte sie nun. Er war so freundlich zu ihr, ebenso wie Thomas.

Nach dem gräßlichen Vortrag dieses Betrügers James Montgomery, am Tag vor der Abreise, hatte sie sich geschworen, nie wieder ein Wort mit ihm zu wechseln. Oder nur im äußersten Notfall. Bis jetzt hatte sie nicht mit ihm reden müssen. Im ersten Wagen, vom Fahrer George gelenkt, saßen Frances und ihre Zofe Violet, im zweiten, den Roger steuerte, Axia und Tode. Jamie und seine beiden Gefolgsleute ritten neben der Karawane.

Von Anfang an hatte Axia die Reise in vollen Zügen genossen und während des ersten Vormittags in wortlosem Entzücken die Leute und die Häuser angestarrt, die gefurchte Straße, die schäbigen Karren. Nachmittags hatten sie angehalten, um die Pferde trinken zu lassen. Am Ufer des Bachs spielten drei Jungen mit einem Reifen. Ein anderes Kind umklammerte einen Holzbecher, an dem ein Ball hing, mit einer Schnur befestigt. Den versuchte es in den Becher zu werfen.

Neugierig ging sie zu den Kindern. Weil sie klein und nicht viel älter war als die vier Jungen, faßten sie schnell Zutrauen und erklärten ihr, worauf es bei diesen Spielen ankam. Als Rhys erschien, um Axia zu holen, brüstete er sich, er sei der beste Ballfänger der Welt, was er zu beweisen suchte. Thomas gesellte sich hinzu, um Rhys zu holen, und behauptete, er könne den Reifen so gut rollen lassen wie sonst niemand auf Erden. Natürlich demonstrierte auch er seine Kunst. Nach einer Weile schlenderte Jamie zum Ufer, wo vier Kinder und drei Erwachsene lauthals lachten und spielten. Amüsiert beobachtete er das muntere Treiben. Aber Axias Miene verschloß sich. Sie gab dem Jungen seinen Becher zurück und ging davon. Abrupt erstarb das Gelächter.

An diesem Tag freundete sie sich mit Rhys und Thomas an. Auf der Weiterreise ritten sie neben Axias Wagen und beantworteten alle ihre Fragen. Wenn sich keine Leute blicken ließen, die Tode anstarren konnten, lenkte er das Gespann, und Roger ruhte sich aus. Die vier bildeten eine fröhliche Gruppe, scherzten übermütig, gaben einander Rätsel auf und versuchten sich an Wortspiele aus der Kindheit zu erinnern. Da Axia ihre ersten Lebensjahre ausschließlich in der Gesellschaft Erwachsener verbracht hatte, konnte sie nicht auf solche Aktivitäten zurückblicken. Das erste Kind, das sie gesehen hatte, war der zwölfjährige Tode gewesen, das zweite Frances – wahrlich eine Bereicherung.

Jeden Abend zeichnete sie Porträts. Ehe die Dunkelheit hereinbrach, hielten die Wagen auf einer Wiese. Unter Axias Anleitung entzündeten die Fahrer ein Lagerfeuer und hingen einen großen Eisenkessel, mit einem Eintopf gefüllt, über die Flammen. Die Zutaten für das Essen hatten sie im nächstgelegenen Dorf gekauft.

Wann immer sie an einer Bäckerei, einem Metzger oder sogar an Schnapsläden vorbeikamen, schwangen sich Rhys und Thomas aus den Sätteln, um irgend etwas aufzutreiben, das Axia noch nicht kannte. Anfangs kauften sie auch für Frances ein, denn sie war doch die Erbin, die der Vater Zeit ihres Lebens eingesperrt hatte. Aber wenn sie ihr etwas anboten, hob sie die Brauen, als zweifelte sie am Verstand der beiden Männer. »Wie kann ich jetzt essen? Soll ich mir die Hände schmutzig machen?«

Am zweiten Morgen gaben sie den Versuch auf, ihr Interesse zu erregen. Um so eifriger fütterten sie Axia. Abends belohnte sie die beiden, indem sie die Ereignisse des Tages skizzierte. Ihr Gedächtnis vermochte sich alles einzuprägen, was sie gesehen hatte, in minutiösen Einzelheiten. Da war Rhys, der begierig nach einem Brötchen griff, während die Bäckersfrau mit einem Löffel auf seine Hand schlug. Oder Thomas rätselte an einem Spielzeug herum, vor den Augen eines kleinen Mädchens, das ihn ungeduldig beobachtete, weil er sich so dumm anstellte. Tode fuhr den Wagen, zeigte nur die unversehrte Gesichtshälfte und grinste. Und Roger schnarchte, eine kreisende Fliege über dem offenen Mund.

»Und Jamie?« fragte Thomas leise, während er die Zeichnungen bewunderte.

Nach einem kurzen Blick auf Jamie, der ein paar Schritte entfernt stand, tauchte Axia ihre Feder in die Tinte und begann, ihn zu skizzieren. Bald war das Bild fertig. Es zeigte Frances' schönes Gesicht, aber ihr Körper bestand aus Goldsäcken. Begierig küßte Jamie die

Finger, die aus den Beuteln ragten. Eine Hand, die einen Trauschein festhielt, versteckte er hinter seinem Rücken.

Eigentlich wollte niemand lachen. Es war eine schreckliche Zeichnung, das wußten sie alle. Aber Roger, der Fahrer, fand sie komisch, und als er vor Lachen brüllte, folgten die anderen seinem Beispiel. Genau diesen Augenblick wählte Jamie, um herüberzukommen und den Anlaß der Heiterkeit zu erforschen. Lächelnd reichte Axia ihm das Pergament, und Tode fiel beinahe ins Feuer, als er ihr's rechtzeitig zu entreißen suchte.

»So seht Ihr mich also«, bemerkte er und gab ihr die Skizze zurück. Ohne ein weites Wort war er davongegangen.

Während sie jetzt im Gras saß und ihre Freiheit genoß, schien ihr ganzer Körper zu prickeln. Auf ihre Arme gestützt, lehnte sie sich zurück, legte den Kopf in den Nacken, atmete tief die frische, kühle Luft ein. Hier herrschte eine ganz andere Atmosphäre als hinter den Mauern von Maidenhalls Landsitz.

Carpe diem, dachte sie, nutze den Tag. Mit jedem kostbaren Moment, verkürzte sich die Zeit der Freiheit. Drei Tage waren bereits vergangen, und sie hatte nur halb England gesehen. Sollte sie fliegen lernen. »Ja«, sagte sie laut, »ich will fliegen, ich will ...« Was wünschte sie sich am sehnlichsten? »Oh, ich möchte beweisen, daß ich mehr wert bin als mein Geld«, erklärte sie dem Wind.

Seit ihrer Kindheit hatte man sie ständig daran erinnert, daß sie die Erbin von Maidenhall war. Niemals versäumte Frances eine Gelegenheit. »Der mag dich nur wegen deines Geldes«, behauptete sie von jedem Mann, der zu Besuch kam. Und die Frauen waren angeblich nur nett zu Axia, weil sie in Geld schwamm. Immer nur der Reichtum ihres Vaters! Sonst nichts!

»Bin ich nicht mehr wert?« flüsterte sie nun. »Erwartet man nichts von mir außer dem Gold meines Vaters? Warum..« Sie verstummte, weil sie Tode pfeifen hörte, zum Zeichen, daß sie bald weiterfahren würden. Langsam stieg sie den Hang hinab, zur Wagenkolonne.

*

»Was macht sie da oben?« Ärgerlich wandte sich Jamie zu Tode. »Ein so seltsamer Mensch ist mir noch nie begegnet. Manchmal hasse ich sie, und im nächsten Augenblick . . .«

». . . seid Ihr fasziniert von ihr«, vollendete Tode den Satz und beobachtete, wie Jamie widerstrebend nickte. »Ihr Leben lang war Axia einsam. Von der Welt weiß sie nichts. Dies alles ist ihr neu.«

»Was sie meinen Männern täglich zu verstehen gibt, die sich ihretwegen zum Narren machen«, fauchte er.

Tode schüttelte den Kopf. »Bald werdet Ihr herausfinden, wie nützlich sie sich machen kann.«

»Ja, sie hilft uns, wenn wir ein Nachtlager aufschlagen.«

Tode lächelte. Das tat er nur selten, weil er dann noch grotesker aussah als sonst. »Bald werdet Ihr merken, daß Axia nicht nur kochen kann. Sie versteht eine ganze Menge vom Geld, und sie ist eine ausgezeichnete Geschäftsfrau.«

Verächtlich winkte Jamie ab. »Nur ein Narr würde dieser Hexe erlauben, sein Geld anzurühren.«

»Nun, das Erbe ihres Bruders . . .«

»Was?«

Tode räusperte sich. »Wartet doch ab, Mylord.«

Jamie schnitt eine Grimasse und schlenderte davon. Aber Todes Worte gaben ihm zu denken. Ja, unglücklicherweise faszinierte ihn Axia. So einem Menschen war er tatsächlich noch nie begegnet. Zum Beispiel schien sie keine Klassenunterschiede zu kennen. Die Verwandtschaft mit Maidenhall verschaffte ihr gewisse Privilegien, doch das verstand sie nicht. Während Frances ihre Führungsrolle auskostete, tat ihre Kusine alles, was erledigt werden mußte – ob sie nun das Geschirr in einem Bach spülte oder der Erbin half, einen verschwundenen Ring zu suchen.

Was immer Axia unternahm, sie erleichterte den anderen das Leben. Im ersten Nachtlager waren die drei Dienstboten still und umsichtig ihren Pflichten nachgegangen. Wie Jamie aus Erfahrung wußte, pflegten sich neue Diener untätig am Kopf zu kratzen, bis ihnen jemand erklärte, was sie tun mußten. Dann fand er heraus, daß Axia ihnen bereits am Nachmittag Anweisungen gegeben hatte.

Zunächst störte ihn ihre Anmaßung. Nein, er würde sich nicht von ihr kontrollieren lassen wie die arme Frances. Aber als dem geschmorten Hasenfleisch der Duft des Thymians entströmte, den Axia in der Mittagspause gesammelt hatte, vergaß er alles, was mit »Kontrolle« zusammenhing. Nicht zuletzt wegen des frischgebackenen Brotes, das zu jeder Mahlzeit serviert wurde.

Am seltsamsten erschien ihm ihre Fürsorge, die Frances galt. Er hatte befürchtet, sie würde nachts in den Wagen der Erbin kriechen, um ihr ein Leid anzutun. Statt dessen teilte sie der Zofe mit, was Frances anziehen und essen wollte, wie das Nachtlager bereitet werden mußte. Sicher hätte sich Axia großartig zur

Hofdame geeignet, abgesehen von den spitzen Bemerkungen, die ihre Kusine hin und wieder zu hören bekam.

Nach drei Tagen fiel es ihm immer schwerer, in Einklang zu bringen, was er über Axia wußte und was er beobachtete. Und was er hörte. Abend für Abend hallte der Ruf: »Fragt doch Axia!« durchs Lager. Sie wußte, in welchem Wagen dies oder jenes verwahrt wurde, das Rhys dunkles Fleisch und Thomas helles mochte. Wenn die Gefolgsmänner eine Bäckerei aufsuchten, trug sie ihnen auf, Kümmelbrötchen für Frances zu kaufen. Und Tode! Nicht einmal Fürsten genossen so viel Aufmerksamkeit, wie Axia sie ihm schenkte.

Nur einen vernachlässigte sie – Jamie. Jeden Abend beaufsichtigte sie die Leute, die Thomas' und Rhys' Zelt aufschlugen. Jamie mußte sich selber um seines kümmern. Allmorgendlich bürstete sie die Kleider der Gefolgsmänner aus. An Jamies Sachen blieb der Staub tagelang haften. Die ganze Reisegesellschaft wurde gezeichnet, sogar Frances – Jamie blieb unbeachtet.

Mochte ihm der Himmel helfen, aber gerade wegen dieses Desinteresses konnte er seinen Blick nicht von ihr losreißen. So albern er sich auch fühlte, er bemerkte alles, was sie für die anderen tat, und ärgerte sich, weil sie ihn ignorierte. Zum erstenmal in seinem Leben bemühte er sich, die Aufmerksamkeit einer Frau zu erregen. Und bald erkannte er triumphierend, wie er es anstellen mußte – er brauchte sich einfach nur um Frances zu kümmern.

Eine Stunde, nachdem Axia vom Hügel herabgestiegen war, saßen sie rings um das Lagerfeuer. Lächelnd wandte sich Jamie zu Frances. »Sieht die Erbin so aus wie Perkin Maidenhall?«

In Gedanken versunken, überlegte sie nicht, was sie sagte. Sarkastisch erwiderte sie: »Wie soll sie das wissen? Sie kennt ihren Vater nicht.«

»Ihr seid Eurem Vater nie begegnet?« fragte Rhys. »Kein einziges Mal?«

Frances blickte auf ihren Teller hinab, um ihre strahlenden Augen zu verbergen. Schon seit Tagen ärgerte sie sich, weil Rhys sie nicht beachtete und sich nur für ihre Kusine interessierte. Eines Morgens hatte er ihr irgendeine ekelhafte Süßigkeit angeboten, als wäre sie ein Kind. Seither schaute er sie nicht mehr an.

Als sie den Kopf hob, war ihr Blick von Trauer umflort. »Nun, er schickt mir Briefe oder Boten. Aber er selbst läßt sich niemals blicken.«

Alle, auch Jamie, musterten sie mitfühlend.

Wehmütig fuhr sie fort: »Ich wuchs wie ein Waisenkind auf, und ich beneidete alle Leute, die im Kreis einer Familie leben durften. Außer Axia – und natürlich Tode, habe ich niemanden.«

Axia wollte empört widersprechen, aber Tode legte eine Hand auf ihren Arm und warf ihr einen Blick zu, der besagte, dieses Spiel sei *ihre* Idee gewesen. Es mißfiel ihr, wenn ihr Vater verunglimpft wurde. Was immer er tat, sie bezweifelte nicht, daß er sein Gründe hatte. Und wenn ihr diese Gründe rätselhaft erschienen, war das ihr Problem, nicht seines. »Die Erbin von Maidenhall genoß andere Vergünstigungen, die vieles wettmachten«, betonte sie.

»Zum Beispiel Liebe?« fauchte Frances. Dann sah sie Jamie an. Unvergossene Tränen glänzten in ihren Augen. »Oh, ich will nicht um Mitleid betteln. Aber die Kusine hat der Erbin niemals ein Weihnachtsgeschenk überreicht – obwohl sie immer etwas von der Erbin bekam. Stimmt das nicht, Axia? Tode? *Du* kannst doch beschwören, daß ich recht habe.« Eindringlich blickte sie in das Narbengesicht.

»Ja, Frances, ich gebe Euch recht«, entgegnete er kühl. »Niemals hat die Kusine der Erbin irgendwas geschenkt – oder Dankbarkeit gezeigt.«

Axia spürte die Blicke aller Anwesenden und erkannte, daß sie sich verteidigen mußte. Oder würde sie Frances verteidigen? Allmählich verlor sie die Orientierung. »Die Kusine konnte es sich vielleicht nicht leisten, ein Geschenk für die Erbin zu kaufen. Und womit sollte sie die Tochter des reichsten Mannes von England erfreuen?« Diese Frage hatte Frances ihr tausendmal gestellt.

Zu ihrer Verblüffung begann die falsche Erbin zu lachen. »Was, du hattest kein Geld, Axia? Obwohl es auf dem Landsitz Maidenhall niemanden gab, der mehr besaß als du?«

Verwirrt hielt Axia den Atem an. Würde ihre Kusine jetzt die Wahrheit ausplaudern?

Immer noch lachend, wandte sich Frances zu Jamie. »Axia ist einzigartig. Was glaubt Ihr, was sie mit den Äpfeln aus unserem Obstgarten tat? Oder mit den Beeren? Das alles schickte sie ins Dorf, wo's verkauft wurde.« Triumphierend wartete sie die Wirkung ihrer Worte ab. »Aus den Blumen, die in unserem Garten wuchsen, erzeugte sie verschiedene Parfums. Damit verdiente sie eine Menge Geld. O nein, sie ist keine Lady, sondern eine echte Krämerseele. Eigentlich hätte sie eine fahrende Händlerin werden müssen.«

Seelenruhig stellte Axia ihren Teller beiseite und stand auf. »Frances, lieber esse ich eine Hand voll Nähnadeln, ehe ich deine Gesellschaft noch länger ertrage«, verkündete sie und verschwand in der Dunkelheit.

Als Frances triumphierend in die Runde blickte, lächelte ihr niemand zu, und das verstand sie nicht. James Montgomery war ein Earl, und hatte er nicht angewidert von »fahrenden Händlern« gesprochen? Außerdem wußte sie, wie gekränkt er beim Anblick des bemalten Wagens gewesen war, der für schnöde Ware werben sollte. Er haßte doch die unteren Gesellschaftsschichten, die Kaufleute, oder?

Schließlich brach Thomas das Schweigen. Er stand auf, streckte sich und erklärte, nun würde er schlafen gehen, da sie am nächsten Morgen zeitig weiterfahren wollten. Wenig später folgte Rhys dem Beispiel.

Allein mit Jamie, schlug Frances die Hände vors Gesicht. »Sie mögen mich nicht, das weiß ich.«

Jamie kniete vor ihr nieder, denn es krampfte ihm das Herz zusammen, eine Frau weinen zu sehen. »Doch, natürlich mögen sie Euch, sogar sehr.«

»Nein, sie mögen Axia. Alle Leute hatten sie viel lieber als mich, schon seit ich dreizehn Jahre alt war. Ach, Ihr könnt Euch nicht vorstellen, welch ein Leben ich führen mußte! Mein Vater sperrte mich ein, hielt mich von der Welt fern, und die Menschen interessierten sich nur für mein Geld – für sonst gar nichts.«

»Denkt Ihr das auch von mir?« fragte er leise. »Ihr wißt doch, daß ich das Gold Eures Vaters heiraten will.«

Da ließ sie die Hände von ihrem Gesicht sinken und schlang die Finger hinter Jamies Nacken ineinander. »Habt Ihr's wirklich nur auf das Gold meines Vaters abgesehen?«

»Oh, doch!« beteuerte er und neigte sich vor, um sie zu küssen.

Aber seine Lippen erreichten ihren Mund nicht, denn Axia trat so kräftig auf einen brennenden Zweig, daß er durch die Luft flog und dicht neben Jamies Bein am Boden landete. Prompt setzte er den Saum seines Wamses in Flammen.

Erschrocken schrie Tode auf, ein Fahrer rannte herbei, und mit vereinten Kräften löschten sie Jamies brennende Kleidung. Die Schwerter gezückt, stürmten Rhys und Thomas aus ihrem Zelt.

Gerettet und unverletzt, aber von hellem Zorn erfaßt, wandte sich Jamie zu Axia.

»Ach, tut mir leid.« Unbefangen lächelte sie ihn an. »Ich muß etwas zu fest auf den Zweig getreten sein. Hoffentlich habe ich Eure Tändelei mit meiner reichen Kusine nicht gestört.«

»Das zahle ich dir heim, Axia!« drohte Frances.

Endlich fand Jamie seine Sprache wieder. »Heute nacht schlaft Ihr bei mir in meinem Zelt, Mistress Axia«, entschied er. »Ich muß Euch bewachen, damit Ihr niemandem was antun könnt.«

»Lieber schlafe ich eine Woche lang im Pferdemist.«

Jamie trat einen Schritt vor, aber Tode schob sich rasch dazwischen. »Mylord, ich werde auf sie aufpassen und sie schützen.«

»Schützen?« fauchte Jamie. »Und wer beschützt *uns* vor *ihr*?«

»Also, mir ist nichts zugestoßen«, warf Rhys ein. »Bist du etwa verletzt, Thomas?«

Ein schwaches Grinsen verzog Thomas' Lippen. Sein Vater war Kaufmann gewesen, und die Erbin hatte diesen Berufsstand verunglimpft. Deshalb stellte er sich auf Axias Seite. »Verletzt? Kein bißchen.« Etwas leiser fügte er hinzu: »Höchstens von der Kaufmannstochter.«

Dankbar und liebevoll lächelte Axia den beiden Gefolgsmännern zu, und Jamie zuckte die Achseln. »Jetzt sollten wir uns zur Ruhe begeben. Mir ist's einerlei, wer wo bei wem schläft.«

Alle zogen sich in die zwei Zelte und zwei Wagen zurück.

11

»Wach auf, Tode!« wisperte Axia ihrem Freund zu, der neben Roger unter dem bemaltem Wagen schlief. Sie selbst hatte sich im Inneren ein Lager auf den Stoffballen bereitet, der Ware des Tuchhändlers, die sie zur Tarnung mitnahmen.

Gähnend richtete er sich auf. »Es ist doch noch dunkel, Axia, und bis der Tag anbricht, wird es noch ein paar Stunden dauern. Legt Euch wieder hin!«

»Wohin fahren all diese Wagen?«

Die Augen halb geschlossen, beobachtete er eine Wagenkolonne, die langsam die Straße hinabrollte, nur wenige Schritte vom Lager entfernt. »Keine Ahnung. In dieser Gegend war ich noch nie. Schlaft weiter.«

»Wenn du mir nicht sagst, was das für Leute sind, frage ich sie.« Dabei würde sie natürlich für einigen Wirbel sorgen und das ganze Lager wecken.

»Wahrscheinlich wird ein Markt im Dorf da drüben abgehalten, und die Leute wollen ihre Erzeugnisse feilbieten«, antwortete Tode und streckte sich wieder auf seiner Decke aus.

Sie schaute den Wagen nach. Ein Markt! Dafür hatte sie sich schon immer interessiert. Frances' boshafte Behauptung war keine Lüge gewesen, denn Axia hatte tatsächlich Obst und andere Produkte ins heimatliche Dorf geschickt und den Verkäufer später mit unzähligen Fragen bestürmt. Sie beugte sich wieder hinab und rüttelte Tode an der Schulter. »Steh auf! Wir fahren zum Markt.«

»Aber . . .« Bestürzt runzelte er die Stirn, und sie wußte, was ihn quälte. Er mied größere Menschenmengen, weil er sich nicht blicken lassen wollte.

»Keine Bange, du bleibst im Wagen. Niemand wird dich sehen.«

Langsam und mühselig krabbelte er unter dem Wagen hervor. »Das dürft Ihr nicht tun. Er wäre sehr böse.«

»Was spielt das für eine Rolle? Er haßt mich ohnehin schon wie die Pest.«

»Axia . . .«, begann Tode warnend.

»Bitte! Du weißt doch, was mich erwartet. Glaubst du, mein Ehemann wird mir jemals erlauben, einen Markt zu besuchen? Oder wird er mich auf dem Dorfplatz zur Schau stellen wie ein Monstrum? Seht her, die Erbin von Maidenhall!« Dramatisch erschauerte sie.

Das Wort »Monstrum« überzeugte Tode. Trotzdem erhob er einen letzten Einwand. »Wenn er uns hört . . .«

»Unmöglich, beim Lärm der Hufschläge und rollenden Räder! Oh, bitte, Tode! Dieser Mann darf mir das pralle Leben nicht vorenthalten. Vielleicht wird er uns hören. Aber wir müssen's wenigstens versuchen.«

Tode grinste, was er nur in Axias Gesellschaft tat. »Carpe diem!«

Da sprang sie vom Wagen und umarmte ihn impulsiv. »Oh, vielen Dank!« Sie nahm sich keine Zeit, um die Wirkung ihrer zärtliche Geste zu beobachten, kroch unter den Wagen und weckte Roger. Heimlich und leise entkamen sie James Montgomerys Argusaugen.

*

»Sie ist verschwunden«, flüsterte Jamie. Sein Zorn verbot ihm, die Stimme zu erheben, sonst hätte er womöglich so laut gebrüllt, daß die Sterne vom Himmel herabgefallen wären.

Rhys starrte zu der Stelle hinüber, wo der bemalte Wagen zuletzt gestanden hatte. Während der vergangenen Tage hatte er den feuerspeienden Drachen und den Löwen liebgewonnen, den Jamie bekämpfte – ein immer noch halbnackter Jamie. Unter normalen Umständen hätte er auf eine Entführung getippt. Aber hier handelte sich zweifellos um eine Art Haushaltsproblem, das Axia gewiß zu lösen wußte. Gähnend überlegte er, welche Köstlichkeiten sie fürs Frühstück mitbringen würde.

»Wohin ist sie denn gefahren?« Thomas schaute nach allen Seiten, als könnte sich der große Wagen hinter einem Felsblock verstecken.

Einzig und allein Jamie ärgerte sich maßlos. »Ihr bezweifelt also, daß da was faul ist?«

»Da sie von Tode und Roger begleitet wird, kann ihr nichts zu stoßen«, meinte Thomas. »Sicher kommen sie bald zurück.«

Jamie musterte die beiden Männer und schien an ihrem Verstand zu zweifeln. Offenbar bereitete ihnen sein Auftrag, die Erbin wohlbehalten ihrem Verlobten zu übergeben, kein Kopfzerbrechen. Und es kümmerte sie nicht, daß Axia ihm während dieser Mission immer wieder das Leben schwermachte. »Sie muß gefunden werden!« fauchte er und wandte sich zu der Zofe, die einen kleinen Tisch vor sein Zelt stellte, um Käse und Brot darauf anzurichten. »Weck deine Herrin ...« Dann verstummte er, denn Frances stieg gemächlich aus ihrem Wagen. Am frühen Morgen sieht sie nicht so schön aus wie sonst, dachte er überflüssigerweise und teilte ihr mit: »Sie hat einen Wagen gestohlen und ist weggefahren.« Wer »sie« war, brauchte er nicht zu erklären. »Nun muß ich sie finden und zurückbringen.«

Frances verabscheute frühe Morgenstunden, vor allem, wenn sie schon zu Beginn eines neuen Tages mit Axias Extravaganz konfrontiert wurde. »Sie ist ins Dorf gefahren.« Seufzend griff sie nach dem Becher Apfelwein, den die Zofe ihr reichte, und ärgerte sich über ihr zerknittertes Kleid. Hätte ihre Kusine besser aufgepaßt, wären die Sachen sorgfältiger eingepackt worden.

Da Jamie in aller Eile sein Pferd sattelte, hörte er ihr nicht zu. Aber Rhys und Thomas wandten sich zu ihr, die Hände voller Brot und Käse. »Warum sollte sie ins Dorf fahren?« fragte der ältere Gefolgsmann.

»Um Geld zu verdienen – was sonst?« antwortete Frances. Jetzt erwachte auch Jamies Interesse. Alle drei Männer starrten sie konsterniert an, und sie verzog die Lippen. Seit wann war sie die Hüterin ihrer Kusine? Sie zeigte zu den Wagen hinüber, die auf der Straße zum Dorf fuhren, zwischen unzähligen Fußgängern. »Heute ist Markttag, nicht wahr? Da wird eine Menge gekauft und verkauft.« Sarkastisch fügte sie hinzu: »Und wo immer man Geld scheffeln kann, ist Axia zu finden.« Mit schmalen Augen schaute sie zu Jamie auf. »Ich sagte doch, sie ist eine kleine Krämerseele.«

Doch er beachtete sie nicht mehr, schwang sich auf sein Pferd und verschwand in einer Staubwolke.

Soll ich ihr glauben, überlegte er, während er zum Dorf ritt. Warum sollte die Gesellschafterin der Maidenhall-Erbin auf dem Markt ihre Waren feilbieten? Und dann erinnerte er sich an Todes Erklärung, Axia könne gut mit Geld umgehen. Offenbar steckte ein Körnchen Wahrheit in Frances' Worten.

»Habt Ihr einen bemalten Wagen gesehen . . .«, begann er sich bei den Leuten zu erkundigen, sobald er den Dorfrand erreichte. Sofort verstummte er wieder, weil jemand auf ihn zeigte.

»Das ist er! Der Drachentöter! Der Löwenkämpfer!«

Zähneknirschend ritt Jamie zweiter. Nun bestand kein Zweifel mehr – Axia war hier, und alle hatten seine Konterfeis auf diesem gräßlichen Wagen gesehen.

Wieder einmal gelang es ihr, ihn zu demütigen. Achtundzwanzig Jahre lang war er stolz und würdevoll durch sein Leben gegangen, aber Axia hatte es in eine Farce verwandelt. »Eine griechische Tragödie«, murmelte er, während er sein Pferd durch das Gedränge lenkte. Ein paar hundert Leute hatten sich versammelt, um zu kaufen, zu verkaufen, zu handeln und zu feilschen oder einander einfach nur zu treffen.

»Drachentöter!« Von allen Seiten drang der Ruf zu ihm. Seltsam, dachte er zynisch, trotz der immer noch sichtbaren Kratzer auf meiner Wange und dem leicht verfärbten Auge erkennen sie mich.

Am anderen Ende des Dorfes entdeckte er eine große Menschenmenge, und über den Köpfen prangten die Farben von Axias Wagen. Und da hörte er auch ihre Stimme. Wie konnte eine so zierliche Person dermaßen laut schreien?

Um sich dem Wagen zu nähern, mußte er um das Getümmel herumreiten. Was da vorging, konnte er nur sehen, weil er auf einem hochtrabendem Hengst saß.

Tode hatte ihm mitgeteilt, im Keller des Maidenhall-Hauses würden Stoffballen lagern. Und Jamie hatte beschlossen, einige mitzunehmen, weil er sich als Tuchhändler tarnte. Natürlich hatte er nicht im Traum daran gedacht, irgend etwas zu verkaufen. Nun stellte er fest, daß der Wagen genau für den Zweck gebaut worden war, dem er jetzt diente. An einer Seite war ein Großteil des Drachenbauchs hochgeklappt, von zwei

Pfosten festgehalten, die in Eisenringen steckten. Als Ladentisch fungierte ein Brett, wahrscheinlich an der Innenwand befestigt und ebenfalls klappbar. An einer Seite der Öffnung hing eine Stoffbahn. Zweifellos versteckte sich Tode dahinter, geschützt vor neugierigen Blicken. Und Axia stand hinter dem Ladentisch, neben Roger, der ihren Anweisungen folgte, beflissen Stoffballen auseinanderrollte, einzelne Teile maß und abschnitt.

Was Jamie am meisten verblüfft, waren die zahlreichen Interessenten, die sich vor dem Wagen drängten. Hatten sie noch nie einen Tuchhändler gesehen? Oder wurden sie nur von den bunten Bildern angelockt? Wohl kaum, denn das Geschäft blühte. Roger und Tode – hinter dem Vorhang verborgen – hatten alle Hände voll zu tun, um die gewünschten Stoffstücke abzuschneiden. Im Innern des Wagens waren die Stapel der dicken Ballen sichtlich geschrumpft. An ihrer Stelle entdeckte Jamie ein Käserad, mehrere Mehlsäcke, eine Rinderkeule. Und falls ihn nicht alles täuschte, tummelten sich auf der Ladefläche, die er nur teilweise überblicken konnte, ein paar Hühner.

Während er sich einen Weg durch die Menge bahnte, hörte er wieder Axias Stimme. Verwundert zügelte er sein Pferd.

»Meine Ahnen waren die größten Kaufleute von der Welt«, schrie sie, obwohl sie sich an einen Mann wandte, der dicht vor ihr stand. »Lieber verschenke ich diesen Stoff, ehe ich den Bettel annehme, den Ihr mir bietet. Seht Ihr diesen Glanz? Das sind Drachenschuppen. Habt Ihr Euch nie gefragt, was mit den hingemetzelten Drachen aus alten Zeiten geschehen ist? Die großen Ritter erstachen sie, gewiß, aber meine Ahnen zogen ihnen die Haut ab. Die wurde gepökelt, mitsamt den Schuppen, und von den nächsten Generationen verwahrt. Die wußten nicht recht, was sie damit anfangen sollten. Doch dann fand meine Großmutter, gesegnet sei ihr Name, Mittel und Wege, um die Schuppen zu Fäden zu spinnen. Und mein begnadeter Großvater überwachte die riesigen Webstühle, wo man die Schuppen zu Tuch verarbeitete. Seht Ihr, wie das Drachentuch in der Sonne schimmert? Drachentuch zu verkaufen! Unverwüstliches Drachentuch!«

Es dauerte eine Weile, bis Jamies Gehirn den Sinn dieser Lügen erfaßte. Drachentuch? Unverwüstlich? Alle ritterlichen Gelübde, die er jemals abgelegt hatte, empörten sich. Wie konnte sie nur so schwindeln?

Aber er verschwendete keine Zeit mehr mit solchen Überlegungen, zwängte sein Pferd durch die Menschenmenge und hielt direkt vor dem Wagen an.

»Was . . .« Axia stöhnte gequält. »Schließt den Laden, meine Freunde!« rief sie Tode und Roger zu. »Der Teufel hat die Sonne gefressen.«

»Kommt da heraus!« rief Jamie mit gepreßter Stimme.

Neben ihm stand ein Mann, eine fette Gans unter dem Arm, und starrte ihn an. »Drachentö . . .«, begann er. Aber ein vernichtender Blick ließ ihn sofort verstummen, und Jamie wandte sich wieder zu Axia.

»Kommt her zu mir!« herrschte er sie an. »Um den Wagen kümmern sich die Männer. Er muß so schnell wie möglich ins Lager gebracht werden«, wies er Roger und den unsichtbaren Tode an.

Roger nickte, während Axia die Wagentür öffnete und ausstieg. »Könnte irgend jemand diesen Mann fragen, warum er so zornig ist?« Sie blinzelte ins Sonnenlicht, lächelte den Leuten zu und weigerte sich, Jamie anzuschauen. »Vielleicht ärgert er sich nur, weil ich lebe und atme.«

Aber Jamie hatte nicht vor, sich weiterhin zum Gespött der Dorfbewohner und der benachbarten Bevölkerung zu machen, die ohnehin schon alle sein halbnacktes Konterfei gesehen hatten. »Ihr da!« sprach er einen kräftigen Mann an. »Hebt sie zu mir herauf!« Natürlich würde er nicht vom Pferd steigen und sich in die Mitte dieser Gaffer wagen, die eifrig die beiden gemalten Gestalten mit dem Original verglichen.

Das Gesicht des Mannes strahlte, als hätte er den Schlüssel zum Königreich erhalten, und er schob seine Hände unter die Achseln der jungen Frau – für Jamies Geschmack viel zu nah bei den Brüsten. Schwungvoll wurde sie in den Sattel gesetzt. Nach dem der Mann sie losgelassen hatte, spürte er Jamies Dolchspitze am Kinn. »Wenn Ihr Eure Daumen retten wollt, paßt auf, was Ihr anfaßt!«

Zerknirscht trat der Mann zurück. Jamie ritt mit Axia davon, verfolgt von schrillem Jubelgeschrei – »Drachentöter! Drachentöter!« –, und er verdrehte gepeinigt die Augen.

Es dauerte eine Weile, bis er sich aus dem Gewühle befreien konnte und den Feldweg erreichte, der zu seinem Lager führte. Aber vorerst ritt er nicht dorthin und versetzte das Pferd in langsamen Trott, denn er wollte noch einmal versuchen, diesem kleinen Störenfried Vernunft beizubringen. »Wie könnt Ihr nur so leichtsinnig sein, die Leute auf uns aufmerksam zu machen? Welchen Sinn hat unsere Tarnung, wenn Ihr ein solches Spektakel inszeniert?«

Axia schwieg.

»Wißt Ihr keine Antwort?« fragte er. »Wollt Ihr mir Euer Verhalten nicht erklären?«

Sie saß vor ihm im Sattel. An einer Seite hingen ihre Beine hinab, und während seine Hände das Pferd lenkten, lehnte sie an seiner Brust, von starken Armen festgehalten. Obwohl sie beschlossen hatte, ihn zu hassen – vor allem, weil er Diana nicht wiedererkannte –, fühlte er sich sehr angenehm an.

»Axia!« mahnte er streng. »Was habt Ihr zu sagen?«

Da neigte sie sich ein wenig vor. »Pferd, hörst du irgend jemanden reden? Nein? Ich auch nicht. Es muß der Wind sein, der in den Zweigen raschelt.«

Jamie holte tief Luft. »Als Perkin Maidenhall mir schrieb und fragte, ob ich seine Tochter durch England eskortieren würde, dachte ich, das wäre leicht verdientes Geld«, erzählte er und schien mit sich selber zu reden. »Aber jetzt würde ich mich lieber mit Straßenräubern im schottischen Hochland herumschlagen, statt . . .« Doch ihm fehlten die Worte, um zu schildern, was ihm zugemutet wurde. Ein weiterer tiefer Atemzug beruhigte seine Nerven. »Axia«, fuhr er in etwas sanfterem Ton fort, denn jetzt, wo er ihren warmen Körper spürte, fiel ihm wieder ein, daß sie eine sehr reizvolle Frau war. Meistens sah er in ihr nur einen Quälgeist, den der Allmächtige auf die Erde geschickt hatte, um ihn zu peinigen. »Ihr könnt nicht einfach davonfahren, wann immer es Euch beliebt. Ebenso wie Eure Kusine steht Ihr unter meinem Schutz. Deshalb muß ich stets wissen, wo Ihr seid und was Ihr macht. Versteht Ihr mich?« Wieder wartete er vergeblich auf eine Antwort. Sie sprach nicht einmal mit dem Pferd, und als er hinabschaute, sah er, daß sie eingeschlafen war. Ihr Kopf lehnte an seiner Schulter, ihre Hände lagen züchtig gefaltet in ihrem Schoß.

Kein Wunder, dachte er. Sie arbeitete doppelt soviel wie alle anderen Mitglieder der Reisegesellschaft –

wenn sie auch nichts für *ihn* tat. Und an diesem Morgen hatte sie bereits genug Lebensmittel für die nächste Woche erworben. Vielleicht hat Tode recht, überlegte er widerstrebend, und sie ist tatsächlich eine gute Geschäftsfrau.

Aber was die ungeheuerlichen Lügen über das »Drachentuch« betraf, mußte er ein ernstes Wort mit ihr reden.

Nur noch ein paar hundert Schritte, und er würde das Lager erreichen, wo die anderen warteten. Bald mußten Tode und der Fahrer mit dem unseligen Vehikel eintreffen, das Rhys »Drachenwagen« nannte. Und dann würden sie zur nächsten Tagesreise aufbrechen.

Jamie wußte, daß es seine Pflicht wäre, das Lager sofort aufzusuchen. Doch er folgte einem Impuls, ritt einen Hang hinauf, zu einer hohen Eiche, die angenehmen Schatten spendete. Es war nicht leicht, aber er schaffte es, aus dem Sattel zu steigen, ohne Axia zu wecken, die er in den Armen hielt. Behutsam setzte er sich mit ihr unter den Baum, und sie kauerte in seinem Schoß.

Fast eine Stunde lang schlief sie, und er umfaßte ihre Hand. Nie zuvor war ihm bewußt geworden, wie klein und zierlich sie war. Ihr Kopf reichte nicht einmal bis zu seinem Kinn. Und sie erschien ihm federleicht. Seine Beschützerinstinkte erwachten. In diesem Augenblick fühlte er sich wie der Mann, den sie auf dem Wagen gemalt hatte.

Er umarmte sie noch fester, lehnte seinen Kopf an den Baumstamm und schlief ein.

Wenig später wurde er unsanft geweckt.

»Laßt mich los!« fauchte Axia und stieß ihren Ellbogen zwischen seine Rippen. »Haltet Ihr mich für ein leichtfertiges Mädchen, mit dem man sich so was erlauben darf?«

Jamie blinzelte sie an. Zunächst wußte er nicht, wo er sich befand und was geschehen war. Verwirrung – konnte das neuerdings sein normaler Zustand sein? Seit er sich über Maidenhalls Mauer geschwungen und diese ungewöhnliche junge Frau kennengelernt hatte ...

Wütend starrte sie ihn an, saß aber immer noch auf seinem Schoß. »Glaubt Ihr vielleicht, daß ich eine zweite Diana bin?«

Wäre eine andere Frau in seinem Schoß erwacht, hätte er sie geküßt. Wortlos schob er sie seitwärts ins Gras, stand auf und ging zu seinem Pferd.

Auch sie war verwirrt. Umarmte er *jede* Frau, die ihm über den Weg lief? »Wüstling!« rief sie, allerdings nicht so entrüstet, wie es diese Anschuldigung erfordert hätte. Dann erhob sie sich und wischte den Staub von ihrem Kleid. »Ich will nicht ...«, begann sie, als er zu ihr kam. Aber sein Arm umschlang ihre Taille so fest, daß ihr die Luft wegblieb. Dann trug er sie zu seinem Pferd und hob sie empor – etwas zu hoch, so daß sie unsanft in den Sattel aus Holz und Leder fiel. »Autsch!« kreischte sie. Grinsend stieg er hinter ihr auf.

Sobald das Pferd lostrabte, lehnte sie sich wieder an ihn, auf eine vertraute Weise, die ihn irgendwie beglückte. Nein, sie hielt ihn nicht für einen Wüstling. Am liebsten hätte er sie geküßt.

Nach einer Weile erklärte sie leise: »Auf dem Markt gab's mehrere Käse zur Auswahl, und ich entschied mich für die harte, weiße Sorte, die Euch am besten schmeckt.«

»Tatsächlich?« fragte er in beiläufigem Ton, aber sein Herz schlug schneller vor Freude. Zum erstenmal hatte sie etwas für *ihn* getan. Noch besser – sie wußte, was er mochte. »Maidenhall hat mir eine Börse für die Reisespesen geschickt. Und da Ihr heute so viele Lebensmittel erworben habt, kann ich Geld sparen.«

Sie drehte sich in seinen Armen um und schaute ihn an. »O Jamie, ich helfe Euch gern, die Kosten zu senken. Heute morgen fand ich's wundervoll, auf dem Markt zu kaufen und zu verkaufen, zu handeln und zu feilschen.« Schüchtern wich sie seinem Blick aus. »Vielleicht habe ich's ganz gut gemacht.«

Lächelnd betrachtete er ihren Scheitel. »Sogar großartig.«

»Meint Ihr das ernst?«

»O ja. Ihr seid nicht nur eine talentierte Malerin, sondern auch eine ausgezeichnete Geschäftsfrau.«

Jetzt sah sie ihn wieder an. »Sicher habt Ihr schon bessere Bilder gesehen als meine.«

»Nein, nirgendwo auf der Welt.«

Ihr Mund klappte auf und zu. Offenbar suchte sie erfolglos nach Worten, und das gefiel ihm. Schließlich wechselte sie das Thema. »Ich habe gemerkt, daß Ihr Mandeln mögt. Also werde ich eine Ente mit Mandeln füllen – und hier ...« Sie griff in ihren Ausschnitt und zog ein paar Salbeizweige hervor. »Das habe ich gefunden. Und ich dachte, damit könnte ich die Füllung würzen.«

»Jeden einzelnen Bissen werde ich in vollen Zügen genießen«, erwiderte er leise.

Diese zweideutigen Worte verstand sie nicht sofort, aber dann errötete sie. Natürlich, er spielte auf den Salbei an, der zwischen ihren Brüsten gesteckt hatte. Verlegen wandte sie sich ab, doch sie lehnte wieder an seiner Brust. Als das Lager in Sicht kam, fragte sie: »Darf ich Euch helfen, die Reisekosten zu senken? Ich mache mich gern nützlich.«

»Wenn Ihr wollt . . . Ich bitte Euch nur, nie wieder zu lügen. Versprecht Eurer Kundschaft keine unverwüstlichen Stoffe. Und verschwindet nicht, ohne mir mitzuteilen, was Ihr plant. Ihr könnt Euch gar nicht vorstellen, wie besorgt ich war, als ich heute morgen erwachte und Euch nirgends fand.«

»Eigentlich hättet Ihr Euch freuen müssen«, entgegnete sie tonlos. »Euer Leben wäre viel einfacher, wenn ich in eine tiefe Grube stürzte und für immer dort bliebe.«

Er lachte und drückte sie fester an sich. »O Axia, sicher würde ich Euch vermissen, obwohl Ihr ständig meine Nerven strapaziert.«

Weil er ihr Gesicht nicht sehen konnte, gestattete sie sich ein Lächeln. »Ich habe Steckrüben und Möhren und ein großes Stück Butter. Ach ja, und winzige Zwiebeln. Und wenn ich die Gänse rupfe, könnte ich ein Daunenkissen für Euch nähen.«

»Das wäre seht nett«, erwiderte er leise, als sie im Lager ankamen. Rhys streckte die Arme aus, um Axia aus dem Sattel zu helfen. »Wirklich, sehr nett . . .«

12

Sobald Frances ihre Kusine in Jamies Sattel sitzen sah, wußte sie, daß sich irgend etwas zwischen den beiden verändert hatte. Axia übte eine verblüffende Wirkung auf Männer ans – natürlich, weil sie jeden Tag schmackhafte Mahlzeiten zubereitete.

»Das sind Männer, keine Schweine, die für den Markt gemästet werden müssen«, pflegte sie zu bemerken. »An ihrer Stelle würde ich befürchten, du hättest es auf meine Leber abgesehen.«

Als sie jetzt beobachtete, wie Axia von Jamies Pferd gehoben wurde, seufzte sie tief auf. Diese Reise verlief nicht so, wie sie es wünschte. Nur zu gern hatte sie zugestimmt, die Maidenhall-Erbin zu spielen, in der Hoffnung, alle Leute würden sie erkennen, wenn sie das Land durchquerte. Dann würden sich zahlreiche Männer für sie interessieren, und sie könnte sich einen passenden Gemahl aussuchen. Zwar wäre es nicht ganz die feine Art, ihm vor der Hochzeit weiszumachen, sie würde in Geld schwimmen, und erst hinterher zu gestehen, sie sei noch ärmer als er. Doch dann hätte er sich längst in ihre Schönheit verliebt. Falls sie einen Mann erobern wollte, mußte es jetzt geschehen, auf dieser Fahrt.

Axia wußte, was sie am Ende der Reise erwartete – Frances nicht. Da Axia die meisten unangenehmen Dinge verdrängte, weigerte sie sich, über die bevorstehende Heirat zu reden. Aber irgend etwas mußte sie wissen, daran zweifelte Frances nicht. Sie hatte keine Ahnung, wie Perkin Maidenhall ihre Zukunft gestalten wollte.

Würde sie im Haus der Bolingbrookes ein Brief erwarten, mit der Mitteilung, Axia brauche keine »Gesellschafterin« mehr? Sollte sie zu ihrer Familie zurückgeschickt werden – zu den Leuten, die sie ihrer Kusine als wahre Engel beschrieb, die sie in Wirklichkeit aber stets drängten, Maidenhall noch mehr Geld zu entlokken?

Gewiß, Axia hatte ihr »luxuriöses Gefängnis« stets gehaßt, aber was wußte sie schon von der Realität? Davor war sie stets bewahrt worden.

Doch Frances wußte nur zu gut, was mit mittellosen Frauen geschah. Ihre schöne Mutter hatte einen wohlhabenden, aber langweiligen alten Bankier abgewiesen und aus Liebe geheiratet, einen hübschen Taugenichts, der sich weigerte, länger als fünf Monate auf einem Arbeitsplatz auszuharren. Fünf Jahre später war sie nicht mehr so schön gewesen, verhärmt nach den Geburten ihrer Kinder, erschöpft von ihrer Tätigkeit als Näherin.

Während die Mutter noch gelebt hatte, war Frances in ihrem zerrissenen, geflickten Kleid oft zum Haus des reichen Bankiers gegangen. Sie verstand nicht, wieso ihre Mutter den Vater geheiratet hatte. Voller Neid beobachtete sie die Kinder des reichen Bankiers in ihren sauberen, frisch gebügelten Kleidern, betrachtete die Spielsachen und gelobte sich, niemals dem Beispiel der Mutter zu folgen. Wenn sie deren Schönheit erbte, würde sie ihren Nutzen daraus ziehen.

Es war ihre eigene Idee gewesen, an Perkin Maidenhall zu schreiben, zu betonen ihre Familie sei entfernt mit seiner verwandt – durch den Bruder seines Vaters – und ihn um eine Stellung zu bitten. Manchmal erinnerte sie sich an jenen Brief, den sie so mühsam geschrieben hatte, in mehreren Versionen, auf dem gestohlenen Pergament aus einer Druckerei. Sie erwähnte seine Tochter, die sich einsam fühlen müsse. Vielleicht könne sie, Frances, ihre Freundin werden?

Als die Antwort eintraf, zusammen mit einem Geldbeutel, waren Frances und ihre Familie überglücklich. Eine Woche lang feierten sie, bis das Geld fast verbraucht war. Dann fuhr der Maidenhall-Wagen vor, um Frances abzuholen. Sie hatte keinen einzigen Blick zurückgeworfen. Nun bot ihr diese Reise eine Gelegenheit, ihrer Kusine, dem knauserigen Onkel, ihrer Abhängigkeit von dessen Reichtum und dem gräßlichen Tode zu entrinnen.

Sobald sich ein Mann in sie verliebte, würde sie ihn

heiraten. Er mußte weder steinreich noch so hübsch sein, daß er alle Mädchen erröten ließ. Nein, ein Mann wie der Bankier, den ihre Mutter abgewiesen hatte, würde ihr vollauf genügen.

Aber wie sollte sie einen Heiratskandidaten kennenlernen, wenn sie James Montgomerys Frau mimen mußte? Leider war sie nicht so kühn wie Axia, und so wagte sie es nicht, vor den Adleraugen des Earls zu fliehen. Also beschloß sie, sich in ihrer unmittelbaren Nähe umzuschauen. Da waren die beiden Gefolgsmänner, die offensichtlich nicht mehr besaßen als sie selbst.

Und der Earl? Der hatte nur Augen für Axia. Zum Teufel mit ihr, dachte Frances. Axia wußte gar nicht, wie die Männer sie anschauten, und glaubte, sie würden sich nur für sie interessieren, weil sie die Maidenhall-Erbin war. In Wirklichkeit glich sie durch ihr lebhaftes Wesen aus, was ihr an klassischer Schönheit fehlte. Da sie völlig isoliert aufgewachsen war, ahnte sie nichts von gesellschaftlichen Regeln, von der Ehrfurcht, die man Aristokraten entgegenbrachte.

Vor zwei Jahren war ein gebrechlicher alter Herzog auf Maidenhalls Landsitz aufgetaucht und hatte erklärt, er sei es müde, immer nur von dieser Erbin zu hören. Nun wolle er sie mit eigenen Augen sehen. Axia beauftragte ihn, ein paar schnatternde Gänse zu rupfen, und später schenkte sie ihm eine Zeichnung von dieser Szene. Beim Abschied beteuerte er, noch nie in seinem Leben habe er einen so vergnüglichen Nachmittag genossen. Ein Jahr später war er gestorben, und Axia hatte bitterlich geweint.

Und so fand Frances es keineswegs erstaunlich, daß James Montgomery ihre Kusine so fasziniert beobachtete. Was sie verblüffte, war Axias sonderbares Verhalten in Gegenwart des Earls und Todes Wachsamkeit.

Niemals ließ er die beiden aus den Augen. Da bahnte sich irgend etwas an, und Frances mußte unbedingt herausfinden, was.

Liebe, dachte sie angewidert. Das Schlüsselwort. Was zwischen Axia und dem Earl entstand, war zweifellos Liebe, ein albernes, überflüssiges Gefühl, von dem alle Leute faselten und das niemand brauchte. Liebe hatte ihre Mutter ins Unglück getrieben.

Und Liebe wird auch Axia zum Verhängnis werden, wenn sie nicht aufpaßt, überlegte Frances. Was würde geschehen, wenn sie gegen den Willen ihres Vaters einen verarmten Earl heiratet? Zweifellos würde Perkin Maidenhall seine Tochter enterben. Dann würde der Earl sie verlassen. Was soll dann aus Axia werden? Sie ist zwar hübsch, aber um ohne Mitgift eine gute Partie zu machen, muß man bildschön sein. Keiner würde sie nehmen, wenn sie arm wäre. Vielleicht sollte ich sie retten – vor sich selbst. Wenn ich ihr James Montgomery wegnehme, wird sie ihren Vater nicht erzürnen und weiterhin seine Erbin bleiben. Und wenn ich den Earl heirate, heiße ich Lady Frances ... Versonnen blickte sie ins Leere. Oh, wie ihre Schwestern sie beneiden würden ...

Andererseits war James Montgomery arm, trotz seines Adels. Weil er Geld brauche, hatte er den Auftrag übernommen, die Maidenhall-Erbin zu eskortieren. Aber seine reichen Verwandten würden ihn sicher unterstützen. Immerhin hatten sie seiner Bitte sofort entsprochen und ihm bewaffnete Wachtposten geschickt, die jetzt das Maidenhall-Gold hüteten.

Also war James Montgomery reich, wenn Frances ihn mit ihren sonstigen Möglichkeiten verglich. Außerdem würde sie in absehbarer Zeit keinen anderen Mann kennenlernen. Ein Pech, daß er so phantastisch aussah!

Wie sie aus Erfahrung wußte, konnte man häßliche Männer viel leichter umgarnen.

Mit schmalen Augen beobachtete sie Axia und nahm sich vor, ihr Ziel entschlossen anzusteuern. Noch vor dem Ende dieser Reise wollte sie James Montgomery heiraten. Um welchen Preis auch immer. Und eines Tages würde ihr die Kusine dafür danken.

Axia begann den Inhalt eines dieser gräßlichen unbequemen Wagen neu zu ordnen. Wenn die Königin von England in luxuriösem Stil reisen kann, warum nicht auch die Maidenhall-Erbin, fragte sich Frances. Weil Perkin Maidenhall zu geizig war, um genug Wachtposten für sein einziges Kind zu engagieren. Und so mußte das Mädchen diese Fahrt wie eine anonyme Kaufmannstochter bewältigen. Trotzdem schien sich Axia großartig zu amüsieren. Diese vulgäre Feilscherei auf dein Markt! Genau wie der Vater. Geld an sich zu raffen – das war ihre größte Freude.

Seufzend fegte Frances den Staub von ihrem Kleid. Wie sie diese primitiven Vehikel haßte! Wenn sie Lady Frances Montgomery hieß, würde sie in einer Kutsche mit Samtpolsterung sitzen, umgeben von einem Dutzend Lakaien . . .

»Was für Pläne schmiedet Ihr denn?«

Erschrocken zuckte sie zusammen, als die Flüsterstimme an ihr Ohr drang. Sie mußte sich nicht umdrehen, um zu wissen, daß dieser eklige Tode hinter ihr stand. »Vielleicht kann ich Axia vor ihrer eigenen Dummheit retten«, erwiderte sie, reckte die Nase in die Luft und schlenderte davon. Sollte er doch denken, was er wollte, und verzweifelt überlegen, was sie wohl meinte . . . Lächelnd eilte sie zu Jamie hinüber.

*

»Möchtet Ihr mit mir spazierengehen, Mistress Frances?« fragte Jamie und bot ihr den Arm. »Der Abend ist so schön.«

»Sehr gern, Sir«, antwortete sie, legte eine Hand auf seinen Arm, und sie wanderten die schmale Straße hinab, neben der sie ihr Lager aufgeschlagen hatten.

Um Konversation zu machen, verkündete er: »Bald werden wir in einem Haus übernachten, in richtigen Betten.«

»Oh, das freut mich. Und ich will endlich wieder etwas essen, was nicht über einem Lagerfeuer gekocht wurde«, fügte sie hinzu und rümpfte die Nase.

»Aber Axia kocht doch sehr gut, nicht wahr? Nie hätte ich gedacht, daß Mandeln so köstlich schmecken können.« In seligen Erinnerungen versunken, lächelte er.

Frances musterte ihn durch gesenkte Wimpern. Im schwindenden Tageslicht wirkte ihre Schönheit fast ätherisch. »Ihr geht mit mir spazieren und sprecht von einer anderen Frau?«

»Nun ja – nein.« Mehr wußte er nicht zu sagen. Eine Zeitlang schlenderten sie schweigend dahin, dann brach Frances in Gelächter aus. Als er sich verwirrt zu ihr wandte, erklärte sie: »Irgendwie sind wir uns ähnlich.«

»Gewiß, aber inwiefern?«

»Gesteht es mir doch, James Montgomery – mußtet Ihr jemals eine Frau umwerben? Hattet Ihr es jemals nötig, die Aufmerksamkeit einer verehrten Lady mühsam auf Euch zu lenken? Mit Blumen oder Gedichten?«

Unbehaglich zog er den Kopf zwischen die Schultern. »Also, um die Wahrheit zu sagen . . .«

»Auch ich mußte niemals das Interesse auf mich lenken. Ich brauchte nur still dazusitzen, und die Männer kamen zu mir. Oft kämpften sie um das Vorrecht, an meiner Seite Platz zu nehmen. Und die Jungen stolperten übereinander, um mir einen Becher süßen Apfelwein zu bringen. Zweifellos ist es Euch genauso ergangen, Sir.«

»Gewiß, ich gebe zu – ich hatte es immer sehr leicht«, entgegnete er. »Bis vor kurzem.«

Frances runzelte die Stirn. »Jetzt wird es langsam Zeit, über geschäftliche Dinge zu reden.«

Aber Jamie hörte ihr nicht zu. Bis vor kurzem . . . Was war das für ein Leben vor dem Tag gewesen, wo er Axia kennengelernt hatte?

». . . und Heiratspläne zu schmieden. Zunächst sollte es geheim bleiben. Wir werden es meinem Vater erst später mitteilen . . .«

»Heiratspläne?« wiederholte Jamie verständnislos, weil ihm entgangen war, was sie vorher gesagt hatte.

Kokett klimperte sie mit ihren langen Wimpern. »Ich dachte, Ihr wolltet das Maidenhall-Gold erringen – mein Erbe.«

»Oh, ich . . .« Es mißfiel ihm, wie freimütig sie darüber sprach.

»Schon gut«, versuchte sie ihn zu besänftigen und drückte ihren Busen an seinen Arm. Als sie merkte, daß er mit seinen Gedanken ganz woanders war, ließ sie ihn abrupt los, schlug die Hände vors Gesicht und begann zu schluchzen. »O James, Ihr wißt nicht, was mich erwartet! Mein Vater hat einen schrecklichen Bräutigam für mich gewählt. Niemals werde ich das Glück der Liebe genießen und auch keine Kinder bekommen. Ich wurde gefangengehalten, seit ich drei Wochen alt war, und in meiner Ehe droht mir ein neues Gefängnis. Wie soll ich das nur ertragen?«

Jamie tat, was er es mit allen weinenden Frauen machte, er nahm sie in die Arme und streichelte ihren Rücken.

»Sicher, ich weiß – Axia erzählte mir nur aus Bosheit, Ihr würdet mich gern heiraten«, fuhr sie stockend fort, »doch das war die Erfüllung meiner Träume. Ich hoffte, mein Vater würde mir einen hübschen, charmanten Begleiter schicken, und wir könnten . . . Nein, das wage ich nicht laut auszusprechen!«

»Sagt es mir!« flüsterte er und fürchtete, die Antwort bereits zu kennen.

»Ich hoffte, dieser Mann würde mich vor einer grauenhaften Ehe retten.«

»Mistress Frances, Euer Vater vertraut mir, und ich . . .«

»Ist Eure Familie so arm wie Axia? Trägt sie im Winter warme Kleidung? Wovon ernährt sie sich?«

Krampfhaft schluckte er und erinnerte sich an Berengarias verschimmelte Linsen, an ihre Sehnsucht nach Wärme. Von Axia fasziniert, hatte er in letzter Zeit seine Pflichten und seine Verantwortung vergessen. Aber jetzt holte ihn Frances auf den Boden der Tatsachen zurück.

Sie umklammerte seine Arme und schaute flehend zu ihm auf. »O James, wir könnten heimlich heiraten. Und sobald es geschehen ist, kann mein Vater nichts mehr dagegen tun.«

»Aber . . .« Besorgt biß er sich auf die Lippen. Wenn Maidenhall seine Tochter vor lauter Wut enterbte . . .

Lächelnd erriet sie seine Gedanken. »Die Leute sind so geblendet vom Vermögen meines Vaters, daß sie die reiche Familie vergessen, aus der meine Mutter stammte. Selbst wenn mein Vater mich enterbt, besitze ich immer noch die Ländereien meines Großvaters, einige Häuser, ein oder zwei Schlösser – und ein beträchtliches eigenes Einkommen. Aber mein Vater wird sicher nicht enttäuscht sein, wenn ich einen Earl heirate und den angesehen Namen Montgomery trage.«

»Wahrscheinlich nicht«, bestätigte Jamie geistesabwesend.

Sie schaute ihn eindringlich an, unvergossene Tränen schimmerten in ihren Augen. »Ihr werdet mich doch retten? Mir und Eurer Familie zuliebe?«

Energisch umfaßte er ihre Schultern und schob sie von sich. »Ich will mein Bestes tun, Euch zu retten. Aber meine Ehre zwingt mich, Euren Vater um Erlaubnis zu bitten, bevor ich Euch heirate. So etwas kann ich nicht heimlich tun.«

Um ihr Entsetzen zu verbergen, wandte sie das Gesicht ab. Auf keinen Fall durfte Axias Vater von dieser Heirat erfahren. »Was kümmert mich sein Einverständnis? Mein Leben lang hielt er mich gefangen. Und er würde mich an jeden Mann verkaufen, der einen angemessenen Preis zahlt. Verdiene ich es denn nicht, ein glückliches Leben zu führen, so wie andere Menschen?«

»Sprecht nicht so über Euren Vater . . .« Wenn er einen reichen, mächtigen Mann wie Maidenhall erzürnte – was würde mit seiner Familie geschehen? Daran mußte er denken. »Ich werde . . .«

»Oh, Ihr mögt mich nicht!« jammerte Frances und schob anmutig die Unterlippe vor.

»Natürlich mag ich Euch«, protestierte er, doch er merkte, daß seine Stimme keineswegs überzeugend klang. Bedrückt gestand er sich ein, daß er noch gar nicht überlegt hatte, was er für Frances empfand.

»Ah, ich verstehe«, entgegnete sie kühl. »So etwas habe ich schon oft erlebt. Da ich die Maidenhall-Erbin bin, jage ich den Männern Angst ein. Keiner kann mich lieben, alle haben es nur auf mein Geld abgesehen. Es ist Axia, die Liebe in den Männern weckt. Schaut Euch doch den ekligen Tode an, der liebt sie von ganzem Herzen. Und Ihr Gefolgsmann Rhys kann kaum noch den Blick von ihr abwenden. Von morgens bis abends macht er ihr den Hof. Sogar Euren Thomas hat sie bezaubert. Aber wenn die Männer mich ansehen, denken sie nur an das Geld, das ich in die Ehe mitbringen würde. Axia hat recht – ich bin kein menschliches Wesen, sondern nur das Gold meines Vaters.«

Als sie sich erbost abwandte und zum Lager zurückkehren wollte, hielt Jamie ihren Arm fest. Das hatte Joby schon immer behauptet – eine Frau müsse ihm nur eine traurige Geschichte erzählen und schon würde sein Herz dahinschmelzen. »Frances, das stimmt nicht«, versicherte er sanft. »Ihr seid eine bezaubernde Frau, und der Mann, der Euch eines Tages erobern wird, muß sich glücklich schätzen.«

»O Jamie!« Leidenschaftlich klammerte sie sich an ihn. »Ihr liebt mich, das weiß ich. Und ich werde Euch eine gute Frau sein. Eure Familie soll alles bekommen, was man mit dem Maidenhall-Gold kaufen kann. Glaubt mir, ich mache Euch zum glücklichsten Mann auf Erden.« Lächelnd ließ sie ihn los und ergriff seine Hand. »Kommt, wir erzählen es den anderen.« Ihre Augen leuchteten auf, als ihr ein neuer Gedanke durch den Sinn ging. »Und wir müssen meinem Vater schreiben. Ein Bote soll ihm unsere beiden Briefe überbringen. Sicher wird er unseren Heiratsplänen zustimmen und seinen aristokratischen Schwiegersohn voller Stolz ins Herz schließen. Bitte, Jamie, zögert nicht länger!« Forschend blickte sie zu ihm auf. »Was bedrückt Euch? Ist es nicht die Erfüllung Eurer Wünsche? Ihr wolltet doch die Maidenhall-Erbin heiraten.«

»Ja, darauf ist meine Familie angewiesen«, bestätigte er unsicher.

Lachend breitete sie die Arme aus und drehte sich im Kreis. »Ach, ich bin die beneidenswerteste Frau von der Welt! Seid Ihr auch so glücklich?«

»Ja, sehr glücklich.« Aber in diesen Worten schwang traurige Resignation mit. »Gehen wir zu den anderen.«

»Ja, wir müssen ihnen alles erzählen. Allerdings sollten wir unsere Briefe an meinen Vater nicht erwähnen. Axia würde ... Nun, Ihr kennt sie ja. Erklären wir einfach, wir würden heimlich heiraten. Ist Euch das recht?«

»O ja, natürlich.« Seufzend folgte er ihr ins Lager.

*

»Meine liebsten Schwestern, Eure Wunschträume werden sich erfüllen. Bald nehme ich die Maidenhall-Erbin zur Frau. Nein, es ist keine Liebesheirat. Frances braucht meinen Schutz, und wir brauchen ein neues Dach über dem Kopf. Eine reine Vernunftehe ... Obwohl Perkin Maidenhall einen anderen Schwiegersohn gewählt hat, glaubt Frances, er wird uns seine Einwilligung geben. Danach wollen wir sofort heiraten. Wenn es soweit ist, gebe ich Euch Bescheid. Erinnert Ihr Euch an Axia, von der ich Euch erzählt habe? Sie macht sich sehr nützlich. Manchmal fährt sie in die Dörfer, wo gerade ein Markt abgehalten wird, und sie ist sehr geschäftstüchtig. Sie erzählt den Kunden ungeheuerliche, aber amüsante Lügen. Vor ein paar Tagen tauschte sie eine Wagenladung unserer Tuchballen für eine Menge Münzen und Geflügel ein. Die Vögel verkaufte sie einem Händler für hundert Paar Schuhe, mit den Münzen erwarb sie tausend Knöpfe von einer Witwe, die gerade vom Begräbnis ihres Gemahls zurückkehrte. Danach beauftragte Axia uns alle, natürlich außer der

Erbin, die Knöpfe an die Schuhe zu nähen, und die verkaufte sie am nächsten Morgen für den doppelten Preis, den sie dafür bezahlt hatte. Rhys behauptet, innerhalb einer Woche habe sie den Wert unserer Tuchballen verdreifacht und sie würde in einem Monat ein Haus kaufen können. Aber ich fürchte, er hat sich in sie verliebt. Thomas auch. Jedenfalls mußte ich dank ihres Geschäftssinns schon tagelang nicht mehr in Maidenhalls Börse greifen. Eine Zeitlang werden wir in Lachlan Tevershams Haus bleiben. Dort warten wir auf die Maidenhall-Wagen und einen Brief von Frances' Vater. Also könnt ihr mir dorthin schreiben. Ich schließe Euch in meine Gebete ein. Alles Liebe, Euer Bruder James.

P. S. Leider wurde mein Wams aus violetter Seide ruiniert. Axia steckte es in Brand. Aber keine Bange, mir ist nichts passiert.«

*

»Nun?« fragte Joby ihre Schwester. »Was glaubst du jetzt? Bald wird er die Maidenhall-Erbin heiraten. Und ihr Vater müßte sich doch freuen, weil sie einen Earl bekommt.«

»Da bin ich mir nicht so sicher.« Berengaria atmete den Duft der Blumen ein, die im winzigen Garten hinter dem alten Schloß wuchsen. »Wenn sich dieser steinreiche Mann einen adeligen Schwiegersohn wünschte, hätte er das Mädchen unserem Bruder angeboten, und der wäre gewiß einverstanden gewesen. Und es gibt genug verarmte Aristokraten, die ebensogern zugegriffen hätten. Aber aus irgendwelchen verborgenen Gründen hat Maidenhall beschlossen, seine Tochter mit dem Sohn eines wohlhabenden Kaufmanns zu vermählen.«

»Das stimmt«, gab Joby nachdenklich zu, wollte aber

nicht darüber nachdenken. »Was hältst du von dieser Axia?«

Berengaria zögerte, bevor sie antwortete: »Das ist die interessanteste Person, von der ich je gehört habe.«

»Interessant? Wenn sie so geschäftstüchtig ist, hat sie vermutlich schon viele Leute zur Verzweiflung gebracht.« Irgendwas an dieser Axia gefiel Joby nicht.

»Fürchtest du, unser romantischer Bruder könnte sich in die mittellose Axia verlieben und wir würden nie genug zu essen haben?«

»Nach deiner Meinung liebt er sie bereits«, murmelte Joby. »Aber wieso findest du ihn romantisch? War es etwa seine romantische Veranlagung, die einen guten Soldaten aus ihm gemacht hat?«

»Natürlich.«

»Du bist verrückt! Was ist denn so romantisch daran, andere Leute umzubringen oder zu verstümmeln?«

»Du weißt sehr gut, daß Jamie den Krieg haßt. Aber es ist ihm ein Herzensbedürfnis, für Ehre und Gerechtigkeit zu kämpfen, für das Gute, das über das Böse siegen muß.«

»Ja, natürlich«, bestätigte Joby. »Aber was hat das mit Axia zu tun? Ich glaube, sie treibt unseren Bruder in den Wahnsinn. Einmal hat sie ihn sogar angezündet.« Ihre Augen verengten sich. »Am liebsten würde ich *sie* in Brand stecken.«

Blicklos schaute Berengaria in die Ferne. »Würdest du mir ein paar Kirschblüten pflücken? Sie duften einfach himmlisch, und deshalb dürfen wir dieses Jahr auf eine reiche Ernte hoffen.«

Joby zog ihren Dolch aus der Scheide und schnitt Zweige von einem Kirschbaum ab. »Was sollen wir unserem Bruder schreiben?«

»Du meinst, was können wir ihm schreiben, damit

er sich in diese reiche Frau verliebt, die er nur heiraten will, weil wir ein neues Dach brauchen?«

»Genau. Glaubst du nicht, sein Ehrgefühl könnte ihm verbieten, eine lieblose Ehe einzugehen? Wir sind zu arm, um an Liebe zu denken.«

»So viel lastet auf seinen Schultern«, meinte Berengaria bitter. »Mutter und ich . . .«

»Und ich. Am liebsten würde ich der Königin nacheifern und niemals heiraten.«

»Ich möchte einer Bienenkönigin gleichen und tausend Kinder bekommen, die alle an meinen Röcken zerren und ihre Arme um mich schlingen.«

»Da wäre immer noch Henry Oliver«, meinte Joby lächelnd. »Sicher wäre er gern bereit . . .«

»Oh, das wirst du mir büßen!« drohte Berengaria und griff nach ihrer kleinen Schwester.

13

Tagelang hatte es geregnet. Die Flüsse schwollen an, und die ohnehin schon schlechten Straßen verwandelten sich in Sümpfe. Darin versanken die Pferdehufe immer tiefer, und der Schlamm klebte hartnäckig an den Rädern, so daß sie sich kaum drehten.

Jamie bedauerte sich selbst, während er die Wagenkolonne durch den Morast führte. Wann hatte er jemals die Verantwortung für Kaufmannswagen und drei züchtige Zivilisten getragen? Er war immer Soldat gewesen, ein jüngerer Bruder, der den väterlichen Titel und Ländereien nicht erben würde. Und so hatte er sein Schicksal selbst in die Hand genommen und sich für das Militär entschieden.

Aber jetzt gibt es keine Ländereien mehr, dachte er, als er sein Pferd wieder einmal zügelte. Dichte Regenschleier versperrten ihm die Sicht, und das plätschernde Wasser am Boden übertönte alle anderen Geräusche.

Er stieg ab und stapfte zu dem Wagen, der erneut steckengeblieben war. Bis zu den Knöcheln versanken seine Füße im Schlamm, und er glaubte, der kalte, nasse Schmutz wurde seinen ganzen Körper bedecken.

Doch er wußte, daß nicht der Regen sein eigentliches Problem war, sondern Axia. Manchmal kam es ihm so vor, als hätte es vor der Begegnung mit dieser Frau keine Schwierigkeiten in seinem Leben gegeben. Ließ sich die Todesgefahr auf dem Schlachtfeld mit all dem vergleichen, was er ihretwegen durchgemacht hatte?

Wann immer er dachte, sie könnten Freunde werden, änderte sich die Situation schon im nächsten Augenblick. Vergeblich hatte er versucht, Frances zurückzuhalten, die zum Lagerfeuer geeilt war. Dort verkündete sie freudestrahlend, sie würde Jamie heiraten. Den Ausdruck in Axias Augen würde er niemals vergessen – tiefe Kränkung, Ungläubigkeit, das Gefühl, sie wäre verraten worden. Rasch wandte sie sich ab, und danach sprach sie nicht mehr mit ihm. Seither hatte er zweimal versucht, ihr zu erklären, er sei kein freier Mann, für ihn bedeute die Ehe ein geschäftliches Abkommen und er dürfe seinem Herzen nicht folgen. Könnte er sich von seinen Gefühlen leiten lassen . . .

Aber Axia wollte ihm nicht zuhören. Jedesmal entriß sie ihm ihre Hand und schwieg beharrlich. Als er sich dann auf die Pflicht besann, die ihm seine verarmte Familie auferlegt hatte, fand er es sogar besser, daß Axia nicht mit ihm redete. Zwei Tage später teilte sie den anderen mit, bei einem Unfall sei das Käserad vom Wagen gerollt. Das tat ihm in der Seele weh.

Doch seit diesem Morgen empfand er nur noch Zorn. Axia hatte Rhys das selbstgenähte, mit Daunen gefüllte Kissen geschenkt, das für Jamie bestimmt gewesen war.

Mit Gottes Hilfe würden sie in wenigen Stunden das Haus Lachlan Tevershams erreichen, seines Freundes und ehemaligen Waffenkameraden. Dort konnten sie in trockenen Betten schlafen, eine warme Mahlzeit essen, und vielleicht würden sich dann alle besser fühlen.

Verschwommen sah er den Drachenwagen, wie er nun allgemein genannt wurde, im prasselnden Regen vorausfahren. Auf Jamies Anordnung saßen nun beide Frauen darin, da dieses Fahrzeug leichter war und besser durch den Schlamm rollen konnte. Mit Zelten und Möbelstücken beladen, blieb er trotzdem oft stecken.

Und jetzt war es wieder einmal soweit. Seufzend erkannte Jamie, daß er den Wagen anschieben mußte. Rhys und Thomas – zum Teufel mit den beiden! – ritten neben dem anderen Wagen, also mußte er sich mit der Hilfe des Fahrers und Todes begnügen, der drinnen saß.

Zunächst studierte Jamie das eingesunkene Rad so aufmerksam, daß es eine Weile dauerte, bis er Todes Geschrei hörte. »Steine! Schiebt Steine unter die Räder! Und Zweige!«

Jamie nickte. Natürlich. Mit seinen persönlichen Problemen beschäftigt, konnte er nicht einmal an die einfachsten Dinge denken. George kauerte auf dem Fahrersitz und versuchte, die nervösen Pferde zu kontrollieren, die bei jedem grellen Blitz die Köpfe hochwarfen. Unterdessen rammten Jamie und Tode alles, was sie nur finden konnten, unter das rechte Hinterrad.

»Könnt Ihr schieben?« rief Jamie, und Tode nickte. Wasser rann über sein Gesicht, tropfte von der Nase und floß durch die tiefen Rinnen seiner Narben.

Nachdem Jamie den Fahrer alarmiert hatte, stemmte er seine Schulter gegen die eine Seite des Wagens, und Tode preßte sich an die andere. Tief versanken seine kurzen, verkrüppelten Beine im Morast.

»Fertig?« schrie Jamie, und als sie den Peitschenknall hörten, versuchten sie den Wagen mit vereinten Kräften voranzuschieben. Immer wieder verloren ihre Füße im aufgeweichten Boden den Halt, und sie rutschten aus.

Aber das Rad begann sich zu bewegen. »Noch einmal!« brüllte Jamie. »Ihr müßt Euch mehr anstrengen, Tode.«

Als das Rad schon fast befreit war, landete Jamie rücklings im Schlamm. Auf seiner Brust lagen hundert Pfund geballter weiblicher Zorn. »Das kann er nicht!« kreischte Axia und schlug ihm ins Gesicht.

Er hob die Arme, um sich vor den kleinen Fäusten zu schützen, und der Schlamm sog ihn immer tiefer hinab wie ein riesiges Meeresungeheuer, das ihn verschlingen wollte. Es war Rhys, der Axias Taille umschlang und sie wie einen Mehlsack hochhob. Jamie steckte so tief im Morast, daß er sich am Wagenrad hochziehen mußte. »Ist sie verrückt geworden?« schrie er und wischte sich den Schmutz vom Gesicht.

Mühsam hielt Rhys die junge Frau fest, die sich erbost wehrte, und zuckte die Achseln. »Laßt mich los!« kreischte sie.

Nachdem Jamie sich gegen einen neuerlichen Angriff gewappnet hatte, nickte er seinem Freund zu, der Axias Wunsch erfüllte. Aber statt sich auf Jamie zu stürzen, watete sie durch den Schlamm zu Tode, der am Boden kauerte und an der Rückwand des Wagens lehnte. Liebevoll wischte sie das Regenwasser von seinem entstellten Gesicht und schaute ihn forschend an. Doch er schien sie nicht zu bemerken. Reglos saß er da, die Augen geschlossen. »Seht doch, was Ihr angerichtet habt!« rief sie Jamie zu. »Möget Ihr in der Hölle schmoren! Helft mir, Rhys. Wir müssen ihn in den Wagen bringen.«

Beide Männer traten vor, aber Axia versperrte Jamie den Weg, und ihr Blick bewog ihn stehenzubleiben. Ein Liebespaar, dachte er. Deshalb sorgt sie gut für Tode und läßt keinen anderen Mann in ihre Nähe ...

Helle Wut verlieh ihm neue Energien, und als Rhys aus dem Wagen stieg, gab Jamie dem Fahrer Bescheid. Die zwei Männer stemmten sich gegen das Vehikel.

Plötzlich schien Jamie die Kraft eines Herkules zu besitzen. Als das Rad weiterrollte, schob er den Wagen immer noch an und ignorierte Rhys' Hand, die seine Schulter berührte. Unter Schlamm und Regenwasser floß sein Schweiß in Strömen.

Als Jamie sich zu ihm wandte und ihn zornig anstarrte, wich der Freund erschrocken zurück. Wortlos schwang sich Rhys auf sein Pferd und ritt zum anderen Wagen.

Auch Jamie stieg wieder in den Sattel, zu verbittert, um über irgend etwas nachzudenken.

Endlich erreichten sie Lachlan Tevershams Tor, und sobald sie das Haus betraten, wurde Jamie herzlich umarmt.

»Mein lieber Junge!« grinsend schlug Lachlan auf die Schulter des jüngeren Mannes. Er war groß und kräftig gebaut, mit dichtem, rotbraunem Haar und buschigen Brauen. Auf dem Schlachtfeld hatte seine bloße Anwesenheit genügt, um zahlreiche Feinde zu verjagen. Aber trotz seiner beängstigenden Erscheinung schlug er das weibliche Geschlecht nicht in die Flucht.

Einmal hatte eine Frau zu Jamie gesagt: »Wer könnte einen Mann mit so hübschen, weichen Lippen fürchten?«

»Steckst du da drunter?« Grinsend wischte Lachlan den Schlamm vom Gesicht seines Freundes.

Aber Jamie war nicht zum Lachen aufgelegt. Ärgerlich wandte er sich ab und kehrte zu den Wagen zurück. »Zieht die Bremsen an!« befahl er den Fahrern. »Und du, Smith, kümmerst dich um die Pferde. Wenn du sie mißhandelst, wirst du's bereuen!«

Während er im Regen stand und einer alten nordischen Gottheit glich, starrte Lachlan ihn verwundert an. Seit ihrer frühen Jugend kannten sie sich, und Jamie war immer freundlich gewesen. Offenbar hatte er sich verändert.

Thomas schwang sich aus dem Sattel und zeigte auf den bemalten Wagen. Soeben stieg Frances aus. Um sie vor dem Regen zu schützen, hüllte die Zofe sie in ein großes Wachstuch – aber nicht, bevor Lachlan ihr schönes Gesicht gesehen hatte. Er hob die Brauen und schaute Thomas an, als wollte er fragen: Ist Jamie *ihretwegen* so schlecht gelaunt?

Seufzend flüsterte Thomas ins Ohr des Mannes, den er schon jahrelang kannte: »Da sind *zwei* Frauen.«

Da warf Lachlan den Kopf in den Nacken und brüllte vor Lachen. Wenn's nicht, weiter war als zwei Frauen ... Nie hätte er gedacht, daß Jamie jemals Schwierigkeiten mit dem schönen Geschlecht bekommen könnte.

»Verdammt!« schrie Jamie, als er in den Drachenwagen spähte und feststellte, daß Axia mitsamt ihrem Liebhaber verschwunden war. »Wo sind die beiden?«

herrschte er einen Stallburschen an, der gerade versuchte, die Pferde ins Trockene zu bringen. Natürlich wußte der Junge nicht, wovon die Rede wir, und flüchtete vor diesem wütenden, schlammigen Ungeheuer. Jamie wandte sich zu Lachlan. »Hast du sie gesehen? Ein Mädchen und einen Mann – er ist sehr klein und . . .« Wie sollte er Tode beschreiben?

Doch er merkte, daß Lachlan keine Ahnung hatte, worum es ging. Natürlich, Tode will nicht gesehen werden, dachte Jamie. Und da er Lachlans Anwesen gut kannte, erriet er, wo der Krüppel sich verstecken würde. »Kümmere dich darum!« rief er Rhys zu und zeigte auf die Wagen. Dann riß er einem Pferdeknecht die Laterne aus der Hand und rannte zu den Stallungen. Niemals würde Tode einen Fuß in Tevershams hell erleuchtete Halle setzen.

Jamie eilte von einer Box zur anderen. Was er tun würde, wenn er die beiden fand, wußte er noch nicht. Jedenfalls trug er die Verantwortung für Axia, und es war sein gutes Recht . . .

Am Ende der Boxen lag ein Geräteraum, und als Jamie umkehren wollte, sah er einen schwachen Lichtschein unter der Tür und stieß sie auf. Entsetzt und ungläubig beobachtete er, wie Axia ihren Liebsten *auskleidete*.

Seine Hand zuckte zum Schwert. Aber da wandte sich Axia zu ihm, und er sah nicht das Gesicht einer Liebenden, sondern unverhohlene Angst. »Helft mir!« flüsterte sie mit zitternder Stimme.

Sofort verflog sein Zorn. Er stellte die Laterne ab und trat vor. »Was kann ich tun?«

»Seine Beine . . .«

Tode lag auf Stroh und schmutzigen Pferdedecken, den Kopf zur Seite gedreht, so daß er nur die unversehrte Wange zeigte. Seine wächserne Blässe erschreckte Jamie. »Wartet hier, ich hole jemanden ...«

»Nein!« Verzweifelt umklammerte Axia seinen Arm. »Bitte!« In ihren großen Augen glänzten Tränen. Feuchtes Haar klebte an ihrer Stirn. Auch ihr Kleid war klatschnaß. Sicher fror sie, war todmüde und hungrig. Doch das schien sie gar nicht zu merken. »Er ist so stolz und möchte sich nicht blicken lassen. Versteht Ihr das?«

Niemand konnte den Stolz eines anderen Menschen besser nachempfinden als James Montgomery. »Was soll ich tun?«

»Er hat schreckliche Schmerzen. Jetzt muß er erst einmal abgetrocknet und erwärmt werden. Zieht ihn aus!«

Er nickte, kniete nieder und versuchte, Tode von der Hose zu befreien. Aber der nasse Stoff haftete an der Haut, und Jamie zerschnitt ihn mit seinem Dolch. Das Licht fiel auf die nackten Beine des jungen Mannes.

Auf dem Schlachtfeld hatte Jamie viele verstümmelte Männer gesehen und gedacht, gegen einen solchen Anblick wäre er längst gefeit. Aber als er Todes Beine betrachtete, erschauerte er unwillkürlich. Sie glichen rohen Fleischklumpen, mit großen und kleinen Narben und zahlreichen Wülsten. Offenbar waren die mehrfach gebrochenen Knochen schief zusammengewachsen. Wie konnte der arme Bursche überhaupt gehen? Und wie ertrug er die Schmerzen, die ihm jeder Schritt bereiten mußte?

»Reibt damit seine Beine ein, schnell!« bat Axia. Das Fläschchen in ihrer Hand enthielt eine dunkle Flüssigkeit, und als sie eine kleine Menge auf seine Handflächen schüttete, spürte er warmes Öl. Im Gegensatz dazu fühlten sich Todes Beine eiskalt an.

Oft genug hatte Jamie seine Verwandten im schottischen Hochland besucht, und so wußte er, wie einem zumute war, wenn man fror. Ein schottischer Sommer war kälter als ein englischer Winter. Kraftvoll massierte er das Öl in Todes kalte Haut. »Sucht mein Pferd und öffnet die Satteltaschen, Axia, darin findet Ihr ein paar Kleidungsstücke. Die müßten trocken sein. Holt sie und wenn Euch jemand sieht, erklärt ihm, ich würde sie brauchen. Bringt mir auch die Flasche, die im Beutel an der Seite steckt.«

Wortlos eilte sie in den Stall und fand den Sattel, der neben Jaimies Pferd über einem Holzgestell hing. Nachdem sie die Kleider aus guter englischer Wolle und die Silberflasche hervorgesucht hatte, wollte sie zum Geräteraum zurückkehren, doch dann hielt sie inne.

Hinter einer Boxenwand erklang die Stimme eines Reitknechts. »Wie ich höre, ist sie die Maidenhall-Erbin. Das soll geheim bleiben, aber jeder weiß Bescheid.«

»Oh, die würde ich gern zwischen die Finger kriegen«, erwiderte ein anderer Mann. »Stell dir vor, all das Gold! Das wäre die Erfüllung meiner schönsten Träume.«

»Willst du ihr einen Heiratsantrag machen?«

»Ha, ich werfe sie über meinen Sattel und verlange Lösegeld von ihrem Vater.«

Lautlos schlich Axia über den strohbedeckten Boden davon. Wieder im Geräteraum sah sie, daß Jamie den bewußtlosen Tode bis auf den leinenen Lendenschurz ausgezogen hatte. Nun rieb er die Brust und die Arme mit dem warmen Öl ein. »Hat Euch jemand gesehen?« fragte er. »Sehr gut«, fügte er hinzu, als sie den Kopf schüttelte. »Wir dürfen die Leute nicht neugierig machen.«

Wann immer er mit Berengaria ausgeritten war, hatte sie Aufsehen erregt. Die Kinder waren um sie herumgetanzt und hatten geschrien: »Die Blinde! Die Blinde!« Was geschehen würde, wenn Tode über eine Dorfstraße ginge, wollte sich Jamie lieber nicht vorstellen.

»Jetzt ziehe ich ihn an. Und dann flößt ihm das ein!« Er zeigte auf die Silberflasche. »Soviel er bei sich behalten kann.« Skeptisch runzelte sie die Stirn, und er erklärte: »Das ist guter schottischer Malt Whisky. McTarvit, der allerbeste. Tut, was ich sage!«

Gehorsam rollte Axia eine Pferdedecke zusammen, schob sie unter Todes Kopf und träufelte Whisky zwischen seine Lippen. Sie sah ihm an, daß er inzwischen zu sich gekommen war, aber wegen der schmerzenden Beine sehnte er sich gewiß nach einer neuen barmherzigen Ohnmacht.

Es fiel Jamie nicht leicht, den reglosen Körper anzukleiden. Im Gegensatz zu den schwachen Beinen besaß Tode den muskulösen Oberkörper eines gesunden jungen Mannes. Nachdem Axia ihm den Whisky eingeflößt hatte, begann er zu husten. »Nein«, würgte er hervor und drehte den Kopf zur Seite. »Laßt mich schlafen.«

»Natürlich.«

Axia strich ihm das Haar aus der Stirn. Mittlerweile war ein bißchen Farbe in seine Wangen zurückgekehrt. »Schlaf nur. Ich bleibe bei dir. Heute nachte lasse ich dich nicht allein.« Sie griff unter die Decke, die Jamie über ihn gebreitet hatte, umfaßte Todes große Hand und drückte sie an ihren feuchten Busen.

Wie lange sie neben ihrem Freund gesessen hatte, wußte sie nicht. Irgendwann versuchte Jamie, sie wegzuziehen, und sie wehrte sich energisch.

Da packte er ihr Kinn und zwang sie, ihn anzuschauen. »Langsam habe ich's satt, daß Ihr mich als Euren

Feind betrachtet. Ihr seid völlig durchnäßt und friert und . . .«

»Nein, ich lasse Tode nicht im Stich!« Entschlossen riß sie sich los. »Ihr seid schuld an seinem Zustand, Sir!«

Müde strich er über sein Gesicht. Getrocknete Schlammbrocken fielen herunter. Inzwischen hatte er gelernt, nicht mit Axia zu streiten. Er konnte sie gewaltsam ins Haus bringen und ihr trockene Kleider anziehen. Aber wenn er sie nicht fesselte, würde sie zweifellos Mittel und Wege finden, um in den Stall zurückzukehren. Wortlos nahm er eine dicke Pferdedecke von einem Wandhaken und wickelte sie dann ein. Dann hob er sie hoch. »Seid still, oder Ihr weckt ihn!« flüsterte er ihr zu, als sie erbittert Widerstand leistete.

»Laßt mich los!«

Diesen Befehl ignorierte er, setzte sich mit ihr auf den strohbedeckten Boden und hielt sie auf seinem Schoß fest, an die kalte Steinmauer gelehnt. Sie versuchte noch immer, sich zu befreien, und er bat leise: »Tut mir nicht noch mehr weh! Seit ich Euch kenne, ist mein Körper mit Kratzern und blauen Flecken übersät. Bald werde ich zu bluten anfangen, wenn ich Euch nur sehe.«

Dieser Scherz besiegte ihren Zorn. Zu ihrer eigenen Bestürzung legte sie den Kopf an seine starke Schulter und begann zu weinen. Wie ein Kind wiegte er sie hin und her. Ihr Gesicht preßte sich an seinen Hals, und ihre Tränen benetzten seine Haut, aber sie versiegten sehr schnell. »Tut mit leid«, wisperte sie. »Normalerweise habe ich nicht so nah am Wasser gebaut. Niemand bringt mich zum Weinen.«

»Niemand außer mir. Diese Wirkung übe ich auf alle Frauen aus.«

»Lügner!« schnüffelte sie. »Sicher habt Ihr noch keiner Frau Tränen entlockt.«

Auf diese Bemerkung gab er keine Antwort. Eins stand jedenfalls fest. Noch nie hatte er es so sehr genossen, eine Frau in den Armen zu halten, obwohl sie nur ein formloser Klumpen in einer stinkenden Pferdedecke war. »Erzählt mir von Tode. Was ist mit ihm geschehen?«

Zum erstenmal, seit der Regen alle Lagerfeuer gelöscht hatte, fühlte sie sich erwärmt. Frances hatte Jamie angefleht, in einem Gasthaus Rast zu machen. Aber das erschien ihm zu »gefährlich«. Da niemand wußte, wer sie waren – welches Unheil sollte ihnen drohen? Wie auch immer, der Gedanke an Gefahren hatte Axia an etwas erinnert, woran sie denken müßte, irgend etwas Wichtiges. Aber es fiel ihr nicht ein, obwohl sie sich immer wieder den Kopf zerbrach.

In Jamies Armen war sie sicher und geborgen. Ihre Stirn berührte seinen Hals, und als sie etwas Kratziges spürte, zog sie einen getrockneten Schlammklumpen hinter seinem Ohr hervor. Unglücklicherweise riß sie ihm dabei auch ein Haar aus.

»Autsch!« protestierte er und starrte sie anklagend an. Jetzt tut Ihr mir schon wieder weh, sagte sein Blick. Lächelnd ließ sie den Kopf an seine Schulter sinken.

»Wußtet Ihr, daß Schlamm gut für die Haut ist? Ich habe damit experimentiert und ihn mit Grünzeug aus unserem Teich vermischt . . .«

»Schlamm und Schleim?«

»Mhm. Sehr feiner Schlamm, sehr feiner Schleim. Wenn diese Mixtur auf der Haut trocknet, entwickelt sie ihre Heilkraft.«

Das klang sehr wissenschaftlich, und Jamie versuchte

den gleichen Ton anzuschlagen. »Ja, Frances besitzt eine sehr schöne Haut.«

»Ha! Frances ist ein Feigling. Niemals erlaubt sie mir, irgend etwas an ihr auszuprobieren. Aber Tode . . .« Besorgt schaute sie zu dem schlafenden Mann hinüber.

»Erzählt mir von ihm«, bat Jamie noch einmal und spürte Axias Widerstreben.

Sie versuchte, von seinem Schoß aufzustehen. »Oh, Ihr müßt frieren! Ich hole noch eine Decke aus dem Stall. Oder Ihr solltet ins Haus zurückkehren. Sicher seid Ihr hungrig, und Euer Freund wird Euch schon suchen.« Da ihre Arme von der Decke umhüllt wurden, konnte sie sich kaum bewegen, aber Jamie hielt sie ohnehin fest.

»Ausnahmsweise werdet Ihr Euren Willen *nicht* durchsetzen. Nachdem Ihr beschlossen habt, die Nacht bei Tode zu verbringen, bleibe ich auch hier. Versteht Ihr? Diesmal bin *ich* der Sieger.«

»Gewinnt Ihr denn nicht immer? Alles muß nach Eurem Kopf gehen.«

»Tatsächlich? Ihr hättet uns nicht auf dieser Reise begleiten müssen, und ich befahl Euch keineswegs, diesen Wagen so gräßlich zu bemalen. Ich . . .«

»Ihr wolltet die Maidenhall-Erbin heiraten.«

»*Wollte* ich das? Dieses Wort entspricht nicht ganz der Wahrheit. Da ich meine Familie unterstützen muß, kann ich nicht heiraten, wen ich will. Vielleicht wißt Ihr's nicht, aber Männer in meiner Position müssen gewisse Rücksichten nehmen. Wäre es anders, könnten wir hübsche Dienstmägde heiraten.«

»Oder pockennarbige Mädchen?«

»Ja«, bestätigte er in einem Tonfall, der Axia klarmachte, daß er dieses Thema nicht erörtern mochte. »Erzählt mir endlich von Tode. Die ganze Nacht liegt noch vor uns. Also könnt Ihr Euch ruhig Zeit nehmen.«

Sie holte tief Atem. »Das alles hat ihm sein Vater angetan.«

Schon seit einiger Zeit hegte Jamie den Verdacht, daß Todes Zustand nicht von einem Unfall herrührte. »Um einen Bettler aus ihm zu machen?« Von dieser Praxis hatte er bereits gehört. Manche Leute wurden zu Krüppeln geschlagen, damit sie Mitleid erregen und Almosen einheimsen konnten.

»Nein, er wollte den Jungen zur Schau stellen, in einem Wagen durch ganz England befördern und Eintrittsgeld verlangen.«

»Statt dessen wurde er zur Erbin gebracht.«

Zu mir, wollte Axia entgegnen, doch sie sprach es nicht aus. Wenn Jamie wüßte, daß sie die Erbin war – würde er ihr einen Heiratsantrag machen? »Ja«, sagte sie leise. »Perkin Maidenhall kaufte Tode seinem Vater ab und schickte ihn zur – Erbin.«

»Zusammen mit Euch?«

Axia nickte. »Offenbar hat er eine Schwäche für Außenseiter und Kuriositäten.«

»Ihr seid keine Außenseiterin, sondern . . .«

»Was?« Atemlos wartete sie auf die Antwort.

»Einzigartig. Niemand läßt sich mit Euch vergleichen.«

»Ach ja, ich bin so außerordentlich, wie Frances gewöhnlich ist.«

»Frances ist schön.«

Abrupt richtete sie sich auf und starrte ihm in die Augen. »Frances ist *nicht* schön.«

»Was denn sonst?« fragte er erstaunt.

»Vielleicht werdet Ihr mich jetzt auslachen, aber ich glaube, Ihr wißt nicht, was Schönheit ist.«

»Da Ihr Frances oft porträtiert, müßt Ihr sie schön finden.«

»Nein, nur die Liebe ruft Schönheit hervor . . .« Axia schmiegte den Kopf wieder an seine Schulter. »Wenn man geliebt wird, ist man schön. Eine dicke alte Frau, in der ihr Ehemann immer noch ein rankes junges Mädchen sieht, ist schön. Und um wahrhaft schön zu sein, muß man andere Menschen mehr lieben als sich selbst.«

»Also seid Ihr schön?«

»Oh, Ihr verspottet mich! Nein, ich bin nicht schön, weil ich immer nur an mich selbst denke. Aber Tode ist wunderschön. Sicher wußtet Ihr es nicht, aber auf dem Maidenhall-Anwesen hielt er alle Fäden in der Hand. Er kannte sämtliche Leute und ihre Probleme. Wenn jemand krank wurde, sorgte Tode für ihn, und er heiterte jeden auf, der Trübsal blies. Um die Kinder kümmerte er sich besonders liebevoll, denn für die war er kein häßliches Monstrum, sondern einfach nur der liebe, freundliche Tode. Er ist ein sehr gütiger Mensch.«

»Aber er mag Frances nicht.«

»Niemand, der hinter ihre schöne Fassade schaut, mag sie«, erwiderte Axia entschieden. »Außer Euch. Ihr schaut hinter die schöne Maske, und dort erblickt Ihr sehr viel Geld. So wie alle Männer.«

»Hat sich Frances nicht um die Leute auf Maidenhalls Landsitz gekümmert?« Seine Schwestern hatten stets betont, er sei für die Bewohner der umliegenden Dörfer verantwortlich, obwohl ihm der Grund und Boden nicht mehr gehörte.

»Oh, Frances kennt nicht einmal ihre Namen. Sie will . . .«

»Ja, was will sie?«

»Möchtet Ihr mich wieder fragen, wie Ihr sie umwerben sollt? Ich könnte Euch raten, ihr noch mehr Gänseblümchen zu schenken. Vielleicht ein ganzes Zimmer voll . . .«

»Nein, danach frage ich nicht. Ich . . .« Was versuchte er herauszufinden? »Was wünscht *Ihr* Euch vom Leben?«

»Freiheit«, antwortete sie prompt. »Ich will nicht in einem Gefangnis leben und mich darin verstecken, sondern reisen, wohin immer ich will.« Nun hob sie wieder den Kopf und schaute Jamie an. »Wart Ihr schon in Frankreich?«

»Sogar sehr oft.« Lächelnd erwiderte er ihren Blick. Er fror erbärmlich und spürte, wie der Schlamm auf seiner Haut trocknete – und er umarmte ein Mädchen, das in eine stinkende Pferdedecke gewickelt war. Keine besonders romantische Situation. Und doch drängte es ihn . . .

Empört versuchte sich Axia loszureißen. »Wollt Ihr mich verführen? Starrt Ihr mich deshalb so an? Erst die arme Diana mit den Pockennarben, dann die alberne Frances, und jetzt *ich*?«

»Natürlich nicht«, widersprach er müde. »Wie könnte ich auch nur an so etwas denken? Eine Liebesnacht mit Euch? Unmöglich! In Eurer Nähe würde ich mich niemals auskleiden, sondern eher einen Panzer anlegen.« Obwohl sie sich erbost wehrte, hielt er sie eisern fest.

»Ich kann allein hierbleiben«, erklärte sie kühl. »Wirklich, Ihr müßt mir nicht Gesellschaft leisten. Sicher geht es Tode inzwischen wieder gut. Seine Beine machen ihm oft zu schaffen, und ich betreue ihn jedesmal. Wir beide brauchen sonst niemanden.«

Plötzlich preßte Jamie sie noch fester an sich. »Seit Ihr ein Liebespaar?« Eine Zeitlang versuchte sie noch, sich aus seinen Armen zu befreien. Aber er war zu stark, und schließlich gab sie sich geschlagen. »Nein«, seufzte sie, »nur Freunde. Wie kommt Ihr bloß auf solche Gedanken? Weil Ihr wegen Euer großen Liebe zu Frances an nichts anderes denken könnt?«

»Ihr wißt, daß ich Frances nicht liebe.«

»Aber Ihr wollt sie heiraten.«

»Ihr Geld. Und mit dieser Ehe ist ihr ebenso gedient wie mir.«

»Meiner Kusine vielleicht schon, aber Ihr werdet ein sehr unglückliches Leben führen. Sie ist furchtbar dumm.«

»Das ist mein Pferd auch, und ich mag es trotzdem.«

»Natürlich kümmert's mich nicht, wen Ihr heiratet.«

Wieder einmal überlegte er, daß Maidenhall dieser Trauung niemals zustimmen würde. Oder hoffe ich auf seine Weigerung, fragte er sich. Er holte tief Atem. »Soviel ich weiß, hat Gregory Bolingbrookes Vater eine Menge Geld für seine künftige Schwiegertochter bezahlt.«

»Wo habt Ihr das gehört?« fauchte Axia.

»Das Schicksal der Maidenhall-Erbin interessiert ganz England. Nun, vielleicht wird mich ihr Vater nicht als Schwiegersohn akzeptieren.«

»Obwohl Ihr ein Aristokrat seid? Sicher wäre er entzückt, wenn die Königin seine Tochter am Londoner Hof empfangen würde.«

»Wenn er vom Vater des Bräutigams Geld verlangt, warum sollte er sich dann freuen, wenn sein einziges Kind einen mittellosen Earl heiratet?«

»Vielleicht liebt er sie und erfüllt alle ihre Wünsche.«

»Ein Mann, der seine Tochter niemals sieht, dürfte sie wohl kaum heiß und innig lieben.«

»Das stimmt nicht!« protestierte Axia heftig. »Wahrscheinlich liebt er sie abgöttisch. Das könnt Ihr nicht wissen.«

»Es wäre immerhin möglich«, entgegnete Jamie, erstaunt über ihren Temperamentsausbruch.

»Und vielleicht hat er seine Tochter nur eingesperrt, um sie zu schützen.«

»Nicht einmal die Königin wurde in ihrer Kindheit so beschützt wie die Maidenhall-Erbin. Sogar Strafgefangene dürfen sich freier bewegen . . . Was mißfällt Euch denn?« fragte er, weil sie wieder aufzustehen versuchte.

»Nun, ich finde es keineswegs amüsant, über Väter zu reden, die ihre Kinder nicht lieben.«

»Oh . . .« Jamie nickte verständnisvoll. »Weil Tode von seinem Vater so schrecklich mißhandelt wurde, nicht wahr?«

»Ja«, wisperte sie und bemühte sich, ihre schmerzlichen Gedanken zu verdrängen. Wenn sie mit Tode oder Frances zusammen war, erwähnte sie ihren Vater sehr oft. Sie korrespondierte regelmäßig mit ihm, hatte ihn aber nie gesehen, niemals seine Hand gehalten . . . Nein, daran wollte sie nicht denken. Um sich zu beruhigen, holte sie tief Luft und lehnte sich wieder an Jamie.

»Was würde Perkin Maidenhall sagen, wenn ich seine Tochter heimlich heirate?« fragte Jamie. Dazu drängte ihn Frances immer wieder.

»Vermutlich würde er seiner Tochter sehr gern erlauben, in die Aristokratie einzuheiraten, solange er nichts dafür zahlen muß.«

Sofort dachte Jamie an das schadhafte Dach seines Schlosses, an die Dorfbewohner, die wieder für die Montgomerys arbeiten wollten. »Nichts?«

Axia lächelte. »Natürlich würde seine Tochter das Erbe ihrer Mutter erhalten, aber das fabelhafte Maidenhall-Vermögen erst nach seinem Tod. Falls er's ihr vermacht.«

»Nun, wenn ich genug Essen auf den Tisch bringen und ein bißchen Land kaufen kann, bin ich schon zufrieden.«

»Das ist alles, was Euch vorschwebt? Warum bemüht Ihr Euch dann um die Maidenhall-Erbin? Sicher könnte jede einigermaßen gutsituierte junge Frau Eure Wünsche erfüllen.«

Jamie zuckte die Schultern. »Aber Frances ist gerade verfügbar, und es eilt.«

»Ah, ich verstehe. Also spielt es keine Rolle, an wen Ihr Euch verkauft.«

»Hört auf!« befahl er. »Ihr wißt nicht, welche Verantwortung ich trage. Und Ihr? Wen werdet Ihr heiraten? Wer soll Euch ernähren?« Ärgerlich verstummte er. Was ging es ihn an, wen sie heiratete? Aber während er sich diese Frage stellte, spürte er viel zu intensiv ihren Körper in seinen Armen.

»Oh, ich weiß, was Verantwortung bedeutet«, erwiderte sie leise. Eine Zeitlang schwieg sie bedrückt, denn sie wußte sehr wohl, daß ihr Vater seiner Tochter nicht erlauben würde, einen mittellosen Aristokraten zu heiraten oder dessen Frau zu bleiben, sollte sie es wagen, die Ehe heimlich einzugehen. Das würde Maidenhall in hellen Zorn versetzen. Nur weil er Zeit seines Lebens nichts verschenkt hatte, war er so reich geworden. Er verkaufte alles. Sogar seine Tochter.

Doch es würde ihn nicht stören, wenn Frances den verarmten Earl heiratete. Vielleicht war es grausam von Axia, die Farce fortzusetzen. Andererseits – wenn Jamie heimlich mit Frances vor den Traualtar trat, nur wegen ihres Geldes, und hinterher feststellte, daß sie keins besaß, dann verdiente er nichts Besseres. Nun, so weit würde Axia es nicht kommen lassen. Was jetzt geschah, spielte keine Rolle, solange ihr Vater nichts erfuhr.

Lächelnd malte sie sich aus, wie sie die Hochzeitszeremonie unterbrechen und verkünden würde, Frances besitze nicht einmal das Kleid, das sie am Leib trage. Oh, wie sie James Montgomerys Entsetzen genießen würde ... Nur deshalb wollte sie das Spiel fortsetzen, und sie hoffte inständig, der Vater würde ihr vorerst nicht hinter die Schliche kommen.

Was ihre eigene Hochzeit betraf – auch daran mochte sie nicht denken. Sobald sie das Reiseziel erreichten, mußte sie den Mann heiraten, den Maidenhall erwählt hatte.

Jamie legte eine Hand auf ihre Stirn. »Was bedrückt Euch? Ihr habt Geheimnisse. Verratet mir Eure Gedanken!«

Nein! Wehmütig erinnerte sie sich an die Nacht, wo er sie geliebt hatte. Manchmal schienen jene Stunden einer fernen Vergangenheit anzugehören, und dann kam es ihr so vor, als hätte er sie erst gestern geküßt und seine Liebe beteuert. »Ach, Ihr macht mich ganz krank! Versucht Ihr mich ebenso zu verführen wie Frances? Oder soll sie bis zur Hochzeitsnacht keusch bleiben? Benutzt Ihr nur arme Mädchen wie Diana und mich, um Eure Gelüste zu stillen? Wenn Ihr die arme Diana geschwängert habt ... Wer wird sich um sie kümmern?«

Abrupt ließ er sie los. »Ihr könnt jetzt aufstehen«, sagte er kühl, und sie erhob sich. Dabei bereitete ihr die dicke Pferdedecke, in die sie gewickelt war, einige Schwierigkeiten.

Aus unerklärlichen Gründen ärgerte sie sich. Sie ging zu Tode und berührte seine Hand, um festzustellen, ob ihm wärmer geworden war. Als Jamie ihr folgte, wich sie seinem Blick aus. »Nun solltet Ihr gehen und Eurer Erbin den Hof machen. Alle Männer in der Schloßhalle werden Frances umschwärmen. Und da jeder weiß, daß sie die Maidenhall-Erbin ist . . .«

»Was?!«

Gegen ihren Willen mußte sie lächeln. Jamie hatte offenbar geglaubt, sein Geheimnis wäre noch immer nicht entlarvt worden. »Das hörte ich im Stall, als ich die Sachen für Tode holte.«

»Und Ihr habt's mir nicht erzählt?«

»Verzeiht mir, aber das Maidenhall-Gold, auf das Ihr so versessen seid, war mir nicht so wichtig wie das Leben meines Freundes.«

»Dieses Gold wird von Eurem eigenen Fleisch und Blut verkörpert, von Eurer Kusine.«

Das ernüchterte sie. »Ja. Geht jetzt. Ich brauche Euch nicht mehr.«

»Axia . . .« Die Worte schienen ihm zu fehlen.

»Nun?«

Aber er konnte sie nur anstarren. Ihr seid so schön, wollte er sagen. Wenn man Schönheit mit der Sorge um das Wohl anderer Menschen gleichsetzen konnte, dann erschien ihm Axia, die in diesem kalten Geräteraum nasse Kleider trug und ihren verletzten Freund pflegte, überirdisch schön. Doch irgendein Selbsterhaltungstrieb hinderte ihn daran, das auszusprechen.

Für dich ist sie nicht bestimmt, Montgomery, sagte er sich. Du mußt eine reiche Frau heiraten. Denk an Berengaria, an die Dorfbewohner, die ihr letztes Hemd geopfert haben, um dich herauszuputzen, damit du die Erbin umgarnen kannst. Denk an . . . Oh, denk an alles, nur nicht an diese schlammbeschmierte, mißgelaunte, großherzige Hexe, die alle deine Gedanken beherrscht, seit du sie kennst . . . »Ihr seid ein Alptraum«, flüsterte er.

»Natürlich. Geht zu Eurer Erbin und laßt mich in Ruhe.«

*

Einige Stunden später, nach einem erholsamen Bad und einer warmen Mahlzeit, griff Jamie zur Feder und schrieb seinen Schwestern.

»Ich werde Perkin Maidenhall brieflich um die Hand seiner Tochter bitten. Ob er mir erlauben wird, sie zu heiraten, weiß ich nicht. Axia glaubt, ein adeliger Schwiegersohn würde ihm gefallen. Aber da bin ich mir nicht so sicher. Noch habe ich nicht mit Lachlan gesprochen, und alle sind schon zu Bett gegangen. Seit Tagen regnet es. Die Straßen sind matschig. Immer wieder blieben die Wagen stecken. Deshalb gab es einige Probleme. Axias Freund wurde verletzt. Von Tode habe ich Euch noch nicht erzählt, und ich will auch jetzt nur erwähnen, daß ich ihn nach Hause mitbringen werde. Wir werden einen Gutsverwalter brauchen, und er ist sehr tüchtig. Sicher wirst du ihn mögen, Berengaria, und ihn so sehen, wie er wirklich ist. Jetzt sieht ihn nur Axia mit diesen besonderen Augen. Wie gern würde ich jetzt schlafen gehen – aber ich muß auf Axia aufpassen, die ihren geliebten Tode pflegt. Ich liebe Euch beide, und ich bete für Euch. Euer James.«

*

»Eins, zwei, drei, vier«, sagte Berengaria. »Ja, ich habe mitgezählt. Viermal hat er den Namen dieser Axia geschrieben, nicht wahr?«

»Mhm«, stimmte Joby ärgerlich zu. »Du hast recht. Und die Erbin erwähnt er nur ein einziges Mal. Könnte ich ihn doch zur Vernunft bringen! Übrigens, einer dieser widerlichen Blunts hat heute ein Feld niedergebrannt.«

»Sein eigenes Feld«, betonte Berengaria.

»Gewiß, es gehört den Montgomerys nicht mehr. Am liebsten würde ich unseren reichen Verwandten schreiben, was hier los ist.«

»Dann würde Jamie dir die Haut abziehen.«

»Das ist noch besser als zu verhungern.«

»Und nun knurrt dein Magen, weil ein Feld niedergebrannt wurde, was nicht dir gehört?« fragte Berengaria ihre Schwester, und beide kannten die Antwort. Auf keinen Fall durften sie den wohlhabenden, erfolgreichen Verwandten diese Fehlschläge eingestehen. »Wir sollten ihn bitten, uns etwas mehr über die Erbin zu schreiben. Welche Musik gefällt ihr, was sind ihre Lieblingsblumen? Um das herauszufinden, muß er mit ihr reden!«

»Wenn diese Axia ihn in die Nähe dieser Erbin läßt«, fauchte Joby.

»Magst du Axia nicht?« fragte Berengaria zögernd.

»Du doch auch nicht.« Nachdenklich musterte Joby ihre Schwester. »Sicher will sie Jamie einfangen. Das ist ihre einzige Chance, einen Earl zu heiraten. Wie schafft sie es nur, ihn von der schönen Erbin abzulenken? Trägt sie tief ausgeschnittene Kleider?«

»Daran liegt es sicher nicht. Jamie interessiert sich nur für intelligente Frauen, mit denen er reden kann. Vielleicht diskutieren die beiden über Aristoteles' Theorien. Und sie liest Bücher in griechischer Sprache, um ihn zu beeindrucken.«

»Überleg doch mal! Was können wir tun, damit er sich in die Erbin verliebt?«

»Irgendwie müssen wir ihn von dieser Axia weglokken. Du weißt doch, einem schwachen, hilfsbedürftigen Geschöpf kann er nicht widerstehen.«

»Eine schöne Maid in höchster Not!« rief Joby. »Da läßt sich sicher was arrangieren.«

14

Als Axia den Geräteraum verließ, stand die Sonne schon hoch am Himmel. Sie ging erst, nachdem Tode ihr versichert hatte, er könne für sich selber sorgen. Nun wollte sie nur noch ein Bad nehmen und schlafen.

In diesem ummauerten Anwesen kannte sie sich nicht aus. Sie mochte das Haus nicht durch die Vordertür betreten. Zweifellos saßen die anderen schon am Frühstückstisch, und es widerstrebte ihr, Jamie und Frances zu begegnen, die saubere, hochelegante Kleider tragen würden.

Sie eilte zum hinteren Teil des Schlosses und durchquerte die Küche. Bei diesem Anblick vergaß sie ihre Erschöpfung. Hier tummelten sich zahlreiche Leute. Zwei dicke Köche standen am Herd, Gehilfen rannten mit Pfannen und Töpfen umher, Kinder spielten Fangen und wurden von Frauen ermahnt, sich anständig zu benehmen, einige Männer überschrien den Lärm, und Hunde wühlten im Abfall.

Was für eine Verschwendung, dachte Axia und blickte sich entsetzt um. Am Boden lagen Mehlsäcke, frisch aus der Mühle, achtlos geöffnet, so daß sich die Ratten daran laben konnten. Vom großen Tisch waren Kräuter und Gemüse herabgefallen, wurden leichtfertig zertrampelt. Was aus dem Backofen kam, schlang die lebhafte Schar sofort in sich hinein. Ein Mann schleppte ein halbes Rind zur Speisekammer und stieß Axia fast um.

Unbemerkt huschte sie an offenen Gewürzschränken vorbei, die mühelos von irgendwelchen Eindringlingen geplündert werden konnten. In der Vorratskammer sah sie Bierfässer und importierte Weine, für jedermann zugänglich. Eingelegtes Gemüse und Pökelfleisch verdarb in unverschlossenen Gefäßen. »Widerlich«, murmelte sie. Wer immer dieses Schloß besaß, zahlte doppelt soviel fürs Essen, wie es nötig gewesen wäre. Hier herrschte keine Ordnung, niemand führte die Aufsicht.

Trotz ihrer Müdigkeit verspürte sie den Wunsch, einen Besen oder ein Schwert zu ergreifen, dreinzuschlagen, all die überflüssigen Leute zu verscheuchen und der Vergeudung ein Ende zu bereiten. Wäre dieser Haushalt besser organisiert, überlegte sie, könnten viel mehr Mäuler gestopft werden, und es würde weniger kosten.

»Paßt auf!« Sie hörte den Ruf gerade noch rechtzeitig, ehe ein Stück Fleisch vor ihre Füße fiel. Ungläubig beobachtete sie, wie zwei Hunde eine ganze Rindsleber fraßen.

»Oh, was für ein hübsches Ding!« meinte ein Mann, zwei Schweinsköpfe unter den Armen. Als Axia ihm einen vernichtenden Blick zuwarf, wich er zurück. »Tut mir leid«, entschuldigte er sich und verschwand in der Speisekammer.

Während sie durch den Korridor lief, der von der Küche zur Halle führte, sah sie, daß man die Binsen am Boden schon monatelang nicht ausgewechselt hatte. Offenbar mußte das ganze Haus dringend gereinigt werden. Wenn dieser Lachlan Teversham ganze Heerscharen ernährte, warum hielt er sie nicht zur Arbeit an?

In der Halle ging es ebenso chaotisch zu wie in der Küche. Noch mehr Hunde (wie viele besaß dieser Mann?) schnüffelten am Boden und suchten Speisereste. Staubige Fahnen hingen an der hohen Decke, auf den halbkreisförmig angeordneten Tischen häuften sich die Speisen. In der Mitte balgten sich vier oder fünf kleine Jungen, ziemlich schmutzig, aber gut gekleidet, so daß Axia sie für die Söhne des Schloßherrn hielt. Wenn er Kinder hatte – wo war seine Frau? Warum unternahm sie nichts gegen diese Unordnung?

Während Axia in der Tür stand, beobachtete sie Frances, die an der herrschaftlichen Tafel saß, wieder einmal im Mittelpunkt der Aufmerksamkeit. Ein großer, attraktiver Mann, zweifellos Lachlan Teversham, neigte sich zu ihr und hing an ihren Lippen. An der anderen Seite beugte sich Jamie zu ihr. In seinem dunkelgrünen Samtwams wirkte er sauber und putzmunter, was Axia nicht von sich behaupten konnte.

In der sicheren Überzeugung, man würde sie nicht bemerken, ging sie in die Mitte der Halle, packte die Jungen an den Hemdkragen und versuchte, sie auseinanderzuzerren. Doch sie hatte die Kraft der Kinder unter- oder ihre eigene überschätzt. An keinerlei Disziplin gewöhnt, glaubten sie, Axia wollte mit ihnen spielen. Einer umfaßte ihren Knöchel. Schreiend fiel sie ins Getümmel, und wenig später wurde sie beinahe von einem lachenden, schreienden Haufen erstickt.

Was wäre wohl geschehen, hätte man den größten Jungen nicht von ihr weggezogen. Sie lag auf dem Rücken, die Arme schützend über dem Gesicht, und sah den attraktiven Mann mit den grauen Schläfen vor sich stehen, der eben noch ihre Kusine hofiert hatte.

Unwillkürlich lächelte sie ihn an. Im nächsten Augenblick umschlang ein muskulöser Arm ihre Taille, und sie landete wie ein Mehlsack auf Jamie Montgomerys Hüfte. Ihre Zöpfe hatten sich aufgelöst, wirre Locken hingen ihr in die Augen.

»Wen hast du denn da, Jamie, mein Junge?« fragte Lachlan.

»Laßt mich los, elender Rüpel!« schrie sie. Zumindest versuchte sie zu schreien, obwohl sie – zwischen Jamies Hüfte und seinem starken rechten Arm eingeklemmt – kaum Luft bekam.

»Ein Kobold aus der tiefsten Hölle«, erklärte Jamie, dann brüllte er gellend, als Axia in sein Bein biß, und ließ sie beinahe fallen.

Immerhin stellte er sie auf die Füße. Sie strich ihr Haar aus dem Gesicht, dann schaute sie den großen, rothaarigen Mann an, der ihr auf Anhieb gefallen hatte. »Axia Mai ...«, begann sie, und Jamie umklammerte schmerzhaft ihren Arm. »Autsch!«

»Matthews«, sagte er. »Eine Kusine von Frances, nicht wahr?«

Hinter Lachlan standen vier hübsche, neugierige kleine Jungen.

»Liebe Kinder, wenn ich euch Schwerter gebe, würdet ihr diesen Mann erstechen?« fragte Axia.

Interessiert blickten sie zu Jamie auf, und ihr Vater lachte schallend. »Höre ich recht, Montgomery? Eine Frau, die dich nicht anhimmelt?«

Jamie seufzte. »Soll ich dir meine Narben zeigen?«

»Mir würde sie sicher nichts antun«, meinte Lachlan und musterte Axia von oben bis unten.

Wissend lächelte Jamie und ließ ihren Arm los. »Mein ahnungsloser Freund, du kennst sie nicht. Vorhin sah ich Euch wütend aus der Küche kommen, Axia. Erklärt doch dem armen, naiven Schloßherrn, was Euch so erzürnt«, bat er und schaute Lachlan selbstgefällig an.

Natürlich erriet sie, was er ihm beweisen wollte. Aber sie würde kein Blatt vor den Mund nehmen. Sie holte tief Atem. »Welche Verschwendung! Teures Essen wird den Hunden vorgeworfen oder zertrampelt, viel zu viele Leute treiben sich in der Küche herum. Und dieser Schmutz!« Empört trat sie einen Schritt auf Lachlan zu. »Ihr solltet Euch schämen! Warum laßt Ihr Euer Haus so verkommen? Und wieso erzieht Ihr Eure Kinder nicht?«

Sie wußte nicht, wie zauberhaft sie aussah, trotz der Schlammflecken auf ihrem Kleid und ihrer zerzausten Haare, die bis zur Taille hinabhingen. Die Hände in ihre Hüften gestemmt, schaute sie zu Lachlan auf, der so groß war wie ein Bär. Aber jetzt stand er wie ein zerknirschter Schuljunge da, der von seinem Lehrer gemaßregelt wird.

»Und Eure Frau sollte sich erst recht schämen! Wie kann sie ihren Haushalt nur so vernachlässigen? Wenn sie besser wirtschaften würde, müßtet Ihr nur die Hälfte für das alles zahlen. Sorgt Ihr Euch nicht um die Zukunft? Seid Ihr so reich, daß Ihr unbeschwert vergeuden könnt, was andere Menschen dringend brauchen würden? Habt Ihr . . .?«

Abrupt verstummte sie, weil Jamie wieder nach ihrem Arm griff und sie von seinem Freund wegzog. Jetzt verstehst du sicher, was ich meine, besagte der triumphierende Blick, den er dem Schloßherrn zuwarf.

Aber Lachlan starrte Axia ebenso verwundert an wie seine Söhne. Dann nahm er plötzlich ihr Gesicht in beide Hände und drückte einen Kuß auf ihren Mund.

Alle Anwesenden (außer Frances) hatten zu essen aufgehört und beobachteten die Szene in der Mitte des

Raumes wie ein faszinierendes Theaterstück. Erstaunt sahen sie, wie Lachlan die kleine Frau küßte. Aber niemand war so verblüfft wie Jamie.

»Leider habe ich keine Frau«, verkündete der Hausherr. »Wollt Ihr mich heiraten?«

»Ja, sehr gern«, antwortete Axia prompt.

»Nein!« donnerte Jamie, und die anderen schnappten nach Luft.

»Doch!« Axia wandte sich zu ihm. »Ich kann heiraten, wen ich will. Das geht Euch nichts an.«

»Euer Vater . . .«

Natürlich wußte sie, daß er Frances' Vater für ihren hielt. »Der ist letztes Jahr gestorben.«

»Aber ich dachte, er wäre am Leben«, entgegnete Jamie verwirrt.

»Danach habt Ihr nie gefragt. Er fiel einer Seuche zum Opfer, wurde in einem Massengrab verscharrt, und ich konnte mich nicht einmal von ihm verabschieden.«

»Wartet!« Rhys eilte um die Tische herum und gesellte sich hinzu. »Von meinem Vater habe ich ein Stück Land geerbt. Reich bin ich nicht, aber ich wäre glücklich, wenn Ihr meinen Heiratsantrag in Erwägung ziehen würdet, Mistress Axia.«

»Den Teufel werdet Ihr!« Lachlan wollte wieder nach ihr greifen, aber Jamie war schneller und schob sie hinter seinen Rücken.

»Dieses Mädchen steht unter meinem Schutz, und ich muß . . .«

»O nein, ich stehe *nicht* unter seinem Schutz«, protestierte Axia. »Er wollt mich nicht einmal auf diese Reise mitnehmen. Glaubt mir, er muß nur eine einzige Pflicht erfüllen, und die Mai . . . Eh, Frances zu ihrem geliebten Bräutigam bringen. Übrigens, er will sie selber heiraten.«

Nun schauten alle zu Frances hinüber, die sich ihrem Frühstück widmete und die Ereignisse zu ignorieren suchte. Wo immer Axia erschien, sie zog die allgemeine Aufmerksamkeit auf sich, und Frances wollte sie endlich loswerden. Wenn ihre Kusine diesen Lachlan heiratete, der keinen Adelstitel trug, wie Frances mittlerweile herausgefunden hatte, und dessen Söhne sich wie junge Wölfe benahmen, wäre sie mit Jamie allein.

»Teuerste Kusine«, begann Frances honigsüß und lächelte sie strahlend an, »du vergißt, daß dein Vater dich in meine Obhut gab, und ich erlaube dir, einen dieser beiden Männer zu heiraten, noch heute, wenn du willst.«

Was stimmte nicht mit ihm, fragte sich Axia und musterte den Schloßherren. Frances ist doch so versessen darauf, einen Ehemann einzufangen. Was stört sie an Lachlan? Auf den Gedanken, er könnte Frances einen Antrag gemacht haben und abgewiesen worden sein kam sie nicht.

In Wirklichkeit hatte der seit zwei Jahren verwitwete Lachlan schon mehrere Gelegenheiten gefunden, wieder zu heiraten. Doch er wünschte sich mehr von seiner künftigen Gemahlin als nur ein hübsches Gesicht. Er brauchte eine Frau, die seine ungebärdigen Söhne zähmen konnte, und er wollte endlich wieder Wein ohne Sandkörner trinken.

Von einer charakterstarken Mutter großgezogen, hatte er geglaubt, eine zarte, zerbrechliche Frau würde ihm gefallen. Aber nachdem er seine kranke Gattin zehn Jahre lang gepflegt hatte, träumte er von einer Frau, die in der rechten Hand eine Peitsche und in der linken eine Armbrust schwang. Es gab keine andere Möglichkeit, mit diesen Kindern fertig zu werden.

Als er auf ein Knie sank, befand sich sein Kopf in Axias Augenhöhe. »Heiratet mich! Alles, was ich besitze, soll Euch gehören. Kommt her, Jungs!« befahl er. »Bittet diese süße Lady, sie möge eure neue Mutter werden.«

Wenn sie auch nicht verstanden, was da vorging, wagten sie einen direkten Befehl ihres Vaters nicht zu mißachten. Und so stürzten sie sich auf Axia, umklammerten ihre Hüften, ihre Schenkel, ihre Taille und schrien aus Leibeskräften: »Bitte, Ihr müßt unsere Mutter werden!«

Entzückt schaute sie in die Kindergesichter. Es war so wundervoll, sich von anderen Menschen berühren zu lassen, und diese hübschen Jungen . . .

Aber Jamie bereitete der Szene ein Ende. Er packte Axias Schultern, zerrte sie von den Kindern weg und schob sie zu der Treppe, die in den Oberstock führte. »Habt Ihr vergessen, daß mein Mission geheim bleiben soll?« zischte er in ihr Ohr. »Niemand darf erfahren, wer Eure Kusine ist.«

»Und was hat *meine* Hochzeit, mit *Eurer* zu tun, die Ihr der Welt verschweigen wollt? Laßt mich doch hier bei Eurem lieben Freund, und ich falle Euch nicht länger zur Last.« Sein wütender Blick gefiel ihr. War er etwa eifersüchtig? Aber warum, wo er doch eine andere zu heiraten gedachte? »Oder soll ich mich lieber für Rhys entscheiden? Beide Männer sehen ungewöhnlich gut aus, nicht wahr? Wäre ich so veranlagt wie Ihr, würde ich selbstverständlich den reicheren wählen und alle Gefühle vergessen.« Sie blieb auf den Stufen stehen. »Nun, welchen soll ich heiraten?«

»Weder den einen noch den anderen!« stieß er hervor. »Ich bringe euch zu Eurem . . .«

»Zu wem? Zu meinem Verlobten?« Spöttisch lächelte sie ihn an. »Ich sehe keinen Grund, Euch weiterhin zu begleiten.«

»Aber Ihr seid Frances' Gesellschafterin.« Darüber lachte sie so herzhaft, daß er unwillkürlich lächelte. Doch er wurde sofort wieder ernst. »Ob es Euch paßt oder nicht, Ihr steht unter meinem Schutz. Und solange ich keine Instruktionen von Maidenhall erhalte, werdet Ihr tun, was ich sage. Ihr dürft keinen dieser beiden Männer heiraten.« Energisch schob er sie die letzten Stufen hinauf.

»Aber Frances darf einen Mann heiraten, den ihr Vater *nicht* ausgesucht hat? Sie ist verlobt, kann aber trotzdem tun und lassen, was sie will? Und obwohl ich *nicht* verlobt bin, wird es mir verwehrt, eigene Entscheidungen zu treffen? Habe ich das alles richtig verstanden?«

»Ihr stellt zu viele Fragen. Vielleicht wird Maidenhall Euren Heiratsplänen nicht zustimmen. Da Ihr mit ihm verwandt seid, und Euer Vater tot ist, müßtet Ihr sein Mündel sein. Also hat er das Recht, Euer Schicksal zu bestimmen. Und vielleicht darf ich Euch daran erinnern, daß ich noch nicht mit Frances verheiratet bin.«

»Höre ich aus Eurer Stimme die Hoffnung heraus, Ihr könntet Euch doch noch vor ihr retten? Oder wollt Ihr die schöne Frances so schnell wie möglich in Euer Bett zerren?«

»Was wißt Ihr schon von Betten?« fragte er wie eine prüde alte Lady und öffnete die Tür des Zimmers, das man ihr zugewiesen hatte. Drei Männer hoben Eimer hoch und schütteten heißes Wasser in eine hölzerne Wanne.

»Viel mehr, als Ihr glaubt«, erwiderte Axia in mysteriösem Ton. Dann entdeckte sie die Wanne. Zweifellos hatte *er* für diesen Luxus gesorgt. »O Jamie«, wisperte sie. Erst jetzt spürte sie wieder, wie unangenehm das feuchtkalte, schmutzige Kleid an ihrer Haut klebte.

Als sie sich zu ihm wandte, lächelte er sie so hinreißend an, daß sie schwankte und an einem Bettpfosten Halt suchte. Es war nicht das Lächeln, das sie beobachtete, wenn er mit Frances flirtete, sondern das Lächeln eines Jungen, der sich über seine gelungene Überraschung freute. Nun glich er einem kleinen Sohn, der seiner Mutter zerdrückte Blumen schenkte, und sie versicherte ihm, sie würde niemanden auf der Welt so innig lieben wie ihn.

»Ich dachte, vielleicht würdet Ihr gern baden«, bemerkte er zögernd. »Aber wenn Ihr keine Lust habt . . .«

Natürlich wußte sie, daß er ein Lob hören wollte. »Nicht einmal die kostbarsten Perlen könnten mir in diesem Augenblick besser gefallen. Und ich werde in der Wanne sitzen, bis sich meine Haut vom Körper löst. Oh, bitte, sagt den Männern, das Wasser soll so heiß wie möglich sein.« Oft genug hatte sie beobachtet, wie Frances einen Mann bat, Befehle zu erteilen, die sie genausogut selber aussprechen konnte. Dieser Trick verfehlte niemals seine Wirkung. Beflissen erklärte Jamie den Dienern, was Axia wünschte. »Ich werde mir die Haare waschen«, verkündete sie voller Vorfreude.

»Hier findet Ihr Kamillenseife und Spülwasser mit Rosmarin.« Jamie zeigte neben die Wanne. »Hoffentlich seid Ihr mit allem zufrieden.«

»O ja.« Träumerisch schaute sie ihn an und fragte sich, was geschehen wäre, hätten die Männer in diesem Augenblick nicht gemeldet, das Bad sei bereit.

»Dann lasse ich Euch jetzt allein.« Jamie schenkte ihr ein schwaches Lächeln, ging mit den Dienern hinaus und schloß die Tür hinter sich.

Glücklich tanzte Axia im Zimmer umher. Wie wundervoll war doch die Freiheit. Zwei Männer hatten um ihre Hand gebeten, und Jamie ... Was er im Schilde führte, wußte sie nicht, aber sie fand es himmlisch. Rasch zog sie sich aus und stieg ins heiße Wasser. Während sich ihr Körner erwärmte, legte sie den Kopf an den Wannenrand und schloß die Augen.

*

»Er hat den Brief abgeschickt!« schrie Frances ihre Kusine an, die in der Badewanne saß. »Hörst du? Er hat den Brief abgeschickt!«

Nach der schlaflosen Nacht war Axia, vom heißen Wasser eingelullt, im Reich der Träume versunken. »Wer hat welchen Brief abgeschickt?« fragte sie müde. Wer »er« war, wußte sie selbstverständlich, aber nicht, um welchen Brief es sich handelte. Nachdem Frances ihr das erholsame Bad verdorben hatte, begann sie, ihre Haare einzuseifen.

»Den Brief an deinen Vater!« Frances ließ sich auf den Schemel am Fußende des Betts fallen. »Lord James hat ihm geschrieben und ihn gefragt, ob er seine Tochter Frances heiraten darf. Nicht dich. Frances. *Mich.*«

Axia war so erschöpft, daß es eine Weile dauerte, bis sie den Sinn dieser Worte begriff. Dann hob sie entsetzt die Brauen. »Jamie hat meinem Vater geschrieben?« flüsterte sie, berührte ihre Stirn und versuchte, klar zu denken. Nachdem Frances voller Stolz verkündet hatte, sie würde Jamie heiraten, war Axia zu wütend gewesen, um sich den Kopf zu zerbrechen. Die Gründe ihres Zorns hatte sie nicht zu erforschen gewagt. Jedenfalls hatte der heftige Tumult ihrer Gefühle alle vernünftigen Gedanken verscheucht. »Erzähl mir alles.«

»Eigentlich wollte ich heimlich heiraten, aber Lord

James erklärte, er sei es seiner Ehre schuldig, deinen Vater um Erlaubnis zu bitten . . .«

»Also ist er *mein* Vater«, murmelte Axia.

Dieser Einwand wurde ignoriert. »Natürlich stimmte ich zu. Was blieb mir anderes übrig?«

»O ja, sicher hast du dir deine Lügengeschichten gut überlegt.«

Frances Augen funkelten ärgerlich. »Das alles habe ich nur für dich getan.«

»Was?«

»Er gefällt dir, das weiß ich, und wenn du ihn heimlich heiratest, würde dein Vater dich enterben.«

Zunächst verschlug es Axia die Sprache, dann fragte sie: »Um mich zu retten, willst du Lady Frances werden? Verzeih mir, daß ich jemals schlecht von dir gedacht habe. Du bist ja so großzügig.«

Frances musterte sie prüfend, um festzustellen, ob das ernst gemeint war. Bei Axia konnte man nie wissen.

»Bitte, erspar mir dieses Märchen!« Axia richtete sich in der Wanne auf, und ihre Augen verengten sich. »Erzähl mir lieber von diesem Brief«

»Nun, Lord James erklärte, er würde an Perkin Maidenhall schreiben, um ihn zu fragen, ob er seine Tochter Frances heiraten dürfe. Da konnte ich nicht gut nein sagen, also kündigte ich an, auch ich würde meinem Vater schreiben. Natürlich hätte ich die Briefe niemals abgeschickt.«

Ungläubig starrte Axia ihre Kusine an. »Dachtest du, Jamie würde es nicht merken, wenn er keine Antwort bekommt? Oder hattest du vor, ihm zu schreiben und die Handschrift meines Vaters zu fälschen?«

Soweit hatte Frances nicht vorausgedacht, was sie jedoch nicht zugab. »Das alles spielt jetzt keine Rolle mehr, weil Lord James den Brief abgeschickt hat.« Sie preßte die Lippen zusammen, was sie nur selten tat, aus Angst vor verfrühten Falten. Dann senkte sie die Stimme. »Was wird dein Vater tun, wenn er liest, daß *ich* seine Tochter bin – nicht du?«

Damit wollte sich Axia nicht befassen. Es fiel ihr sehr schwer, ihren Ärger über Frances zu bezwingen. »Keine Ahnung. Entweder wird er gähnen und sagen: ›Du meine Güte, das muß ein Irrtum sein.‹ Oder er kommt mit einer Armee hierher, um mich zu holen ... Was glaubst du?« Sie holte tief Luft. »Und Versuch dir doch mal auszumalen, wie er *dich* bestrafen wird, liebe Kusine! Wahrscheinlich wird er dich splitternackt ausziehen und dich in den Straßengraben werfen. Mal sehen, wen du dann noch mit deiner Schönheit betören kannst!« Gequält schloß Axia die Augen. Sie brauchte Zeit, um nachzudenken. »Gieß mir einen Eimer Wasser über den Kopf.«

»Was immer du von mir halten magst, ich bin nicht deine Zofe«, entgegnete Frances entrüstet.

»Also gut, du kannst ja *dein* Gehirn benutzen, um das Problem zu lösen.«

Nach kurzem Zögern ergriff Frances den schweren Eimer und schüttete Wasser auf Axias eingeseiftes Haar. Danach putzte sie mit dem einzigen trockenen Handtuch imaginäre Wassertropfen von ihrem blauen Samtkleid. »Vielleicht sollten wir die Antwort auf den Brief abfangen.«

Inzwischen konnte Axia klar denken und erkannte, was geschehen war. Wegen dieses Briefes würde die Zeit ihrer kostbaren Freiheit womöglich früher zu Ende gehen als geplant. »Nicht die Antwort bereitet mir Sorgen, sondern die bewaffnete hundertköpfige Schar, die Vater hierherbringen wird.« Wieder versuchte sie, ihre

Nerven zu beruhigen. Wenn sie sich ärgerte, konnte sie keinen vernünftigen Gedanken fassen. Sie stand in der Wanne auf, nahm das Handtuch aus Frances Händen und begann sich abzutrocknen. »Vermutlich ist's am besten, wenn du verschwindest.«

»Verzeih meine Eitelkeit, aber glaubst du, das würde niemand bemerken. Und warum soll *ich* verschwinden? Dein Vater wird *dir* zürnen. Ich bin nur die Kusine.«

»Eine mittellose Kusine. Außerdem hast du das alles heraufbeschworen, mit deinem Gefasel von der heimlichen Hochzeit.«

Trotzig reckte Frances das Kinn vor, und Axia wußte, wie sinnlos es wäre, sie an ihre eigenen Fehler zu erinnern. Was sie selbst verschuldet hatte, pflegte sie schnell zu vergessen.

»Wann hat er den Brief abgeschickt?« fragte Axia.

»Heute morgen, nehme ich an. Er war die ganze Nacht weg. Übrigens . . .« Frances warf einen Blick auf Axias unbenutztes Bett. »Wo hast du die Nacht verbracht?«

»Bei Tode. Die Beine taten ihm weh. Wenn Vaters Brief eintrifft, darfst du nicht mehr hier sein. Er wird . . .«

»Ja, was wird er tun?« wisperte Frances verängstigt.

»Er wird dich rauswerfen und mich in Ketten legen. O Frances, warum denkst du niemals nach, bevor du Ärger machst?«

»Findest du's denn so schlimm, daß ich einen Earl heiraten will? Du kannst dir nicht vorstellen, wie einem zumute ist, wenn man sich niemals sicher fühlt. Jeden Tag schwebt eine Axt über meinem Kopf. Ich weiß nicht, was mit mir geschehen wird . . .«

»Weiß *ich* denn, welches Schicksal mich erwartet?« schrie Axia, dann zwang sie sich zur Ruhe. Über einer

Stuhllehne hing ein frischgewaschenes Hemd aus weißem Leinen, und sie schlüpfte hinein. Nachdem sie Frances' Neuigkeiten gehört hatte, sah es nicht so aus, als würde sie Schlaf finden. Aber sie wollte sich's wenigstens bequem machen. »Laß mich nachdenken. Ich bin so müde . . .«

Warum hatte sie Frances nicht gewarnt und nicht überlegt, was der Vater tun würde, wenn er erfuhr, seine Tochter beabsichtige nicht den erwählten Bräutigam, sondern einen anderen Mann zu heiraten? Jamies und Frances' Heirat wäre nur die Verbindung zwischen einer armen Frau aus dem Mittelstand und einem armen Aristokraten. Das würde niemanden etwas angehen, nur die beiden. Aber der Rollentausch und Perkin Maidenhalls persönliche Interessen verschärften die Lage.

Nun bereute Axia ihren Leichtsinn. Warum hatte sie nicht an die möglichen Konsequenzen ihrer Idee gedacht, mit Frances die Rollen zu tauschen? Kalte Angst stieg in ihr auf. Sie hatte ihren Vater zwar nie gesehen, aber sie korrespondierte mit ihm, seit sie schreiben konnte. Trotz seiner ständigen Abwesenheit regierte er ihr Leben, und sie war stets bemüht gewesen, ihm Freude zu bereiten. Wenn sie sein Wohlgefallen errang, würde er sie vielleicht einmal besuchen und sagen: »Gut gemacht!«

Kein einziges Mal hatte sie erwogen, den Schwiegersohn seiner Wahl *nicht* zu heiraten. Wenn sie sich weigerte, was würde der Vater ihr antun?

Trotz ihres abgeschiedenen Lebens war sie nicht naiv. Seinen Reichtum hatte er nicht durch Güte und Freundlichkeit errungen. Er kannte keine Skrupel, und wann immer ihm jemand in die Quere kam, wußte er genau, wie er sich durchsetzen mußte. Die Mutter hatte er geheiratet, um ihrem Vater ein Stück Land abzuluchsen. Ganz egal, was er sich wünschte – letzten Endes erreichte er immer sein Ziel.

Sobald er den Brief James Montgomerys erhielt, der ihn um die Hand seiner Tochter *Frances* bat, würde Perkin Maidenhall erraten, daß Axia und ihre Kusine die Rollen getauscht hatten. Und wie er die Leute behandelte, die ihn hintergingen, war allgemein bekannt.

Würde er beschließen, Jamie zu ruinieren? Würde er Frances hinauswerfen, ohne ihr einen Penny zu geben? Oder würde er sie mit dem widerlichsten Mann verheiraten, den er auftreiben konnte? Und wie würde er seine ungehorsame Tochter bestrafen?

»Es ist schrecklich, nicht wahr?« wisperte Frances und beobachtete angstvoll Axias Gesicht.

»Ja, ich fürchte, wir sind zu weit gegangen«, antwortete Axia, und das Wörtchen »wir« erleichterte Frances dermaßen, daß sie beinahe in Tränen ausgebrochen wäre.

»Was sollen wir tun?«

»Wenn mein Vater mit seiner Armee ankommt, darfst du nicht mehr hier sein. Und Jamie muß verschwinden, bevor das Antwortschreiben eintrifft. Wenn wir ihm weismachen, er schwebe in Gefahr und müsse fliehen . . .«

»Ohne dich wird er nicht gehen«, entgegnete Frances grimmig. »Sicher will er dich von deinen Verehrern loseisen, nachdem du dieses alberne Spektakel aufgeführt hast, und dich dann für den Rest deines Lebens anbeten.«

Bei der Erinnerung an diesen Morgen lächelte Axia. »Zwei Heiratsanträge an einem Tag. War das nicht wundervoll?«

»Soll ich ja sagen? Ich fand diese Szene ekelhaft. Du

willst doch keinen der beiden heiraten, oder? Rhys ist nicht besonders gut situiert, und der andere hat Söhne, die sich wie wilde Tiere benehmen.«

»Wie du weißt, steht es mir nicht zu, meinen Ehemann selbst zu wählen«, fauchte Axia. »Darum geht es doch! So frei wie du bin ich nicht. Du kannst heiraten, wen du willst, sogar deinen Earl, falls du's tatsächlich schaffst, ihn vor den Traualtar zu schleppen.«

Diese Worte erhellten Frances Miene. Natürlich würde sie es ihrer Kusine niemals gestehen, aber allmählich gewann sie diesen James Montgomery lieb – nicht nur, weil er ein Earl war, sondern weil er ihr immer so höflich begegnete. Ganz anders als die Männer, die sie ständig bedrängten und berühren wollten. Sie ließ sich nicht gern anfassen.

»Jetzt hab ich's!« verkündete Axia freudestrahlend. »Du wirst entführt!«

»Nein, das gefällt mir nicht«, erwiderte Frances prompt.

»Das hättest du dir überlegen sollen, bevor mein Vater über deine Heiratspläne informiert wird.« Axia setzte sich auf den Bettrand und versuchte, ihr nasses Haar mit dem feuchten Handtuch zu trocknen. »Ja, das ist eine gute Idee. Tode wird die Entführung arrangieren. Gestern erzählte ich Jamie, die Reitknechte würden bereits wissen, daß du die Maidenhall-Erbin bist. Also wird sich niemand wundern, wenn dich jemand verschleppt.«

»Aber die Gefahr . . .«

»Die existiert nur in deiner Phantasie. Natürlich wird Jamie deinem Entführer folgen.«

»Und du?« fragte Frances bissig. »Was wirst du tun, wenn ich halb ohnmächtig in einem Wagen liege? In heißen Bädern sitzen? Gefüllte Pfauen essen?«

»Wieso interessiert dich das, wenn du mit deinem geliebten James allein bist? Ich werde . . .«

Aber was sie tun würde, wußte sie noch nicht. Wenn der Vater den Brief bekam, in dem Frances als Erbin bezeichnet wurde, sandte er vermutlich sofort jemanden hierher, der seine richtige Tochter zu identifizieren vermochte. Oder würde er Jamie eine Beschreibung schicken? »Meine Tochter ist die häßliche. Wie konntet Ihr Frances mit meiner unscheinbaren, langweiligen Erbin verwechseln?«

Jetzt, wo die Morgensonne durch die Ritzen der geschlossenen Fensterläden ins Zimmer schien und Frances' perfekte Wange sanft beleuchtete, glich ihre Haut einem Pfirsich. Schwarze Borten schmückten das blaue Satinkleid, und Axia wußte ganz genau, was es gekostet hatte. Sie selber trug nie so teure Kleider. Warum sollte sie einen Esel mit Diamanten behängen?

»Oh, ich hasse es, wenn du mich so anschaust!« klagte Frances. »Ganz bestimmt hast du irgendwas Grauenhaftes mit mir vor. Du und dieser gräßliche Tode!«

»Frances«, antwortete Axia geduldig, »du hast uns in diese Lage gebracht. Obwohl mich keine Schuld trifft, muß ich alles in Ordnung bringen, so wie immer.« Und die Konsequenzen tragen, fügte sie in Gedanken hinzu. Doch sie zeigte ihrer Kusine nicht, wie elend sie sich fühlte. »Tode bringt dich weg, und Jamie reitet dir nach. Den Leuten hier wird er erzählen, du seist nach Hause zurückgerufen worden. Aber er muß wohl oder übel die Wahrheit erkennen, und er wird dir mit seinen Männern nachgaloppieren. Wenn mein Vater mit seiner Armee eintrifft . . .«

»Die werden dich gefangennehmen«, flüsterte Frances.

Rasch wandte Axia sich ab. »Das ist gleichgültig.

Wenigstens durfte ich ein paar Wochen lang meine Freiheit genießen. Ich habe soviel gesehen, neue Speisen gegessen und Menschen kennengelernt, die nicht von meinem Vater bezahlt werden. Das genügt mir. Mehr durfte ich nicht erhoffen.« Was mit ihr geschehen würde, wollte sie sich nicht ausmalen. »Hier!« Sie zog einen kleinen Beutel aus einer Ledertasche. »Nimm das! Darin findest du Goldmünzen. Mach dich bereit und bring deine Kleider in den unbemalten Wagen. Und dann bleib drin sitzen, damit Tode dich findet.«

»Wird er wieder diese gräßliche Kapuze tragen? Die hasse ich.«

»Du haßt sein Gesicht, du haßt es, wenn er es versteckt. Was immer er tut, du haßt es. Natürlich wird er die Kapuze tragen. Und jetzt beeil dich! Du mußt so schnell wie möglich verschwinden.«

»Warum bist du eigentlich immer so schlecht gelaunt?«

Was hatte Axia erwartet? Dankbarkeit? Von Frances? Plötzlich ertrug sie den Anblick ihrer Kusine nicht mehr. »Geh!« Und als sich das Mädchen nicht von der Stelle rührte, schrie sie beinahe: »Geh!«

Da rannte Frances aus dem Zimmer. Krachend fiel die Tür hinter ihr ins Schloß.

Wieder einmal fragte sich Axia, warum sie die Konsequenzen ihrer Idee nicht überdacht hatte. Und dann wußte sie es. Die Aussicht auf ein bißchen Freiheit war ihr zu Kopf gestiegen. Und Jamie ... Die amüsanten Streitereien, das Liebesglück in seinen Armen ... Träumerisch legte sie sich aufs Bett, schloß die Augen und schwelgte in Erinnerungen an jene wunderbare Nacht.

Aber jetzt war das alles vorbei. Sobald er hörte, seine kostbare Maidenhall-Erbin sei verschwunden, würde er Axia keinen Blick mehr gönnen. Er glaubte, sie besäße kein Geld, und Geld bedeutete ihm alles auf dieser Welt.

Am liebsten wäre sie schluchzend in ihrem Selbstmitleid versunken. Aber dafür fehlte ihr jetzt die Zeit. Sie mußte mit Tode besprechen, was geschehen sollte. Vorher würde sie feststellen, ob sich seine Beine erholt hatten. Länger als einen Tag blieb er niemals liegen, nicht einmal, wenn er starke Schmerzen hatte. Und der Fahrer, dachte sie. Ich brauche einen Fahrer ... Um alles mußte sie sich kümmern, denn Frances würde bis zum Jüngsten Tag im Wagen sitzen und warten, bis sie geholt wurde.

Jetzt muß ich aufstehen, war ihr letzter Gedanke, bevor sie einschlief.

15

»Was habt Ihr mit Frances gemacht?«

Axia schlief so tief und fest, daß sie nicht sofort erkannte, wer da sprach und was er sagte. Sie lag seitwärts auf dem Bett, ihre Füße hingen über dem Rand.

Als sie im dunklen Zimmer die Lider hob, lächelte sie. »Jamie ...«, murmelte sie, und die Augen fielen ihr wieder zu. Er seufzte, und da schaute sie ihn an. Er hatte sich neben ihr ausgestreckt, ohne sie anzurühren, einen Arm auf dem Gesicht. »Stimmt was nicht?« fragte sie, und ein sonderbares Gefühl stieg in ihr auf – eine Erinnerung an die Liebesnacht. Wie gern hätte sie seinen Hals geküßt, direkt über dem weichen Samtkragen seines Wamses.

»Warum versucht Ihr, mich umzubringen?« fragte er, ohne ihren Blick zu erwidern.

Irgendwie spürte sie, daß er ihr nicht böse war. Lächelnd rückte sie zu ihm hinüber, zog ihren kleinen Dolch aus der Scheide und hielt die Spitze an seine Kehle. »Soll ich's jetzt gleich erledigen?«

Langsam hob er den Arm von seinen Augen und sah sie so eindringlich an, daß ihr Atem stockte. »Ihr wißt nicht, womit Ihr spielt.«

»Oh, ich weiß mehr, als Ihr glaubt.«

»Axia, ich warne Euch!« Abrupt setzte er sich auf. »Ihr wißt nicht, was Ihr tut. Alles wollt Ihr kosten, alles sehen, alles berühren, was es auf dieser Welt gibt. Aber Ihr könnt nicht . . .« Er unterbrach sich, als er merkte, daß sie nur ein dünnes Leinenhemd trug. »Axia!« stöhnte er.

»Ja, Jamie?« wisperte sie und neigte sich zu ihm.

Soeben hatte er beschlossen, sie nicht anzurühren, und im nächsten Augenblick preßte er seinen Mund auf ihren, verblüfft über die Intensität seines Verlangens. Dies war Axia, die Frau, die ihm das Leben zur Hölle machte, seit er sie kannte. Und trotzdem begehrte er sie wie keine andere, der er je begegnet war. Er lag halb auf ihr, sein Schenkel schob ihre Beine auseinander, und er küßte sie immer leidenschaftlicher. Vielleicht wäre es ihm gelungen, sich zu beherrschen, hätte sie Widerstand geleistet. Aber sie öffnete bereitwillig die Lippen und schlang die Arme um seinen Hals. Sein Mund wanderte über ihre Wange, ihren Hals, seine Hand umschloß eine ihrer Brüste, der Daumen spielte mit der zarten Knospe.

»Axia?« Von der Tür drang ein Flüstern herüber. »Seid Ihr hier?«

»Oh – einen Augenblick . . .« Ihre Stimme brach, als sie einen klaren Gedanken zu fassen suchte. »Nur – einen Augenblick«, stotterte sie und starrte Jamie an, der genauso verwirrt dreinschaute, wie sie sich fühlte.

Doch dann erwachte sein Soldateninstinkt. Er sprang vom Bett auf und verschwand hinter dem Wandschirm, der in einer Ecke stand.

»Axia?« Lautlos schlich Tode ins Zimmer. Er trug einen Umhang aus rauhem Wollstoff mit einer Kapuze, die seine narbige Gesichtshälfte verdeckte.

»Ja?« hauchte sie und gab vor, er hätte sie eben erst geweckt.

»Verzeiht, daß ich Euch störe«, bat er reumütig, denn er wußte, daß sie seinetwegen eine schlaflose Nacht verbracht hatte. »Irgendwas stimmt nicht. Euer Vater . . .«

Da begann sie, so heftig zu husten, daß er erschrokken verstummte. Was immer auch geschehen mochte, auf keinen Fall durfte Jamie, der sich hinter dem Wandschirm versteckte, ihre Geheimnisse erfahren. Und Tode durfte nicht merken, wer sich in ihrem Schlafzimmer aufhielt.

»Alles in Ordnung, Axia?«

Hastig stand sie auf. »Das sollten wir unter vier Augen erörtern.«

»Aber – hier sind wir ungestört. Was habt Ihr vor?«

»Nichts. Geh jetzt, damit ich mich anziehen kann. Später komme ich zu dir.

Doch er rührte sich nicht von der Stelle. »Was bekümmert Euch? Ihr seid so aufgeregt.«

»O nein . . .« Unwillkürlich schaute sie zur Zimmerecke. Er folgte ihrem Blick, humpelte hinüber, aber Axia kam ihm zuvor und sprang hinter den Wandschirm. »Warte, bis ich mich angezogen habe!« Jamie saß auf einem Schemel und grinste sie an. Die langen Beine hatte er zu beiden Seiten ausgestreckt, und ihr blieb nichts anderes übrig, als sich dazwischenzustellen, weil sie woanders keinen Platz fand.

»Also gut, zieht Euch an«, erwiderte Tod ärgerlich. Er verstand ihr seltsames Benehmen nicht. Warum führte sie sich so auf, als hätte er sie noch nie im Hemd gesehen.

Sie hielt Jamies Augen zu, um ihm zu bedeuten, er solle sie schließen. Doch er küßte ihre Hand, schob sie beiseite und lächelte. Erbost starrte sie ihn an und griff nach dem Korsett, das über seinem Kopf an einem Wandhaken hing. Unglücklicherweise mußte sie dabei ihre Brüste in sein Gesicht drücken.

Als sie das Korsett in der Hand hielt, war Jamies Lächeln erloschen. Nun schien er Höllenqualen auszustehen.

»Wo ist Frances?« fragte Tode auf der anderen Seite des Wandschirms, ohne zu ahnen, was dahinter geschah.

»Wie um alles in der Welt soll ich das wissen? Hast du in der größten Männerschar nachgesehen, die du finden konntest?« Axia schlang das Korsett um ihre Taille und bedeutete Jamie, die Häkchen am Rücken zu schließen. Zu ihrem Entzücken bebten seine Hände.

»Axia, haltet mich nicht zum Narren!« rief Tode. »Was habt Ihr mit ihr gemacht?«

»Ich? Warum verdächtigst du mich?«

»Ich hörte, was heute morgen passiert ist. Warum habt Ihr Euch bereit erklärt, diesen Mann zu heiraten? Wißt Ihr, daß er überall herumerzählt, die Hochzeit würde bald stattfinden?«

»Autsch!« kreischte sie, als Jamie ihr ein Häkchen in den Rücken bohrte. »Nein, das wußte ich nicht. Aber es gefällt mir«, sagte sie über die Schulter zu Jamie. Dann wollte sie nach ihrem goldgelben Kleid greifen, das mit schmalen schwarzen Samtbändern besetzt war.

Aber diesmal ließ er sich ihre Brüste nicht ins Gesicht pressen, nahm das Kleid von Haken und gab es ihr. Die Arme vor der Brust verschränkt, schaute er zu, wie sie den Saum ergriff.

»Ihr lügt zuviel, Axia!« mahnte Tode.

Rasch schaute sie Jamie an, der diese Worte natürlich gehört hatte und fragend die Brauen hob. »Darüber sollten wir später reden, Tode«, erwiderte sie. »Wenn wir allein sind, erkläre ich dir alles.«

»Sind wir denn nicht allein? Axia, was stimmt nicht mit Euch? Irgendwas habt Ihr mit Frances gemacht, nicht wahr?«

»Nein, natürlich nicht«, entgegnete sie, den Kopf im Kleid vergraben. Normalerweise fiel es ihr nicht schwer, sich anzuziehen. Doch das pflegte sie nicht vor den Augen eines Mannes zu tun. Nun blieben ihre Finger in allen Falten und Nähten hängen.

Als ihr Kopf aus dem Kleid auftauchte, erinnerte sie sich plötzlich an das Gespräch, das sie mit Frances geführt hatte, bevor sie eingeschlafen war. Und da Jamie sie geweckt hatte, fand sie es nicht erstaunlich, daß sie das törichte Verhalten ihrer Kusine vergessen hatte. Vermutlich würde Frances immer noch im unbemalten Wagen auf Tode warten.

Nach dem Tageslicht zu schließen, das durch die Ritzen der Fensterläden hereinfiel, ging die Sonne bereits unter. Offenbar hatte Axia stundenlang geschlafen – und sehr viel Zeit vertrödelt. Aber sie lächelte. »Ich weiß, wo Frances ist.« Trotz ihrer Unverschämtheit neigte die Kusine zum Gehorsam. In der Kindheit hatte Axia ihr einmal aufgetragen, sich zu verstecken und versprochen, sie würde nach ihr suchen. Doch dann war sie von irgendwelchen Ereignissen abgelenkt worden. Tode bemerkte Frances' Abwesenheit erst viele

Stunden später. Schließlich hatte ein Gärtner sie auf dem Boden eines Schuppens gefunden, wo sie eingeschlafen war.

Also würde Frances jetzt geduldig im Wagen sitzen, der im Stall stand, und warten, bis Tode sie wegbringen würde. Beim Gedanken an die wachsende Nervosität ihrer Kusine mußte Axia kichern.

»Was habt Ihr angestellt, Axia?« fragte Tode.

Ihre Gedanken überschlugen sich. Natürlich konnte sie ihm nicht die Wahrheit gestehen, während Jamie zuhörte. Was würde er tun, wenn er erfuhr, was sie befürchtete – daß ihr Vater ihr eine Armee auf den Hals hetzen würde? Nun verflog ihre Belustigung. Wie viele Stunden hatte sie geschlafen? »Hast du in den Wagen nachgesehen, Tode?« erkundigte sie sich in möglichst unschuldigem Ton.

»O ja. Überall habe ich nach ihr gesucht. Der bemalte Wagen ist verschwunden, und im anderen sitzt sie nicht. Ist Montgomery weggefahren?«

»Nein«, erwiderte sie, als sie sah, wie Jamie den Kopf schüttelte. »Das heißt, ich bezweifle es. Vielleicht muß der Wagen instand gesetzt werden. Oder jemand hat Gefallen an meinen Bildern gefunden.« Um Himmels willen, was hatte Frances getan? War sie in einem Wagen eingeschlafen, den man zur Schmiede gebracht hatte?

Axia kehrte Jamie den Rücken, und er verschnürte ihr Kleid. Nur zu gut wußte sie, wie interessiert er das Gespräch belauschte. Sobald er die Bänder verknotet hatte, sprang sie hinter dem Wandschirm hervor. Tode stand am Fenster, öffnete die Läden, und das schwindende Tageslicht erfüllte den Raum. »Oh, ich habe schrecklich lange geschlafen!« stöhnte sie erschrocken.

»Wahrscheinlich wurde Frances entführt«, bemerkte Tode leise.

»Unsinn! Ich habe dir doch gar nicht gesagt . . .« Mit einem Blick auf den Wandschirm verstummte sie.

»Was habt Ihr mir nicht gesagt?«

»Hier weiß niemand, daß sie die Maidenhall-Erbin ist«, behauptete Axia mit lauter Stimme. »Warum sollte man sie entführen? Sicher ist sie irgendwo in der Nähe. Hast du in beide Wagen geschaut?«

Seine Augen verengten sich. Zweimal würde er dieselbe Frage nicht beantworten, und sein Argwohn wuchs. »Warum sollte Frances sich in einen Wagen setzen, wenn ihr ein Zimmer zur Verfügung steht? Ihr wißt doch, wie sehr sie diese Wagen haßt.«

»Oh, Frances haßt so vieles, daß ich mir nicht alles merken kann. Gehen wir hinaus – suchen wir sie.«

Könnte die Kusine ihre Entführung selber arrangiert haben? Sie mochte Tode nicht, also hatte sie vielleicht beschlossen, sich ohne ihn davonzuschleichen. Doch der Zweck des Unternehmens bestand darin, Jamie möglichst bald von hier wegzulocken – bevor Maidenhall mit seinem Heer eintraf. Wenn sie sich heimlich entfernte und ihr Verschwinden erst viel später bemerkt wurde, konnte Jamie ihr nicht folgen. Sogar Frances mußte das verstehen.

Ein lautes Klopfen unterbrach Axias Gedanken, dann flog die Tür auf, und Thomas stand auf der Schwelle. Wie seine Miene verriet, war etwas Unangenehmes geschehen. »Ist er hier?«

Offenbar fand er es selbstverständlich, daß sie wußten, wer »er« war. Und das mißfiel ihr. »Wen meint Ihr?«

Aber Thomas verschwendete keine Zeit damit, diese Frage zu beantworten. »Die Maidenhall-Wagen mit dem Gold sind angekommen, und ein Fahrer brachte Rhys mit. Unglücklicherweise ist er verletzt.«

Jamie stieß den Wandschirm um, sprang darüber und

eilte mit seinem Gefolgsmann davon, ohne Axia und Tode einen Blick zu gönnen.

Als sie den beiden nachlaufen wollte, hielt Tode ihren Arm fest. »Was geht hier vor? Ich will keine Lügen hören!«

Wenn sie auch nicht wußte, warum – sie spürte, das irgend etwas schiefgegangen war. »Jamie hat meinem Vater geschrieben und ihn um die Hand seiner Tochter Frances gebeten.«

Es dauerte eine Weile, bis Tode begriff, was das bedeutete. Nie zuvor waren sie so leichtsinnig gewesen, Perkin Maidenhalls Zorn zu erregen. Falls er von dem Rollentausch erfuhr – was würde er Frances und Tode antun? Würde er seine Tochter für den Rest ihres Lebens einsperren?

Verzweifelt umklammerte sie Todes Arm. »Ich wollte dich bitten, eine Entführung zu inszenieren und Frances wegzubringen. Dann sollte Jamie euch folgen, und ihr wärt nicht hier, wenn mein Vater und seine Männer . . . O Gott, was wird passieren, wenn er alles herausfindet?«

Tode richtete sich zu seiner vollen Größe auf. »Beruhigt Euch! Alles ist meine Schuld. Ich übernehme die volle Verantwortung. Niemals hätte ich Euch dieses alberne Spiel erlauben dürfen, aber . . .«

»Aber du liebst mich«, unterbrach sie ihn resignierend. »Darin liegt das Problem. Du wolltest mir ein bißchen Glück und Freiheit vergönnen . . . Rhys! Ich muß sofort nach ihm sehen. O Tode, was haben wir angerichtet?«

16

Jamie starrte Tode und Axia wütend an. »Jetzt will ich endlich wissen, was das alles soll!«

Zwei grauenvolle Stunden waren vergangen, seit er sich hinter Axias Wandschrank versteckt hatte. Als Rhys versucht hatte, dem bemalten Wagen zu folgen, war er von einem Pfeil ins Bein getroffen worden. Nur zufällig entdeckte er den Wagen, als er von der Falkenjagd mit Lachlan zurückkehrte. Er dachte, das Vehikel sollte repariert werden, beschloß aber, sicherzugehen. Knapp hundert Schritte von dem Wagen entfernt, bohrte sich ein Pfeil in sein Bein. Daran steckte eine Nachricht in ungelenker Handschrift. »Ihr habt mir meine Frau weggenommen, und jetzt entführe ich Eure.«

Erleichtert hatte Jamie festgestellt, daß sein Gefolgsmann nicht in Lebensgefahr schwebte. Aber er wußte noch immer nicht, wer mit Frances geflohen war. Wie konnte jemand in Lachlans Anwesen eindringen und das Mädchen unbemerkt wegbringen, inmitten von ein paar hundert Leuten? Vermutlich hatte der Schurke die arme Frances bedroht, um sie gefügig zu machen. Sonst hätte sie sicher Alarm geschlagen.

Nun las Jamie die Nachricht ein zweites Mal. Das ergab keinen Sinn. Wer hatte das getan? War es gegen ihn persönlich gerichtet, oder hing es mit der Maidenhall-Erbin zusammen?

Nur eins stand fest – Axia und Tode wußten viel mehr, als sie verrieten. Die beiden saßen nebeneinander, und Jamie ging rastlos auf und ab. »Macht endlich den Mund auf, oder . . .«

»Oder was werdet Ihr tun?« fragte Axia herausfordernd. »Lieber esse ich lebende Frösche, als Euch irgendwas zu erzählen. Nicht, daß ich was wüßte. Aber ich hab's satt, dauernd angeklagt zu werden. Es ist nicht meine Schuld, daß Rhys von einem Pfeil getroffen wurde. Falls Ihr Euch erinnert, er bat mich um meine Hand, und ich glaube, ich werde ihn heiraten, sobald ich ihn gesund gepflegt habe. Und dann ...«

»Axia und Frances wollten eine Entführung vortäuschen«, sagte Tode müde.

»Tode!« rief sie vorwurfsvoll. Obwohl er sich nicht zu ihr wandte, las sie den Zorn in seinen Augen.

»Habt Ihr noch immer nicht begriffen, daß Frances tatsächlich entführt wurde? Wir haben keine Ahnung, wo sie steckt, und wenn der Schurke die Maidenhall-Erbin erkannt hat, wird er ein hohes Lösegeld verlangen.«

Plötzlich wurde ihr klar, in welcher Gefahr sich Frances befand. Sollte der Kusine etwas zustoßen, wäre Axia dafür verantwortlich.

»Warum?« James musterte Tode und versuchte, seine Wut zu bezähmen.

»Nun, Ihr sagtet, Ihr würdet Perkin Maidenhall brieflich um die Erlaubnis bitten, seine Tochter zu heiraten«, erklärte Tode. »Daran wollte Frances Euch hindern, weil sie weiß, ihr Vater würde ihr niemals gestatten, einen anderen Mann zu ehelichen als den vorgesehenen Bräutigam. Und da sie gegen ihren Willen mit Gregory Bolingbrooke verlobt worden war, versuchte sie, Euch zu einer heimlichen Hochzeit zu überreden ...«

Bedrückt blickte er zu Jamie auf, den er bisher für einen guten, sanftmütigen Mann gehalten hatte. Nun wußte Tode, warum der Earl den Ruf eines ausgezeichneten Soldaten genoß.

Gnadenloser Zorn hatte Jamies Augen verdunkelt, und Tode fuhr mit einem Finger in seinen Hemdkragen, als wäre ihm heiß geworden. »Als Frances erfuhr, daß Ihr den Brief abgeschickt habt, fürchtete sie, ihr Vater würde eine Armee hierherschicken. Deshalb beschlossen wir, sie wegzubringen. Wir dachten, Ihr würdet ihr folgen, Sir, und dann wärt Ihr nicht da, wenn Maidenhalls Männer ankommen.«

»Und so habt Ihr geplant, eine Entführung vorzutäuschen«, sagte Jamie tonlos.

»Nein, das war *meine* Idee«, gestand Axia seufzend. »Damit hatte Tode nichts zu tun. Leider schlief ich ein, bevor ich den Plan durchführen konnte.«

Zum erstenmal, seit Tode den Raum betreten hatte, schaute er Axia an. Wie tapfer sie war . . .

»Und was für Geheimnisse habt Ihr sonst noch?« fragte Jamie.

»Keins, das mit der Entführung zusammenhängt«, erwiderte sie wahrheitsgemäß, denn jetzt ging es in erster Linie um Frances' Sicherheit.

»Ihre Schuld war's nicht«, beteuerte Tode hastig, bevor Jamie ihr eine weitere Frage stellen konnte. »Sie wollte Frances retten. Könnt Ihr Euch vorstellen, was Maidenhall der armen Axia antun wird? Er glaubt, die beiden Kusinen müßten aufeinander aufpassen.« Krampfhaft schluckte Tode. »Aber es war Frances, die Euch vor den Traualtar schleppen wollte. Wäre ihr das gelungen, würde Maidenhall die Ehe natürlich annullieren lassen, und wenn er halb London kaufen müßte, um das zu erreichen.«

»Ja, ich verstehe«, sagte Jamie nach einer kurzen Pause. »Jeder hat seine Geheimnisse, aber nun wurde Frances tatsächlich entführt, und wir wissen nicht, von wem.«

»Wenn sie stirbt, ist es meine Schuld«, flüsterte Axia unglücklich.

Jamie kniete vor ihr nieder. »Verliert nicht den Mut!«

bat er und legte einen Finger unter ihr Kinn. »Wer immer sie in seine Gewalt gebracht hat, wird sich vermutlich auf Anhieb in sie verlieben. Und wenn jemand die Schuld trägt, dann nur ich. Die Nachricht lautet: ›Ihr habt mir meine Frau weggenommen, und jetzt entführe ich Eure.‹ Bedauerlicherweise gab der Mann seinen Namen nicht an. Wie soll ich wissen, wer es ist – wo ich doch so vielen Hörner aufgesetzt habe?« Als er sah, wie die Verzweiflung in ihren Augen von Zorn verdrängt wurde, lächelte er. Dann stand er auf und wurde wieder ernst. »Bleibt nur sitzen, Tode. Das tut Euren Beinen gut. Offenbar muß ich das Problem allein lösen.«

In diesem Moment flog die Tür auf, und Thomas schob zwei Dienstboten ins Zimmer – eine hübsche kleine Küchenmagd und einen Stallburschen, nach dem Geruch zu urteilen. Ihre feuerroten Wangen verrieten, womit sie beschäftigt gewesen waren, bevor Jamies Gefolgsmann sie aufgespürt hatte. »Erzählt ihm alles!« befahl er.

Schluchzend sank die Magd zu Boden und vergrub das Gesicht in ihrer Schürze. Der Bursche zitterte am ganzen Körper.

Sobald Jamie zu der Magd ging und ihr eine Hand reichte, versiegten ihre Tränen. Voller Bewunderung schaute sie zu dem attraktiven, elegant gekleideten Mann auf. Seine Stimme klang sehr sanft. Wie in der Nacht, wo er Diana geliebt hat, dachte Axia. »Niemand wird dir etwas antun, du sollst mir sagen, was du weißt.«

»Ihr meint die Lady?« mischte sich der Junge eifersüchtig ein. »Die schönste Lady von der Welt?«

Mit einem kurzen Blick brachte Jamie ihn zum Schweigen, dann wandte er sich wieder an das Mädchen. »Nun?«

»Sie kam in den Stall und ging zu den Wagen, die Ihr mitgebracht habt, Mylord.«

»Frances?«

»Ja, Sir. Ich war gerade dort, weil ich mich von der Hitze in der Küche erholen wollte.«

»Ha!« rief der Junge. »Deshalb gewiß nicht!«

Aber sie schaute ihn nicht an und hatte nur Augen für Jamie. »Die Lady war sehr aufgeregt, und fragte mich, welcher Wagen es sei, doch das wußte ich nicht.«

Axia seufzte tief auf. Offenbar hatte Frances vergessen, in welchem Wagen sie entführt werden sollte.

»Dann trat ich – eh – kurz hinter eine Boxenwand . . .«, fuhr das Mädchen fort, worauf der Junge spöttisch lachte. »Aber ich hörte alles, da ich nichts anderes zu tun hatte.« Triumphierend starrte sie den Burschen an, der sein Bestes getan hatte, um sie zu beschäftigen. »Und so sah ich diesen großen Mann. Ich mag große Männer.« Träumerisch lächelte sie Jamie an. »Keine kleinen Jungs . . .«

»Sprich weiter, Mädchen!« fauchte Thomas.

»Also, der Mann fragte diese Frances, ob sie jemanden suche. Da sagte sie ja. Ob er wohl gekommen sei, um sie zu entführen? Ich glaube, das verblüffte ihn, aber er stimmte zu. ›Wenn Ihr die Maidenhall Erbin seid, dann bin ich gekommen, um Euch zu entführen.‹ Genau das sagte er.« Ehrfürchtig fügte sie hinzu: »Ist sie wirklich die Maidenhall-Erbin?«

Statt zu antworten, lächelte Jamie nur. »Und was geschah dann?«

»Er ging mit ihr zu dem bemalten Wagen und erklärte, so was Schönes habe er noch nie gesehen. ›Oh, das seid Ihr!‹ sagte er und zeigte auf die Bilder. ›Nie zuvor ist mir eine hübschere Frau begegnet, außer vielleicht einer.‹ Dann bat er sie, mit ihm in den Wagen zu steigen, damit er sie in Ruhe betrachten und feststellen könne, welche die schönere sei.«

»Und so fuhren sie davon«, ergänzte Jamie leise und wandte sich zu Thomas. »Wir müssen sie finden. Am besten befragen wir erst einmal die Leute hier im Schloß.« Während sein Freund das Mädchen und den Jungen hinausführte, drehte sich Jamie geistesabwesend zu Axia und Tode um. »Geht jetzt.« Tiefe Sorge schwang in seiner Stimme mit.

Draußen vor der Tür verkündete Tode, er wolle bei der Suche nach Frances mithelfen. »Geht es Euch gut, Axia?«

»Ja, kümmere dich nicht um mich. Bitte, du mußt dein Bestes tun, um Frances zu finden.«

Ermutigend lächelte er ihr zu und hinkte davon.

Sobald sie allein war, spürte sie, wie ihre Knie zitterten. Was als Scherz begonnen hatte, der Rollentausch mit Frances, verwandelte sich jetzt in einen Alptraum. Was hätte sich ereignet, wäre sie selbst entführt worden? Allem Anschein nach hatte Frances keinen Widerstand geleistet. Sie selbst hätte geschrien, sich erbittert gewehrt, und wahrscheinlich wäre sie getötet worden.

Schweren Herzen fragte sie einen Diener nach dem Weg zur Schloßkapelle. Dort betete sie, Frances möge nicht herausfinden, daß man sie tatsächlich entführt hatte. Wenn sie dem Schurken ihre Angst zeigte, würde er womöglich etwas tun, was ihr ansonsten erspart bliebe. Und dann betete Axia um die Sicherheit ihrer Kusine. Inständig hoffte sie, das Mädchen möge ihr verzeihen. Und obwohl sie kein Recht dazu hatte, flehte sie den Allmächtigen an, sie vor dem Zorn ihres Vaters zu schützen.

17

Tode war dem Alkohol keineswegs verfallen, aber jetzt hätte er sich am liebsten darin ertränkt, um alles zu vergessen. So wie Axia bezweifelte er nicht, daß ihr Vater mit einer ganzen Armee in Tevershams Schloß eintreffen würde. Vor seinem geistigen Auge sah er das Mädchen bereits angekettet in einem Maidehall-Wagen liegen.

Nicht nur Axia schwebte in Gefahr. Was würde Frances zustoßen, die sich in der Gewalt eines Entführers befand? Jamie befragte gerade alle Haushaltsmitglieder, ob sie etwas gehört oder gesehen hätten. Bis jetzt gab es keinerlei Anhaltspunkte.

Auf Jamies Wunsch saß Axia in ihrem Zimmer und zeichnete Porträts von Frances. Diese Bilder wollte er den Männern übergeben, die in der Nähe des Tersham-Anwesens Erkundigungen einziehen würden.

Während Tode sich um Frances sorgte, kehrten seine Gedanken immer wieder zu Axia zurück, deren Freiheit ein viel zu frühes Ende fand. Bald würde Maidenhall erscheinen und sie zu Gregory Bolingbrooke bringen.

Tode erschauerte. Wenn Gregory auch in Geld schwamm – er hatte als Kind einen Unfall erlitten und war kein ganzer Mann. Also durfte Axia nicht auf ein normales Eheleben und Kinder hoffen.

Um das geheimzuhalten, hatte sein Vater im Lauf der Jahre eine Menge Schweigegeld bezahlt. Aber manchmal erwies sich Todes häßliches Narbengesicht als vorteilhaft. Was ein Spaßmacher erfuhr, interessierte niemanden. Fahrende Sänger und Schauspieler tratschten gern, und so war es ihm nicht schwergefallen, Informationen über die Bolingbrookes zu sammeln. Deshalb wußte er, was Axia erwartete. Doch sie würde Maidenhall gehorchen und ihren Verlobten klaglos heiraten.

Weil Tode seiner geliebten Freundin das traurige Los erleichtern wollte, hatte er ihr geholfen, die arme Kusine der Maidenhall-Erbin zu spielen und ein bißchen Freiheit zu genießen. Und nun war alles schiefgegangen. Frances befand sich in höchster Gefahr, und Axia mußte den Groll ihres Vaters fürchten.

»Hätte ich doch besser für die beiden gesorgt!« murmelte Tode vor sich hin. »Ich muß etwas tun . . .« Heftige Gewissensbisse plagten ihn, da er Axia ihrer Kusine stets vorgezogen hatte. Obwohl er von Maidenhall beauftragt worden war, auch Frances zu betreuen, hatte er sie immer vernachlässigt. In ihrer Einsamkeit hatte sie beschlossen, den erstbesten Mann zu heiraten, der ihr über den Weg lief – James Montgomery.

Im Augenblick konnte man nichts anderes unternehmen, als abzuwarten. Jamie wollte mit Thomas am nächsten Morgen in die Umgebung reiten, während der verletzte Rhys im Schloß blieb. Zweifellos mußte auch Tode hier ausharren, da er ihnen nur zur Last fallen würde. Nun überlegte er, ob Axia die Männer begleiten sollte. Wohl kaum. Jamie nahm nicht an, daß ihr Maidenhalls Armee ein Leid antun könnte, denn er hielt Frances für die Erbin.

Nur Tode, Axia und ihre Kusine kannten die Wahrheit.

Seit der Ankunft in Tevershams Schloß bewohnte er den Geräteraum im Stall. Auf Maidenhalls Landsitz hatte er sich zwar an einen gewissen Komfort gewöhnt, aber nun nahm er gern einige Unannehmlichkeiten in Kauf, um sein Gesicht zu verstecken. Trotzdem hinkte er nun, auf seinen knorrigen Stock gestützt, an den Boxen vorbei und suchte den Jungen, der den Entführer gesehen hatte.

Ärgerlich striegelte der Bursche ein großes Pferd. »Geht weg!« fauchte er, ohne aufzublicken. »Ich habe nichts mehr zu erzählen.«

Da Tode jahrelang hinter den Kulissen gesessen und das Schauspiel des Lebens beobachtet hatte, konnte er recht gut Gedanken lesen. Deshalb erahnte er die Eifersucht des Jungen. »Oh, ich wollte dir nur sagen, daß du besser auf eine Frau aufpassen kannst als *er*. Immerhin hast du deine nicht verloren.« Langsam wandte er sich ab.

»Wartet!« rief der Junge und versuchte, unter die Kapuze zu spähen, als Tode sich wieder umdrehte. »Gehört Ihr zu seinen Männern?«

»O nein«, erwiderte Tode lachend. An der Wand steckte eine Fackel. Er trat in den Lichtschein und schob die Kapuze ein wenig nach hinten, um sein entstelltes Gesicht zu zeigen.

Angewidert wich der Bursche zurück. »Ihr würdet sicher kein Mädchen entführen«, meinte er spöttisch und merkte nicht, wie Tode zusammenzuckte.

»Da hast du recht.« Schon vor vielen Jahren hatte er gelernt, seine verletzten Gefühle zu verbergen. »Eigentlich wollte ich dich fragen, was du gesehen hast. Aber wahrscheinlich bist du's leid, darüber zu reden. Das muß sehr aufregend gewesen sein.«

Aufmerksam musterte er das nachdenkliche Gesicht des Jungen, der vollauf damit beschäftigt gewesen war, seine Hand unter die Röcke der Magd zu schieben. Deshalb hatte er nicht auf die Ereignisse in seiner unmittelbaren Nähe geachtet. Daß sie sich daran erinnerte, ärgerte ihn. Und seit diesem Nachmittag sprach sie nur noch voller Ehrfurcht von diesem Earl, der sie angeschaut hatte, als wäre sie eine bedeutsame Persönlichkeit. »*Mir* hört niemand zu«, sagte er bitter. »Keiner will wissen, was *ich* gesehen habe.«

»Also hast du was gesehen«, entgegnete Tode eifrig. »Oh, ich wußte gleich, daß du ein kluger Junge bist. Lord James hätte *dich* befragen sollen.« Vertraulich neigte er sich vor, das Gesicht wieder in der Kapuze verborgen. »Ich reise von Haus zu Haus, immer auf der Suche nach Geschichten, die ich erzählen kann. Was du beobachtet hast, würde überall Aufsehen erregen. Aber da müßte ich natürlich noch mehr wissen.«

»Er hatte ein halbes Ohr.«

»Wie, bitte?«

»Dieser Mann hatte ein halbes Ohr, hier abgeschnitten«, erklärte der Bursche und zeigte auf seine eigene Ohrmuschel, direkt über dem Gehörgang. »Die obere Hälfte fehlt.«

Am liebsten hätte Tode ihn geküßt. Statt dessen hörte er ihm noch eine halbe Stunde lang aufmerksam zu. In allen Einzelheiten schilderte der Junge, was er gesehen hatte.

Als Tode dann den Stall verließ, wollte er Jamie mitteilen, was er erfahren hatte. Doch auf dem Weg durch den Hof besann er sich anders. Wenn der Earl Bescheid wüßte, würde er sofort mit mehreren bewaffneten Männern aufbrechen, um den Entführer mit dem halben Ohr zu suchen. Sollte es zu einem Kampf kommen, würde Frances womöglich ein Leid geschehen.

Nein, dachte Tode, das muß ich selber erledigen. Wie er der schriftlichen Nachricht des Entführers entnommen hatte, glaubte der Mann, daß Jamie ihn kannte. Natürlich durfte Tode nicht hoffen, der Earl würde ihn einweihen. Aber vielleicht freute sich Rhys, wenn ihm jemand Gesellschaft leistete.

»Ich bin gekommen, um Euch zum Lachen zu bringen«, erklärte Tode und steckte den Kopf durch Rhys' Tür, einen Weinschlauch unter dem Arm.

»Oh, Ihr seid hoch willkommen!« Rhys setzte sich im Bett auf, dann stöhnte er vor Schmerzen. »Hat man irgendwas herausgefunden? Irgendwelche Neuigkeiten über Frances?«

»Noch nicht«, erwiderte Tode. »Aber das solltet Ihr jetzt vergessen, sonst wird Euer Bein niemals heilen. Ich will Euch eine amüsante Geschichte erzählen.«

Zwei Stunden später verließ er Rhys' Zimmer und lächelte unter seiner Kapuze. Es war nicht schwer gewesen, den Mann zum Reden zu bringen.

Nachdem Rhys über Todes lustige Geschichte gelacht hatte, sprach er bereitwillig über alle Leute, die er kannte. »Keiner ist dümmer als Henry Oliver. Der glaubt, er wäre taub, weil er nur ein halbes Ohr besitzt.« Und dann schilderte er, wie Jamies älterer Bruder dem armen Oliver mit einem Schwert das Ohr abgeschnitten hatte.

»Was für ein Mann ist das?« fragte Tode leichthin. »Könnte er gefährlich werden?«

»Oliver? O nein, es sei denn, seine Dummheit beschwört Gefahren herauf. Er liebt Jamies Schwester und will die Familie seit Jahren zwingen, die Heirat zu erlauben.«

»Er will die Familie zwingen?« Tode war froh, daß Rhys betrunken war und ihm die wachsende Panik nicht anmerkte.

»Erst versuchte er, Berengaria Jamies älterem Bruder abzukaufen, und Edward wäre dazu bereit gewesen. Aber sein Vater blickte lange genug von seinen geliebten Büchern auf, um zu verkünden, Oliver sei keine passende Partie für seine Tochter.« Rhys kicherte. »Teilweise wurde er von Berengaria beeinflußt, denn sie drohte, bevor sie diesen Mann heiratete, würde sie sich vom Dach stürzen. Nachdem Edward und der alte Earl gestorben waren, ging Oliver zu Jamie und bot ihm ein Stück Land an, das in jedem Frühling überschwemmt wird. Außerdem ein paar heruntergekommene Hütten und alte, klapprige Gäule. Aber Jamie weigerte sich, ihn mit seiner Schwester zu verheiraten. Einmal versuchte Oliver sogar, sie zu entführen.«

»Entführen?« wiederholte Tode atemlos.

»Er steckte sie in einen Sack und schleppte sie davon.«

»Und was geschah dann?«

Rhys brach in Gelächter aus. »Nun, er sieht sehr schlecht, und deshalb erwischte er die falsche Schwester, Joby. Die kennt Ihr nicht, Tode, aber glaubt mir – kein Mann würde es wagen, sie zu ärgern. Lieber würde ich einen Beutel voller schottischer Wildkatzen öffnen als einen Sack, in dem eine wütende Joby sitzt.«

»Wie Axia«, meinte Tode leise, und Rhys lächelte träumerisch.

»Nein, die beiden gleichen sich nicht. Axia erzürnt nur einen einzigen Mann, und Joby macht allen das Leben schwer. Abgesehen von Jamie und Berengaria. Nun will ich Euch erzählen, was sie Edward angetan hat.«

Nun folgte eine langwierige, komplizierte Geschichte, und Tode hörte nicht mehr zu. Was er wissen wollte, hatte er erfahren. Sicher würde er auch herausfinden, wo dieser Henry Oliver wohnte. Zweifellos brachte er Frances in sein Haus. Kein Wunder, daß Jamie die Nachricht nicht verstand: »Ihr habt mir meine

Frau weggenommen, und jetzt entführe ich Eure.« Da Jamie seine Schwester niemals mit diesem Mann verheiraten würde, dachte er natürlich nicht an ihn.

Als Tode aus dem Zimmer ging, überlegte er wieder, ob er Jamie informieren sollte. Besser nicht. Der Earl würde sofort zu Oliver reiten und Axia zurücklassen. Aber es war Axia, die beschützt werden mußte.

Wie kann ich Axia und Jamie aus dem Teversham-Schloß entfernen, bevor er erfährt, was ich weiß, fragte sich Tode. Und wie soll ich Jamie veranlassen, Axia zu schützen, während ich mich um Frances kümmere?

18

Ärgerlich zerknüllte Jamie das Pergament. Diese Nachricht würde er niemandem zeigen. Er fühlte sich so töricht und hilflos. Warum erriet er nicht, wer Frances entführt hatte? Nach dem Wortlaut der ersten Mitteilung zu schließen, müßte er es wissen.

Seit zwei Tagen hatte er nicht mehr geschlafen, dunkle Bartstoppeln bedeckten sein Gesicht. Aber er würde sich keine Ruhe gönnen, ehe er das Rätsel gelöst hatte. Irgendwo mußte es einen Anhaltspunkt geben. Soeben hatte er Thomas gebeten, den Stallburschen zu holen, als die zweite Nachricht eingetroffen war. Jamie wurde aufgefordert, nach Westen zu reiten und im Haus seines Onkels auf weitere Informationen zu warten. Aber es war vor allem das Postskriptum, das ihn verwirrte: »Paßt besser auf Eure Frauen auf.«

Keine »Frau«, sondern »Frauen«. Vielleicht ein Irrtum. Oder dem Schreiber war der Federkiel ausgerutscht. Vermutlich meinte er, nur Frances sei in Gefahr, keine andere Frau.

Dieses Pergament hatte Jamie auf seinem Bett gefunden, und das gab ihm zu denken. Offensichtlich stammte die Nachricht von einem Mitglied des Teversham-Haushalts – von einer Person, die sich frei bewegen konnte, ohne irgend jemandem aufzufallen.

Allzuviel Zeit durfte Jamie mit seinen Überlegungen nicht verlieren. Er würde zum Haus seines Onkels reiten und auf weitere Instruktionen warten. In der Zwischenzeit mußten Tode und Thomas für Axia sorgen und sie von hier wegbringen. Das waren die beiden einzigen Männer, denen er rückhaltlos vertraute.

Eine halbe Stunde fluchte er wütend, denn Thomas und Tode litten an heftigen Magenkrämpfen. Aschfahl, mit schmerzverzerrtem Gesicht, floh Thomas auf die Toilette.

Und Tode war so geschwächt, daß er kaum den Kopf heben konnte, als er Jamies Arm umklammerte. »Laßt nicht zu, daß der Entführer auch Axia holt! Ihr müßt sie schützen. Hier ist sie nicht sicher. Dieser Mann brachte Frances vor den Augen zahlreicher Leute weg. Genausogut könnte er Axia entführen.«

Damit sprach er Jamies schlimmste Befürchtungen aus. Wie Axia erklärt hatte, wußten die Schloßbewohner, daß Frances die Maidenhall-Erbin war. Und weil die Kusine sie auf der Reise begleitete, würde man vielleicht annehmen, auch sie wäre ein hohes Lösegeld wert.

Da Jamie seit zwei Tagen kein Auge zutat, war ihm jedes Zeitgefühl abhanden gekommen. Und so stürmte er ein paar Stunden nach Mitternacht in Axias Zimmer. Keine Zofe leistete ihr Gesellschaft, schutzlos war sie allen Gefahren ausgeliefert.

Als er ihre Schulter berührte, kroch sie noch tiefer unter die Decke, und er zog sie mühsam hervor. »Steht auf, Axia! Ihr müßt mit mir kommen.«

»Nein, ich will schlafen«, murmelte sie, ohne die Augen zu öffnen.

»Wo ist die Zofe? Sie soll Euch beim Ankleiden helfen.«

»Jamie hilft mir«, flüsterte sie.

Trotz seiner Müdigkeit lächelte er, dann schüttelte er sie sanft. »Wir reiten zu meinem Onkel. Er hat eine sehr nette Ehefrau namens Mary, die sich um Euch kümmern wird.«

Verwundert blinzelte sie ihn an und gähnte. »Was macht Ihr denn schon wieder in meinem Zimmer?«

»Ich bin Soldat und immer dort zu finden, wo Gefahr droht.«

»Habt Ihr Frances aufgespürt?«

»Nein, aber ich erhielt eine zweite Nachricht. Ich muß sofort nach Westen aufbrechen, zu meinem Onkel. Er wohnt einen Tagesritt entfernt, und Ihr werdet mich begleiten.«

»Warum?«

»Thomas und Tode sind krank, also können sie nicht auf Euch achten. Und da ich Euch niemand anderem anvertrauen kann, müßt Ihr mit mir kommen.«

Plötzlich sprang sie aus dem Bett, schleuderte die Decke auf ihn, und ein Zipfel traf sein Auge. Als er sich davon befreit und sein Lid berührt hatte, sah er einen Blutstropfen auf seinem Finger. Dann hielt er Axia fest, die im Nachthemd aus dem Zimmer laufen wollte.

»Tode!« rief sie und versuchte, sich loszureißen. »Wenn er krank ist, muß ich zu ihm . . .«

»Hört mal, Axia, ich bin müde und sehr besorgt.

Macht mir das Leben nicht noch schwerer. Schaut lieber nach, ob ich durch Eure Schuld erblindet bin.«

Sie wandte sich zu ihm und entdeckte den winzigen Blutfleck auf seinem Lid. Dieser Anblick schien sie nicht zu stören. Aber als er auf einen Stuhl neben dem Bett sank und die Schultern hängen ließ, erkannte sie, welch eine schwere Last auf seiner Seele lag.

»Bald wird Euer geliebter Tode genesen«, versicherte er seufzend. »Er hat nur Bauchschmerzen.«

Inzwischen war sie hellwach. Sie ging zur Waschschüssel, befeuchtete einen Lappen, dann stellte sie sich zwischen Jamies Knie und betupfte sein Lid. »Gibt's irgendwelche Neuigkeiten?«

»Nein. Ich muß im Haus meines Onkels auf weitere Informationen warten.«

Als er den Kopf hob, sah sie die dunklen Schatten unter seinen Augen. Würde er auch so leiden, wenn sie an Frances' Stelle verschwunden wäre? Ja, ganz sicher. Nur mühsam widerstand sie der Versuchung, ihn zu umarmen, und kehrte ihm den Rücken. »Ich soll Euch begleiten?«

»Hier kann ich Euch nicht zurücklassen. Ich wollte Euch mit Thomas und Tode wegschicken, aber nun sind beide erkrankt. Sobald wie möglich wird Thomas uns folgen.«

»Und Tode?«

»Er bleibt hier, in Lachlans Obhut.«

Erstaunt drehte sie sich um. »Und für mich kann Lachlan nicht sorgen?«

»Nein. Wie ich der zweiten Nachricht des Entführers entnahm, schwebt nicht nur eine Frau in Gefahr. Vielleicht seid *Ihr* damit gemeint.«

»Aber Lachlan könnte mich irgendwo in Sicherheit bringen. Bitte, Jamie! Habt Ihr vergessen, daß er mich heiraten will?«

»Das war doch nur ein Scherz!« fauchte er. »Nachdem Ihr Euch vor allen Leuten lächerlich gemacht hattet, versuchte er, Euch aus der Verlegenheit zu helfen.«

»So, dann muß er ein sehr gütiger Mann sein. Gewiß würde er zu mir passen. Wenn ich ihn überrede, mich in Sicherheit zu bringen, hält er vielleicht noch einmal um meine Hand an. Diesmal nicht im Scherz.« Statt zu antworten, runzelte Jamie nur die Stirn, und sie stellte sich wieder zwischen seine Knie. »Bitte, Jamie, bitte! Wie Ihr wißt, besitze ich kein Geld. Ein Mädchen wie ich ist auf eine gute Partie angewiesen, und dieser wohlhabende Lachlan mit seinen zauberhaften Söhnen würde mir gefallen. Bitte!«

Viel zu müde, um zu überlegen, was er tat, zog er Axia an sich und küßte sie. Sie waren allein in ihrem Schlafzimmer, sie trug nur ein dünnes Nachthemd, und als ihm das bewußt wurde, wuchs seine Leidenschaft. Abrupt schob er sie von sich. »Bist du so aufs Heiraten versessen, daß du *jeden* nehmen würdest?«

»O ja«, bestätigte sie fröhlich. »Jeden außer dir. Du würdest mir mein Leben lang vorwerfen, ich hätte einen Keil zwischen die Maidenhall-Erbin und dich geschoben.«

Erbost sprang er auf und schwang die Arme hoch. »Niemals würde Frances' Vater mir erlauben, sie zu heiraten. Und meine derzeitigen Schwierigkeiten . . .« Er verstummte und starrte sie an. »Was für einen Sinn hat es, mit dir zu reden? Eins steht jedenfalls fest – du wirst nicht bei Lachlan bleiben und dich zum Gespött machen. Da du unter meinem Schutz stehst, werde ich meine Pflicht erfüllen, bis ich davon entbunden werde. Verstanden?«

»Natürlich. Sicher hat dir der halbe Haushalt zugehört.«

Seufzend schnitt er eine Grimasse. »Zieh dich an. Im Morgengrauen reiten wir los.« Mit diesen Worten eilte er aus dem Zimmer und ließ die Tür offen. Axia schloß sie lächelnd und lehnte sich dagegen. Dann begann sie umherzutanzen und sang leise vor sich hin.

19

Jamie war erschöpft und seine Stimmung noch düsterer als die Schatten unter seinen Augen. Was um alles in der Welt hatte ihn bewogen, Axia mitzunehmen? Lachlan würde sie mit seinem Leben schützen, ebenso wie Thomas und Rhys, sobald sie wieder zu Kräften kamen. Also wäre sie im Schloß vor allen Entführern und Frances' Vater sicher.

Obwohl er das wußte, hatte er es nicht über sich gebracht, sie zurückzulassen. Es ergab zwar keinen Sinn, aber er wollte selber auf sie aufpassen. Vielleicht konnte sie später bei seinem Onkel bleiben. Doch er gestand sich ein, daß er diesen Gedanken nicht ertrug.

Bei Tagesanbruch war er reisefertig. Verschlafene Diener schlichen umher, und er hielt vergeblich nach Axia Ausschau. In ihrem Zimmer hielt sie sich nicht auf, niemand hatte sie gesehen. Trotzdem sorgte er sich nicht. Wahrscheinlich saß sie bei ihrem geliebten Tode. Eifersucht erfaßte Jamies Herz, und er bedachte nicht, daß es ihr gutes Recht war, sich von ihrem Freund zu verabschieden. Nur ein einziger Gedanke bewegt ihn – sie durfte nicht mit einem anderen Mann allein sein.

*

»Oh, ich werde mich so einsam fühlen«, klagte sie.

»Euer Jamie ist doch bei Euch«, erwiderte Tode, der im Geräteraum auf den Pferdedecken lag.

»Oh, er ist nicht mein Jamie. Wenn er jemandem gehört, dann Frances.«

Verächtlich lachte er. »Das glaubt Ihr doch selber nicht. Sie will ihn nur haben, weil er verfügbar ist, und er braucht sie. Er ist ein guter Mann, und ich glaube, er liebt Euch.«

»Mich? Du mußt wirklich sehr krank sein. James Montgomery kann es gar nicht erwarten, mich loszuwerden.«

»So? Warum nimmt er Euch dann zu seinem Onkel mit?«

Ein schwaches Lächeln umspielte ihre Lippen. »Um mich von Lachlan fernzuhalten.«

»Genau. Und warum tut er das, wenn Ihr ihm nichts bedeutet? Da er annimmt, Ihr würdet keine Mitgift bekommen, denkt er natürlich, Teversham wäre eine großartige Partie für Euch.«

»Die allerbeste. Ich habe ihn gebeten, mich hier zurückzulassen, bei Lachlan und seinen lieben Söhnen.«

»Ihr meint, diese teuflischen Dämonen? Die finden es wahnsinnig komisch, Kletten in die Betten anderer Leute zu legen.«

»Und Kaulquappen und andere eklige Dinge«, ergänzte Axia und rümpfte die Nase. »Du wirst nicht glauben, was sie dem Verwalter zu trinken gaben.«

»Unglücklicherweise kann ich's mir vorstellen. Ich tat mein Bestes, um mich vor den Jungen zu verstekken und ihren bösen Streichen zu entrinnen.«

Plötzlich hielt sie den Atem an, als ihr ein neuer Gedanke kam. »Tode, du mußt mit uns kommen. So krank bist du nicht. Ich werde Jamie sagen . . .«

Als sie aufstehen wollte, hielt er ihren Arm fest. »Nein, so krank bin ich nicht. Deshalb werde ich wegreiten und versuchen, Euren Vater aufzuhalten.«

»O Tode, er wird uns alle umbringen! Warum mußte Frances so dumm sein? Hätte sie mir doch erzählt, daß Jamie meinem Vater schreiben würde! Sicher wäre mir irgendwas eingefallen ...«

»Was denn? Hättet Ihr die Handschrift Eures Vaters gefälscht und Jamie geantwortet, er dürfe Frances heiraten? Wolltet Ihr auf Euren geliebten Jamie verzichten?«

»Meinen – *was*? Du weißt doch, wie sehr ich Leute hasse, die nur an ihre äußere Erscheinung denken.«

»So ist Jamie nicht. Es macht Euch wohl großen Spaß, ihn zu quälen, was?«

Seufzend schaute sie auf ihre Hände hinab. »Was soll er schon mit mir anfangen?«

»Vor lauter Liebe zu Euch ist der Mann fast verrückt. Beinahe wäre er in Tränen ausgebrochen, als Ihr Rhys das Daunenkissen geschenkt habt.«

»Wirklich? Du glaubst, er mag mich? Nein, antworte nicht! Für ihn bin ich nur ein Ärgernis.«

»O ja, und deshalb nimmt er Euch mit.«

Als ein Geräusch durch die geschlossene Tür drang, mahnte Tode: »Bald wird er Euch hier suchen. Ihr müßt gehen. Axia, Ihr wißt doch, daß ich – daß ich ...«

Sie wußte, was er zu sagen versuchte – Worte, die er noch nie ausgesprochen hatte. Bis jetzt war das auch nicht nötig gewesen. Seit ihr Vater den dünnen Jungen, der unentwegt an seinen Schmerzen litt, zu Axia geschickt hatte, liebte sie ihn. Es dauerte viele Jahre lang, bis er ihr vertraute, seine Angst vor anderen Menschen überwand und aufhörte, die Welt zu hassen. Aber mit ihrer Hilfe schaffte er es. Sie lernten, sich aufeinander zu verlassen. In einem schönen Gefängnis hatten sich zwei Außenseiter der Gesellschaft ein eigenes Leben aufgebaut.

Überwältigt von ihren Gefühlen, schlang sie die Arme um seinen Hals. »Ich liebe dich, ich liebe dich, ich liebe dich! Immer werde ich dich lieben. Wie soll ich nur einen einzigen Tag ohne dich ertragen?«

Für einen kurzen Augenblick drückte er sie an sich, dann schob er sie weg. »Geht jetzt, bevor ich mich noch zum Narren mache! Und bitte, tut Jamie nicht weh. Soll er etwa eines Tages so aussehen wie ich?« Er lächelte, aber sein Blick war ernst.

Weil sie mit den Tränen kämpfte, fiel ihr keine geistreiche Antwort ein. Sie wollte nicht zeigen, wie schwer ihr die Trennung fiel.

»Und macht Euch keine allzu großen Sorgen um Frances«, bat er und legte ein Finger unter ihr Kinn. Sein Gewissen quälte ihn, weil er ihr nicht versichern konnte, ihrer Kusine würden keine Gefahr drohen.

»O Tode, Frances weiß nicht einmal, wie sie sich allein anziehen soll. Wenn sie diesem Mann erzählt, sie sei nicht die Maidenhall-Erbin, und er wirft sie hinaus? Wer wird sich dann um sie kümmern? Frances weiß doch nicht, wie sie sich retten soll. Nicht einmal, wenn sie eine Gelegenheit dazu findet!«

»Da irrt Ihr Euch. Sie kann sehr gut auf sich selber aufpassen. Ist es ihr nicht gelungen, ihrem armen Elternhaus zu entfliehen und sich bei der Maidenhall-Erbin einzunisten? Wäre sie nicht so schlau, würde sie jetzt als Wäscherin arbeiten und hätte zehn Kinder am Hals.«

Die Vorstellung, die schöne Frances könnte jemals mit harter Arbeit ihr tägliches Brot verdienen, war so absurd, daß Axia lächeln mußte.

»So gefallt Ihr mir schon besser«, sagte Tode. »Geht jetzt! Er wartet auf Euch.«

»Du wirst meinem Vater doch nicht erlauben, dir ein Leid anzutun? Vergiß nicht – was immer er dir androhen wird, ich sorge für dich. Wenn ich einen Penny besitze, bekommst du die Hälfte davon.«

Grinsend küßte er ihre Hand. »O Axia, sobald Ihr einen Penny habt, werdet Ihr bald hundert Pennies daraus machen.«

»Auch davon kriegst du die Hälfte.« Axia sprang auf, eilte aus dem Geräteraum und prallte direkt an Jamies breite Brust. »Du spionierst mir nach!« beschuldigte sie ihn und blickte herausfordernd zu ihm auf.

»Glaub mir, ich weiß interessantere Dinge mit meinem Leben anzufangen, als dir nachzuspionieren. Komm jetzt! Wenn wir noch lange herumtrödeln, verlieren wir einen ganzen Tag.« Er nahm ihren Arm und führte sie in den Hof hinaus, wo zwei Pferde warteten.

»Was ist das?« Axia musterte eine hübsche kleine Stute, an der zwei lederne Satteltaschen mit Reiseproviant hingen.

»Das ist ein Pferd«, erklärte Jamie. »Hast du noch nie eins gesehen?«

Sie war ebenso müde wie er und nicht bereit, seine schlechte Laune zu dulden. »Was das ist, weiß ich. Aber wer wird das Pferd reiten?« Ihre Miene hellte sich auf. »Also kommt Tode doch mit uns?«

»Axia, für diesen Unsinn habe ich jetzt keine Zeit. Steig auf, wir reiten los! Vielleicht erwarten uns bei meinem Onkel schon Neuigkeiten über Frances.«

Als sie sich nicht rührte, wandte er sich von seinem Hengst ab, an dessen Sattel er gerade die Taschen befestigte. »Stimmt was nicht?«

Sie schenkte ihm ein schwaches Lächeln. »Leider

habe ich noch nie auf einem Pferd gesessen. Zumindest nicht allein.«

»Noch nie?« Seufzend schüttelte er den Kopf. »Tu einfach so, als wolltest du's verkaufen und einem Interessenten demonstrieren, was das für ein sanftmütiges Tier ist.«

Dieser Scherz amüsierte sie nicht, aber sie nickte. Zögernd ging sie zu der Stute, dann drehte sie sich wieder um.

»Was stört dich denn jetzt noch?« stöhnte er.

»Tode ... Seit er damals zu mir kam, war ich nie von ihm getrennt. Er – er kümmert sich um mich. Könnte er uns nicht begleiten?«

»Nein, das habe ich dir bereits deutlich gesagt.« Ungeduldig hob er sie in den Sattel. »Nicht einmal auf einem Stuhl wirst du so sicher sitzen wie auf diesem Pferd. Schwing dein Bein auf die andere Seite und folge mir!« Er hatte bereits vermutet, daß sie nicht allzuviel von der Reitkunst verstand, und ihr keinen Damensattel gegeben. In einem Herrensattel konnte sie ihr Gleichgewicht besser halten.

Verlaß mich nicht, schienen ihre großen braunen Augen zu flehen, und dieser Blick gefiel ihm. Auch der Gedanke, daß sie auf dieser Reise einzig und allein von ihm abhängig sein würde, war höchst erfreulich. Er legte eine Hand auf ihr Knie. »Keine Bange, Axia, ich werde gut für dich sorgen. Das schwöre ich.« Als sie ihn immer noch skeptisch anschaute, grinste er. »Nutze den Tag! Tode hat mir erzählt, so würde dein Leitspruch lauten. Und heute wirst du lernen, diese Stute zu reiten.«

Entschlossen hob sie das Kinn. »Was du kannst, kann ich auch. Hast du meine Farben eingepackt?«

»Nein«, erwiderte er und schwang sich auf seinen

Hengst. »Keine Federn, keine Tinte, keine Farben, kein Pergament, kein Tode. Nur du und ich und die Sterne.« Jamie drückte seine Knie in die Pferdeflanken, und Axia folgte ihm aus dem Schloßhof.

20

»Ich hasse dieses Tier! Ich hasse es! Ich hasse es!« stieß Axia hervor und biß die Zähne so fest zusammen, daß ihre Kiefer schmerzten. Nicht nur ihre Kiefer taten weh, sondern alle Knochen und Muskeln und Nerven in ihrem Körper.

»Hör zu jammern auf und komm runter!« befahl Jamie. Er hatte sie zu einem Gasthaus geführt. Nun standen die Pferde vor der »Goldenen Gans«, und er erwartete, daß Axia aus dem Sattel stieg.

Den ganzen Tag hatte sie auf der Stute gesessen. Es war der längste Tag ihres Lebens gewesen, und die wund gescheuerten Innenseiten ihrer Schenkel brannten wie Feuer. »Diese Tiere wurden nicht von Gott erschaffen, sondern vom Teufel – einzig und allein, damit sie die Menschheit quälen.«

Als hätte die hübsche kleine Stute zugehört, wandte sie den Kopf nach hinten und starrte die Reiterin vorwurfsvoll an. Am liebsten hätte Axia ihre Zunge herausgestreckt, aber ihre Gesichtsmuskeln schmerzten zu sehr.

»Axia, ich bin müde. Tagelang habe ich nicht geschlafen, stundenlang nichts gegessen. Also sei barmherzig und steig ab!«

Angewidert starrte sie ihn an. »Unmöglich! Ich bin außerstande, auch nur einen einzigen Muskel in meinem Körper zu bewegen. Alles ist erstarrt.«

Jamie strich über seine Augen. Beim besten Willen konnte er sich nicht entsinnen, warum er Axia mitgenommen hatte. Resignierend hob er die Arme. »Laß dich einfach fallen, ich fange dich auf.«

»Nein, das geht nicht«, wisperte sie, und er merkte, daß sie's ernst meinte.

Vielleicht hätte er Mitleid empfinden sollen. Aber dafür war er zu erschöpft und besorgt. Er schlang einen Arm um Axias Taille und versuchte, sie aus dem Sattel ziehen. Als sie sich nicht rührte, ging er auf die andere Seite und schob ihren Fuß aus dem Steigbügel. Dann versuchte er noch einmal, sie aus dem Sattel zu heben. Aber ihr ganzer Körper versteifte sich.

Da er einen Großteil seines Lebens hoch zu Roß verbracht hatte, verschwendete er kaum einen Gedanken an die Reitkunst. Aber nun wurde ihm bewußt, daß er langsam an den Sattel gewöhnt worden war. Wenn man gleich beim ersten Mal zwölf Stunden lang auf dem Pferd saß, konnte man's sicher nicht allzu gut verkraften. Als er Axias Hände von den Zügeln löste und die starren Finger spürte, seufzte er mitfühlend. Eins mußte er ihr zugestehen – den ganzen Tag hatte sie sich nicht beschwert und nur in allen Einzelheiten erklärt, wie abgrundtief sie Pferde hassen würde. Doch darauf hatte er kaum geachtet und nur einen einzigen Gedanken gekannt – das Haus seines Onkels möglichst schnell zu erreichen und Neuigkeiten über Frances zu erfahren.

Nachdem er Axias Hände und Füße befreit hatte, umschlang er wieder ihre Taille und versuchte, sie aus dem Sattel zu zerren. Aber ihre Beine gaben nicht nach.

»Kann ich Euch helfen?« fragte ein dicker Mann mit rotem Gesicht, vermutlich der Wirt.

»Ja, bitte.« Jamie beobachtete Axia. Unverwandt

starrte sie das Schild an, das über der Tür hing. Wäre ihre Miene nicht so verlegen gewesen, hätte er geglaubt, sie würde beschließen, Wirtshausschilder zu malen.

Der Mann schob seine Hände unter einen ihrer Füße, während Jamie auf der anderen Seite ihrer Taille umfaßte und sie aus dein Sattel zu heben suchte. Doch ihre steifen Beine ließen sich noch immer nicht bewegen.

»Eh – ah . . .« Auf solche Situationen war Jamie während seiner militärischen Ausbildung nicht vorbereitet worden. »Vielleicht solltet Ihr ein bißchen am Zügel ziehen.«

»Ja, natürlich.« Der Wirt versuchte ernst dreinzuschauen. Aber seine Augen funkelten fröhlich. Er trat vor das Pferd, ergriff die Zügel und bugsierte es zwischen Axias erstarrten Beinen hervor.

Als er die weit gespreizten Beine unter dem Rock des Mädchens sah, das von Jamie festgehalten wurde, konnte der Wirt sein Gelächter nicht länger unterdrükken. Eine Hand auf den Mund gepreßt, verschwand er in der Taverne.

Jamie überlegte, was er mir ihr machen sollte. Auf die Füße konnte er sie nicht stellen. »Möchtest du dich setzen?« schlug er vor.

»Das kann ich nicht. Alles tut mir weh.«

»Ja, aber . . .«, begann er, dann erkannte er, daß sie nicht den ganzen restlichen Tag vor der Tür zubringen konnten. Entschlossen warf er Axia über seine Schulter, packte ihre Fußknöchel und versuchte sie zusammenzuschieben. Das war keineswegs ein Kinderspiel. Und daß Axia vor Schmerzen wimmerte, erschien ihm nicht sonderlich hilfreich.

Letzten Endes siegte seine Kraft, und er schloß ihre Beine. Vorsichtig stellte er sie auf den Boden. Aber sobald er sie losließ, blickten ihre Knie ein. »Reiß dich zusammen!« bat er und stützte sie.

»Am liebsten würde ich diesem Biest die Kehle aufschlitzen«, fauchte sie.

Jamie führte sie ins Gasthaus und mußte sie beinahe tragen, weil ihr die Beine immer noch den Dienst versagten. Im Schankraum standen vier Tische. Drei waren besetzt, aber in der Ecke fanden die Neuankömmlinge Platz. Fürsorglich hatte der Wirt drei dicke Kissen auf die harte Holzbank gelegt. Bei diesem Anblick glänzten Tränen in Axias Augen. »Oh, ich liebe Euch«, wisperte sie, und der Mann strahlte vor Freude.

Hastig und ziemlich unsanft drückte Jamie sie auf die Bank, um ihr zu bedeuten, sie solle gefälligst zu flirten aufhören. Sobald sie saß, legte sie den Kopf auf den Tisch und schlief prompt ein. Sie erwachte erst, als ihr die verlockenden Düfte einer Mahlzeit in die Nase stiegen. Dann mußte sie Jamie wecken und ihn zum Essen auffordern. Den Kopf an die Wand gelehnt, war auch er eingeschlummert. »Iß das!« befahl sie und schob eine gefüllte Zinnplatte zu ihm hinüber. Aber er griff nur nach dem Ale-Krug und leerte ihn in einem Zug.

»Seid Ihr auf Reisen?« fragte der Wirt. Jedesmal, wenn er Axia anschaute, leuchteten seine Augen. Nun wandte er sich zu Jamie, der ihn durch gesenkte Wimpern betrachtete. »Wollt Ihr und die Lady ein Zimmer für die Nacht?«

»Ja, o ja!« rief Axia eifrig. »Ein weiches Bett mit frischen Laken – und ganz flach!«

Der Mann kicherte. »Gewiß, Ihr bekommt das flachste Bett von England, und es wird sich sicher nicht bewegen.« Belustigt zwinkerte er ihr zu und beobachtete wohlgefällig, wie sie errötete.

»Gut, dann nehmen wir Euer schönstes Zimmer«, verkündete sie glücklich.

Eigentlich wollte Jamie bis zum Haus seines Onkels weiterreiten. Doch das war unmöglich. So, wie er sich fühlte, würde er Frances nicht helfen können. Er hatte geplant, sein Ziel schon an diesem Abend zu erreichen, aber das Tempo drosseln müssen, da Axia sich nur mühsam im Sattel hielt. Nun lag immer noch ein halber Tagesritt vor ihnen. Es wäre grausam gewesen, Axias geschundenen Körper erneut aufs Pferd zu hieven und die Reise in der Nacht fortzusetzen. »Wir brauchen zwei Zimmer«, erklärte er dem Wirt.

»Ja, weil er schnarcht«, fügte Axia hinzu. Aus irgendwelchen Gründen wollte sie verheimlichen, daß sie nicht mit Jamie verheiratet war. »Niemand kann in seiner unmittelbaren Nähe schlafen.«

An einem anderen Tisch saß ein Mann, der sich bei Jamies Forderung nach zwei Räumen zu ihr umgedreht hatte. Unentwegt starrte er sie an.

»Leider habe ich nur ein Zimmer«, entgegnete der Wirt. »Möchtet Ihr im Stall übernachten, Sir? Die Pferde würdet Ihr sicher nicht stören.«

Inzwischen war Jamie einigermaßen wach, vermochte sich seinem Essen zu widmen und sah auch den Blick des Fremden. Doch er ließ sich nichts anmerken. Lächelnd neigte er sich zu Axia. »Heute nacht wirst du mein Schnarchen wohl oder übel ertragen müssen, Liebling.«

»Oh?« flüsterte sie interessiert, dann schluckte sie und schaute den Wirt an. »Offenbar habe ich keine Wahl.«

Kopfschüttelnd verschwand der Inhaber des Gasthofs in der Küche. Niemals würde er diese hübsche

Person allein schlafen lassen, und wenn er noch so laut schnarchte.

Seit Axia nicht mehr auf der verfluchten Stute saß, fühlte sie sich immer besser. Heißhungrig verschlang sie ihren Rindsbraten und beobachtete Jamie.

»Was heckst du denn jetzt wieder aus?« fragte er.

»Gar nichts. Schnarchst du wirklich?«

Als er ihr tief in die Augen sah, wurde ihr ganz warm ums Herz. »Darüber hat sich bis jetzt noch niemand beklagt.«

»O Jamie . . .« Sie beugte sich zu ihm, doch da richtete er seine Aufmerksamkeit wieder aufs Essen.

Zwei Stunden später, nachdem sie sich in ihr Zimmer zurückgezogen hatten, stellte Axia fest, daß Jamie auf dem Boden schlafen und ihr das schmale Bett überlassen wollte. Er wartete draußen, während sie sich auszog und unter die Decke schlüpfte. Dann kam er herein, legte seine Kleider ab und hängte sie sorgsam über einen Stuhl. »Du bist im heiratsfähigen Alter, Axia, und ich werde dich genauso in die Obhut deines Vormunds zurückgeben, wie du mir anvertraut wurdest – nämlich unberührt. Niemals würde ich ein Mädchen verführen, das unter meinem Schutz steht.«

»Außer Frances. Von der kannst du die Finger nicht lassen, was?«

»Seit ich sie kenne, habe ich sie kein einziges Mal angerührt. Das weißt du.«

»Aber du möchtest es gern, nicht wahr?«

Jamie setzte sich auf den Stuhl, um aus seiner engen Hose zu schlüpfen. »Bist du eifersüchtig?«

»Natürlich nicht. Auf Frances war ich noch nie eifersüchtig.« Die Hände unter dem Kopf verschränkt, wandte sie ihr Gesicht von Jamie ab. »Ich war nur neugierig. Das ist alles. Eines Tages werde ich heiraten, und ich möchte wissen, was mich dann erwartet. Ist es sehr schön?« Wieder einmal tauchten Erinnerungen an die himmlische Liebesnacht auf, und Axia hätte gern gefragt: Merkst du denn nicht, daß ich die Frau bin, die du in den Armen gehalten hast? Oder war das nur eine von vielen Nächten, die dir nichts bedeuten? Nun betrachtete sie ihn wieder, mit träumerischen Augen.

»Schau mich nicht so an, Axia!« flüsterte er.

»Wie denn?« Alles, was sie dachte, schwang in ihrer Stimme mit.

Gequält stöhnte er. »Auch ich bin nur ein Mann, Axia, und du . . .«

»Was bin ich, Jamie?«

»Schön!« Er riß ein Laken vom Bett, warf es zu Boden und wickelte sich darin ein. Entschlossen kehrte er ihr den Rücken.

Lächelnd starrte sie zur Zimmerdecke hinauf. »Schön«, wisperte sie. Könnte sie doch immer so daliegen, sich beglückt entsinnen, was er gesagt hatte, seine Nähe genießen, seinen leisen Atemzügen lauschen. Er schnarcht nicht, dachte sie belustigt. Aber das würde mich auch gar nicht stören.

Wenig später schlief sie ein.

*

»Bitte, Jamie!« Sie saßen wieder im Schankraum, wo der Wirt ein üppiges Frühstück serviert hatte.

»Schau mich nicht so an und nenn mich nicht Jamie – nicht in diesem Ton!«

»Heißt du denn nicht Jamie? Soll ich dich Lord James nennen? Nachdem wir eine Nacht zusammen verbracht haben?«

Darüber mußte er lachen, und genau das hatte sie

beabsichtigt. »Wie du sehr wohl weißt, habe ich dich nicht angerührt. Obwohl du eine typische Tochter Evas bist und alles getan hast, um mich in dein Bett zu locken.«

»Nichts dergleichen habe ich getan«, protestierte sie, »und dir nur ein paar Fragen gestellt.«

»Ja, schon gut. Iß jetzt, damit wir weiterreiten können.«

»Nie wieder werde ich auf diese Ausgeburt der Hölle steigen!«

»Doch. Heute wird's dir nicht mehr so schwer fallen wie . . .« Diesen Satz konnte er nicht mit ernster Miene beenden, denn er erinnerte sich, wie er ihr vorhin die Treppe herabgeholfen und wie sie bei jedem Schritt gejammert hatte. »Jetzt haben wir's nicht mehr weit. Sicher wirst du dich mit meiner Tante anfreunden.«

»Aber ich will dich begleiten.«

»Das haben wir heute morgen schon sechsmal besprochen. Du kannst nicht mit mir kommen, weil ich gar nicht weiß, wohin mich mein Weg führen wird. Erst einmal muß ich im Haus meines Onkels auf eine Nachricht warten. Vermutlich werde ich erfahren, wer Frances entführt hat und wieviel Lösegeld er verlangt. Sobald ich das weiß, breche ich auf.«

»Ohne mich«, schmollte Axia.

»Genau. Ohne dich.« Tröstend legte er eine Hand auf ihren Arm. »Bei meiner Tante wirst du dich wohl fühlen, und sie freut sich sicher, wenn du hübsche Bilder für sie zeichnest.«

»Das sind fremde Leute. Warum darf ich dich nicht begleiten? Immerhin ist Frances meine Kusine.«

»Sei doch vernünftig, Axia! Ich muß so schnell wie möglich zu ihr reiten, und du kannst dich kaum im Sattel halten. Außerdem wäre es zu gefährlich. Wer immer Frances in seine Gewalt gebracht hat ...« Rasch wich er ihrem Blick aus. Daran wollte er nicht denken. »Du würdest mich nur behindern.«

Lustlos stocherte sie in ihrem Essen herum. Allein unter Fremden – ihr schlimmster Alptraum ... Und sie mochte sich nicht von Jamie trennen. Erst hatte sie sich von Tode verabschieden müssen, nun würde auch Jamie sie verlassen. Obwohl sie ihn noch nicht lange kannte, kam es ihr so vor, als würde er ihr Leben schon seit einer Ewigkeit teilen.

»Iß!« befahl er.

Sie wollte antworten, aber da mischte sich ein Mann ein, der mit einem anderen Gast am Nebentisch gesessen hatte und nun herüberkam. »Ihr seid es wirklich!« rief er und musterte Jamie. »Das dachte ich schon gestern abend, aber ich war mir nicht sicher.«

»Und für wen haltet Ihr mich, wenn ich fragen darf?« Jamie nippte an seinem Ale.

»Ihr seid der Mann, der auf diesen Wagen abgebildet ist. Der Drachentöter.«

Beinahe verschluckte sich Jamie. »Ihr habt den Wagen gesehen?« würgte er hervor. »Wann? Wo?«

»Er fuhr nach Süden.«

»Unmöglich! Man teilte mir mit ...« Wie ihm ein kurzer Blick in Axias Gesicht verriet, dachte sie dasselbe wie er. Lauter Lügen. Das Haus seines Onkels lag im Westen. Aber wenn der Wagen südwärts fuhr, entfernten sie sich immer weiter von Frances. »Könnt Ihr den Fahrer beschreiben?«

»Klar. Ein großer Mann. Und eine bildhübsche Frau saß neben ihm. Darüber lachten wir – ich und mein Freund.« Ein kurzer Blick streifte den Gast am Nebentisch. »Wir fanden ihn nämlich eher unscheinbar, und wir dachten, auf diesen Gemälden wäre er mit Absicht verschönert worden. Was für großartige Bilder! Die Lady erzählte uns, das sei ihr Werk . . .«

»Nein, *ich* habe das alles gemalt!« rief Axia und erhob sich empört. »Niemals könnte Frances . . .«

Jamies schwere Hand umfaßte ihre Schulter und drückte sie auf die Bank zurück.

»Habt Ihr den Wagen wirklich bemalt?« Der Mann starrte Axia neugierig an, und Jamie holte tief Luft.

»Wenn Ihr uns alles sagt, was Ihr wißt, wird sie Euch und Euren Freund porträtieren. Als Ritter in voller Rüstung.«

»Wir sahen den Wagen vor zwei Tagen. Jetzt muß er längst über alle Berge sein.«

»Und die Frau? War sie unverletzt? Fühlte sie sich gut?«

»Gut genug, um zu lügen«, murmelte Axia.

»Ja, sie wirkte recht fröhlich. Die beiden übernachteten in einem Gasthaus, und der Mann bediente sie, als wäre sie die Königin von England.«

»Jetzt weiß ich, daß es Frances ist«, warf Axia ein.

Jamie stieß sie unter dem Tisch an, um ihr zu bedeuten, sie solle den Mund halten. »Was war das für ein Mann? Wie sah er aus?«

»Braunes Haar, braune Augen, und wie ich schon sagte, ziemlich unscheinbar. Vermutlich würde ich ihn nicht wiedererkennen.«

Enttäuscht sank Jamie in sich zusammen. Nun wußte er nicht viel mehr als zuvor.

»Hast du sein Ohr vergessen?« fragte der Freund, der sich nun ebenfalls hinzugesellte.

»Ach ja, er hat nur ein halbes Ohr«, erklärte der andere.

Eine Zeitlang saß Jamie reglos da, dann warf er lachend den Kopf in den Nacken. Alle Gäste starrten ihn verblüfft an. »Henry Oliver!« prustete er, als er sich einigermaßen beruhigt hatte. Dann dankte er den beiden Männern für die wertvollen Informationen. Sie kehrten an ihren Tisch zurück, und er befaßte sich wieder mit seinem Frühstück.

Es dauerte eine Weile, bis Axia merkte, daß er nicht beabsichtigte, seine Erkenntnisse mit ihr zu teilen. »Willst du mir nicht verraten, was das alles soll?« fauchte sie ungeduldig.

Grinsend wandte er sich zu ihr. Offenbar wollte er sie noch eine Weile auf die Folter spannen.

»Sprich doch endlich!« zischte sie.

»Henry Oliver ist völlig harmlos, und Frances könnte sich nicht in besseren Händen befinden. Er wird gut für sie sorgen.«

»Aber er hat sie entführt, und er wird Lösegeld verlangen – von . . .« Rasch blickte sie sich um und senkte die Stimme. »Vom Vater der Maidenhall-Erbin.«

»Für Geld interessiert er sich nicht. Er hat's aus Liebe getan.«

»Er *liebt* Frances?« fragte sie ungläubig.

»Nein, meine Schwester Berengaria. Seit wir alle Kinder waren, bemüht er sich um ihre Hand.«

»Und du verweigerst ihm deine Einwilligung?«

»Weil er schrecklich dumm ist.«

»Dann müßte er Frances lieben. Zwei verwandte Seelen . . .«

»Nein, nein, du verstehst das nicht. Oliver ist *wirklich* dumm. Alles, was man ihm einredet, glaubt er. Zum Beispiel, daß man in afrikanischen Höhlen kostbare Schätze finden kann. Wenn wir als Kinder Verstecken spielten, schloß er einfach die Augen, weil er dachte, wenn er nichts sieht, würde man ihn auch nicht sehen.«

»Diese Phase müßte er doch überwunden haben – jetzt, wo er erwachsen ist . . .«

Jamie hob die Brauen. »Letztes Jahr entstand ein Loch in der Wand seines Getreidespeichers. Die Ratten krochen hinein und schlugen sich die Bäuche voll. Da verbrannte er das Getreide, damit's die Biester nicht fressen konnten.«

»Und warum hat er das Loch nicht zugemauert?« Nach einer kleinen Pause fügte Axia hinzu: »Oh, ich verstehe.« Sie nahm einen Schluck von ihrem Ale. »Würde er gern Drachentuch kaufen?«

»Seltsamerweise ist er kein schlechter Geschäftsmann«, erwiderte Jamie lachend. »Wenn er sich irgendwas in den Kopf gesetzt hat, bringen ihn keine zehn Pferde davon ab. Es ist völlig unmöglich, an seine Vernunft oder an seine edleren Gefühle zu appellieren. Sobald er etwas haben will, entscheidet er, was er dafür zahlen wird, und nichts auf der Welt vermag ihn umzustimmen.«

»Und nun will er deine Schwester.«

»Nach der ist er schon seit vielen Jahren verrückt, und auf dem Totenbett wird er sie immer noch begehren.«

»Aber er muß vermutlich ohne sie sterben.«

»Solange *ich* lebe, kriegt er sie nicht«, stieß Jamie leidenschaftlich hervor.

»Sie ist wunderschön, nicht wahr? Lachlans Dienstmagd erzählte doch, Oliver habe erklärt, Frances sei die zweitschönste Frau, die er kenne.«

»Ja, Berengaria ist schön«, bestätigte Jamie lächelnd. »Und was Frances betrifft – Henry Oliver wird sie bestens betreuen. Im Grunde ist er ein guter Kerl. Mein Bruder spielte ihm die schlimmsten Streiche, aber Henry grollte ihm nicht und dachte sogar, Edward würde ihn mögen, weil er ihm soviel Aufmerksamkeit schenkte.«

Verächtlich runzelte Axia die Stirn. »Wenn man Aufmerksamkeit genießt, heißt das noch lange nicht, daß man gemocht wird. Das weiß ich nur zu gut.« Und dann seufzte sie tief auf, um ihm das Geständnis zu entlokken, er würde sie sogar sehr mögen. Aber er zwinkerte ihr nur zu.

Zwei Stunden später hatte sie alle Gäste in der Schankstube porträtiert, und Jamie meinte: »Nun sollten wir losreiten.«

»Wohin?« Axia packte ihre Malsachen ein, die er wirklich und wahrhaftig mitgenommen hatte.

»Wahrscheinlich hat Henry deine Kusine in sein Haus gebracht. Das liegt in der Nähe meines Schlosses, und ich werde Frances bald befreien. Zuerst gebe ich dich in die Obhut meiner Tante. Bitte, Axia, versuch nicht mehr, mit mir darüber zu streiten. Mein Entschluß steht fest.«

»Natürlich. Und es ist wohl auch sinnlos, an *deine* edleren Gefühle zu appellieren.«

»Völlig sinnlos.«

»Aber *warum* darf ich dich nicht begleiten – jetzt, wo du weißt, daß der Entführer dieser harmlose Henry Oliver ist? O Jamie, ich flehe dich an! Glaub mir, ich werde dir nicht zur Last fallen!«

»Selbst wenn du auf der ganzen Reise schlafen würdest, hätte ich nur Ärger mit dir. Axia, schau mich nicht so an! Es würde sich nicht geziemen, wenn wir beide allein unterwegs wären. Das mußt du doch wissen. Maidenhall, dein Vormund, hat dich mir anvertraut. Wie sähe es denn aus, wenn wir durch ganz England reiten würden, nur zu zweit? Die letzte Nacht war schon schlimm genug – wir beide in einem Zimmer!«

»Oh, Maidenhall braucht nicht zu befürchten, du

könntest mich anrühren«, entgegnete sie erbost. »Du interessierst dich ja nur für Frances.«

Plötzlich nahm er ihre Hand und küßte sie. »Da täuschst du dich, meine Liebe«, widersprach er sanft. »Wäre ich frei und nicht gezwungen, eine gute Partie zu machen, würde ich dich so leidenschaftlich umwerben, daß dir Hören und Sehen verginge. He, Herr Wirt! Die Rechnung, bitte!«

Mit großen Augen starrte Axia ihn an. »Das würdest du tun?« wisperte sie. Aber da er dem Wirt gerade einige Münzen übergab, war er zu beschäftigt, um zu antworten.

Und so überlegte sie, wie sie ihn veranlassen konnte, sie mitzunehmen. »Wenn ich dich begleite, erspare ich dir viel Zeit.« Dieses Argument verhallte wirkungslos. Die Augen voller Tränen und die Erklärung, sie wolle nicht bei Fremden bleiben, nutzten ebensowenig. Als sie gestand, sie befürchte, Perkin Maidenhall könne auftauchen – und seinen Zorn an ihr auslassen, zuckte Jamie nicht einmal mit der Wimper. Die Drohung, sie würde fliehen und in Lachlans bereitwillig geöffnete Arme zurückkehren, rief nur Gelächter hervor. Und nachdem sie angekündigt hatte, sie würde im Haus seines Onkels die Bettlaken zusammenbinden und aus dem Fenster klettern, lachte Jamie noch lauter.

Schließlich gingen sie zu den Pferden hinaus. Nun mußte sie sich wohl oder übel in ihr Schicksal fügen und die nächsten Tage bei einem langweiligen alten Ehepaar ausharren. Sie blieb neben der Stute stehen und seufzte tief auf. »Dein Onkel und deine Tante haben wohl keine Kinder, mit denen ich spielen könnte?«

»Die sind alle erwachsen.«

»Enkel?«

»Nein«, erwiderte er ungeduldig. »Tante Mary hat sechs erwachsene Söhne, und alle sind ledig.«

»Oh . . .« Vielleicht würde ein Besuch in diesem Haus gar nicht so unerfreulich verlaufen. Sie stellte ihren Fuß in seine Hände, die er ineinandergeschlungen hatte, um ihr aufs Pferd zu helfen. Aber er hob sie nicht hoch. Und als sie ihn verwundert anschaute, entdeckte sie einen sehr seltsamen Ausdruck in seinen Augen. »Jamie? Alles in Ordnung?« Er antwortete nicht. »Jamie!« rief sie.

»Du kommst mit mir«, verkündetet er, dann bugsierte er sie so schnell in den verhaßten Sattel, daß sie beinahe auf der anderen Seite herunterfiel.

Natürlich brauchte sie nicht lange, um zwei und zwei zusammenzuzählen. »Nein«, protestierte sie energisch, »sicher hast du recht. Bei deiner Tante bin ich besser aufgehoben.«

Jamie stieg schweigend auf seinen Hengst, packte die Zügel der Stute und führte sie aus dem Hof des Gasthauses zur Straße.

»Hier geht's nach Süden«, bemerkte sie an der Kreuzung. »Jamie, wir sollten darüber reden. Ständig hältst du mich von heiratsfähigen Männern fern. Erst der liebe Lachlan und der gute Rhys, jetzt deine eigenen Verwandten! Wirklich, du solltest mich ins Haus deiner Tante bringen. Dort wäre ich in Sicherheit. Ein unverheiratetes Paar wie wir darf nicht allein reisen. Das wäre unschicklich. Und außerdem – wenn ich mir vorstelle, daß ich sechs junge Montgomerys kennenlernen werde . . . Welch eine großartige Gelegenheit! Inzwischen kannst du Frances retten, und vielleicht wird Maidenhall dich vor lauter Dankbarkeit mit ihr vermählen. Auch *ich* würde einen hübschen Ehemann finden. Noch dazu einen Montgomery! So ein angesehener alter

Name! O Jamie, dann wären wir miteinander verwandt!«

Da zügelte er sein Pferd und drehte sich zu ihr um. »Wenn du nicht sofort deinen hübschen kleinen Mund hältst, verkaufe ich dich an die Zigeuner – und zwar an Leute, die den *allerniedrigsten* Preis anbieten.«

Als er ihr wieder den Rücken kehrte, blickte sie zur Morgensonne auf und lächelte triumphierend.

21

Vier Stunden später wünschte sie, er wäre bei seinem ursprünglichen Plan geblieben, würde sie so bald wie möglich ins Haus seines Onkels bringen und dort zurücklassen. Dieses verdammte Pferd ... Wieder einmal taten ihr alle Knochen weh. Aber sie wäre lieber gestorben, als Jamie um eine Ruhepause zu bitten.

Seite an Seite ritten sie dahin, viel zu schnell, um miteinander zu reden. Außerdem mußte sie sich darauf konzentrieren, im Sattel zu bleiben. Es war ein schöner Tag, und sie durchquerten einen dichten Wald.

Schließlich rang sie sich doch zu der Frage durch, ob sie kurz anhalten könnten, um das Brot und den Käse zu essen – den Reiseproviant, den sie in einem der Dörfer gekauft hatten. Aber Jamie erwiderte, das sei zu gefährlich. Dieser Wald wimmle von Banditen.

Axia kniff die Augen zusammen und spähte ins dunkle Unterholz. Wer mochte da drin lauern? Offenbar fürchtete sich Jamie vor Banditen und wollte eine Konfrontation vermeiden. Er war ein sehr sanftmütiger Mann, wenn er sie auch einmal übers Knie gelegt hatte (was sie ihm nie verzeihen würde). Und er schien lieber mit Worten zu kämpfen als mit Waffen, im Gegensatz zu Thomas und Rhys.

Dies war einer der Gründe, warum sie entschieden hatte, er müßte Lachlans Schloß verlassen, ehe ihr Vater dort ankam. Wenn Perkin Maidenhall mit einem so gutherzigen Menschen wie Jamie zusammentraf, würde letzterer das nicht überleben.

Plötzlich sprangen zwei Männer aus dem Gebüsch am Straßenrand, und einer packte Axias Stute am Zügel. »Her mit Eurem Geld, oder Ihr werdet die Sonne nie wiedersehen!« Ein häßliches Grinsen verzerrte sein Gesicht.

Der andere, ein großer, bärtiger Rüpel mit glitzernden Schweinsaugen, hielt Jamies Pferd am Zaumzeug fest. »Was für ein feiner Gentleman!« meinte er und musterte das fleckenlose schwarzsamtene Wams des Reiters. »Steigt ab!«

»Bitte, tut uns nichts an«, sagte Jamie leise. »Wenn Ihr uns ziehen laßt, geben wir Euch, was Ihr haben wollt.«

Der Mann, der die Zügel der Stute umklammerte, zückte mit der anderen Hand eine Pistole. Wenn Axia sich auch nach Abenteuern sehnte – sie hatte nie den Wunsch verspürt, in Lebensgefahr zu geraten. Vor Angst wie gelähmt, beobachtete sie, wie Jamie langsam aus dem Sattel kletterte und zu ihr kam, um sie vom Pferd zu heben.

»Oh, dieser Hengst gefällt mir«, verkündete ein dritter Mann, der hinter den beiden anderen aufgetaucht war, ohne daß Axia es bemerkt hätte.

»Sei still!« flüsterte Jamie ihr zu und schaute sie warnend an.

Das mußte er ihr nicht befehlen, denn sie fürchtete sich viel zu sehr, um den Mund zu öffnen. Was sollten sie tun, wenn die Räuberbande ihnen alles stahl und sie schutzlos auf der Straße stehenließ? Oder drohte ihnen sogar der Tod? Verzweifelt dachte sie nach. Irgendwie mußte sie Jamie und sich selbst aus dieser üblen Lage befreien.

»Da rüber mit Euch!« Der bewaffnete Mann zeigte in den Schatten zwischen den Bäumen. »Leert Eure Taschen, Sir!«

»Wir besitzen nichts.« Jamies Stimme bebte. »Und wir sind nur harmlose Reisende. Bitte, tut uns nichts zuleide!«

Verächtlich starrte Axia ihn an. Selbst wenn er Angst hatte, brauchte er das nicht so deutlich zu zeigen. Warum stand er nicht seinen Mann?

»Wie könnt Ihr es wagen, uns anzugreifen?« rief sie, straffte die Schultern und reckte das Kinn hoch. »Wir sind Abgesandte der Königin, und wenn Ihr uns auch nur ein Haar krümmt, wird man Euch vierteilen.« Voller Genugtuung erwiderte sie die erstaunten Blicke der drei Banditen. Jetzt lassen sie uns sicher in Ruhe, dachte sie triumphierend.

Unglücklicherweise provozierten ihre Worte das Gegenteil der erhofften Wirkung. Der größte Räuber sprang zu ihr und packte sie von hinten. Sein starker, behaarter Arm umschlang ihre Taille, der andere preßte sich an ihre Kehle. »Ihr dient also der Königin? Dann wird man ein saftiges Lösegeld für Euch zahlen.«

Als sie Jamie entsetzt anstarrte, verriet seine Miene nur für einen kurzen Augenblick, wie sehr ihn ihr Ungehorsam ärgerte. »Wir kennen die Königin nicht persönlich«, flüsterte sie, aber niemand hörte ihr zu.

»Leert endlich Eure Taschen!« Der Bewaffnete schwenkte seine Pistole in Jamies Richtung. »Und beeilt Euch, bevor sie stirbt!« Grinsend wandte er sich zu

Axia. »Ehe sie das Zeitliche segnet, wollen wir uns noch mit ihr vergnügen.«

Zu ihrer Schande spürte Axia, daß ihre Knie zitterten. Stets hatte sie gehofft, sie würde in einer solchen Situation ihre Tapferkeit beweisen. Aber diese Männer jagten ihr kalte Angst ein. Würden sie auch Jamie töten?

»Der Inhalt meiner Taschen wird Euch enttäuschen«, erwiderte Jamie. »Bitte, tut der jungen Lady nichts! Sie ist ein unberührtes Mädchen. Und niemand wird Lösegeld für sie zahlen. Also wäre sie für Euch völlig wertlos.«

»Sicher besitzt sie gewisse Vorzüge«, lachte der Mann, der Axia eisern festhielt. Sie roch seinen stinkenden Atem, und zu ihrem Entsetzen näherte sich seine Hand ihren Brüsten.

»Mein Geld steckt in meinem Stiefel«, erklärte Jamie. »Das gebe ich Euch, aber laßt uns bitte am Leben!«

»Oh, ich mag diese feinen Gentlemen«, bemerkte der Bandit mit der Pistole und grinste höhnisch. »Feine Kleider, dicke Börsen und kein bißchen Mumm!«

Schweren Herzens beobachtete Axia, wie Jamie in seinen Stiefel griff. Sicher hatte er recht, wenn er sich der Übermacht beugte, aber sie wünschte, er würde etwas mehr Rückgrat zeigen.

Dann geschah alles auf einmal, so schnell, daß sie fast nichts sah. Jamie zog keine Börse aus seinem Stiefelschaft, sondern einen dünnen Dolch, den er in Axias Richtung schleuderte. Zum Glück flog die Klinge an ihrem Kopf vorbei.

Heller Stahl funkelte in Jamies Hand. Sie hatte gewußt, daß er ein Schwert an der Hüfte trug, so wie alle Gentlemen, aber geglaubt, es sollte nur der Zierde dienen. Jetzt durchbohrte es den bewaffneten Räuber.

Ungläubig beobachtete sie, wie der Mann den Schwertgriff anstarrte, der in seinem Bauch steckte. Was er im Gegensatz zu ihr nicht sah, war die lange Schneide, die aus seinem Rücken ragte. Doch dem dritten Banditen entging diese Tatsache nicht. Nach einem kurzen Blick auf den Burschen, der Axia umklammerte, verschwand er im Wald.

Der Schurke ließ sie nicht los. Was würde er mit ihr machen, nachdem Jamie seinen Kameraden getötet hatte?

Zu verängstigt, um irgend etwas zu sagen, sah sie, wie Jamie sein Schwert aus dem Bauch des Toten zog, der zu Boden sank, seelenruhig die Klinge abwischte und in die Scheide zurücksteckte. Sie brachte noch immer kein Wort hervor. Auch der Mann, dessen Arme sie umschlangen, schwieg beharrlich. Hatten ihn die Ereignisse ebenso erschreckt wie Axia?

Jamie ging zu Axia, und sie blinzelte verwirrt, als er die kraftvollen Arme, die sie umschlangen, einfach beiseite schob. Zögernd drehte sie sich um und sah den Dolch im Hals des Banditen stecken, der langsam zusammenbrach.

»Fall jetzt bloß nicht in Ohnmacht!« bat Jamie. »Wir sollten schleunigst von hier verschwinden, falls diese Kerle ein paar Komplicen haben. Schau mich nicht so fassungslos an! Das waren doch nur drei Mann.«

Was sie darauf antworten sollte, wußte sie nicht. Solche Heldentaten hätte sie ihm niemals zugetraut. Ihre Beine drohten einzuknicken.

»Halt dich an mir fest!« schlug er lächelnd vor.

Sie legte einen Arm um seinen Hals, dann den zweiten. Unfähig, der Versuchung zu widerstehen, küßte sie seine Lippen – vor lauter Dankbarkeit, und um ihm zu zeigen, was sie empfand.

Erst nach einer halben Ewigkeit befreite er sich aus der Umarmung. »Axia«, war alles, was er hervorbrachte. Zärtlich hauchte er einen Kuß auf ihr Kinn, auf ihre Nasenspitze. »Jetzt müssen wir weiterreiten.«

Da ihre Beine immer noch vor Schwäche zitterten, trug er sie zur Stute und setzte sie in den Sattel. Nachdem er ebenfalls aufgestiegen war, trabten die Pferde schneller dahin denn je, und Axia hielt sich krampfhaft am Zaumzeug fest.

Kurz vor Sonnenuntergang erreichten sie den Waldrand und ein Gasthaus, wo sie übernachten konnten. Immer wieder hatte sich Axia an den schrecklichen Überfall erinnert. Was wäre geschehen, hätte Jamie sie nicht so heldenhaft gerettet? Vielleicht sollte ich wieder hinter die hohen Mauern des Maidenhall-Landsitzes zurückkehren, dachte sie. Dort würden mich wenigstens keine Pistolen bedrohen.

Jamie musterte sie besorgt, als er sie vom Pferd hob. »Wie blaß du bist! Nun mußt du dich stärken. Denk nicht mehr an die Räuber«, fügte er hinzu und führte sie in den Gasthof. »Das haben wir doch längst überstanden. Bei mir bist du sicher.« Er stieß die schwere Eichentür auf, und sie betraten einen warmen, hell erleuchteten Schankraum, wo ihnen eine dicke, lächelnde Frau entgegeneilte.

»Guten Abend!« grüßte sie freundlich. »Oh, die junge Lady ist verletzt! Kommen Sie, meine Liebe, setzen Sie sich. Gleich will ich mich um sie kümmern.« Axia wußte nicht, was die Frau meinte. Dann wandte sie den Kopf zur Seite und sah das Blut an ihrer Schulter – das Blut des Mannes, den Jamie in den Hals gestochen hatte.

Bei diesem Anblick wurde ihr schwarz vor Augen. Bewußtlos sank sie in die Arme ihres Retters.

22

Als sie zu sich kam, saß Jamie neben ihr auf einem Bett, in einem Zimmer, das sie nicht kannte. Nur eine einzige Kerze brannte auf der anderen Seite des Raumes.

Vor dem Fenster graute der Morgen. Sie mußte die ganze Nacht geschlafen haben, und wie Jamies müde Augen verrieten, war er nicht von ihrer Seite gewichen. Lächelnd versuchte sie, sich aufzurichten, aber er drückte sie ins Kissen zurück. »Ist das Blut verschwunden?« wisperte sie.

»Ja, alles. Ich hab's selber weggewaschen, sogar aus deinem Haar.« Behutsam strich er über ihre dichten braunen Locken, die sie tagsüber hochgesteckt trug. Jetzt umgaben sie ihren Kopf wie eine weiche, glänzende Wolke.

»Warum siehst du mich so an? Du schämst dich meiner, nicht wahr? Natürlich, ich bin dir wieder einmal zur Last gefallen, so wie immer, seit du mich kennst. Oh, ich benehme mich einfach gräßlich.«

»Ja, gräßlich. Vorher verlief mein Leben in ruhigen, vernünftigen Bahnen. Und nun gerate ich von einer verrückten Situation in die andere.«

»Hänselst du mich?«

»Keineswegs.« Er beugte sich zu einem Tisch hinüber, ergriff eine Schüssel und einen Löffel. »Hier, die Wirtin hat eine Suppe für dich gekocht. Die mußt du jetzt essen.« Vorsichtig führte er den gefüllten Löffel zu ihrem Mund.

Da brach sie in Gelächter aus. »O Jamie, ich bin doch nicht krank!« Seine Fürsorge machte sie verlegen. Seit ihrer frühen Kindheit war sie nicht mehr gefüttert worden. Und sie hatte auch niemals an einer ernsthaften Krankheit gelitten. *Sie* war es, die andere pflegte – nicht umgekehrt.

»Also gut.« Jamie stellte die Schüssel auf den Tisch zurück. »Da du gesund und munter bist, kann ich ja hinuntergehen und frühstücken. Guten Morgen.«

Seine Stimme klang ein wenig gepreßt. Offenbar hatte Axia seine Gefühle verletzt. Sie warf die Decke zurück, sprang aus dem Bett, dann griff sie an ihre Stirn und begann zu schwanken. »Oh, ich glaube . . .«

Als er ihr nicht zu Hilfe eilte, schaute sie ihn verwundert an und sah ihn spöttisch lächeln. »Oh, du kannst deinen Ohnmachtsanfall ruhig beenden. Hinter dir steht das Bett.«

»O Jamie, ich bin halb verhungert«, erwiderte sie lachend. »Diese Suppe will ich nicht. Ich wünsche mir Rindfleisch und Brathühner und einen großen Pudding. Und . . .« Plötzlich verstummte sie, denn nun kehrte die Erinnerung an den vergangenen Nachmittag zurück. Kraftlos sank sie auf die Bettkante. »Du hast diese Männer getötet«, flüsterte sie.

Sofort setzte er sich zu ihr und legte einen Arm um ihre Schultern. »Das mußte ich tun. Mir blieb nichts anderes übrig. Aber sei versichert – es bereitet mir keine Freude, das Blut anderer Menschen zu vergießen.«

»Ich hätte nicht gedacht, daß du dazu fähig wärst. Wo du doch immer so lieb und freundlich bist – zu Tode und Frances und deinen Männern. Alle mögen dich.«

Lächelnd stand er auf. »Du wußtest doch, daß ich Soldat war?«

»Ja, aber ich stellte mir vor, du hättest nur in hübschen Kleidern auf schönen Pferden gesessen und . . .«

Axia wurde von schallendem Gelächter unterbrochen. »Zieh dich jetzt an. Ich werde mal sehen, was die Küche zu bieten hat.«

Ehe er das Zimmer verlassen konnte eilte sie ihm nach und hielt seinen Arm fest. »Wie gut du immer für mich sorgst . . . Du kümmerst dich um heißes Wasser für mein Bad, um meine Malsachen, um Tode, und du hast mich vor den Banditen gerettet.« Überwältigt stellte sie sich auf die Zehenspitzen und schlang die Arme um seinen Hals. »O Jamie, ich . . .«

»Sag's nicht, Axia, bitte!« In seinen Worten schwang ein schmerzlicher Unterton mit. »Das könnte ich nicht ertragen. Du weißt nicht, wie es in meinem Herzen aussieht. Dieser Kampf zwischen Pflicht und – Liebe . . . Ich muß an meine Familie denken, für die ich verantwortlich bin. Bitte!« Entschlossen schob er sie von sich. »Ich erwarte dich unten im Schankraum.«

Träumerisch lehnte sie sich an die Tür, die hinter ihm ins Schloß gefallen war. Jamie . . . Schon seit Wochen beherrschte er ihre Gedanken und Gefühle. Hatte er ihr soeben seine Liebe gestanden, wenn auch nur durch die Blume? Wohin würde das alles führen?

Ihr Blick fiel auf ein dunkelrotes Wollkleid mit schwarzer Stickerei, das er über einen Stuhl gelegt hatte. Rasch zog sie sich an und rannte die Treppe hinab.

Jamie saß nicht in der Schankstube. Und so ging sie in den Hof, wo er gerade in seiner Satteltasche wühlte. »Es gibt Rebhühner!« verkündete er.

»Oh, ich könnte ein halbes Dutzend vertilgen.« Irgend etwas fiel zu Boden, und sie hob es auf. »Mein Käppchen!« rief sie verblüfft. »Das Erbstück meiner Mutter! Wo hast du's gefunden. Ich verlor es im . . .« Und da entsann sie sich, wo ihr die blaue Kappe abhanden gekommen war. In Jamies Zelt, während der Liebesnacht. Unsicher schaute sie ihn an. Würde er sich daran erinnern? Er hatte es nicht vergessen. Daran ließ seine Miene keinen Zweifel. In seinen Augen las sie

Verblüffung und wachsenden Zorn. »Sieh mich nicht so an!« wisperte sie und wich zurück, das Käppchen immer noch in der Hand.

»Was für ein Spiel hast du mit mir getrieben, Axia?« stieß er hervor. »Wolltest du einfach nur ausprobieren, wie es ist, mit einem Mann zu schlafen? So wie du ein Stück Kuchen kostest?«

»Wirklich, ich wollte es nicht. Ich sah die Stelle, wo du dich über die Mauer geschwungen hattest. Und da dachte ich . . .«

»Du hast mich schmählich hintergangen und belogen.«

»Nein, ich sagte dir doch, daß ich noch Jungfrau war.«

Immer weiter wich sie zurück, doch er folgte ihr gnadenlos. »Du hast dich Diana genannt und behauptet, du seist von Pockennarben entstellt.«

»Weil ich fürchtete, du würdest mich schlagen, wenn du mich in deinem Zelt findest. Und da fiel mir nichts anderes ein.«

»Ich hätte dich schlagen sollen? Das glaubst du doch selber nicht.«

Ihr Rücken berührte die Stallwand, und sie blieb notgedrungen stehen. »Glaub mir, ich wollte dich nicht beschwindeln, ich . . .«

»Ja? Ich warte auf eine Antwort.«

Herausfordernd hob sie das Kinn. »Wenn du's unbedingt wissen willst – ich war da, du warst da, und so ergab sich die Gelegenheit, neue Erfahrungen zu sammeln. Da dachte ich, womöglich sterbe ich am nächsten Tag, oder mein Vater beschließt, mich doch nicht zu verheiraten und mein Leben lang einzusperren. Deshalb nutzte ich meine Chance.«

»Dein Vater ist tot, erinnerst du dich? In einem Massengrab verscharrt. Zumindest hast du mir das erzählt.

Aber du lügst so oft, daß ich nicht wissen kann, wann du die Wahrheit sagst und wann nicht.« Abrupt wandte er sich ab.

»Tut mir leid«, flüsterte sie und legte eine Hand auf seinen Arm. »Denken wir nicht mehr an jene Nacht. Ich habe sie schon vergessen. Wäre vorhin das Käppchen nicht heruntergefallen, hättest du's nie erfahren. Du kannst weiterreiten und deine Erbin heiraten ...«

Wortlos schüttelte er ihre Hand ab, ging zum Stalltor, und sie blieb ihm auf den Fersen. »Jamie? Bitte, sprich doch mit mir! Sag, daß du mich nicht haßt ...«

»Sattle dieses Pferd!« befahl er einem Stalljungen, der den Hof durchquerte und sich den Schlaf aus den Augen rieb. »Beeil dich!« Ungeduldig ergriff er den Arm des Burschen, zog ihn in den Stall und zeigte auf Axias Stute.

»Du schickst mich weg? Allein?« fragte sie entsetzt. »O Jamie ...« Kraftlos sank sie auf eine Kiste, wo sich an einer Seite schmutziges Zaumzeug häufte.

»Habe ich je den Eindruck erweckt, ich würde dich im Stich lassen?« Ohne eine Antwort abzuwarten, ging er zu seinem eigenen Pferd, sattelte es und führte es aus dem Stall. »Bist du soweit?«

»Ja«, stimmte sie resignierend zu, und er half ihr, auf die Stute zu steigen.

Wohin würden sie reiten? Sie wagte nicht, danach zu fragen. Es war wohl am besten, wenn sie sich einfach in ihr Schicksal fügte.

Eine halbe Stunde später zügelte er seinen Hengst im Vorgarten eines hübschen, weißen Häuschens. »Warte hier!« sagte er, schwang sich aus dem Sattel und ging hinein. Wenig später erschien er wieder und hob sie aus dem Sattel. »Komm mit!«

Erstaunt beobachtete sie, wie ein Priester das Häuschen verließ und einen Hang hinaufstieg, zu einer steinernen Kirche. Oh, dachte sie, jetzt muß ich um Vergebung für all meine Sünden bitten. Aber dann werden wir heute nacht immer noch hier sein, und ich kriege nie was zu essen ...

Widerstrebend begleitete sie Jamie zum Gotteshaus hinauf. Vor dem Tor blieb er stehen, musterte Axia, entfernte einen kleinen Zweig von ihrem Kragen, strich ihr das Haar aus der Stirn, rückte ihre Kapuze zurecht. »Bist du bereit?«

»Wozu?« platzte sie heraus, den Tränen nahe.

»Natürlich wirst du mich heiraten. Was sollen wir denn sonst tun?« Er betrat die Kirche, aber sie folgte ihm nicht. Statt dessen sank sie auf eine schmale Bank neben dem Eingang. Seufzend kam Jamie zurück, setzte sich zu ihr und ergriff ihre kalte Hand. »Findest du den Gedanken, mich zu heiraten, so schrecklich? Das verstehe ich.«

»Mach jetzt keine Witze, Jamie«, wisperte sie. »Ich kann dich nicht heiraten.«

»Es wäre nur unmöglich, wenn du mich wirklich haßt. Und das bezweifle ich.«

Gedankenverloren schaute sie ihn an. Wie sehr hatte er ihr Leben verändert ... Vielleicht liebte sie ihn schon seit jener ersten Begegnung im Garten. Hatte sie nur deshalb mit Frances die Rollen getauscht, weil sie wissen mußte, ob *sie* ihm etwas bedeutete und nicht das Geld ihres Vaters? »Nein, ich hasse dich nicht.«

Sein Lächeln nahm ihr den Atem. »Ich dich auch nicht. Also steht unserer Hochzeit nichts im Weg. Komm endlich! Der Vikar will frühstücken. Und wir beide haben doch auch Hunger.« Als sie immer noch zögerte, fragte er: »Willst du mich nicht heiraten?«

»Darum geht's nicht. Aber – das Geld ...«

»Oh, ich verstehe«, erwiderte er kühl. »Für dich bin ich zu arm. Unter diesen Umständen können wir natürlich *nicht* heiraten. Wie anmaßend von mir, dir so etwas zuzumuten ...«

Ehe er aufstehen konnte, umschlang sie seine Schultern und preßte das Gesicht im seine Brust. »O Jamie, du hast mich falsch verstanden. Ich sprach von *meinem* Geld. Wenn mein Vormund erfährt, ich hätte ohne seine Einwilligung geheiratet, bekomme ich keine Mitgift.«

»Das kannst du nicht wissen«, erwiderte er und drückte sie an sich. »Wärst du seine Tochter, könnte ich deine Angst verstehen. Aber du bist nur sein Mündel. Sicher wird er dich nicht allzu hart bestrafen.«

Da rückte sie ein wenig von ihm ab und schaute eindringlich in seine Augen. »Würdest du mich auch heiraten, wenn ich seine Tochter wäre?«

»Ja, mit oder ohne seine Erlaubnis, weil es die Situation erfordert.«

»Du meinst ...?«

»Natürlich. Damals, in meinem Zelt ...« Diese Erklärung mißfiel ihr. Fühlte er sich verpflichtet, sie zu heiraten, weil sie ihn zu einer Liebesnacht überlistet hatte? Aus dem gleichen Grund würde er vermutlich auch jede andere zum Traualtar führen. Mit Liebe hing das nicht zusammen. Nur mit seiner Ehre. Und die bedeutete ihm offensichtlich mehr als alles Geld dieser Welt.

»Was bedrückt dich denn?« fragte er.

»Du kennst Perkin Maidenhall nicht so gut wie ich. Da ihm sein Reichtum ungeheure Macht verleiht, könnte er unsere Ehe annullieren lassen und dein Leben zerstören, weil du es gewagt hast, etwas anzurühren, das ihm gehört.«

»Mag er auch ein riesiges Vermögen besitzen – in diesem Land gibt es immer noch Gesetze. Ohne stichhaltige Begründung kann er unsere Ehe nicht für null und nichtig erklären lassen. Und wenn er davon erfährt, bist du vielleicht schon schwanger. Dann wird er es vermutlich gar nicht mehr versuchen.«

»Ein Baby?«

Als er ihren ungläubigen Blick sah, lachte er. »So was passiert hin und wieder.«

»Aber – er könnte dir und deiner Familie schaden und euch alles nehmen . . .«

»Da gibt's nicht mehr viel.«

»O Jamie, und wie willst du leben?«

»*Wir*«, verbesserte er sie. »Selbstverständlich werden wir bei meinen Verwandten wohnen. Die reichen Montgomerys sind nette, sehr temperamentvolle Leute, und sie werden uns sicher eins ihrer vielen Schlösser oder Häuser zu Verfügung stellen, wenn ich sie darum bitte.«

»Nur meinetwegen bist du dazu gezwungen! Weil ich eines Nachts in dein Zelt geschlichen bin, mußt du nun vor deinen Verwandten auf den Knien rutschen.«

»So schlimm es das nicht«, erwiderte er lächelnd, obwohl er Axias Ansicht teilte. »Außerdem verdienen sie ihre Ländereien gar nicht. Die haben sie weder erobert noch als königlichen Lohn erhalten, sondern einfach nur durch profitable Ehebündnisse in ihren Besitz gebracht. Das ist eine besondere Begabung meiner Familie . . .«

». . . die du nicht geerbt hast. Du wärst imstande, ein pockennarbiges Mädchen zu heiraten, das zufällig in deinem Zelt gelandet ist.«

»Ja, meine süße Diana konnte ich nie vergessen. Und seit ich am nächsten Morgen ihr Käppchen fand, trage ich es an meinem Herzen. Jetzt will ich dieses Mädchen endlich heiraten.«

Immer noch ungläubig schaute sie ihn an. Weil sie ihm ihre Jungfräulichkeit geschenkt hatte, gab er die Hoffnung auf, jemals die Maidenhall-Erbin zu erringen. Diese reiche junge Dame würde nicht mehr existieren, sobald der Vater von ihrem Ungehorsam erfuhr. Würde Jamie sie hassen, wenn er hörte, daß sie einmal die Erbin gewesen war?

Lächelnd legte er einen Finger unter ihr Kinn. »Nun, worauf warten wir noch? Oder willst du mich nicht heiraten, weil dir jene Liebesnacht mißfallen hat?«

»O Jamie, es war wundervoll, dich zu küssen, überall zu berühren . . .«

Seine Lippen verschlossen ihr den Mund. »Es ist schon schlimm genug, daß wir uns bis nach der Trauung gedulden müssen. Mach es mir nicht noch schwerer! Hör mal, wenn wir jetzt heiraten, können wir die nächste Nacht im selben Bett verbringen. Und wenn nicht, wirst *du* am Boden schlafen.«

Ja, sie wollte ihn heiraten und ihr Glück genießen – zumindest, bis ihr Vater herausfand, was sie getan hatte. Während dieser Tage oder vielleicht sogar Wochen, würde sie Jamies Frau sein.

Seine Frau! Betörende Gefühle durchströmten ihren ganzen Körper, und sie holte tief Atem. »Oh, ich hasse es, am Boden zu schlafen.«

Grinsend sprang er auf. »Dann wollen wir die Geduld des Vikars nicht länger auf die Probe stellen.«

Hand in Hand betraten sie die Kirche.

23

Lächelnd beobachtete Jamie, wie Axia in der Schlafkammer umhereilte, seine Kleider ausbürstete und Ordnung in das Chaos zu bringen suchte. Wo immer sie auch ist, dachte er, sie scheint zu glauben, sie müßte sich ihren Weg in die Herzen der Menschen erkaufen – nicht mit Geld, aber mit guten Taten und Gefalligkeiten. Offenbar bezweifelt sie, man könnte sie um ihrer selbst willen mögen. Will sie auf diese Weise irgendwas wettmachen, das nicht mit ihr stimmt?

Nein, alles stimmte mit ihr. Wie anmutig sie sich bewegte . . . Entzückt betrachtete er ihre sanft geschwungenen Hüften, die vollen Brüste. »Komm her«, befahl er mit heiserer Stimme.

»Aber Jamie, ich muß die Schmutzflecken aus deinen Kleidern entfernen und . . .«

»Komm zu mir! Sofort!«

Nach der überstürzten Hochzeit waren sie ins Gasthaus zurückgekehrt, um ihre Sachen und ein Brathuhn zu holen, das sie sich unterwegs geteilt hatten. Einige Stunden später, kurz vor Sonnenuntergang, stiegen sie in einem anderen Gasthof ab. Schnurstracks marschierte Axia in die Küche, um sich nach dem Abendessen zu erkundigen. Jamie staunte kein bißchen, als der Wirt sie wenig später wieder hinauswarf, nachdem sie ihm seine Mißwirtschaft vorgehalten hatte. »Passen Sie besser auf Ihre Frau auf, Sir!«

»Oh, du ahnst nicht, wieviel Geld der Mann sparen könnte!« seufzte sie. Grinsend hatte Jamie ihre Stirn geküßt.

Nun waren sie allein in ihrem Schlafzimmer. Jamie lag splitternackt im Bett, schlug die Decke zurück und streckte die Hand nach Axia aus. Während er aus seinen Kleidern geschlüpft war, hatte sie ihm schamhaft den Rücken gekehrt.

Zögernd starrte sie seine Hand an.

»Komm schon, meine Süße! Oder jage ich dir plötzlich Angst ein, nachdem du mein Gesicht zerkratzt, mich halb verbrannt und unentwegt verflucht hast?«

Da es ihrem Naturell widersprach, irgend etwas halbherzig zu tun, stürmte sie zum Bett und warf sich auf ihn. »O ja, Jamie, ich fürchte mich so sehr. Ich weiß nicht, wie sich eine Ehefrau verhalten muß. Selbst wenn wir nur für kurze Zeit verheiratet bleiben ... Du kanntest so viele Frauen, und alle liebten dich. Großer Gott, wie soll ich mit Französinnen und Hofdamen wetteifern. Ich bin so unerfahren ...« Unterdessen zog er sie aus, was nicht einfach war, weil sie sich in seinen Armen zusammenkrümmte. Aber er schaffte es, und er küßte jedes Stückchen Haut, das er entblößte. Endlich unterbrach sie ihren Wortschwall. »Oh, das gefällt mir. Du kannst wirklich gut küssen. Hast du sehr viel Übung?«

Er lächelte, weil alle Frauen solche Fragen stellten. Und jede wollte hören, sie sei etwas Besonderes oder zumindest nicht so wie die anderen. »Gar keine Übung. Ich bin ein Neuling, und wenn ich was falsch mache, mußt du mir's sagen.«

»Lügner!« hauchte sie und schloß genüßlich die Augen, als sein Mund über ihren Arm wanderte.

»Das Lügen habe ich von meiner Frau gelernt.«

Sie kicherte, und er drehte sie auf den Rücken, um ihr die restlichen Kleider vom Körper zu streifen. Achtlos warf er die Sachen zu Boden. Seine Liebkosungen weckten ein heißes Glücksgefühl. »Zeig mir, wie ich dir Freude bereiten kann!« bat sie.

»Das tust du immer, aber du weißt es nicht«, flüsterte er an ihrem Hals.

Wenn sie auch glaubte, er verstünde sehr viel von Liebeskünsten – in Wirklichkeit hatte er mit jeder seiner Gespielinnen nur eine einzige Nacht verbracht, um alle Komplikationen zu meiden, die unweigerlich mit einer längeren Beziehung zusammenhingen. Und erfahrene Frauen hatten ihn nie gereizt. Deshalb war es keine Lüge gewesen, als er behauptet hatte, er sei ein Neuling. Andere Männer würden ihn jetzt auslachen, aber seine Schwester Berengaria hielt ihn für einen Romantiker. Vielleicht hatte er sich für die Frau aufbewahren wollen, die er eines Tages lieben würde.

Noch keine war ihm zauberhafter erschienen als seine schöne Axia. Es drängte ihn, sie überall zu berühren, ihren Körper so gut zu kennen wie seinen eigenen. Seine Hände wanderten von ihrer Stirn bis hinab zu den Zehenspitzen, und er schwelgte in der Gewißheit, daß nur er sie berührt hatte – niemand anderer.

Jetzt, in der Hochzeitsnacht, liebte er sie beim ersten Mal zu ungeduldig, zu schnell. Seine Begierde erlaubte keine Zurückhaltung. Doch beim zweiten Mal ließ er sich Zeit, streichelte ihre Brüste, während sie sich fordernd unter seinen Hüften aufbäumte. Mit aufreizenden Zärtlichkeiten schürte er ihre Leidenschaft. Plötzlich drehte er sich herum, so daß sie auf ihm lag.

»O Jamie, auf was für Ideen du kommst . . .«, wisperte sie und bewegte sich instinktiv. Vor lauter Lust glaubte er zu vergehen, während sie den Rhythmus beschleunigte. Schließlich warf er sie wieder auf den Rücken. Im überwältigenden Augenblick der Erfüllung hatte er das Gefühl, ein Teil von ihm müßte sterben.

Erschöpft sank er auf Axia hinab, die ihn liebevoll umarmte. »Oh, das war himmlisch . . . Du bist doch nicht eingeschlafen?«

»Mal sehen, wer zuerst um ein bißchen Ruhe bettelt!« erwiderte er lächelnd und küßte sie.

*

Gähnend versuchte sie auf ihr Pferd zu klettern. Vom Schlafmangel getrübt, konnten ihre Augen den Steigbügel nur verschwommen erkennen. Nachdem ihr Fuß das Ziel dreimal verfehlt hatte, schob Jamie ihn hinein, half ihr in den Sattel und reichte ihr die Zügel. Belustigt musterte er seine Frau. Als Soldat war er an schlaflose Nächte gewöhnt. Im Gegensatz zu ihr. Und nun hatte sie schon seit zwei Tagen kaum ein Auge zugetan.

In vollen Zügen genoß er die Nächte. Obwohl Axia tagsüber im Sattel fast einschlief – sobald sie ihre Zimmertür hinter sich schlossen, war sie hellwach. Hastig schlüpften sie aus ihren Kleidern und sanken einander in die Arme.

Jamie suchte und fand immer neue Methoden, um das Liebesspiel abwechslungsreich zu gestalten, und Axia war eine lernbegierige Schülerin. Bei Tagesanbruch schliefen sie engumschlungen ein, doch der Lärm in den Gasthöfen und die Sonnenstrahlen weckten sie bald. Widerstrebend ließen sie einander los, zogen sich an und gingen frühstücken.

Am Morgen nach der Hochzeitsnacht war das Bett neben Jamie leer gewesen. Zunächst geriet er in Panik, aber dann sah er seine Frau zusammengesunken auf dem einzigen Stuhl schlafen, im flackernden Licht einer fast herabgebrannten Kerze. Am Boden lagen mehrere Zeichnungen. Neugierig stand er auf, um Axias neueste Werke zu betrachten. Alle zeigten ihn – hoch zu Roß, auf einem Pferd, das sich bedrohlich aufbäumte, im Kampf mit den Banditen. Auf einer Zeichnung bückte er sich, um den Dolch aus dem Stiefelschaft zu ziehen, auf einer anderen flog die Klinge einem höhnisch grinsenden Räuber entgegen. Eine andere Skizze stellte ihn dar, wie er eine ohnmächtige Axia auf den Armen trug, oder er zückte sein Schwert und schob sie hinter seinen Rücken, um sie vor tödlichen Gefahren zu schützen.

Sorgfältig legte er die Blätter zusammen, dann trug er seine schlafende Frau ins Bett. In einem hat sie recht, dachte er, bevor auch er ins Reich der Träume zurückkehrte. Mein Leben würde ich für sie hingeben.

Nun gingen die Flitterwochen zu Ende. An diesem Tag würden sie sein Schloß erreichen und dann nicht mehr allein sein. So sehr er seine Familie auch liebte, es fiel ihm schwer, Axia mit irgendjemandem zu teilen.

Langsam ritt er dahin, und als er sich umdrehte, sah er, daß ihr beinahe die Augen zufielen. Sie hatte inzwischen eine Art Waffenstillstand mit ihrer Stute geschlossen und sorgte in jedem Gasthof dafür, daß das Tier ordentlich gefüttert, getränkt und gestriegelt wurde. Eine großartige Reiterin würde sie wohl niemals werden. Bei der kleinsten ruckartigen Bewegung ließ sie die Zügel los und klammerte sich am Sattel fest. Und wenn er das Tempo etwas beschleunigte, schlang sie beide Arme um den Pferdehals und kniff die Lider zusammen.

Nach einer Weile schlief sie tief und fest. Sie erwachte nicht, als er ihr die Zügel aus der Hand nahm. Zu seiner Rechten erstreckte sich eine Wiese voller Gänseblümchen. All diese Ländereien gehörten seinen Verwandten. Hinter dem hohen Gras führte ein Weg – gerade breit genug für ein Pferd – zu einem Hügel hinauf, wo ein Ahnherr der Montgomerys ein kleines Steinhaus erbaut hatte. Mittlerweile war das Dach verschwunden und eine Mauer eingestürzt, aber als kleines Mädchen hatte Berengaria behauptet, es gäbe kein schöneres Fleckchen Erde. Und nun wußte Jamie nicht, wo seine Frau eine angenehmere Ruhepause genießen könnte.

Behutsam führte er ihre Stute den Hügel hinauf. Axia erwachte nicht einmal, während er sie aus dem Sattel hob und in die Ruine trug. Dort setzte er sich und hielt sie auf seinem Schoß fest.

Er hatte schon im Regen geschlafen, von Kanonendonner umtost. Und so konnte ihn die federleichte, kleine Gestalt auf seinen Knien nicht daran hindern, in erholsamen Schlummer zu versinken.

Als er die Augen öffnete, war die Sonne fast untergegangen, und es wurde immer kühler. Um Axia zu wärmen, drückte er sie fester an sich und blickte über die Gänseblümchen hinweg.

»Glaubst du immer noch, ich hätte Frances mit Gänseblümchen ersticken wollen«, murmelte sie.

»Oh, ich dachte, du würdest schlafen.«

»Jedenfalls habe ich geträumt. Diese Tage waren die glücklichsten meines Lebens. O Jamie, du bist so gut zu mir. Wird deine Familie mich mögen?«

»Alle werden dich lieben«, versicherte er.

»Aber werden sie nicht enttäuscht sein, weil ich kein Geld besitze? Weil ich keine Erbin bin?« Oder nicht mehr lange, dachte sie.

»Gewiß werden sie dich so lieben, wie du bist.«

Ihr Kopf lag an seiner Schulter. Wie gern wäre sie für immer mit ihm hiergeblieben . . . Doch das war unmöglich. »Verschweigst du mir irgend etwas, Axia?«

»Nein – nichts«, stammelte sie, völlig unvorbereitet

auf diese Frage, und sie spürte, wie sich sein Körper anspannte.

»Irgend etwas wißt ihr, du und Frances und Tode – etwas, das ihr mir verheimlicht. Ich spüre es. Immer wieder sah ich euch drei seltsame Blicke wechseln.«

»Was – was meinst du?« Ärgerlich schob er sie von seinem Schoß, aber sie klammerte sie an ihn. »Bitte, sei mir nicht böse, Jamie, ich flehe dich an! Ich liebe dich! Das sagte ich schon, als du mich für Diana hieltest.«

Nun saß er neben ihr, das Gesicht halb abgewandt. »Von Anfang an hast du mich belogen. Als du damals in mein Zelt kamst, wußte ich nicht, wer du bist. Ich erkannte nur, daß mir nie zuvor eine solche Frau begegnet war. Aber vielleicht hätte ich die Wahrheit erraten müssen . . .«

»Warum?« Plötzlich wurde ihr schmerzlich bewußt, daß er ihr seine Liebe noch nie unmißverständlich erklärt hatte.

»Weil ich mir dir eben so nahe fühlte wie Diana. Wie ich das beschreiben soll, weiß ich nicht.« Seufzend schaute er sie wieder an. »Um deine Frage zu beantworten – nein, ich glaube nicht, daß du Frances töten wolltest. Das dachte ich nie, obwohl ich's an jenem Tag sagte. Aber ich gewann irgendwie den Eindruck, du hättest mich verraten. Als ich mich damals über die Mauer schwang und durch den Garten zur Hecke schlich, sah ich dich vor der Staffelei stehen und malen. Da merkte ich sofort, wie einzigartig du bist. Alle deine Bewegungen wirkten so sicher, so harmonisch, so vollkommen.«

Erstaunt erwiderte sie seinen Blick. Erst jetzt erfuhr sie, daß er sie an jenem Morgen beobachtet hatte.

»Wieso ich's wußte, kann ich nicht erklären. Aber es gab keinen Zweifel – endlich hatte ich eine Frau gefunden, mit der ich zusammenleben wollte. Diese Frau würde ich nicht nur lieben und heiraten, sondern mein Leben mit ihr teilen. Und sie würde alles verstehen, was ich ihr erzähle – über meine Familie, Vater und Edward, Mutter und Berengaria, sogar Joby. Über alles könnte ich mit ihr reden. So etwas hatte ich nie zuvor empfunden, weder bei Frauen noch bei Männern, nicht einmal bei Rhys und Thomas oder meinen Schwestern. Ihnen allen vertraue ich nur Halbwahrheiten an – nur das, was sie wissen sollen. Aber als ich dich damals vor deiner Staffelei sah, erkannte ich sofort, wie feinfühlig, verständnisvoll und vertrauenswürdig du bist.«

»O ja, Jamie, du kannst mir vertrauen«, flüsterte sie. »Lieber würde ich sterben, als dich zu verraten.«

»Verraten. So kam ich mir vor, als du mir das Lügenmärchen von den Gänseblümchen aufgetischt hattest.«

»Aber ich ahnte doch nicht ...«, begann sie zu protestieren.

»Sicher«, fiel er ihr ins Wort, »schon damals wußte ich, daß du Frances nicht töten wolltest. Trotzdem fühlte ich mich verraten. So wie jetzt. Axia, welches Geheimnis verbirgst du vor mir?«

»Ich ...« Wie gern hätte sie ihm die Wahrheit gestanden! Doch das würde die Zeit, die sie miteinander verbringen konnten, noch verkürzen. Jamie würde ihr sehr böse sein, denn es war kein kleines Geheimnis, das sie hütete, sondern ein riesengroßes. Wenn sie es verriet, würde sich sein und ihr Leben ändern. Und sobald er hörte, sie sei die Maidenhall-Erbin, würde er sie wieder auf dieses verhaßte Pferd setzen und mit ihr dahingaloppieren, bis er ihren Vater fand. Würde er sich bei Perkin Maidenhall entschuldigen, weil er so anmaßend gewesen war, seine Tochter ohne väterlichen Segen zu heiraten?

»Offenbar willst du mich nicht einweihen, Axia.«

»Wirklich, es ist nichts Wichtiges. Nur kindische Geheimnisse . . .« Sie unterbrach sich, weil er aufgestanden war und zu seinem Pferd ging. »Jamie!« rief sie, folgte ihm und berührte seinen Arm. »Kannst du mich nicht so nehmen, wie ich bin?«

»Du meinst – als die Lügnerin, die du bist?«

»Natürlich nicht.« Voller Stolz straffte sie die Schultern. »Ich bin genau das, was ich bin. Nicht mehr und nicht weniger. Weder dir noch anderen Menschen wollte ich jemals ein Leid antun. Und ich bitte dich nur, mich so zu nehmen, wie ich nun einmal bin.«

»Und ich bitte dich, mir zu vertrauen.« Flehend schaute er sie an. »Axia, bitte, erklär mir, was zwischen uns steht. Ich spüre es schon die ganze Zeit. Jeden Tag kostest du in vollen Zügen aus, als wäre es dein letzter. Warum? Welches Schicksal erwartet dich? Bist du krank? Wirst du bald sterben? Das glaube ich nicht, denn inzwischen kenne ich deinen Körper sehr gut und weiß, daß du kerngesund bist. Und wieso betonst du immer wieder, unsere Ehe würde nicht lange dauern? Warum sollte es deinen Vormund stören, daß seine arme Nichte einen Earl geheiratet hat?« Beschwörend umfaßte er ihre Schultern. »Bitte, Axia, erzähl mir, was dich quält.«

»Das kann ich nicht. Ich lebe nur für den Augenblick. Dieses Glück wird nicht mehr lange währen. Bitte, du darfst das Ende nicht noch beschleunigen.«

Bedrückt ließ er sie los und strich über seine Stirn. »Also gut, wie du willst. Erzähl mir nichts. Vertrau mir nicht.«

»O Jamie, ich vertraue dir!« Wieder wollte sie seinen Arm ergreifen, aber er wandte sich ab.

»Steig auf dein Pferd, bald sind wir zu Hause.«

Beinahe trieb ihr der kalte Klang seiner Stimme die Tränen in die Augen. Zum erstenmal kletterte sie ohne seine Hilfe in den Sattel.

24

Während sie hinter ihm herritt, überlegte sie, ob sie ihm die Wahrheit gestehen sollte. Vielleicht würde er ihr verzeihen . . .

Am frühen Abend hielten sie am Straßenrand, um sich auszuruhen. Sie spürte, daß Jamie ihr immer noch grollte. Als er ihr Brot, Käse und den Weinschlauch reichte, schaute er sie kaum an. Krampfhaft suchte sie nach einem Gesprächsthema. »Du hast mir noch gar nichts von den Maidenhall-Wagen erzählt, die auf Lachlans Landsitz angekommen sind.« Im nächsten Augenblick hätte sie sich am liebsten die Zunge abgebissen, weil sie den Namen ihres Vaters erwähnt hatte.

Aber zu ihrer Freude lächelte Jamie. »Oh, du hättest Smith sehen sollen – die häßlichste Frau, die du dir nur vorstellen kannst.«

»Tut mir leid, daß ich das verpaßt habe.« Durch gesenkte Wimpern schaute sie ihn an. »Wo doch die echte Erbin so schön ist . . .«

Jamie schien ihr nicht zuzuhören. »Obwohl Smith ständig seine großen Hände zwischen den Rockfalten verstecken muß und seine Nase unentwegt trieft, zeigte er mir eine Kassette voller Heiratsanträge und Liebesbriefe. Und er erzählte mir unglaubliche Geschichten.«

Beinahe blieb ein Stück Brot in Axias Kehle stecken.

Hätte Jamie nicht beschlossen, mit der Erbin und deren Kusine getrennt von den Wagen zu reisen, die Maidenhalls Gold beförderten, wäre das alles *ihr* zugestoßen. Eigentlich wollte sie es gar nicht wissen. Wie ein neugieriges Kind fragte sie. »Was ist denn geschehen?«

»Viele hundert Heiratsanträge, Bettelbriefe, flehentliche Bitten um irgendwelche Vergünstigungen. Eine Frau war überzeugt, die Erbin könnte Kranke heilen, indem sie ihnen die Hände auflegte. Und so folgte sie der Karawane drei Tage lang, ein schwerkrankes Kind in den Armen.«

»Und was tat Smith?«

»Er gab nach und hielt das Kind eine halbe Stunde lang auf seinem Schoß. Aber später . . .« Bedrückt wich Jamie ihrem Blick aus. »Das Kind starb, und da verfluchte ihn die Frau und spuckte ihn an. Sie behauptete, nur die mangelnde Großmut der Maidenhall-Erbin habe das Kind getötet. Sie besitze zuviel, würde sich aber von nichts trennen, nicht einmal, um das Leben eines Kindes zu retten.«

»Das ergibt keinen Sinn. Nur weil sie reich ist, muß sie nicht über überirdische Kräfte verfügen. Wie können die Leute sich nur so was Albernes einbilden?«

»Genau.« Jamie lächelte schwach. »Und deshalb bin froh, daß ich nicht die Maidenhall-Erbin geheiratet habe.«

»Wirklich?«

»Ich weiß, du sorgst dich, weil ich eine gute Partie machen wollte. Aber das alles war die Idee meiner Familie. Und ich möchte nicht den Rest meines Lebens als der Mann verbringen, der die Maidenhall-Erbin geheiratet hat. Mit einer solchen Ehe würden sich zu viele Spekulationen verbinden, eine zu große Verantwortung. Also bist du mir viel lieber als die Erbin.«

Beklommen biß sie sich in die Lippen. »Du könntest deine Meinung ändern, wenn Maidenhall deinen Brief beantwortet und dir schreibt, du dürftest seine Tochter heiraten. Dann wirst du unsere überstürzte Hochzeit bereuen.«

Zu Axias Entrüstung warf er den Kopf in den Nakken und lachte schallend. Dann öffnete er einen Lederbeutel und zog ein zusammengefaltetes Pergament hervor. »Diesen Brief habe ich nie abgeschickt.«

Sie verschluckte sich beinahe an ihrem Wein. »Den Brief an Perkin Maidenhall? Du hast ihn nie abgeschickt? Aber Frances sagte . . .«

Lächelnd neigte er sich zu ihr und küßte sie auf die Wange. »Frances ist nicht allzu klug, oder? Als sie verlangte, ich solle ihr den Brief an ihren Vater geben, wurde ich mißtrauisch. Um ihre Reaktion zu beobachten, erzählte ich ihr, ich hätte den Brief bereits abgesandt. Wie ich befürchtet hatte, war sie entsetzt. Wahrscheinlich hegte sie nie die Absicht, mich zu heiraten. Sie wollte dich nur eifersüchtig machen. Was hältst du davon?«

Sie schlang beide Arme um seinen Hals. »Was Frances mir antun wollte, ist mir völlig egal. O Jamie, verstehst du, was das bedeutet? Wir haben noch mehr Zeit! Zeit für unser Glück! So etwas kann man nicht mit Geld kaufen! O Jamie, ich liebe dich so sehr!«

Wenn er auch nicht wußte, warum ein Brief, den er nicht abgeschickt hatte, soviel Begeisterung erregte – er freute sich mit Axia. Ihre Weigerung, ihr Geheimnis mit ihm zu teilen, kränkte ihn noch immer. Doch er wußte, daß ihm nur die Zeit helfen konnte, ihr Vertrauen zu gewinnen.

Eben noch gingen ihm vernünftige Gedanken durch den Kopf, und er küßte sie. Und im nächsten Augenblick dachte er gar nichts mehr und küßte sie immer leidenschaftlicher. Ringsum wuchsen hohe Büsche, und er zog sie tiefer in das Gestrüpp hinein wie ein Dieb, der es auf ihre Juwelen abgesehen hatte.

Es verblüffte ihn, daß sein Verlangen nach Axia mit jedem Tag wuchs. Nun mußte er sie einfach besitzen, oder er würde sterben. Und sie schien seine Begierde zu teilen. Hastig befreiten sie sich von ihren Kleidern, suchende Hände und Lippen schürten die Glut. Verzweifelt klammerten sie sich aneinander, eifrig bestrebt, sich noch inniger zu vereinen.

Wenig später war die Lust gestillt. Erschöpft lag Jamie auf Axias bebendem Körper. Sie streichelte sein Haar, seinen Nacken. Wie sehr sie ihn liebte – wie glücklich sie war . . . Nachdem ihr Vater keinen Brief erhalten hatte, würde er auch nicht mit seinem Heer aufbrechen, um sie von Jamie zu trennen.

»Was immer geschehen mag, Jamie, du darfst nie vergessen, daß ich dich liebe. Von ganzem Herzen liebe ich dich. Sogar wenn . . .«

»Wenn – was?« Nun streckte er sich neben sie aus und starrte sie an, auf einen Ellbogen gestützt.

Lächelnd versuchte sie zu scherzen. »Selbst wenn ich einen anderen heirate.«

Aber er erwiderte das Lächeln nicht. »Du gehörst mir und keinem anderen. Lange genug habe ich mich um dich bemüht.«

»Ja, was immer auch geschehen wird, ich gehöre dir.«

Er wartete und hoffte, sie würde noch mehr sagen, doch sie schwieg. Enttäuscht wandte er sich ab und erklärte, nun wäre es an der Zeit, die Reise fortzusetzen.

Wortlos kleideten sie sich an. Könnte er das unselige Geheimnis doch vergessen, dachte Axia. Er wird's noch früh genug erfahren ... »Erzähl mir doch von deiner Familie«, bat sie, als er ihr in den Sattel half. »Deine Schwester ist ein Zwilling, nicht wahr? Also muß sie genauso häßlich sein wie du.«

Jamie grinste. »Ich weiß nicht, wie das passiert ist, aber sie ist wunderschön, und obwohl sie ...«

Abrupt verstummte er und musterte sie nachdenklich. Da er wußte, wie sehr sie Tode liebte, mußte er nicht befürchten, sie könnte Berengaria oder Joby oder seine geistesgestörte Mutter für eigenartig halten. Axia beurteilte die Menschen nur nach deren Seelen – nicht nach den Dingen, die sich an der Oberfläche zeigten.

»Glaubst du, sie werden mich mögen?« fragte sie. »Werden sie nicht enttäuscht sein, weil du die arme Kusine der Erbin geheiratet hast?«

»Natürlich nicht«, entgegnete er zuversichtlich. »Ich habe einen Boten vorausgeschickt, und sie bereiten einen wundervollen Empfang für dich vor. Du wirst schon sehen. In wenigen Tagen werden sie dich lieben.« Jamie schwang sich auf sein Pferd und ritt voraus.

Werden sie mich wirklich so liebenswürdig empfangen, überlegte Axia. Daran zweifelte sie. Wie sie bereits herausgefunden hatte, war Jamie ein Romantiker, im Gegensatz zu ihrem eigenen, eher praktischen Wesen. Anstelle seiner Familie würde sie sich sicher nicht freuen, wenn er mit einer mittellosen Ehefrau nach Haus käme und die Gelegenheit verpaßt hätte, eine schwerreiche Erbin zu heiraten. Aber vielleicht waren seine Angehörigen genauso romantisch wie er selbst und liebten die Liebe.

Auf die bittere Armut in Jamies Schloß war sie nicht vorbereitet. Das heruntergekommene alte Gebäude mochte eine große historische Bedeutung haben, wäre aber mit einem neuen Dach besser bedacht gewesen.

Mit den Augen der Kaufmannstochter schaute sich Axia prüfend um und erkannte sofort, wieviel Geld es kosten würde, dieses Gemäuer zu restaurieren. Sicher wäre es vorteilhafter, ein neues Haus zu bauen und dieses Monstrum den Geschichtsbüchern zu überlassen. Sicher würde man hier im Winter schrecklich frieren.

Sie lenkte ihre Stute neben Jamies Hengst und fragte nach seinen Ländereien. Bestürzt erfuhr sie, er würde nur etwa fünf Morgen besitzen, zuwenig für eine gute Ernte. Vielleicht kann man einen ertragreichen Obstgarten anlegen, dachte sie, und nach einer guten Ernte Apfelwein verkaufen . . . Sie seufzte tief auf. Welchen Sinn hatte es, Pläne zu schmieden? Sie konnte nicht hierbleiben. Wahrscheinlich würde sie schon am Ende dieses Sommers einen anderen heiraten. So wie ihr Vater es wünschte.

»Ist es so schlimm?« Jamie beobachtete ihr Gesicht, und sie fühlte, wie wichtig er ihre Meinung über sein Heim nahm.

»Nein.« Sie zwang sich zu einem Lächeln. »Nicht ganz so schlimm.«

»Hast du das Lügen verlernt? Oder kann ich dich mittlerweile durchschauen?«

Forschend musterte sie die bröckelnden Mauern. »Damit kann ich sicher was anfangen.«

»Zweifellos«, bestätigte er lachend. »Spätestens in einem Jahr wirst du Mittel und Wege gefunden haben, um den Wert meines Schlosses zu verdreifachen.«

»Dann verdiene ich wenigstens meinen Lebensunterhalt.«

Wieder mußte Jamie lachen. »Oh, meine Schwestern werden dich lieben.«

»Und deine Mutter?«

»Sie – eh – ich wollte dir von ihr erzählen. Nun ja, sie ist . . .« Aber er fand nicht die Worte, um zu erklären, seine Mutter besitze die Geisteskräfte eines Kindes, die sich mit jedem Tag verringern würden. Denn plötzlich sauste ein Pfeil durch die Luft und blieb direkt vor Jamies Hengst im Boden stecken. Verängstigt bäumte sich das Tier auf. Die Stute folgte diesem Beispiel, und als Jamie Axias angstvolles Gesicht sah, griff er herüber und umfaßte ihre Zügel. Bald hatte er beide Pferde unter Kontrolle gebracht. »Habe ich jetzt eine neue schöne Zeichnung verdient?« fragte er grinsend.

»O ja, Jamie«, stimmte sie atemlos zu. Er stieg ab, zog den Pfeil aus dem Erdreich und entfaltete das Pergament, das daran festgebunden war. Wie erwartet stammte die Nachricht von Oliver. Bei der Lektüre runzelte Jamie die Stirn und weigerte sich, Axia einzuweihen.

»Er hat Frances doch nichts angetan?« fragte sie besorgt, als er ihr aus dem Sattel half.

»Nein, aber . . . Jetzt muß ich gehen. Sofort. Tut mir leid, aber du mußt meine Schwestern ohne mich aufsuchen. Später komme ich nach.«

»Ja, natürlich.« Tapfer nickte sie ihm zu, aber der Gedanke, seiner Familie allein gegenüberzutreten, erschreckte sie zutiefst.

»Schau nicht so entsetzt drein! Sie werden dich lieben, und in ein paar Stunden bin ich wieder da.«

»Ich begleite dich und . . .«

»Nein!« unterbrach er sie in scharfem Ton.

»Also schwebt Frances in Gefahr! Irgendwas stimmt da nicht, und du verschweigst es mir!«

»Alles ist in Ordnung«, versicherte er, »aber ich muß für ein paar Stunden wegreiten.«

»Nun, wenn's sein muß . . .« Seufzend öffnete sie ihre

Satteltasche und nahm einen Lederbeutel heraus. »Das sind Kräutermischungen für Frances. Die mußt du ihr unbedingt geben. Sie war noch nie imstande, selber für sich zu sorgen. Eine Mixtur hilft bei Erkältungen, eine andere muß in heißem Wasser eingeweicht werden und dient als Brustwickel, wenn sie hustet. Die dritte trinkt sie, in Wasser aufgelöst, wenn sie nicht schlafen kann, und die vierte . . .«

Lächelnd hauchte Jamie einen Kuß auf Axias Lippen und ergriff den Beutel. »Natürlich werde ich für Frances' Wohlergehen sorgen und sie unversehrt zu dir bringen. Geh jetzt ins Schloß und warte auf mich.« Nach einem Blick zu den Fenstern und auf die Menschen, die an ihnen vorbeigingen, wollte er seine Liebe nicht in aller Öffentlichkeit zeigen. Aber Axias Kuß war ihm wichtiger als jede Diskretion.

Leidenschaftlich zog er sie an sich und küßte sie. Als er sie losließ, schwankte sie ein wenig, und er mußte sie noch eine Weile stützen. »Warte auf mich«, wiederholte er, und sie konnte nur nicken. Dann stieg er aufs Pferd und galoppierte in einer Staubwolke davon.

Axia stand auf der Straße und schaute ihm nach, bis er hinter dichten Bäumen verschwand. Da er sie an diesem fremden Ort allein ließ, mußte er eine wichtige Nachricht erhalten haben. Und diese Information war so unheilvoll, daß er seiner Frau nichts davon verraten wollte. Sie wandte sich wieder zum Schloß. Als sie es an Jamies Seite betrachtet hatte, war es ihr trotz der verfallenen Mauern einladend erschienen.

Jetzt versteckte sich die Sonne hinter dunklen Wolken, ein kalter Wind wehte in Axias Gesicht. Fröstelnd schaute sie zum Himmel hinauf. Würde ein Gewitter losbrechen? Dann kehrte ihr Blick zu dem alten Schloß zurück. Da drinnen mochte sich ein anderes Unwetter zusammenbrauen. Vielleicht war sie nur abergläubisch, aber sie spürte eine feindselige Strömung, die ihr entgegendrang. Jamies Angehörige würden sie doch nicht hassen? Nein, natürlich nicht, sagte sie sich. Dazu haben sie keinen Grund.

25

»Joby«, flüsterte Berengaria, »wir haben ein schweres Unrecht begangen.«

»Fang nicht schon wieder damit an!« Nur mühsam bezwang Joby ihre Wut. »Ich mag sie nicht, und ich mißtraue ihr.«

»Das hast du allen Leuten mehrfach klargemacht.«

Joby wollte sich nicht von Berengarias weichem Herzen beeinflussen lassen. Natürlich hatte sie diese Axia schon durchschaut, bevor sie ihr begegnet war. Und daran konnten die zehn Tage, die seit der Ankunft ihrer Schwägerin verstrichen waren, nichts ändern. »Du siehst doch, wie sie hier die Kontrolle an sich zu reißen versucht, und sie tut dir trotzdem leid?«

»O Joby, warum bist du so verbohrt? Erkennst du denn nicht, daß dieser alte Steinhaufen dringend eine ordnende Hand braucht? Axia hat doch nur versucht, die Ärmel hochzukrempeln und die Küche sauberzumachen.«

»Gewiß. Weil sie die Herrschaft übernehmen will. Siehst du das nicht?«

»Du meinst – weil ich sonst auch nichts sehe?«

»Jetzt hat sie uns sogar veranlaßt, miteinander zu streiten.«

»Das ist nicht ihre Schuld, sondern deine. O Joby, mit

diesem idiotischen Henry Oliver fing alles an. Warum habe ich dir jemals erlaubt, ihn da hineinzuziehen?«

»Irgendwas mußte ich doch unternehmen. Sollte ich unserem albernen Bruder etwa erlauben . . .« Unbehaglich verstummte Joby, denn genau das, was sie abzuwenden versucht hatte, war geschehen. Sie hatte geglaubt, wenn Oliver die Maidenhall-Erbin entführte, würde Jamie ihr folgen, sie retten und sich in sie verlieben. Aber Oliver hatte alles falsch gemacht, so wie immer. Statt die Nachricht abzuschicken, die Joby geschrieben hatte, schoß er den Pfeil versehentlich ins Bein des armen Rhys. Wegen seiner schlechten Augen war er beauftragt worden, auf irgendeine Stelle vor Rhys' Füßen zu zielen. Als Joby von dem Mißgeschick erfuhr, bemerkte sie: »Einzig und allein Henry Oliver ist ein so miserabler Schütze, daß er den *Boden* verfehlt.«

Alles ging schief, denn aus unerklärlichen Gründen folgte ihr Bruder der Erbin nicht allein. Statt dessen nahm er diese Axia mit und heiratete sie unterwegs. Jetzt hatte der alberne Oliver verkündet, er würde die Erbin nur freilassen, wenn er mit Berengaria vor den Traualtar treten dürfe. Deshalb versuchte Jamie schon seit Tagen, ihn zur Vernunft zu bringen, während seine neue Frau bei Joby und Berengaria lebte und ihr Bestes tat, um den Haushalt auf den Kopf zu stellen.

Diesem Treiben hatte Joby am vergangenen Tag ein Ende bereitet. Sie erklärte Axia, diese vermaledeite Heirat habe die Familie ins Unglück gestürzt. Und sie erzählte von den Dortbewohnern, die ihre letzten Pennies und erbärmlichen Habseligkeiten geopfert hatten, um Jamie mit einer eleganten Garderobe auszustatten, damit er die Liebe und Bewunderung der Erbin erringen könnte.

»Sicher wäre er längst mit ihr verheiratet, wenn du dich nicht eingemischt hättest«, fauchte Joby. »Nun haben wir unsere einzige Chance verpaßt, jemals reich zu werden. Glaubst du, der Titel *Lady* Axia wird dich im Winter wärmen und ernähren?«

Erschrocken starrte Axia in das wütende Gesicht des Mädchens und wich zurück. »Tut mir leid. Bitte, verzeih mir.« Dann wandte sie sich ab, floh die Treppe hinauf, stürmte in Jamies Zimmer und schloß die Tür.

Seither hatte sie sich nicht blicken lassen, nicht einmal zu den Mahlzeiten. Allem Anschein nach wollte sie das Zimmer nicht mehr verlassen.

Nun saßen Berengaria und Joby im Sonnenzimmer des ersten Stockwerks, und die ältere Schwester bereute bitter, daß sie der jüngeren gestattet hatte, die Entführung zu inszenieren. Nach der Lektüre von Jamies Briefen waren beide zu der Ansicht gelangt, Axia sei eine listige Intrigantin. Aber seit der Ankunft ihrer Schwägerin sah Berengaria sie mit anderen Augen.

»Könnte ich die beiden doch zusammen sehen!« seufzte sie, und Joby wußte, was ihre blinde Schwester meinte. Wären Jamie und seine Frau in ihrer Nähe, würde sie wissen, ob er aus Liebe geheiratet hatte.

Aber Joby bezweifelte, daß er ein so unscheinbares kleines Ding liebte. Außerdem benahm sich Axia nicht wie die Gemahlin eines Earls, sondern wie eine Haushälterin, die ständig in der Küche herumschnüffelte und in die Mehlsäcke spähte. Das paßte nicht zum Stil ihres schönen, vornehmen Ehemanns.

»Wie auch immer, er hat sie geheiratet, und daran können wir nichts ändern«, fügte Berengaria hinzu.

»Aber ich will ihr klarmachen, was sie mit ihrer gemeinen Intrige angerichtet hat. Wenn sie auch glaubt, sie könnt ihren Lebensunterhalt verdienen, indem sie die Bohnen zählt – bald werden wir keine Bohnen mehr besitzen.«

»Was war das?« Berengaria legte den Kopf schief und lauschte auf Geräusche, die aus dem Garten heraufdrangen.

»Ich höre nichts.«

»Da, schon wieder!«

Joby trat ans Fenster und schaute hinunter. Neuer Zorn erfaßte sie, als sie die Frau, die alle wundervollen Pläne vereitelt hatte, neben ihrer Mutter auf einer Steinbank sitzen sah. Neben ihrer armen, verrückten Mutter!

»Nun, was gibt's?« fragte Berengaria.

Es dauerte einige Zeit, bis Joby ihren Augen traute. »Diese Axia kritzelt irgendwas, zeigt es Mutter und – Mutter lacht!«

Sofort stand Berengaria auf und wandte sich zur Tür. »Ich gehe hinunter.« In ihrem Elternhaus fand sie sich mühelos zurecht und kannte alle Wege.

»Laß dich bloß nicht von ihr umgarnen! Nur weil sie . . .«

»Halt den Mund!« fauchte Berengaria und eilte aus dem Zimmer, dicht gefolgt von ihrer Schwester.

Im Garten duckten sie sich hinter ein Rosenspalier.

»Was kritzelt Axia?« wisperte Berengaria. »Und warum lacht Mutter?«

»Warte hier!« Joby rannte ins Schloß zurück.

Einen Augenblick später erschien ein Küchenjunge und bat Axia, ihn zu begleiten. Sobald sie verschwunden war, ergriff Joby die Pergamente, die auf der Bank lagen. Wie üblich wurden die Schwestern von ihrer Mutter ignoriert. Sie lebte in ihrer eigenen Welt, in die niemand einzudringen vermochte. Keine aufregenden Ereignisse, keine emotionalen Dramen konnten sie in die Wirklichkeit locken. So war es jahrelang gewesen. Bis zu diesem Tag.

»Was siehst du?« fragte Berengaria besorgt.

Aufmerksam betrachtete Joby eine Zeichnung nach der anderen. »Lauter Bilder von Jamie«, erwiderte sie verblüfft. Er war so lebensnah dargestellt, daß sie die Wärme seiner Haut zu spüren glaubte.

»Ja, ja«, sagte Berengaria ungeduldig. »Aber warum lacht Mutter?«

Unwillkürlich lächelte Joby, dann beschrieb sie ihrer Schwester die Zeichnungen. »Jamie, so wie wir ihn kennen. Hier zieht er ein Schwert, um Axia vor Banditen zu retten. Und da steht er wütend neben einem Wagen, auf den er gemalt ist, als Löwenkämpfer. Auf einem anderen Bild beobachtet er verwirrt, wie zwei Frauen streiten. Axia und eine überirdische Schönheit.«

»Das muß die Erbin sein«, meinte Berengaria. »Was noch?«

»Jamie reibt Öl in die mißgestalteten Beine eines Mannes. Nur die Beine sind deformiert, der restliche Körper wirkt gesund und kräftig. Da er im Profil gezeichnet ist, sehe ich nur eine Hälfte seines Gesichts. Er ist recht hübsch. Und hier . . .«

»Was?« drängte Berengaria.

»Jamie liegt auf einer Blumenwiese«, antwortete Joby zögernd, »in einem Tagtraum versunken. Und sein Blick . . . So habe ich ihn noch nie gesehen.«

»Beschreib mir diesen Blick!« befahl Berengaria.

»Albern. Geradezu lächerlich!« Aber sie wußte sehr gut, was sie sah – das Gesicht eines verliebten Mannes.

»Hast du mir lange genug nachspioniert?« fragte Axia, die unbemerkt hinter Joby aufgetaucht war. »Oder willst du dich noch eine Weile über mich lustig machen?«

»Ich habe dir nicht nachspioniert, ich wollte nur ...«

»Ja?« Erbost stemmte Axia ihre Hände in die Hüften. Als sie keine Antwort bekam, begann sie, ihre Zeichnungen einzusammeln. »Meine Anwesenheit stört dich, das hast du mir von Anfang an deutlich zu verstehen gegeben. Keine Bange, bald reise ich ab.« Sie warf einen kurzen Blick auf Berengaria. »Wenn ihr mich jetzt entschuldigen würdet ...«

Bestürzt verstummte sie, weil Jamies Mutter die Hände vors Gesicht schlug und zu schluchzen anfing. Axia setzte sich auf die Bank und legte liebevoll einen Arm um die Schultern ihrer Schwiegermutter. »Nun siehst du, was du getan hast, Joby!« Dann versuchte sie, die Frau zu trösten. »Ich zeichne gern noch etwas. Möchtest du Jamie als Drachentöter sehen?«

Joby und Berengaria beobachteten sprachlos, wie sich die Mutter beruhigte. Jahrelang hatte sie weder geweint noch sonstige Gefühlsregungen gezeigt.

Während Axia zeichnete, beschrieb sie jeden Federstrich. Anschaulich erklärte sie, Jamie würde sich beim Kampf die Kleider zerreißen. Dann entstand der Drache, und sie schilderte, wie er seinen langen Schweif umherwarf, wie feuriger Atem aus seinen Nüstern quoll. Erst nach einer kleinen Weile merkte Joby, daß diese Erläuterungen nicht für die Mutter bestimmt waren, sondern für die blinde Berengaria. Erbost beobachtete sie, wie ihre ältere Schwester interessiert zuhörte. Das Gefühl, das Jobys Herz zusammenkrampfte, kannte sie nicht. Eifersucht. Berengaria gehörte ihr – ihr allein!

»Gewiß kann Berengaria den Drachen riechen«, sagte die Mutter, die nur selten sprach, zumindest nicht in zusammenhängenden Sätzen.

»Ja«, bestätigte Berengaria lachend, »ich rieche ihn.

Er hat schillernde grüne Schuppen, die im Sonnenlicht ihre Farbe wechseln. Und ich spüre die Glut seines Atems. Ich rieche Jamies Angstschweiß, aber auch seine Tapferkeit, und sein Ehrgefühl wird ihn zwingen, das Richtige zu tun.«

Verwundert hörte Axia zu zeichnen auf und schaute sie an. »Das alles kannst du wirklich riechen?«

Bevor Berengaria antworten konnte, mischte sich Joby ein. »Sie ist nur blind. Alle ihre übrigen Sinne sind intakt und besser ausgebildet als bei anderen Menschen. Glaub mir, sie ist keine Mißgeburt!«

»Das bin ich auch nicht!« Axia schlug einen ebenso bösartigen Ton an wie ihre kleine Schwägerin, und Berengaria lauschte fasziniert. Kaum jemand wagte es, so mit Joby zu reden. So freundlich und rücksichtsvoll sie ihrer Familie auch begegnete – die meisten Menschen fürchteten sich vor ihr. Axia offensichtlich nicht. Nein, diese junge Frau pflegte ihre Umgebung *selbst* einzuschüchtern. Aber dieser unerwartete Angriff brachte Joby nicht aus dem Konzept. »Mit welchen üblen Tricks hast du meinen Bruder eingefangen?«

»Oh, ich zog ein verführerisches Kleid an und nutzte meine strahlende Schönheit, um ihn zu umgarnen. Er ist ja eine so großartige Partie. Kein Penny und drei Frauen, die er ernähren muß. Natürlich hat er auch seine Schönheit zu bieten, und die genügt vollauf, um das tägliche Brot herbeizuschaffen. Sag doch, wie könnt ihr in diesem Schloß den Winter überleben? Noch nie sah ich so eine verwahrloste Küche. Und die Obstbäume! Die wurden seit mindestens zehn Jahren nicht gestutzt. Also verzichtet ihr freiwillig auf die Hälfte eurer Ernte. All diese Blumen! Welch eine Platzverschwendung! Da ihr so wenig Land besitzt, solltet ihr es richtig verwerten. Baut doch Bohnen oder Zwiebeln an!«

Mühsam rang Joby nach Atem. »Die Blumen gehören Berengaria. Was hat sie denn sonst vom Leben? Solange Blumen in diesem Garten wachsen, kann sie wenigstens diesen Duft riechen.«

»Großer Gott, deine Schwester ist doch nur blind. Sonst fehlt ihr nichts. Und in diesem Winter wird ihr der Geruch eines guten Bohnenbreis sicher besser gefallen als der köstliche Rosenduft im Sommer.«

»Wie kannst du es wagen . . .«

Lachend fiel Berengaria ihrer Schwester ins Wort. »Joby, ich glaube, du hast deine Meisterin gefunden . . .« Dann verstummte sie und beugte sich vor, weil sie jemanden kommen hörte.

Mit einem triumphierenden Blick gab Joby ihrer Schwägerin zu verstehen, daß sie auch die unvollendeten Sätze der älteren Schwester verstand, und rannte davon. Berengaria kannte die Schritte aller Leute, die das Anwesen betraten, und wenn ein Fremder erschien, bemerkte sie es stets zuerst.

»Was für ein gräßliches Kind!« stöhnte Axia, sobald Joby aus dem Blickfeld verschwunden war.

Obwohl Berengaria sich wie eine Verräterin fühlte, mußte sie lächeln. »Tut mir leid . . .«

Aber Axia legte abwehrend eine Hand auf Berengarias Arm. Von all dem mochte sie nichts wissen. Eine innere Stimme drängte sie, den beiden Mädchen zu gestehen, wer sie war. Doch sie mochte nicht gehaßt werden, weil sie kein Geld besaß – und dann wegen ihres Reichtums heiße Liebe erwecken. Falls sie inzwischen nicht enterbt worden war. Mittlerweile mußte der Vater von ihrem Ungehorsam erfahren haben.

Allzulange ließ Joby ihre Schwester nicht mit dem widerwärtigen Eindringling allein. Und so kehrte sie wenig später mit einer Nachricht zurück. »Jamie schreibt uns, daß er noch länger bei Oliver bleiben muß. Dieser Idiot will die Erbin nicht freilassen.«

»Sonst hat er uns nichts mitzuteilen?« fragte Axia und ärgerte sich, weil sie ihren Stolz vergaß. Aber sie sehnte sich nach einem persönlichen Wort von Jamie. Eine halbe Ewigkeit war verstrichen, seit er sie zuletzt umarmt hatte.

»Nichts«, erwiderte Joby voller Genugtuung und reichte das Pergament ihrer Schwester.

Erstaunt beobachtete Axia, wie die Blinde über den Brief strich. »Jamie lügt«, flüsterte Berengaria, »und ich fürchte, er schwebt in großer Gefahr. Er braucht unsere Hilfe.«

»Nun, dann schicke ich einen Boten zu unseren reichen Verwandten«, sagte Joby. »Sicher werden sie uns beistehen.«

Axias Gedanken überschlugen sich. Also konnte Berengaria tatsächlich einem Brief entnehmen, wie der Schreiber sich fühlte? Welch eine Begabung . . . »Du spürst es, wenn jemand lügt?« wisperte sie ehrfürchtig. »Weißt du eigentlich, wieviel Geld du damit verdienen könntest?«

Entrüstet wandte sich Joby zu ihr. »Niemand wird Berengaria ausbeuten! Welch eine gräßliche Idee! Berengaria sitzt auf dem Jahrmarkt in einer Bude und prophezeit den Leuten die Zukunft!«

»Oh, das könntest du, Berengaria?« fragte Axia eifrig.

Eine Zeitlang hörte Berengaria schweigend zu, während Joby erklärte, die Montgomerys seien keine Krämerseelen, die mit ihren Talenten hausieren gingen.

Aber dann ergriff Berengaria das Wort. »Wir brauchen Geld, Joby. Und wir haben auch versucht, die

Schönheit unseres Bruders zu verkaufen. Wo liegt da der Unterschied?«

Joby starrte sie entsetzt an, fühlte sie betrogen und verraten. »Das ist ein gewaltiger Unterschied!«

Seufzend ließ Berengaria das Thema fallen. Sie wollte nicht zwischen die Fronten ihrer kleinen Schwester und ihrer neuen Schwägerin geraten, aber sie gestand sich ein, daß ihr Axias Vorschlag gefiel. Wie gern würde sie sich nützlich machen und der Familie nicht mehr zur Last fallen ...

26

Axia schaute von einer Schwägerin zur anderen. Die jüngere, ein zwölfjähriger Satansbraten, bemühte sich unentwegt, ihr das Leben zur Hölle zu machen.

Was immer Axia auch anfing, nach Jobys Meinung machte sie alles falsch. Sogar die Säuberung des Saustalls, der hier »Küche« genannt wurde, war eine Provokation gewesen.

Immer ungeduldiger hatte Axia die Rückkehr ihres Mannes herbeigesehnt. Sicher würde er seine Schwester zur Vernunft bringen. Aber nun sah es aus, als müßte sie noch länger in diesem elenden Gemäuer ausharren – auf sich allein gestellt. Die illustren Verwandten sollten Jamie helfen, irgendein Problem zu lösen. Offenbar drohten ihm ernsthafte Gefahren. Drei Banditen konnte er mühelos abwehren. Aber wenn zwanzig Mann über ihn herfielen? Würden sie ihn in ein Verlies werfen, foltern und hungern lassen? Verzweifelt schüttelte sie den Kopf, um diese grausigen Gedanken zu verscheuchen.

Sofort erschienen neue Schreckensvisionen vor ihrem geistigen Auge. Was geschah mit Frances? Wer betreute sie? Wurde sie in der Nähe von Gänseblümchen gefangengehalten?

Plötzlich hob sie den Kopf, ebenso wie Berengaria. Da kam noch jemand. Aber diese Schritte kannte Axia. Ohne ihrer neuen Familie einen Blick zu gönnen, raffte sie die Röcke und lief davon.

Kaum hatte Tode das Tor des alten Schlosses erreicht, als sie ihn auch schon entdeckte. Was die Leute ringsum dachten, kümmerte sie nicht. Mit ausgebreiteten Armen lief sie ihm entgegen, und er preßte sie so fest an sich, daß ihre Füße über dem Boden schwebten. Das Gesicht in seiner Kapuze vergraben, vergoß sie Freudentränen. »Oh, ich habe dich so vermißt. Immerzu mußte ich an dich denken.«

»Obwohl Ihr mit Eurem hübschen Jamie zusammen wart?« fragte er grinsend.

»Was ist ein *Ehemann*, verglichen mit einem Freund?«

Tode stellte sie auf die Beine, trat zurück und hob die Brauen. Da merkte sie, daß sich irgend etwas an ihm verändert hatte. Lag es an ihrer Heirat? Warum lachte und scherzte er nicht?

»Gewiß bist du müde«, meinte sie. »Komm ins Haus und laß dich verwöhnen.«

»Nur zu gern«, antwortete er und nahm ihren Arm.

In der Halle blieb sie nur lange genug stehen, um bei den Dienstboten Speisen und Getränke zu bestellen. Dann führte sie ihn die Wendeltreppe hinauf, zum Sonnenzimmer, das sie für den schönsten Raum des ganzen Schlosses hielt. Nun würde sie gleich herausfinden, was mit Tode los war. Wie seine Schritte verrieten, taten seine Beine ziemlich weh. Axias sorgenvolle Frage beantwortete er mit der Erklärung, er sei stundenlang gelaufen oder in einem Wagen umhergeschleudert worden.

Zu Axias tiefster Enttäuschung wurden sie im Sonnenzimmer von ihren Schwägerinnen erwartet. Vorerst konnte sie nicht unter vier Augen mit Tode sprechen. Doch dann dachte sie, er würde sich gut mit Berengaria verstehen, weil sie ihn nicht sah.

»Tode, ich möchte dich mit meiner Schwägerin bekannt machen«, begann Axia. »Sie ist blind«, fügte sie voller Stolz hinzu.

Sowohl die schöne Berengaria als auch Joby in ihrer Männerkleidung starrten Tode mit großen Augen an.

Da ihn schöne Frauen verunsicherten, glaubte er, Joby wäre blind. Lächelnd schob er die Kapuze nach hinten und zog sie blitzschnell wieder über seinen Kopf, als das Mädchen entsetzt nach Luft schnappte.

Axia musterte ihre jüngere Schwägerin ärgerlich und zog ihn zu Berengaria hinüber. »Nein, das ist Joby. Diese hier sollst du zuerst kennenlernen – Berengaria.«

»Ah!« Wieder streifte Tode die Kapuze ab. Angesichts der schönen jungen Frau ignorierte er Jobys Ekel. »Wie sollte ich ahnen, daß so himmlische Augen nicht sehen können? Jenen, die Euch erblicken, ist es gestattet, sich unablässig an Eurer Schönheit zu weiden, ohne indiskret zu wirken.« Er umfaßte ihre Hand und streichelte sie. »Darf ich?« Schweigend nickte sie, und er küßte zärtlich ihre Finger.

Axia blinzelte überrascht. Noch nie war er einem Menschen so unbefangen gegenübergetreten. Sie hatte ihn in weiblicher Gesellschaft gesehen, auch in der Nähe blinder Frauen. Stets war er im Hintergrund geblieben. Und er wußte, welche Haltung er einnehmen mußte, um seine vernarbte Gesichtshälfte zu verbergen. Jetzt stand er da, die Kapuze zurückgeschoben, und entblößte seine ganze Häßlichkeit, sogar vor Joby, die ihn ihrerseits erstaunt musterte.

Aber sie interessierte sich mehr für das Verhalten ihrer Schwester. Berengaria pflegte Fremden sehr schüchtern zu begegnen, und sie wollte nur mit Leuten beisammen sein, die sie schon jahrelang kannte. Nun erlaubte sie diesem gräßlichen Mann, ihre Hand zu küssen. Zu allem Überfluß hielt er ihre Finger immer noch fest!

Es war Joby, die sich zuerst von ihrem Schrecken erholte. Entschlossen ging sie zu Tode und entriß ihm Berengarias Hand. Das schien ihn nicht sonderlich zu beeindrucken. Er drehte sich zu Berengaria um und küßte sie brüderlich auf die Wange. »Ah, das Essen wird serviert! Setzt Euch zu mir, Ladies, und laßt mich Eure Gesellschaft genießen.« Als wäre es ganz selbstverständlich nahm er Berengarias Arm und führte sie zum Tisch, wo verschiedene Speisen angerichtet wurden.

Verdutzt beobachteten ihn die anderen »Ladies«. Axia verstand sein uncharakteristisches Benehmen nicht, und Joby konnte nicht fassen, daß dieser Mann, der wie das Mitglied eines Wanderzirkus aussah, plötzlich das Kommando in diesem Haus führte. Wer war das überhaupt?

Tode setzte sich mit Berengaria an den kleinen Tisch, die Bank auf der anderen Seite überließ er Joby und Axia. »Nun kommt schon, Mädchen, oder wollt ihr meine Neuigkeiten nicht hören?«

Mädchen? Kopfschüttelnd sank Axia auf die Bank, und Joby nahm neben ihr Platz.

Während er seine Geschichte zu erzählen begann, begriff sie den Inhalt seiner Worte nicht sofort – immer noch viel zu erstaunt über seine Veränderung. Sicher, er sah immer noch so aus wie ihr Tode, aber nun schien ein anderer Geist in seinem Körper zu wohnen. Und er zog Berengaria völlig in seinen Bann. Auf dem Tisch stand nur ein einziger Teller, den er ein wenig zu ihr hinüberschob. Genüßlich aß er, und unterdessen drückte er immer wieder kleine Leckerbissen in ihre Hand – Obstscheiben, gebuttertes Brot, ein Stück Rindfleisch, auf ein kleines Silbermesser gespießt.

Erst als Joby gequält aufschrie, nahm Axia wahr, was Tode sagte. »Jamie! Henry Oliver hat unseren Bruder in ein Verlies gesperrt?« Blitzschnell zog sie ihren Dolch aus der Scheide und sprang auf, aber Tode packte ihren Arm.

»Setz dich wieder hin!« befahl er, und sie gehorchte. »Im hellen Tageslicht können wir nichts tun. Ich würde gern ein bißchen schlafen, dann trete ich den Rückweg an.«

Es gefiel ihr ganz und gar nicht, wie dieser Mann in ihrem Leben aufgetaucht war und das Kommando übernahm. »Und was könnt *Ihr* tun?« spottete sie.

»Joby!« mahnte Berengaria in scharfem Ton.

Seit er erklärt hatte, Jamie schwebe in Gefahr, konnte Axia kaum atmen. Nun riß sie sich zusammen und flüsterte: »Erzähl mir alles, Tode, ich muß es wissen.«

»Dieser Henry Oliver ist nicht so dumm, wie die Leute glauben, sondern ziemlich raffiniert. Und er hat sich in den Kopf gesetzt . . .« Er unterbrach sich, um in Berengarias schönes Gesicht zu blicken. ». . . Euch zu heiraten. Das kann ich jetzt sehr gut verstehen«, fügte er hinzu, und sie errötete.

»Was ist mit meinem Bruder?« schrie Joby ihn an.

Ungerührt begann er wieder zu essen. »Oliver will ihn festhalten, bis er die Erlaubnis erhält, Mistress Berengaria zu heiraten. Und Frances wird er erst freilassen, wenn ihr Vater ein Lösegeld bezahlt hat.« Bei diesen Worten warf er Axia einen durchdringenden Blick zu, um ihr zu bedeuten, inzwischen sei Maidenhall über den Rollentausch informiert. Unbehaglich starrte Joby den Dolch an, den sie immer noch in der Hand hielt. Nur durch ihre Schuld mußten zwei Menschen in einem Gefängnis schmachten. »Unterirdische Gänge verbinden Olivers Haus mit dem Meer«, fuhr Tode fort. »Darin herrscht feuchtkaltes Dunkel, und einige wurden vom Wasser ausgehöhlt, so daß Verliese entstanden. In einer dieser Zellen sitzt Jamie schon seit einigen Tagen fest. Ich versuchte zu ihm zu gelangen, aber die Wachtposten sahen meine Fackel und . . .« Lächelnd machte er eine kleine Pause. »Und so hielten sie mich auf.«

Joby und Axia nickten, aber Berengaria holte tief Atem. »Wie seid Ihr ihnen entkommen?«

»Nun, ich spielte den Narren, führte mich idiotisch auf und alle lachten.«

Das fanden die beiden anderen Mädchen nicht verwunderlich. Nur Berengaria war verwirrt. »Wie konntet Ihr den Narren spielen?«

Vor Jobys und Axias staunenden Augen ergriff er Berengarias Hand und strich damit über seine Narben. »So ähnlich sehen auch meine Beine aus.« Hingerissen starrte er in ihr schönes Gesicht.

»Falls Ihr glaubt, meine Schwester würde auch *die* anfassen, täuscht Ihr Euch gewaltig!« zischte Joby.

Wieder stieg das Blut in Berengarias Wangen, und sie ließ ihre Hand sinken, die eben noch Todes Wange gestreichelt hatte. Mit einem Lächeln, das Axia nie zuvor gesehen hatte, neigte er sich wieder über den Teller.

»Wir holen unsere reichen Verwandten hierher«, verkündete Joby. »Die werden Olivers Haus dem Erdboden gleichmachen und ihn am nächstbesten Baum aufknüpfen . . .«

»Dafür fehlt uns die Zeit«, fiel Tode ihr ins Wort. »Heute abend muß ich zurückkehren und sehen, was ich tun kann.«

»Ja, sicher seid Ihr eine große Hilfe«, entgegnete sie verächtlich.

Er sagte nichts, aber sein Blick brachte sie zum Schweigen. Auf diese Weise bedeutete er ihr, sie sei noch ein Kind und müsse sich ordentlich benehmen, wenn sie weiterhin die Gesellschaft Erwachsener genießen wolle. Weder Axia noch Tode wußten es, aber genauso pflegte Jamie seine kleine Schwester anzuschauen.

»Glücklicherweise kann ich ungehindert kommen und gehen«, erklärte er. »Einen Mann wie mich nimmt man nicht zur Kenntnis. Heute bin ich nur hierhergekommen, um Euch Bescheid zu geben.«

»Und Frances?« fragte Axia. »Wird sie gut betreut?«

Ungläubig sah sie ihn erröten, dann dachte sie, ihre Phantasie hätte ihr einen Streich gespielt.

»Oh, Eurer Kusine fehlt es an nichts. Sie bewohnt ein altes Turmzimmer, das recht komfortabel eingerichtet ist. Natürlich hat sie Angst. Aber Oliver kümmert sich persönlich um sie und gestattet niemandem, sie aufzusuchen.« Grinsend hob er die Brauen. »Nur einem Mann, der sie hie und da ein bißchen aufheitert . . .«

Beschwörend ergriff Axia seine Hand. »Sag nur, was ich tun kann! Mein Leben würde ich hingeben, um Jamie da rauszuholen.«

In ihren Augen las er, wie sehr sie Jamie liebte. So wie keinen anderen Menschen in ihrem Leben. Für einen kurzen Augenblick empfand er Eifersucht, doch er verdrängte dieses Gefühl und drückte ihre Hand.

»Leider könnt Ihr nichts tun. Ich habe zwar freien Zugang zu den unterirdischen Gängen, weil die Wachtposten mich kommen und gehen lassen. Aber es wäre sehr schwierig, Jamie da herauszuholen. Natürlich kann ich ihn nicht unbemerkt durch die Halle führen. Und er kann nicht gegen alle Männer kämpfen, die Oliver um sich versammelt hat.«

»Gibt es keinen anderen Weg?«

»Diese unterirdischen Gänge scheinen meilenweit zu führen. Ob es alte Minen oder Grüfte sind, kann ich nicht sagen. Wahrscheinlich weiß Oliver das auch nicht, oder er hat's vergessen. Ich glaube, die Tunnels stammen aus römischen Zeiten. Wie auch immer, nur ein Maulwurf kann da unten seinen Weg finden.«

»Oder ein blinder Mensch«, sagte Berengaria leise.

»Niemals!« kreischte Joby. »Jamie würde . . .«

»Sei still!« befahl Tode und wandte sich zu Berengaria. »Ja, ein blinder Mensch würde in der Finsternis dieser Tunnels gewisse Vorteile genießen. Am ersten Tag durfte ich Jamie besuchen. Ich nahm eine Fackel, ging hinunter und versuchte herauszufinden, wohin die Gänge führen, aber die Wachtposten hielten mich auf. An einem anderen Tag durchsuchte ich die Umgebung von Olivers Haus, aber ich fand die Ausgänge der Tunnels nicht. Vielleicht gibt es keine.«

»Wenn wir Jamie in einem Tunnel verstecken, bis die Hilfstruppen der reichen Montgomerys eintreffen, befände er sich zumindest nicht mehr in Olivers Gewalt«, meinte Axia. Als Tode ihrem angstvollen Blick auswich, warf sie ihm vor: »Du erzählst uns nicht alles.«

»Ja.« Berengaria ergriff seine Hand und strich mit ihrem Daumen darüber. »Ihr habt uns verschwiegen, wie groß die Gefahr ist.«

»Gestern morgen kam Olivers Bruder an.«

Axias Besorgnis wuchs, als sie hörte, wie die beiden Schwestern den Atem anhielten.

Bedrückt senkte Tode die Stimme. »Ronald Oliver erklärte Henry, er sei verrückt, die Hand einer armen Montgomery anzustreben, wenn die Maidenhall-Erbin im Turmzimmer eingeschlossen sei. Da der Bruder schon verheiratet ist, will er Frances zwingen, mit Henry vor den Traualtar zu treten. Aber Jamie erklärte den beiden, ohne seine Erlaubnis dürfe Frances niemanden heiraten, da Maidenhall ihn zum Vormund seiner Tochter ernannt habe. Und weil er sich weigert, irgendwelche Dokumente zu unterzeichnen, die das Mädchen den Olivers überantworten würden, wird er in einem Verlies festgehalten. Er bekommt nichts zu essen und gerade genug Wasser, um zu überleben.« Tode hob den Kopf und schaute Axia an: »Wenn er da herauskommt, wird er einen Arzt brauchen.«

Sie sprang auf und trat ans Fenster, weil niemand ihre Augen sehen sollte.

»Und was hat man ihm sonst noch angetan?« wisperte Berengaria.

»Ein paarmal wurde er ausgepeitscht. Ich war der einzige, der ihn sehen durfte, und das nur, weil sie nicht wissen, daß ich ihn schon vorher kannte. So sehr er auch leiden muß – er ist noch immer nicht bereit, Frances' und Henrys Vermählung zuzustimmen.«

»Also beschützt er sie«, flüsterte Axia und drehte sich zum Tisch um. »Die Entscheidung, ob sie heiraten wird, liegt nicht bei ihr, sondern bei Jamie.«

»So ist es«, bestätigte Tode.

27

Tode saß auf dem Kutschbock, zügelte das Gespann und hielt den Atem an, als er die bewaffnete Schar herankommen sah. Einige von Olivers Gefolgsleuten erkannte er wieder. Seine äußere Erscheinung brachte ihm gewisse Nachteile – man erinnerte sich an ihn.

Aber als die Männer ihn entdeckten und einander lachend anstießen, wußte er, daß er kein Mißtrauen erregte. Erleichtert seufzte er, denn in seinem Wagen versteckten sich drei weibliche Wesen unter großen Blumenbergen.

»Was habt Ihr denn da?« fragte ein grinsender Mann.

»Blumen für die Maidenhall-Erbin«, erwiderte Tode jovial. »Wie kann man eine Frau besser umwerben als mit Blumen? Heute abend wird sie Eurem Herrn gehören, mit oder ohne Trauschein.«

Verwundert hörte Axia zu, die ebenso wie ihre Schwägerinnen unter einer rauhen Leinendecke lag. In diesem Ton hatte Tode noch nie gesprochen. Eigentlich war er eher ernst veranlagt. Aber nun klang seine Stimme so fröhlich, daß die Männer schallend lachten.

»Pflanzt die Blumen lieber wieder ein!« rief jemand. »Die Maidenhall-Erbin braucht sie nicht.«

»Zumindest nicht, um den armen alten Henry zu heiraten«, fügte ein anderer hinzu.

»Oh, dann verwende ich die Blumen für meine eigene Hochzeit«, verkündete Tode.

Wieder erklang lautes Gelächter. Axia spürte, wie Berengaria, die neben ihr lag, die Hände ballte.

»Vielleicht könnt Ihr die Erbin heiraten«, schlug einer der Männer vor. »Wenn Ihr sie findet . . .«

»Oh . . .«, erwiderte Tode gleichmütig. »Hat sie sich versteckt, oder ist ihr Vater gekommen, um sie zu holen?« Nur Axia bemerkte die Angst, die in seiner Stimme mitschwang, als er Perkin Maidenhall erwähnte.

»Sie ist entkommen«, verkündete ein Mann. »Gewissermaßen hat sie sich ihren Weg in die Freiheit gemalt«, fügte er hinzu und brüllte vor Lachen. »Wenn Ihr sie seht, sagt ihr doch, sie soll eine Tür suchen und wieder ins Haus kommen.«

Vergnügt ritten sie weiter, und wenig später lenkte Tode den Wagen in den Schatten einer hohen Eiche. Er stieg vom Kutschbock und trank Wasser aus einem kleinen Faß, das an der Seitenwand hing. »Habt Ihr das gehört?« fragte er und spähte durch eine Ritze in drei Augenpaare.

Joby schob die Decke beiseite und sprang aus dem Wagen. »Sicher werde ich sie bald finden.«

»Aber Ihr wißt doch gar nichts.« Solange Jamie gefangenhalten wurde, fühlte sich Tode für das Mädchen verantwortlich.

»In dieser Gegend kenne ich jeden Hasenbau. Vielleicht werde ich einen Ausgang dieser Tunnel entdekken. Aber Frances wird sich wahrscheinlich verirren.«

»Das kann ich nicht erlauben . . .«, begann Tode.

Entschlossen räumte Berengaria die Blumen beiseite und setzte sich auf. »Meine Schwester kennt alle Schaf- und Kuhhirten im County. Der Aufmerksamkeit dieser Männer könnte keine Frau entrinnen. Ihr müßt Joby gehen lassen.«

Auch Axia richtete sich auf. »Und du sagtest, wir würden sie nicht brauchen, Tode! Auf keinen Fall darf Frances allein herumlaufen. Du weißt doch, wie hilflos sie ist.«

»Da hast du recht« stimmte er zu und runzelte die Stirn.

»Bitte!« flehte Berengaria leise, und das gab den

Ausschlag. Ohne eine Antwort abzuwarten, rannte Joby über die Felder zu Henry Olivers Haus.

Tode reichte den beiden Schwägerinnen einen Schöpflöffel voll Wasser und musterte sie. Mit Hilfe ihres künstlerischen Talents hatte Axia sich selbst und Berengaria in alte, verhärmte Frauen verwandelt. Aber in seinen Augen konnte Berengaria gar nicht häßlich aussehen, und das hatte er ihr auch gesagt. Joby hatte nicht verkleidet werden müssen, da sie ohnehin Männerkleidung und einen jungenhaften Haarschnitt trug. »Sollen wir ein Mädchen aus ihr machen?« hatte er spöttisch gefragt, um sich für Jobys Feindseligkeit zu rächen. »Nicht einmal *Ihr* seid so talentiert, Axia.«

Nachdem er Joby losgeworden war, atmete er erleichtert auf. Ihr ständiger Ungehorsam zerrte an seinen Nerven, und um seinen Plan zu verwirklichen, brauchte er rückhaltlose Unterstützung.

Die Dunkelheit brach herein, als sie Olivers Haus erreichten. Voller Genugtuung beobachtete Tode das Durcheinander, das hier herrschte, wenn er sich auch um Frances sorgte. Wie hatte sie aus einem steinernen Turm fliehen können?

Bald fand er heraus, daß man sie inzwischen nicht gefunden hatte. Jamie saß immer noch im Verlies und weigerte sich, irgend etwas zu unterschreiben. Wieder einmal gelobte sich Tode, er würde Joby ermorden, wenn das alles überstanden war. Oliver hatte ihm anvertraut, die Entführung der Maidenhall-Erbin sei »die Idee dieser verrückten kleinen Montgomery« gewesen. Sie habe ihm vorgeschlagen, auf diese Weise könne er Berengaria erringen. Seit Tode die ältere Schwester kannte, wollte er nicht glauben, daß sie von Jobys Absichten gewußt hatte.

Olivers Bruder Ronald hatte Wachtposten am vorderen Tor stationiert und beauftragt, nach Personen auszuschauen, die den Montgomery-Nachbarn auch nur entfernt ähnelten. Diesen Montgomery-Amazonen traute er es durchaus zu, ihren Bruder selbst zu befreien. Deshalb mußten alle Frauen, die den Hof betraten, gründlich überprüft werden.

Aber kaum jemand achtete auf Todes Blumenwagen. Und wer ihn sah, brach in Gelächter aus. »Offenbar hat er tagelang den Narren gespielt, um das Vertrauen der Leute zu gewinnen«, flüsterte Berengaria ihrer Schwägerin zu, und ihre Stimme klang bitter. Mit diesen Worten sprach sie Axias Gedanken aus.

Angespannt lauschten die beiden Frauen, als Tode den Hausherrn zum Wagen führte und behauptete, er wisse, wie man Frances wieder einfangen könne. Alle Frauen würden Blumen lieben, nicht wahr? Von dieser Pracht angelockt, müsse die Erbin zurückkommen. Ein wundervoller Köder . . .

»Ja, mit Speck fängt man Mäuse«, meinte Henry.

»Genau. Aber erzählt Eurem Bruder nichts davon, sonst findet er die Erbin noch vor Euch und brüstet sich damit.«

»O ja, Ronald glaubt, er wäre der einzige kluge Mann im Dorf.«

Der hält sich für den einzigen klugen Mann auf der Welt, dachte Tode, doch das spielte keine Rolle.

»Wo soll ich die Blumen hinbringen?« fragte er, aber Henry wußte keine Antwort. »Vielleicht ins Verlies, zu dem Gefangenen?« schlug Tode vor. »Sicher wird sie ihn aufsuchen.«

»Ja, natürlich.« Henry beugte sich vor und wisperte: »Paßt auf, daß mein Bruder Euch nicht sieht! Er läßt niemanden da hinunter, nicht einmal mich.«

»Erklärt ihm doch, dies sei *Euer* Haus und *Eure* Erbin. Warum mischt er sich dauernd in Euer Leben ein? Immerhin wart *Ihr* es, der schlau genug war, die Maidenhall-Erbin zu entführen – nicht er.«

»Wenn ich so mit ihm rede, wird er böse.«

»Ja, und während er vor Wut tobt, stelle ich Eurer Erbin eine Falle. Ihr fürchtet Euch doch nicht vor Eurem Bruder?«

»Nun, vielleicht . . . Nein! Bringt nur getrost die Blumen ins Verlies. Welchen Schaden können sie schon anrichten?«

»Ganz recht.« Tode wartete eine Weile, bis Henry davongegangen war, dann hob er die Plane, die den Wagen hinten verdeckte. »Jetzt dürft Ihr herauskommen.«

»Oh, Ihr seid der brillanteste Mann, dem ich je begegnet bin!« beteuerte Berengaria, als er ihr half, von der Ladefläche zu steigen. »Mein Leben lang werde ich in Eurer Schuld stehen, und meine Schwester . . . Autsch!«

»Tut mir leid, ich bin ausgerutscht«, sagte Axia. »Nun sollten wir keine Zeit mehr mit diesem Gerede verschwenden.«

»Natürlich nicht«, kicherte Tode.

Eine gute Viertelstunde später eilten Tode, Axia und Berengaria die Treppe hinab, die in den Keller führte, zu den Küchenräumen und Verliesen. In der allgemeinen Aufregung seit Frances' Flucht bemerkte niemand, wie Axia die Hand ihrer blinden Schwägerin hielt. Fürsorglich wies sie die junge Frau auf brüchige Fliesen hin, wo man leicht stolpern konnte, und forderte sie flüsternd auf, über einen Abfallhaufen hinwegzusteigen.

»Widerlich!« zischte sie, aber Tode brachte sie mit einem kurzen Blick zum Schweigen. Einmal mußten sie warten, während er Grimassen schnitt, um Küchengehilfen abzulenken. Seine Begleiterinnen drückten einander die Hände. Beiden mißfiel es, daß er sich so erniedrigen mußte.

Nachdem sie den Küchentrakt verlassen hatten, gingen sie durch ein Labyrinth alter Korridore, gefüllt mit Fässern, Kisten und rostigen landwirtschaftlichen Geräten. Offenbar wurde alles, was Henry Olivers Familie jemals besessen hatte, im Keller verwahrt, und Axia mußte aufpassen, damit Berengaria nicht stolperte. Da und dort steckte eine Fackel in einem Eisenring an der Steinmauer, aber meistens mußten sie sich einen Weg durch dichtes Dunkel bannen.

Nach einer halben Ewigkeit erreichten sie einen kleinen, hell erleuchteten Raum. Die massive Eichentür stand offen, und sie traten lautlos ein. Drei Wände bestanden aus feuchten Steinen, statt der vierten gähnte ein finsterer Tunnel, der sich bis in die Unendlichkeit zu erstrecken schien.

Davor saß ein Wachtposten an einem Tisch und schlief, das Kinn auf die Brust gesenkt.

Halb erleichtert, halb furchtsam beobachtete Axia den Mann. Tode hatte erklärt, wenn es an der Zeit sei, würde ihm schon etwas einfallen, um den Wächter auszuschalten. Schlimmstenfalls wollte er ihn mit albernen Späßen ablenken, während die beiden Frauen zu Jamie gingen. Auf Axias Frage, was geschehen sollte, wenn ihr Mann gefunden war, hatte Tode keine Antwort gewußt.

An der Wand, direkt neben dem Kopf des schlafenden Wächters, hing der Zellenschlüssel. Wenn es Tode gelang, ihn möglichst geräuschlos an sich zu nehmen, war der erste Schritt getan.

»Was ist los?« wisperte Berengaria ängstlich.

»Pst!« mahnte Axia und fürchtete, der Wächter würde erwachen. Nervös beobachtete sie, wie Tode den Schlüssel ergriff, der leise klirrte.

»Oh, was war das?« fragte Berengaria, und Tode wandte sich unwillig zu ihr.

Ärgerlich drückte Axia die Hand ihrer Schwägerin, um ihr zu bedeuten, sie solle schweigen. Dann flüsterte sie, weil Berengaria erneut den Mund öffnete: »Der Wächter schläft.«

In normaler Lautstärke, die in der Stille des Tunnels wie Kanonendonner klang, meinte Berengaria: »Nur wir drei sind hier.«

Von kalter Angst erfaßt, schaute Axia zum Wächter hinüber, der immer noch tief und fest schlief.

»Da ist niemand, so glaubt mir doch«, sagte Berengaria ungeduldig.

Erst jetzt schaute sich Tode den Mann, der reglos dasaß, etwas genauer an. Nicht einmal die Brust wurde von Atemzügen gehoben.

Vorsichtig berührte Tode die Schulter des Wächters, die sich warm anfühlte. Doch der Mann bewegte sich noch immer nicht. Tode tastete nach dem Puls im Hals. Nichts. Dann stieß er die schlaffe Gestalt an, und sie fiel vornüber. Axia hörte, wie die Stirn am Boden anprallte, und zuckte zusammen.

Als Tode den schweren Körper zur Wand drehte, sahen sie ein kleines Messer in der Brust stecken, genau an der richtigen Stelle. Der Mann mußte sofort gestorben sein.

»Jamie!« Axia ließ die Blumen fallen und rannte in die Finsternis des Tunnels.

Hastig nahm Tode eine Fackel von der Wand, packte Berengarias Hand und folgte Axia, so schnell er es auf dem feuchten, glitschigen Boden wagen durfte.

Den Zellenschlüssel brauchten sie nicht, denn die Gittertür stand offen, mit aufgebrochenem Schloß. Das grausige kleine Verlies, wo Jamie geschmachtet hatte, war leer, bis auf einen Haufen blutiger Kleider.

»Wo ist er?« fragte Axia, als wüßten Tode und Berengaria Bescheid.

Doch sie wartete keine Antwort ab und lief tiefer in den Tunnel hinein. Sicher war Jamie nicht die Treppe hinaufgestiegen. Im Erdgeschoß hätten ihn zu viele Leute erkannt. Also mußte er in einen der unterirdischen Gänge geflohen sein. In einen Hand die Fackel, in der anderen Berengarias bebende Finger, eilte Tode hinter Axia her und holte sie ein, als sie gerade in einen anderen Tunnel biegen wollte.

»Wir dürfen uns nicht trennen!« warnte er und schaute in ihr verängstigtes Gesicht. »Bleiben wir beisammen. Wollt Ihr . . .« Erschrocken verstummte er. Eine Stimme drang aus dem Raum des Wachtpostens.

»Er ist tot! Holt Fackeln! Der Mörder muß gefunden werden! Seht doch, da vorn schimmert ein Licht!«

Tode warf die Fackel in eine Pfütze, pechschwarze Nacht hüllte die drei Eindringlinge ein. Während Tode und Axia zögernd stehenblieben, übernahm Berengaria die Führung. »Folgt mir!« wisperte sie und genoß die Situation in vollen Zügen. Endlich einmal waren andere hilflos – nicht *sie selbst*.

Offenbar waren die unterirdischen Gänge lange nicht mehr benutzt worden. Ein paarmal stolperten sie über Steine, die sich von der Decke gelöst hatten. »Seid vorsichtig!« flüsterte Berengaria. »Hier ist ein Loch im Boden. Tretet nicht hinein!«

»Wieso wißt Ihr das?« fragte Tode, der immer noch ihre Hand hielt. Axia blieb ihm auf den Fersen.

»In solchen Situationen kenne ich mich aus. Außerdem lauern hier weniger Gefahren als in meinem Schloß. Dort lagen früher überall die Schwerter und Dolche meiner Brüder herum. Und Joby findet es einfacher, ein Möbelstück beiseite zu rücken, statt drum herumzugehen.« Im Vollgefühl ihrer neuen Verantwortung spürte Berengaria, wie ihre inneren Kräfte wuchsen. Nach einer Weile blieb sie stehen und schnupperte.

»Was machst du?« fragte Axia ungeduldig.

»Ich versuche die Sonne zu riechen«, lautete die rätselhafte Antwort. »Hier entlang!«

Immer wieder warf Axia einen Blick über die Schulter, um festzustellen, ob sie von Fackeln verfolgt wurden. Aber sie sah nichts. Seit einer halben Stunde kletterten sie über große Hindernisse hinweg und gingen vorsichtig, auf Zehenspitzen, um Gruben herum.

»Wartet!« sagte Berengaria, als sie eine breite Stelle erreichten. Als ihre Schwägerin die Arme seitwärts ausstreckte, berührte sie keine Mauer. »Hier war jemand.«

»Jamie?« fragte Axia atemlos.

»Das weiß ich nicht, aber ich spüre, daß jemand hier war.«

»Kannst du das riechen?« erkundigte sich Axia verwundert, und die anderen lachten.

Plötzlich sprang ein Mann aus der Finsternis und hielt ein Messer an Todes Kehle. »Ein Wort, und Ihr seid tot!« erklang eine grimmige Warnung.

»Jamie!« riefen Axia und Berengaria wie aus einem Mund.

Aufgeregt tastete Axia nach ihrem Mann, und er fluchte erschrocken, aber dann riß er sie in die Arme und küßte sie.

»Oh, mein Liebster! Ich dachte, ohne dich müßte ich sterben. Geht es dir gut? Wurdest du verletzt?«

»Überhaupt nicht. Diese Leute – autsch! Nun ja, vielleicht ein bißchen.« Er preßte die Lippen an ihren Hals. »Wirst du mich gesund pflegen?«

»Was ich mit dir machen werde, wird deinen Lebenswillen fördern«, versprach sie, und ein neuer Kuß verschloß ihr den Mund. Die Finsternis schützte sie vor neugierigen Blicken.

Nur wenige Schritte entfernt standen zwei Menschen, die das Gespräch mit gemischten Gefühlen belauschten. Jahrelang waren Axia und Tode nur aufeinander angewiesen gewesen. Nun hatte sich die Freundschaft für immer verändert. Und Berengaria spürte, wie sehr ihr Bruder diese Frau liebte, die so plötzlich in ihr Leben getreten war. Axia hatte nichts getan, um ihn zu umgarnen, und ihn einfach nur liebgewonnen, von ganzem Herzen. Zweifellos hatte sie ihre Beteuerung, sie würde ihr Leben für ihn opfern, ernst gemeint. Darüber freute sich Berengaria, denn ihr Bruder verdiente eine so übergroße Liebe. Gleichzeitig wurde ihr die eigene Einsamkeit bewußt. Jamie war ihr bester Freund, der einzige Mann, den ihre Blindheit nicht störte.

Während sie der Verlust des Bruders quälte, schob Tode seine Hand in ihre, neigte sich zu ihr und küßte ihre Wange. »Ihr werdet nicht allein sein.« Offenbar konnte er ihre Gedanken lesen. »Nicht solange ich lebe.«

»Laß mich los, Axia, und erklär mir, was du hier machst!« befahl Jamie. »Aber das ist überflüssig, ich weiß es ohnehin. Tode! Wie konntet Ihr meine Frau in solche Gefahr bringen? Olivers Männer haben es aufs Maidenhall-Erbe abgesehen, und sie sind zu allem entschlossen. Trotzdem habt Ihr Axia erlaubt . . .«

»Und mir«, fiel Berengaria ihm leise ins Wort.

Inzwischen hatte Axia begonnen, seinen Körper abzutasten und nach Wunden zu suchen. Nun spürte sie, wie er zusammenzuckte, als er die Stimme seiner Schwester erkannte. Und sie fühlte auch seinen Zorn. »Wir haben Berengaria gebraucht«, erklärte sie. »Weil sie sehen kann, wo wir blind sind.«

»Tode, dafür werde ich Euch zur Rechenschaft ziehen«, drohte Jamie. »Ihr habt nicht nur das Leben meiner Frau, sondern auch das meiner Schwester aufs Spiel gesetzt. Niemals hättet Ihr die Frauen in diese Tunnel mitnehmen dürfen, schon gar nicht ...«

»Sprich es nur aus!« fauchte Berengaria. »Schon gar nicht deine blinde Schwester, die zu nichts nutze ist! Das wolltest du doch sagen?«

»O nein. Keine von euch beiden hat hier irgendwas verloren.«

»Du undankbarer Kerl!« schimpfte Axia. »Wir sind gekommen, um dich zu retten. Und nur zu deiner Information – hier unten ist Berengaria *nicht* blind. Und sie kann die Sonne riechen.«

Nach kurzem Zögern brach Jamie in Gelächter aus. »Also gut, da kann ich nicht widersprechen. Gehen wir!« Er wandte sich ab, aber zu seiner Verwunderung folgte ihm niemand. »Bald wird man uns suchen«, drängte er und drehte sich um. »Wir müssen den Ausgang finden, so schnell wie möglich.«

Axia stemmte ihre Hände in die Hüften, obwohl diese Geste wegen der Finsternis jede Wirkung verfehlte. »Da Berengaria besser sieht als du, werden wir *ihr* folgen.«

In diesem Augenblick begann Berengaria, ihre Schwägerin zu lieben. Nie zuvor hatte jemand behauptet, sie könne irgend etwas besser als andere. Trotz ihrer Blindheit war und blieb sie eine Montgomery. Unbändiger Stolz schwellte ihre Brust. »Kommt!« befahl sie. »Hier entlang!« Und dann ging sie davon, nicht in die Richtung, die Jamie eingeschlagen hatte, sondern in die entgegengesetzte.

Er war klug genug, um sich zu fügen, und auch die anderen folgten ihr. Berengaria führte sie durch ein scheinbar undurchdringliches Labyrinth, und nach einer Weile glaubte sogar Axia, die Sonne zu riechen. Einmal versperrte ein hoher Schuttberg den Weg. Jamie und Tode mußten die Steine beiseite räumen und erlaubten den Frauen nicht, ihnen zu helfen.

»Jamie ist schwerer verletzt, als er es zugeben will«, wisperte Berengaria und nahm einen Schluck aus der Wasserflasche, die sie bei sich trugen. »Irgendwo blutet er. Das rieche ich.«

»Und ich konnte es fühlen, als ich ihn abtastete«, erwiderte Axia. »Bist du sicher, daß wir den Ausgang finden werden?«

»O ja . . .«

»Würdest du die Sonne auch in der Nacht riechen?«

Berengaria lachte leise. »Die Sonne selbst rieche ich nicht, nur das, was sie in der Natur bewirkt. Sie läßt Pflanzen wachsen, und dieser Geruch steigt mir ebenso in die Nase, wie die frische Luft. Deshalb weiß ich, welchen Weg wir gehen müssen. Kannst du's nicht erkennen?«

»Nein. Würdest du auch zum Haus zurückfinden?«

»Zweifellos.« Während Berengaria hörte, wie die Männer mit den Steinen kämpften, fuhr sie fort: »Manchmal führte mich mein Bruder Edward in den Wald, zu verschiedenen Stellen, die meilenweit von unserem Schloß entfernt lag. Er sagte, ich müsse allein nach Hause finden. Was Hunde könnten, müßte ich auch schaffen. Beim ersten Mal überlegte ich, ob ich einfach warten sollte, bis mich jemand aufspürte. Wenn nicht, würde ich eben sterben. Aber dann fiel mir ein, daß wir zum Abendessen Erdbeeren servieren wollten.«

»Und die konntest du riechen? Du brauchtest nur deiner Nase zu folgen?«

Berengaria lachte, und die Männer wandten sich zu ihr. Doch sie verriet nicht, was sie belustigte. »Nein. Ich ging nach Hause, strauchelte immer wieder, aber ich vertraute meinem Instinkt und fand den richtigen Weg.«

Ehe Axia weitere Fragen stellen konnte, verkündete Jamie, das Hindernis sei beiseitegeräumt.

Eine Stunde später erreichten sie ein Gewirr aus dichten Wurzeln, die den Ausgang versperrten. »Durchschneidet sie!« befahl Berengaria. »Dann sind wir frei.«

Und sie sollte recht behalten. Bald verkündete Jamie: »Ich sehe das Tageslicht.«

Die drei anderen jubelten, wenn Berengaria auch beinahe wünschte, sie könnten in den unterirdischen Gängen bleiben. Am hellichten Tag mußte sie ihre Führungsrolle aufgeben und würde sich in eine Bürde zurückverwandeln.

Kraftvoll schwang Jamie das Messer, das die Wachtposten nicht in seinem Stiefelschaft gefunden hatten. Als alle Wurzeln entfernt waren, steckte er den Kopf durch die Öffnung und schaute in einen Wald, nicht weit entfernt von Henry Olivers Haus. Plötzlich nahm er eine Bewegung wahr. »Still!« mahnte er, kletterte nach oben und rannte über den Waldboden. Ein dichter Fichtennadelteppich dämpfte seine Schritte. Nach so vielen Stunden im stockdunklen Verlies blendete ihn die strahlende Morgensonne, und manchmal mußte er die Augen schließen. Doch er wußte, daß er jemanden gesehen hatte, und versuchte ihm zu folgen.

Endlich entdeckte er die Gestalt, stürzte sich darauf, und dann merkte er, daß er auf einem Kind lag. Darüber war er froh, denn er fühlte sich nicht kräftig genug, um mit einem Erwachsenen zu ringen.

»He, großer Bruder!« rief Joby fröhlich. »Spielst du wieder einmal den starken Mann?«

Erleichtert wälzte er sich von ihr herunter und rieb sich die Augen. Tagelang hatte er nichts gegessen und nur wenig getrunken. Sein mißhandelter Rücken schmerzte, die Nächte im Gefangnis forderten ihren Tribut. Alles in allem war er nicht in bester Verfassung. »Komm, holen wir die anderen.« Mühsam stand er auf, dann bemerkte er die Tasche, die an Jobys Schulter hing. »Ist da was zu essen drin?«

»Zwei Hühner, vier Stück Kirschkuchen, ein paar Möhren.« Lächelnd klopfte sie auf die Tasche, die sich gackernd bewegte.

»Alles ganz frisch, was?« fragte Jamie und hob die Brauen.

»O ja«, bestätigte sie und ließ sich nicht anmerken, daß sein Anblick ihr Herz zusammenkrampfte. Unter dem Schmutz auf seiner Haut sah sie getrocknetes Blut.

»Und wer hat dir beigebracht, Hühner und Kirschkuchen zu stehlen?« fragte er in strengem Ton, aber er konnte ihr nicht böse sein. »Hoffentlich hast du die Hühner und den Kuchen nicht zusammengepackt.«

»Wie kann ein Kirschkuchen ohne Huhn schmekken . . .?« begann sie, dann musterte sie Jamie wieder und unterbrach sich. »Was hast du mit Berengaria und den anderen beiden gemacht?«

»Komm mit!« Mit schweren Schritten kehrte er zum Ausgang des Tunnels zurück, und Joby folgte ihm.

28

Die Sonne stand tief am Himmel, als sich die fünf Menschen im kühlen, stillen Wald ausruhten und auf die Nacht warteten, um im Schutz der Dunkelheit zu fliehen. Zweimal hatten sie Hufschläge in der Ferne gehört, und deshalb wußten sie, daß Olivers Männer immer noch nach ihnen suchten. Jamie hatte sofort aufbrechen wollen, denn es war ihm gelungen, einen Boten zu den reichen Montgomerys zu schicken, deren Gefolgsleute er jeden Augenblick erwartete. Doch er war von den anderen überstimmt worden, sobald sie die Peitschenstriemen auf seinem Rücken sahen. Axia hatte von der Mißhandlung erfahren und eine Heilsalbe mitgebracht, die sie vorsichtig auf die geschundene Haut strich. Bald waren sie alle eingeschlafen.

Einige Stunden nach der Flucht aus dem Tunnel erwachten sie und wurden allmählich unruhig. Es würde noch eine ganze Weile dauern, bis die Nacht hereinbrach, und Axia befürchtete, Jamie würde versuchen, den Helden zu spielen und Oliver anzugreifen – ganz allein, ohne Hilfe. Nur die Erschöpfung hatte ihn bewogen, den Nachmittag zu verschlafen. Jetzt schaute er sich rastlos um.

»Kannst du wirklich alles riechen?« fragte sie Berengaria, um sich von ihrer Sorge abzulenken. »Was für ein wertvolles Talent! Ich habe oft versucht, Parfums herzustellen, so wie die Franzosen. Leider genügt es nicht, einfach nur Veilchen zu trocknen. Das habe ich ausprobiert. Man muß verschiedene Blumen und Kräuter mischen, um bestimmte Düfte zu erhalten.«

»Weil Verbenen stärker nach Zitronen riechen als die Zitronen selbst?«

»Genau. Ich habe experimentiert, aber nachdem ich vier oder fünf Pflanzenextrakte beisammen hatte, konnte ich ihren Duft nicht mehr vom Geruch schmutziger Socken unterscheiden. Aber wenn mir jemand helfen würde, der eine feine Nase besitzt . . .«

»Meine Schwester kann hundert Düfte auf einmal auseinanderhalten«, mischte Joby sich ein, die immer noch unter Berengarias Verrat litt. Was mochte im Tunnel geschehen sein? Warum saß sie ständig neben Axia und lachte über alles, was die sagte?

Eifrig pflückte Axia ein paar Pflanzen und hielt sie unter Berengarias Nase. Ihre Schwägerin hatte tatsächlich nicht zuviel versprochen. Sogar Baumrinden vermochte sie voneinander zu unterscheiden.

»Wie erstaunlich!« lobte Axia. »Mit dir könnte ich großartige Geschäfte machen.«

»Niemals werden wir unsere Schwester in einen Laden stellen und von allen Leuten anstarren lassen«, fauchte Joby.

»Oh, du meinst, weil sie so schön ist?«

»Nein, weil sie blind ist.«

»Wen interessiert das schon, wenn sie einen so ausgeprägten Geruchssinn hat?«

»Was?« keuchte Joby.

»Oh, tut mir leid«, erwiderte Axia zerknirscht. »Wirklich, ich wollte nicht unhöflich sein. Ich hatte nur für einen Augenblick vergessen, daß sie blind ist.«

»Ich wünschte, alle würden das vergessen«, gestand Berengaria leise, »und ich müßte meiner Familie nicht mehr zur Last fallen.«

»Nun, das liegt ganz bei dir«, entgegnete Axia. »Glaub mir, wir beide könnten ein Vermögen machen.« Sie stand auf, alle schauten sie an, und sie hoffte, für eine kleine Weile sämtliche Sorgen zu verscheuchen.

»Wir erzeugen ein ganz besonderes Parfum, nennen es Elizabeth, und Jamie präsentiert es der Königin. Sicher wird's ihr gefallen, nicht zuletzt, weil es ihr von einem so schönen Mann überreicht wird. Keine andere Frau auf der Welt darf diesen Duft verwenden. Wir stellen ihn nur für Königin Elizabeth her, und sie wird alle Höflinge beauftragen, große Flaschen zu kaufen und ihr zu schenken.« Erfreut sah sie Tode lächeln. Auch die Sorgenfalten auf Jamies Stirn glätteten sich. »Dann komponieren wir andere Düfte für das übrige weibliche Geschlecht. Alle Hofdamen werden sich drum reißen.«

Berengaria lächelte. »O ja, und Jamie muß an den Hälsen der Ladies schnuppern und erraten, ob sie nach Veilchen oder Jasmin riechen.«

Bis jetzt hatte Joby geschwiegen. Aber nun verflog die Feindseligkeit allmählich, die ihrer Schwägerin galt. Sie hob die Brauen, tat so, als würde sie eine Frauenhand festhalten und daran schnüffeln. »Ja, ja«, sagte sie nachdenklich, »ihr seid eine voll erblühte reife Schönheit ... Natürlich, wie die Moschusrose! Und Ihr ...« Ehrerbietig ergriff sie eine andere imaginäre Hand. »Ihr seid süß wie Veilchen.« Plötzlich wurde sie ernst. »Wir müssen ihm eine Liste aller Düfte mitgeben, die soll er auswendig lernen.«

»Natürlich«, stimmte Berengaria zu. »Und wir sollten entscheiden, welche Lady welches Parfum bekommt, damit er keinen Fehler macht. In solchen Dingen sind die Männer sehr dumm.

Jamie könnte einer winzigen Gräfin erzählen, sie würde nach Lilien duften, und einer Frau, die groß wie ein Pferd ist, schwärmerisch versichern, sie erinnere ihn an Morgentau.«

»Es sei denn, sie erscheint ihm wirklich in diesem

Licht«, meinte Axia. »Also, Jamie, was hältst du davon?«

»Oh, ich fühle mich geehrt, daß ihr drei euch an meine Anwesenheit erinnert. Bisher durfte ich nicht mitreden, während mein Charakter und meine Fähigkeiten eingeschätzt wurden. Aber nun stellt ihr mir immerhin eine Frage. Wenigstens ist meine Ehre wiederhergestellt«, fügte er grinsend hinzu. »Selbstverständlich beabsichtige ich nicht, mich an diesem Unsinn zu beteiligen. Ich werde doch nicht mein Leben lang Hände küssen und den Frauen erzählen, wie sie riechen.«

Axia schnitt eine Grimasse, dann erhellte sich ihre Miene. »Vielleicht wäre eine blinde Parfumkennerin besser für diese Aufgabe geeignet.«

»Ich?« Berengaria wußte nicht recht, ob ihre Schwägerin sie hänselte. »Ich – am königlichen Hof?«

»Stell dir vor, du würdest in einem Samtsessel sitzen ...« Aufgeregt beschrieb Axia ihre Vision. »Die Damen gingen zu dir, würden dir ihre Hände reichen, und du müßtest entscheiden, welcher Duft am besten zu ihnen paßt.«

»Berengaria kann unmöglich ...«, befahl Jamie, aber Joby fiel ihm ins Wort.

»Und die Männer? Die wollen auch duften. Wonach wird Richard riechen? Nach Erde und Reichtum?«

Berengaria kicherte. »Und wonach müßte ein Parfum duften, das den Namen Henry Olivers trägt?«

»Nach Pferdeschweiß«, antwortete Joby prompt. Die Frauen und Tode lachten. Sogar Jamie lächelte. Das sah sie und fühlte sich sofort ermutigt. Sie sprang auf, streckte die Brust heraus, straffte die Schultern, steckte die Daumen in ihren Gürtel und stolzierte wie ein eitler Pfau umher. »Ich bin ein *Mann*«, prahlte sie. »Und ich wünsche mir ein männliches Parfum. Für einen *richtigen* Mann!«

Axia eilte zu ihr und gab vor, sie würde ihr eine Flasche hinhalten. »Oh, mein edler Held! Hier habe ich den männlichsten Duft, der jemals erschaffen wurde.«

»Keine Blumen!« murrte Joby. »Und keine scharfen Essenzen. Ich muß meine – meine edleren Teile schützen, wenn Ihr versteht, was ich meine, kleines Mädchen.«

»O ja, Sir.« Kokett klimperte Axia mit den Wimpern. »Wie ich sehe, sind Eure edleren Teile sehr stark ausgeprägt. Gewiß werdet Ihr unseren Duft ungemein männlich finden.«

»Keine Blumen?« knurrte Joby.

»O nein – höchstens eine einzige.«

»Keine Blumen! Versteht Ihr mich, kleine Lady? Ich bin ein Mann und will keine Blumen. Jetzt gehe ich!«

»Aber Sir!« rief Axia ihr nach. »Ein wesentlicher Bestandteil unseres Parfums entstammt der Stinkenden Zehrwurz.«

Alle brachen in Gelächter aus, auch Jamie, und Joby kehrte zurück. »Was ist sonst noch drin?« fragte sie argwöhnisch.

»Sägeblätter.«

Beinahe vergaß Joby ihre Rolle und lächelte. Sie war es gewöhnt, im Mittelpunkt zu stehen und die Leute zu amüsieren. Aber Axia konnte ihr durchaus das Wasser reichen.

»Alte, rostige Sägeblätter. Zerbrochene Schwerter und Schlamm von Schlachtfeldern.«

»Sehr gut«, erwiderte Joby grinsend.

»Und wir haben ein ganz besonderes Bindemittel verwendet – Pferdemist.«

»Was anderes möchte ich gar nicht haben.«

»Aber . . .« Axia schaute sich um, als wollte sie feststellen, ob jemand zuhörte. »Für Euch haben wir noch etwas ganz Besonderes hinzugefügt.«

»Was denn?« fragte Joby im Bühnenflüsterton.

»Zehendreck! Den fanden wir unter den Zehennägeln eines großen Türken, der nie im Leben gebadet hatte.«

»Dieses Parfum kaufe ich!« überschrie Joby das Gejohle. »Ich gebe Euch sechs Schlösser und zweihundert Morgen Land. Genügt das?«

»Lieber dreihundert Morgen.«

»Einverstanden.«

»Dann bin ich . . .«

»Still!« befahl Jamie plötzlich und stand auf. Hastig bedeutete er den anderen, sich zu ducken, und ließ seinen Blick durch den Wald wandern. Tode legte einen Arm um Berengaria, um sie zu schützen – was immer Jamie auch entdeckt haben mochte.

Nach einer Weile lächelte er Axia an, die flach am Boden lag. »Deine Kusine«, verkündete er erstaunt. »Dieses leuchtende Kleid würde ich überall erkennen.«

Ungläubig hob sie den Kopf, spähte über den umgestürzten Baumstamm hinweg, hinter dem Tode und Berengaria kauerten, und da sah sie Frances gemächlich heranschlendern.

Sobald Axia ihren Augen traute, sprang sie auf und rannte ihr entgegen, dann hielt sie zögernd inne. Trotz allem, was Frances durchgemacht haben mußte, wirkte sie unverändert – und doch irgendwie anders. So wie Tode.

»Nun?« fragte Frances. »Freust du dich nicht, mich wiederzusehen?« Mit ausgebreiteten Armen liefen die beiden Frauen aufeinander zu und umschlangen sich. Zu ihrer eigenen Überraschung freute Axia sich tatsächlich.

Jamie bestürmte Frances mit Fragen, aber sie erklärte, sie würde die Geschichte erst erzählen, wenn sie etwas gegessen hatte. Dann schockierte sie ihn, indem sie ihm verriet, wo sie einen Beutel voller Speisen versteckt hatte. »Schau nicht so entsetzt drein, Axia!« rief sie lachend, nachdem er verschwunden war. »Was glaubst du, wovon meine Familie lebte, bevor sie von Maidenhall unterstützt wurde?«

»Das – das weiß ich nicht.«

»Von Diebesgut. Schon mit vier Jahren konnte ich Hühner und Eier stehlen, so schnell, wie sie gelegt wurden.«

Mit diesen Worten wandte sie sich ab und ging zu dem kleinen Lager, wo sie die letzten Stunden verbracht hatte.

Axia starrte ihr nach. Seit sie Frances kannte, hatte sie immer nur von deren wunderbarer, edler Familie gehört. Als sie sich von ihrer Überraschung erholt hatte, folgte sie ihrer Kusine.

Eine Stunde später war das warme Essen fertig, und Frances hatte sogar bei der Zubereitung geholfen. Alle saßen im Kreis um sie herum und warteten, bis sie endlich anfing, ihre Flucht zu schildern.

Axia fühlte sich sehr sonderbar. Anscheinend hatte sich alles in ihrem Leben verändert. Ihr geliebter Tode, der sie stets vergöttert hatte, ließ Berengaria nicht mehr aus den Augen. Der hilflosen Frances war es gelungen, einem Verlies zu entrinnen und über einem Lagerfeuer Speck und Eier zu braten, als hätte sie ihr Leben lang nichts anderes getan. Normalerweise konnte sie nicht einmal ihre Schuhbänder selbst verknoten. Und nun strahlte sie ein neues Selbstvertrauen aus.

»Erzählt uns alles!« drängte Joby. Sie streckte sich im Gras aus, musterte Frances und begriff nicht, wieso ihr

Bruder Axia dieser Frau vorgezogen hatte. Andererseits konnte man sich mit ihrer Schwägerin recht gut amüsieren. Vielleicht war sie doch nicht so übel.

»Ich malte Türen an die Mauern«, antwortete Frances lächelnd und wurde verständnislos angestarrt.

Aber dann begann Tode zu lachen. »Offenbar hat sie das von ihrer Kusine gelernt.« Die beiden wechselten einen Blick, wie Axia ihn nie zuvor gesehen hatte, so als würden sie ein Geheimnis teilen. Dann bedeutete ihm ihre Kusine weiterzusprechen. »Diesen Streich spielte Axia den Leuten auf dem Landsitz, als sie zwölf Jahre alt war. An alle Wände malte sie halboffenen Türen, große und kleine, und Mauselöcher.«

»Und ein paar Fenster«, ergänzte Frances.

»Die Köchin trank zuviel, und Axia machte die Frau fast verrückt, denn die rannte tagelang gegen die Wände, wenn sie durch Türen zu gehen versuchte.«

Diesen Zwischenfall hatte Axia völlig vergessen. Nun erinnerte sie sich, daß sie einmal Gänseblümchen an eine Wand in Frances' Schlafzimmer gemalt hatte. Inständig hoffte sie, weder Tode noch ihre Kusine würden das erwähnen, und dachte voller Unbehagen an den roten, mit Gänseblümchen gefütterten Umhang. »Aber wie bist du rausgekommen?« fragte sie, um die beiden von den Ereignissen ihrer Kindheit abzulenken.

»Nun, ich überlegte, was Axia in einer solchen Situation tun würde«, entgegnete Frances und schaute Jamie an. »Sie ist nämlich sehr klug.«

Verblüfft sperrte Axia Mund und Nase auf. Dazu hätte sie einen Kommentar abgegeben, wäre sie nicht überzeugt gewesen, das Ende der Welt stünde unmittelbar bevor.

»Am besten fange ich ganz von vorne an«, fuhr Frances fort. »Also, zunächst ging alles gut. Henry war sehr nett zu mir, weil er Jamies Schwester heiraten und mich gegen sie austauschen wollte. Aber dann erschien sein gräßlicher Bruder und erklärte: ›Henry, du hältst die Maidenhall-Erbin gefangen und willst sie gegen eine Frau austauschen, die sich's nicht einmal leisten kann, ihr eigenes Dach reparieren zu lassen?‹ Er redete Henry ein, mich zu heiraten, und ich sollte in einem steinernen Turm eingesperrt werden, bis die Hochzeit arrangiert werden konnte.«

Um Atem zu schöpfen, hielt sie inne und betrachtete ihr Publikum. Normalerweise überstrahlte Axias lebhaftes Temperament die Schönheit ihrer Kusine und sämtliche Geschichten, die Frances zu erzählen wußte. Aber nun hörten ihr alle aufmerksam zu. Seufzend runzelte sie die Stirn. Bald würde man herausfinden, daß sie nicht die Maidenhall-Erbin war, und das bedauerte sie, trotz ihrer Entführung und Gefangenschaft. Ihr gefiel ihre Rolle, die Axia stets gehaßt hatte, sehr gut.

»Ich versuchte Henry zu beeindrucken und milde zu stimmen«, erzählte sie weiter, »und so behauptete ich, daß ich den Drachenwagen bemalt hätte. Oh, auf der Fahrt nach Süden stand ich Todesängste aus! Als ich merkte, daß er nicht der Mann war, den Axia – eh . . .« Nervös schaute sie von ihrer Kusine zu Jamie.

»Keine Bange, inzwischen wurde er über alles informiert«, warf Axia ein.

»Jedenfalls wollte ich Henrys Hochachtung gewinnen, was mir auch gelang. Er hielt mich für die beste Malerin von der Welt, und ich hoffte, ich müßte meine Kunst niemals beweisen. Später sperrte er mich ein, und da fürchtete ich, er würde mich bitten, schöne Bilder zu malen, um mir die Zeit zu vertreiben. Ich fühlte mich so einsam. Nur Tode durfte mich ein- oder zweimal besuchen, um mich aufzuheitern. Wäre er nicht gewesen ...« Errötend senkte sie den Blick, und Axia schaute konsterniert von Frances zu Tode und dann zu Berengaria hinüber, die ihre Lippen zusammenpreßte.

»Tagelang zerbrach ich mir den Kopf und versuchte, einen Fluchtplan auszuhecken«, fügte Frances hinzu, »aber meine Lage schien aussichtslos, weil Henry mir das Essen immer persönlich brachte. Einen anderen Mann hätte ich vielleicht umgarnen können, aber nicht Henry. Sobald er einen Entschluß gefaßte hat, hält er unerschütterlich daran fest.«

Lächelnd blickte sie in die Runde. »Und dann fragte ich mich: Was würde Axia tun? Ich erinnerte mich an all die gemalten Türen und bat Henry um Pigmente, mit denen ich Farben herstellen konnte. So wie du's sooft getan hast, Axia. Nachdem er mir alles gebracht hatte, was ich benötigte, blieb ich die ganze Nacht auf und malte drei Türen an die Wände meines Zimmers, außerdem ein Fenster, auf dessen Sims ein Vogel saß.« Mit strahlenden Augen schaute sie ihre Kusine an. »Und vor dem Fenster lag eine Wiese voller Gänseblümchen. Da ich Axia oft beobachtet hatte, wie sie diese Blumen malte, gelangen sie mir recht gut.«

Lachend beobachtete sie, wie ihre Kusine errötete. »Dann überpinselte ich die richtige Tür, damit sie dem Mauerwerk glich. Das wirkte nicht sonderlich überzeugend, aber Henry sieht so schlecht, daß ich glaubte, ich könnte ihn lange genug zum Narren halten und fliehen.«

»Und das habt Ihr geschafft«, bemerkte Jamie. »Vor lauter Angst, man könnte Frances die allerschlimmsten Dinge antun, wenn ich flüchten würde, blieb ich in meinem Verlies. Aber nach einigen Tagen hörte ich, wie ein Wächter einem anderen erzählte, sie sei entkommen. Aus dem Trick, den sie angewandt hatte, wurde ein großes Geheimnis gemacht. Aber dann konnte ich einem Wachtposten die ganze Geschichte entlocken. Henry Oliver öffnete die Tür ihres Zimmers und sah sie reglos auf dem Bett liegen. Während er zu ihr ging, huschte sie zur Tür hinaus und schloß sie hinter sich. Stundenlang wanderte er im Zimmer umher und versuchte, die gemalten Türen und das Fenster zu öffnen. Er fand die Bilder sogar großartig und grollte Frances kein bißchen.« Grinsend zwinkerte er ihr zu. »Und er schwor, er hätte die Gänseblümchen sogar gerochen.«

In ihre Gedanken vertieft, fand Axia keine Zeit, um zu lächeln. Sicher hatte man Jamie nur ausgepeitscht, weil Frances geflohen war. »Aber sein Bruder amüsierte sich kein bißchen«, sagte sie leise und strich über sein Haar.

»Nein«, bestätigte Jamie leise, »er war schrecklich wütend.« Zärtlich schaute er seine Frau an, und seine Augen sagten ihr Dinge, die er jetzt nicht aussprechen konnte. Im Gefängnis war ihm bewußt geworden, daß er ihr niemals versichert hatte, wie sehr er sie liebte. Einerseits zürnte er ihr, weil sie sich in Gefahr gebracht hatte, um ihn zu retten, und andererseits liebte er sie dafür um so inniger. Heute abend, dachte er. Heute abend würde er sie in den Armen halten und ihr endlich gestehen, was er empfand. »Es wird dunkel. Nun sollten wir nach Hause gehen.«

Frances erhob sich als erste und begann, das Lager aufzuräumen. Verwundert starrte Axia sie an. Auf der Fahrt nach Norden hatte ihre Kusine niemals auch nur einen Finger gerührt, um den anderen zu helfen.

»Das verstehe ich nicht«, flüsterte Axia, nachdem sie sich mit Frances von den anderen entfernt hatte.

»Was?«

»Du warst immer völlig hilflos. Aber nun konntest du aus eigener Kraft fliehen und dich ernähren ...«

Lachend fiel Frances ihr ins Wort. »So hilflos bin ich nicht.«

»Aber ...«

Eindringlich schaute Frances ihrer Kusine in die Augen. »Nur dir zuliebe habe ich mich hilflos gestellt. Weil du hilflose Menschen liebst.«

»Ich – was?« fragte Axia halb erbost, halb ungläubig.

»Du fürchtest, niemand könnte dich um deiner selbst willen lieben. Ganz gleichgültig, wieviel du jemandem bedeutest, du glaubst immer, er wäre nur am Geld deines Vaters interessiert. Als ich auf Maidenhalls Landsitz eintrat, war ich noch ein Kind, doch ich hatte schon so viele schreckliche Dinge gesehen wie andere Leute in ihrem ganzen Leben nicht. Deshalb beschloß ich, mich so zu verhalten, wie du es wolltest, damit du mich nicht zu meinem Vater zurückschickst.«

»Und du dachtest, ich hätte mir eine hilflose Kusine gewünscht«, warf Axia sarkastisch ein.

»O ja, Axia. Du mußt dich ›nützlich‹ fühlen, wie du es nennst, und den Leuten stets beweisen, du wärst mehr wert als das Geld deines Vaters. Darum hast du dich stets bemüht. Bitte, versteh mich nicht falsch, aber du bist so nützlich, daß sich alle Menschen in deiner Nähe hilflos vorkommen. Es ist ja so einfach, sich zurückzulehnen und dir alles zu überlassen.«

»Und das Geld, das du mir in all den Jahren abgenommen hast? War ich auch daran schuld?«

»Dieses Geld besitze ich immer noch«, erklärte Frances fröhlich. »Du brauchst es nicht, weil du genau weißt, wie man ein Vermögen macht. Sicher bist du die ideale Frau für Jamie und die beste Schwägerin, die sich seine blinde Schwester und diese kecke kleine Joby nur wünschen können. In dieser Familie wirst du dich dein Leben lang nützlich machen. Bald werdet ihr alle in Geld schwimmen. Du kannst Luft in Gold verwandeln, genau wie dein Vater.«

Entgeistert schaute Axia ihre Kusine an. »Alles verändert sich«, flüsterte sie. »Du bist ein anderer Mensch geworden. Ebenso wie Tode.«

»Ja.« Frances' Lächeln erlosch, und sie schaute zu Tode hinüber, der Berengaria half, ihren Rock abzuwischen. Mit gesenkter Stimme sprach sie weiter. »Er hat sich vor Oliver erniedrigt und die vulgärsten Witze über sein häßliches Gesicht gemacht. Oh, es war so schrecklich, ihm zuzuhören.« Sie holte tief Atem, als müßte sie ihre Nerven beruhigen. »Das tat er für *mich*. Immer dachte ich, er würde mich hassen oder sich zumindest nichts aus mir machen. Aber . . .« Hastig verstummte sie, weil sie seinem Blick begegnete.

»Auch er ist verändert. Woran es liegt, weiß ich nicht. Was ist mit euch beiden geschehen?«

»Axia«, flüsterte Frances beschwörend und packte sie am Arm, »ich muß dir etwas erzählen, bevor . . .«

Doch sie konnte den Satz nicht beenden, denn in diesem Augenblick rannte Joby herüber. Jamie hatte Hufschläge gehört und seine kleine Schwester beauftragt, herauszufinden, wer die Reiter waren, in der Hoffnung, seine reichen Verwandten würden eintreffen.

»Maidenhall!« Jubelnd schwenkte Joby ihre Arme hoch. »Er kommt, um seine Tochter zu holen.«

Weder Frances noch Axia fanden Zeit, um nachzudenken. Sie hielten sich an den Händen und starrten in die Richtung, in die Joby zeigte. Zwischen den Bäumen trat ein Mann hervor, den sie niemals gesehen hatten, aber gut kannten. Jahrelang hatte Axia jeden Besucher gefragt, wie ihr Vater aussah, und nach den Beschreibungen viele Porträts gezeichnet. Sogar einige Ölgemälde waren entstanden.

Es gab keinen Zweifel – dieser kleine, dürre Mann im schäbigen schwarzen Wollumhang, mit langem, strähnigem grauem Haar war Perkin Maidenhall, der reichste Mann von England. Unbeirrt ging er auf Axia zu. »Meine Tochter, was hast du mir zu sagen?« Sein Blick war kühl, seine Stimme verriet mühsam beherrschten Zorn.

29

Da weder Axia noch Frances ein Wort hervorbrachten, wandte Maidenhall sich ab und befahl: »Folge mir, meine Tochter!« Mit schnellen Schritten ging er zu seinen Männern, die den kleinen Lagerplatz umringten.

»Ich glaube, Ihr irrt Euch«, bemerkte Jamie amüsiert und legte einen Arm um die Schultern seiner Frau. »Das ist nicht Eure Tochter.«

Mit eisigen schwarzen Augen schaute Maidenhall ihn an, als würde er ihn erst jetzt zur Kenntnis nehmen, und Jamie verstand, warum die Geschäftstüchtigkeit dieses Mannes unschlagbar war. »Behauptet Ihr, ich würde meine eigene Tochter nicht kennen?«

Jamies Arm umfaßte Axia noch fester. »Diese Frau ist meine Gemahlin.«

Da warf Maidenhall den Kopf in den Nacken und brach in lautes Gelächter aus, das irgendwie rostig klang. Vermutlich lachte er nur selten. »Und nun bildet Ihr Euch ein, Ihr wärt rechtmäßig mit meiner Erbin verheiratet? Ihr, der bettelarme James Montgomery. Eigentlich müßtet Ihr James ohne Land heißen, so wie seinerzeit König John.«

Instinktiv bückte sich Jamie zu seinem Stiefelschaft hinab, um den Dolch hervorzuziehen. Doch dann sah er, daß die dreihundert Mann ringsum, die teilweise noch in den Sätteln saßen, ihre Schwerter zückten.

»Bitte!« flehte Axia und schüttelte seinen Arm ab. »Ich muß mit meinem Vater reden.«

»Mit deinem . . .«, begann Jamie. Plötzlich verschloß sich seine Miene. »Oh, ich verstehe. Das war also dein großes Geheimnis. Hast du mir deinen Reichtum verschwiegen, weil du dachtest, wenn ich Bescheid wüßte, würde ich dich nur wegen deines Geldes lieben?«

Ehe sie antworten konnte, fragte Maidenhall: »Ihr wolltet doch das Erbe in Euren Besitz bringen, nicht wahr? Erst habt Ihr die arme Frances umworben und später Eure Aufmerksamkeit meiner Tochter geschenkt.« Zu Axia gewandt, fügte er hinzu: »Hast du dir nie überlegt, warum? Wieso sollte er eine schöne Frau wie Frances verschmähen und sich für ein unscheinbares kleines Ding wie dich interessieren?« Offenbar konnte er Gedanken lesen, denn genau diese Frage hatte sie sich gestellt.

»Ich weiß nicht, was Ihr andeuten wollt . . .«, begann Jamie, aber Maidenhall unterbrach ihn.

»Nun, Ihr fandet heraus, welches Spiel die beiden albernen Mädchen trieben«, erwiderte er spöttisch. »Und deshalb fingt Ihr an, meine Erbin zu hofieren.«

»Nein, ich . . .« Jamies Stimme erstarb, und er las in Axias Augen, daß sie ihrem Vater glaubte. Zumindest schien sie gewisse Zweifel zu hegen, und das verletzte seinen Stolz zutiefst.

»Bitte, ich möchte allein mit meinem Vater sprechen«, würgte sie hervor.

»Natürlich«, fauchte Jamie. »Wer dürfte der Maidenhall-Erbin ein vertrauliches Gespräch mit ihrem Vater verbieten?«

»O Jamie!« Flehend legte sie eine Hand auf den Arm, ihres Mannes, aber er wandte sich schroff ab, und so ging sie mit ihrem Vater zwischen die Bäume.

Weil Perkin Maidenhall ein kleiner Mann war, befand sich sein Gesicht in Axias Augenhöhe. »Was willst du?« fragte sie kühl. Ihr Leben lang hatte sie sich nach ihm gesehnt und alles getan, um sein Wohlgefallen zu erregen. Aber jetzt, wo er vor ihr stand, entdeckte sie nichts in seiner Miene außer Habgier. Es stimmte, was Frances stets behauptet hatte. An einer Begegnung war er nie interessiert gewesen, weil er keine Möglichkeit gefunden hatte, mit seiner Tochter Geld zu machen. Bis jetzt.

Ihr schroffer Tonfall entlockte ihm ein schwaches Lächeln. »Immer wieder habe ich gehört, du würdest mir gleichen. Und wie ich jetzt sehe, trifft dies zu.«

»Beleidige mich nicht! Wieviel Geld steht auf dem Spiel?«

»Nun, ich habe mit Bolingbrooke einen Vertrag abgeschlossen, den du einhalten mußt.«

»Nachdem ich meine Unschuld verloren habe, bin ich den Brautpreis nicht mehr wert.«

»Das spielt keine Rolle, denn Bolingbrookes Sohn ist impotent. Falls du schwanger bist, verlange ich noch mehr Geld, denn er bekommt nicht nur eine Ehefrau, sondern auch noch einen Erben.«

Bei diesen kaltschnäuzigen Worten erblaßte Axia.

»Was ist los mit dir, meine Tochter? Konntest du nicht glauben, was du über mich gehört hast? Dachtest du, in Wirklichkeit wäre ich ein netter Mann, der kleine Kinder und Hunde liebt?«

In all den Jahren hatte sie gehofft, sein einziges Kind würde ihm etwas bedeuten. Aber nun erkannte sie, daß dieser Mann in seinem ganzen Leben niemanden geliebt hatte. Nie zuvor war ihr ein so gefühlloser Blick begegnet. Entschlossen straffte sie die Schultern. Wenn sie diese Situation überstehen wollte, mußte sie die Wesenszüge nutzen, die sie von ihm geerbt hatte. »Ich bin mit James Montgomery verheiratet.«

»Oh, es fiel mir nicht schwer, das ungeschehen zu machen«, erwiderte er und lachte verächtlich. »Du hast ohne meine Einwilligung und unter falschen Voraussetzungen geheiratet. Solltest du jene Dorfkirche aufsuchen, wirst du feststellen, daß das Register der Pfarrgemeinde, in dem die Hochzeit eingetragen wurde, auf mysteriöse Weise verschwunden ist. Der Priester hat sich nach Frankreich begeben. Also kannst du nicht beweisen, daß die Trauung jemals stattgefunden hat.«

Es dauerte einige Zeit, bis Axia sich von ihrem Schrekken erholte. Stets hatte sie ihren Willen durchgesetzt – und erst an diesem Tag ihren Meister gefunden. »Was wirst du tun, wenn ich nicht mit dir gehe?«

»Liebst du ihn? Ich dachte, ich hätte dich eines Besseren belehrt. Alle Menschen, die du liebgewinnen konntest, entfernte ich aus deiner Nähe, abgesehen von einem verunstalteten Mann und einem Mädchen, das ebenso herzlos war wie schön.« Er trat einen Schritt zurück und musterte Axia von oben bis unten. »Ich muß gestehen, nun bin ich sehr enttäuscht von dir. In den erstbesten attraktiven Mann, der dir über den Weg lief, glaubtest du dich zu verlieben. Sicher, ich fragte mich, ob du einem solchen Gesicht widerstehen würdest. Er ist . . .«

»Nur zu, sag mir, was du zu sagen hast, aber laß seinen Charakter aus dem Spiel. Du hast kein Recht, darüber zu urteilen.«

Mit einem sarkastischen Lächeln bekundete er, was er von ihrer Liebe zu dem verarmten Earl hielt. »Ich vernichte ihn gnadenlos. Bald werden ihn brennende Scheunen umgeben, das Vieh auf den Weiden rings um sein Schloß wird auf geheimnisvolle Weise verenden. Schon jetzt ist seine Familie mittellos, aber wenn ich mit ihm fertig bin, wird sie mit den Schweinen ums Futter kämpfen.«

Wütend ballte Axia die Hände. »Das wird dich viel Geld kosten. Und wenn ich mit dir gehe, was würdest du für ihn tun?«

Zum erstenmal nahm sein Gesicht menschliche Züge an. Offenbar war er zufrieden mit ihr. »Dann gebe ich ihm alles zurück, was er verloren hat.«

»Um ein Almosen anzunehmen, ist er viel zu stolz.«

»Nun, ich werde den Eindruck erwecken, er hätte unglaubliches Glück. Irgend jemand wird sterben und Montgomery seine Ländereien vermachen. Wenn er sein Getreide in die Mühle bringt, wird er mehr zurückbekommen, als er abgeliefert hat. Und seine Schafherde wird sich auf wundersame Weise vermehren.«

»Ja, ich verstehe.« Durch den abendlichen Wald schaute sie zu den anderen hinüber, die sie beobachteten. Wie konnte Jamies blinde Schwester ohne Mitgift heiraten? Und Joby, die zu bedauern schien, daß sie nicht als Mann auf die Welt gekommen war? Um jemanden zu finden, der sie heiraten würde, müßte man sehr viel Geld bezahlen. Und Tode und Frances? Tode sprach gerade mit Jamie, der ihr den Rücken kehrte, und Frances starrte unglücklich vor sich hin. Die Entscheidung ihrer Kusine würde auch ihr eigenes Leben betreffen.

Da erkannte Axia, daß sie keine Wahl hatte. Wenn sie zu Jamie zurückkehrte, würde der Vater ihn ruinieren. »Ich will mich nur verabschieden«, flüsterte sie.

»Und ihm von deinem edlen Opfer erzählen?« höhnte Maidenhall. »Wird er seinen Dolch schwingen, um dich zu schützen, und sich von meinen Männern erstechen lassen?«

Natürlich durfte sie Jamie nicht die Wahrheit gestehen. Wieder einmal mußte sie ihn belügen. »Wußte er, daß ich die Maidenhall-Erbin bin?«

»Das fand er in Lachlan Tevershams Haus heraus. Dort lebt jetzt ein Mann, der auf meinem Landsitz arbeitete, als du noch jünger warst. Du hast ihn nicht erkannt.« Fragend hob er die Brauen. »In diesem Schloß fing Montgomery doch an, dich zu umwerben?«

»Offensichtlich bist du lückenlos informiert«, entgegnete sie tonlos.

»Wissen ist Macht – und Geld. Übrigens, die Entführung der Maidenhall-Erbin wurde von deinen teuflischen Schwägerinnen geplant. Zuvor hatten sie den Dorfbewohnern die letzten Habseligkeiten entlockt, um deinen Liebhaber mit einer opulenten Garderobe auszustatten, die meine Erbin beeindrucken soll.« Als er ihr ansah, daß sie dies alles zum erstenmal hörte, verengten sich seine Augen. »Montgomerys Schwestern veranlaßten Oliver, dich zu entführen.«

»Mich?« Axia lächelte selbstgefällig. »Ausnahmsweise bist du falsch informiert. Oliver hat die vermeintliche Erbin in seine Gewalt gebracht.«

»Nein, er wurde beauftragt, dich aus dem Schloß zu holen, weil Montgomery mit Frances allein zurückbleiben sollte. In den Briefen, die dein Jamie nach Hause schrieb, erwähnte er dich, und seine Schwestern fürchteten, du würdest ihn von der Erbin ablenken.« Da sie ihm immer noch nicht zu glauben schien, fragte er: »Die beiden empfingen dich nicht besonders warmherzig, oder?«

Statt zu antworten starrte sie Jamies Rücken an. Einen Fuß hatte er auf den umgestürzten Baumstamm gestellt, und sie brauchte seine Hände nicht zu sehen, um zu wissen, daß er mit dem kleinen Dolch spielte – wie immer, wenn er nachdachte. Obwohl er sie hintergangen hatte, nahm sie ihm nichts übel. Er liebte seine Schwestern und seine Mutter, und sie brauchten ihn. Pflichtbewußt hatte er beschlossen, Frances zu heiraten, und dann erfahren, Axia wäre die Erbin . . .

Ohne ein weiteres Wort an ihren Vater zu richten, ging sie über den weichen Fichtennadelteppich zu Jamie. Alle Blicke folgten ihr.

Hatten seine Schwestern Oliver wirklich beauftragt, die Erbin zu entführen? Waren sie naiv genug, um zu glauben, dies wäre ein harmloser Streich? Frances hätte verletzt, sogar getötet werden können. Und man hatte Jamie gnadenlos ausgepeitscht.

Nur dem Geld zuliebe, dachte sie. Und dem Stolz. Die Montgomerys konnten sich an ihre reichen Verwandten wenden. Aber statt ihren Stolz zu verletzen, gefährdeten sie lieber das Leben einer Frau, um das Maidenhall-Gold zu erringen.

Und Jamie war mit allem einverstanden gewesen.

Er hörte ihre Schritte, drehte sich aber nicht um. Und auch, als sie vor ihn hintrat, schaute er sie nicht an.

»Nun, hast du dich zur Genüge über mich lustig gemacht?« fragte er und starrte ins Leere. »Der arme dumme Jamie! Wie müßt ihr über mich gelacht haben, du und Frances! Von dem Tag an, wo ich sie für die

Erbin hielt, und später, als ich erklärte, du dürftest uns nicht begleiten. Jetzt verstehe ich alles. Nutze den Tag! Diesen Leitspruch brauchst du, wenn du, die schwerreiche kleine Erbin, ihren fast so reichen Verlobten heiratet.« Endlich sah er sie an, noch kälter als ihr Vater. »Tode verriet mir, du würdest einen impotenten Mann heiraten. Wolltest du dein Bestes tun, um ihm einen Erben zu schenken?«

Trotz dieser verletzenden Worte hätte sie ihn am liebsten umarmt und versichert, sie würde ihn lieben und seine Handlungsweise verstehen. Aber wenn er ihr glaubte und ihr verzieh? Wenn er sich schützend vor sie stellte? Von mehreren Schwertern getroffen, würde er zusammenbrechen und sterbend flüstern: »Es waren nur dreihundert Mann.«

»Ja, genau das tat ich. Ich sagte dir doch, unsere Ehe würde nicht lange währen. Mein Vater ließ alle Dokumente vernichten, und jetzt werde ich ihm folgen.«

Für einen kurzen Moment glaubte sie, in seinem Blick zu lesen, daß er sie bitten wollte, bei ihm zu bleiben. Doch dann wurde seine Miene ausdruckslos. »Hoffentlich hast du dich nicht aus falsch verstandenem Edelmut dazu entschlossen.«

Ein Wort von ihr würde genügen, und er wäre bereit, für sie zu kämpfen, bis zum Tod. Lachend warf sie den Kopf in den Nacken. »O Jamie, wie drollig du bist! Dachtest du wirklich, ich würde auf das Maidenhall-Erbe verzichten, um einen verarmten Earl zu heiraten? Schau dich doch an! Was hast du zu bieten? Eine exzentrische Familie, für die du verantwortlich bist, eine verrückte Mutter, eine blinde Schwester, eine andere, die nicht weiß, ob sie ein Junge oder ein Mädchen sein will. Warum sollte eine Frau das alles auf sich nehmen? Ich wollte mir nur ein bißchen die Zeit mit dir vertreiben, bis mein Vater kommen würde, um mich zu holen.«

»Ja«, entgegnete er kühl, »das ist mir jetzt klar. Wie mußt du dich amüsiert haben – über alles, was ich zu dir sagte ...«

»Oh, das wird mich noch jahrelang erheitern. Entschuldige mich jetzt, ich muß gehen. Mein Vater erwartet mich.« Anmutig raffte sie ihre Röcke und ging an ihm vorbei. »Komm, Tode!«

Aber Tode hielt Berengarias Hand fest. »Nein, ich werde Euch nicht begleiten.«

Wenn sie über diese Erklärung nachdachte, würde sie zusammenbrechen, das wußte sie. Deshalb unterließ sie es. Offensichtlich sollte sie an diesem Tag alles verlieren. Sie drehte sich zu Frances um und hob die Brauen. Sofort griff die Kusine nach ihrer Hand. Ohne einen Blick zurückzuwerfen, gingen die beiden Frauen zu Maidenhall, der neben den gesattelten Pferden wartete.

30

Am nächsten Morgen sollte Axias Hochzeit stattfinden. Sie heuchelte keine Freude, und sie wußte, daß sie dem gräßlichsten Tag ihres Lebens entgegenblickte. Nein, verbesserte sie sich, das war jener Tag vor drei Monaten, wo ich Jamie zum letztenmal sah.

Seit damals hatte sie mehrmals überlegt, ob sie ihm schreiben und alles erklären sollte, aber aus lauter Angst um ihn darauf verzichtet. Wenn er ihr glaubte, wenn er erkannte, daß der Rollentausch mit Frances nur ein harmloser Streich gewesen war, würde er ihr folgen und dem sicheren Tod entgegeneilen.

Eine Hand auf ihren Magen gepreßt, eilte sie zum Nachttopf und übergab sich. Sie hatte nicht gezählt, wie oft ihr an diesem Tag schon übel geworden war. Vielleicht hatte sie die Schwangerschaft bereits beim Abschied von Jamie geahnt und instinktiv beschlossen, nicht nur ihren Mann, sondern auch ihr Kind zu schützen.

Planmäßig hatte der Vater ihre Hochzeit mit Gregory Bolingbrooke hinausgezögert, um abzuwarten, ob sie guter Hoffnung war, und dann den Brautpreis erhöht. »Er verkauft sogar sein eigenes Enkelkind«, hatte Axia gemurmelt. Aber nichts, was seit ihrer Trennung von Jamie geschah, schien sie wirklich zu berühren.

Die Frauen, die Maidenhall engagiert hatte, um seine Tochter betreuen zu lassen, prophezeiten ihr, sie würde das Leben einer Königin führen. Nie wieder würde sie versuchen müssen, Geld zu sparen, nie wieder in einem Schuppen sitzen und Parfums brauen. Zahlreiche Diener würden ihr jeden Wunsch von den Augen ablesen, Zofen würden sie an- und auskleiden und ihr das Fleisch in mundgerechte Stücke schneiden.

»Werden sie's auch noch vorkauen?« fragte sie, aber niemand verstand diese Art von Humor. Offenbar träumten alle Menschen auf dieser Welt davon, nichts tun zu müssen. Und sie würden niemals begreifen, warum eine so reiche Frau jenen Morgen, wo sie auf einem dörflichen Markt »Drachentuch« verkauft hatte, zu den schönsten Erinnerungen ihres Lebens zählte.

Doch sie versuchte, alle Erinnerungen zu verdrängen und nichts zu empfinden. Man hatte ihr bereits mitgeteilt, nach der Niederkunft würde man ihr das Kind wegnehmen und in die Obhut anderer Leute geben. »Für ein Baby ist die Londoner Luft ungesund.«

»Warum muß ich dann in London leben?« fragte sie, doch ihr Sarkasmus verfehlte jede Wirkung.

Obwohl sie ihre Gefühle zu bekämpfen suchte, wuchs ihr Zorn mit jedem Tag. Warum glaubte Jamie ihr nicht? Warum dachte er so schlecht von ihr? Hatte er wirklich gewußt, daß sie die Maidenhall-Erbin war, und sie nur wegen ihres Geldes umworben?

»Jetzt ist Schlafenszeit«, flüsterte eine hübsche Frau an ihrer Seite. Alle Diener, die Maidenhall eingestellt hatte, waren hübsch – nicht so schön wie Frances, doch sie sahen besser aus als ihre Herrin.

Seufzend hob Axia die Arme und ließ sich von dem steifen Satinkleid befreien, das alle ihre Bewegungen behinderte. An einem Wandhaken hing das goldene, mit üppigen Spitzenborten besetzte Brautkleid. Darin würde sie kaum einen Schritt tun können.

Morgen sollte sie ihren künftigen Ehemann kennenlernen. Weder sein Vater noch er selbst hatten während der letzten Monate das geringste Interesse an ihr gezeigt. An ihr lag ihnen nichts, nur an ihrem Erbe.

Als sie nur noch die leinene Unterwäsche trug, wurde die Decke zurückgeschlagen, und sie kroch ins Bett. Nachts, wenn sie allein war, konnte sie wenigstens ihre Tränen vergießen.

Aber in dieser Nacht weinte sie nicht. Nachdem man die Kerzen gelöscht hatte, starrte sie mit trockenen Augen ins Dunkel. Jamie, wo bist du, fragte sie stumm. Denkst du manchmal an mich? Vermißt du mich ebenso schmerzlich wie ich dich? Hast du mich je geliebt?

Erst nach Mitternacht schlummerte sie ein, warf sich unruhig umher, glaubte seltsame Geräusche zu hören, erwachte und versank wieder in tiefem Schlaf, träumte von Gestalten, die sie verfolgten.

Plötzlich wurde sie von qualvoller Atemnot geweckt. Eine Hand hielt ihr den Mund zu, ein schwerer Körper lag auf ihrem. Verängstigt öffnete sie die Augen, und als sie Jamie erkannte, geriet sie in Panik. Wenn ihr Vater ihn hier fand, würde er ihn ermorden lassen.

»Sag nichts!« bat er leise. Sie sah verkrustetes Blut auf seinem Gesicht, sein Wams war an mehreren Stellen zerrissen. Was hatte er durchgemacht, um in ihr Zimmer zu gelangen? »Ich war in Frankreich und spürte den Vikar auf, der uns getraut hat. Auch die Zeugen und das Register der Pfarrgemeinde wurden gefunden. Wenn du willst, kann ich beweisen, daß wir tatsächlich verheiratet sind.« Er zögerte. »Aber nur, wenn es wirklich dein Wunsch ist. Falls du Bolingbrooke heiraten möchtest . . .«

Nun wurde er unterbrochen, denn Axia hatte es irgendwie geschafft, ihre Arme unter der Decke hervorzuziehen, seinen Hals zu umschlingen und ihren Mund auf seinen zu pressen.

»Dafür haben wir jetzt keine Zeit!« mahnte er, doch er befreite sich nicht aus der Umarmung.

Schließlich war es Axia, die den Kopf beiseite drehte. »Ich kann nicht mit dir gehen. Mein Vater . . .«

»Zur Hölle mit deinem Vater!« stieß er hervor. Ängstlich legte sie einen Zeigefinger an seine Lippen und spähte zur Tür. »Mein Vater wird mich enterben«, erklärte sie, während er den Finger zärtlich küßte. »Und dich wird er ruinieren. Du kennst ihn nicht.«

»Wenn er auch ein steinreicher Mann ist – er kann nicht über Leben und Tod bestimmen. Außerdem will ich nur dich haben, Axia, nicht dein Geld.«

»Und deine Familie?«

»Wir sind zu unseren reichen Verwandten gezogen.«

»O Jamie, dagegen hast du dich immer gesträubt. Ich

weiß doch, wie sehr es dir widerstrebt, von Almosen zu leben.«

»Solange ich mit dir zusammen bin, ist mir alles andere egal. Dich liebe ich mehr als meinen Stolz.«

Wie romantisch, dachte sie, und wie unvernünftig ...

»Deine Schwestern hassen mich ...«

Ein Kuß verschloß ihr den Mund. »Wenn sie irgend jemandem grollen, dann nur mir. Sie vermissen dich.«

Skeptisch schaute Axia zu ihm auf und dachte an die Entführung, die Berengaria und Joby arrangiert hatten.

Als Jamie ihrem Blick begegnete, lächelte er. »In diesen letzten Monaten ist viel geschehen. Tode und Berengaria lieben sich und möchten heiraten. Und du hattest recht – sie behauptet, er sei der schönste Mann, den sie je gesehen habe. Nun versucht sie, Parfums herzustellen, aber sie braucht deine Hilfe.« Aufmerksam beobachtete er Axia, und wie ihre strahlenden Augen verrieten, hatte er mit der Bemerkung, sie würde »gebraucht«, gewisse Fortschritte gemacht.

»Aber Joby mag mich nicht.«

»Oh, meine arme kleine Schwester fühlt sich elend. Inzwischen weiß sie, daß du aus Liebe zu mir bereit warst, auf das Maidenhall-Erbe zu verzichten. Sie hat gesagt, so heiß und innig könne sie keinen Mann lieben. Und du? Liebst du mich wirklich so sehr?«

Axia holte tief Atem. »Noch viel mehr ...« Doch dann schüttelte sie den Kopf und versuchte, ihn wegzuschieben. »Nein, es ist unmöglich. Mein Vater würde dich ruinieren ...«

»Ja, ich weiß«, unterbrach er sie, »aber nicht einmal dein Vater ist mächtiger als der ganze Montgomery-Clan. Wenn es sein muß, leben wir in Schottland. Dort besitzt meine Familie Häuser und Schlösser, die nicht einmal der Allmächtige finden würde. Nun, die Entscheidung liegt bei dir, meine Liebste. Folge mir nur, wenn du es willst.«

Zärtlich streichelte sie seine Wange. »Bis ans Ende der Welt würde ich dir folgen.«

»Obwohl ich kein Gold besitze?«

»Du hast mir alles Gold geschenkt, das ich mir wünschen kann.« Mit diesen Worten meinte sie das Kind, das sie unter ihrem Herzen trug. Doch davon wollte sie vorerst nichts erzählen. »Wie sollen wir aus diesem Haus fliehen? Die Wachtposten meines Vaters ...«

»Komm!« Er zog sie aus dem Bett, und als sie strauchelte, hob er sie hoch und trug sie zum Fenster. Im Licht der aufgehenden Sonne sah sie ein riesengroßes Heer.

»Was sind das für Männer?« wisperte sie verwirrt.

»Montgomerys aus England, Schottland, Irland und Frankreich. Ich hätte noch mehr Leute mitgebracht, aber die Montgomerys, die in Amerika leben, konnten nicht rechtzeitig eintreffen.«

»O Jamie, das hast du für mich getan?«

»Weil ich dich von ganzem Herzen liebe, mehr als Gold und Geld, mehr als mich selbst.« Er hauchte einen Kuß auf ihre Lippen. »Begleitest du mich, teure Gemahlin?«

»O ja, mein geliebter Mann, wohin immer du willst.«

Epilog

»Was gibt's denn?« fragte Axia gähnend.

Jetzt, im letzten Monat ihrer Schwangerschaft, wollte sie nur noch schlafen. Nach langen Diskussionen mit Jamie hatte sie ihn veranlaßt, mit ihr in entlegene schottische Berge zu ziehen. Er war dagegen gewesen, aber nachdem er von der Schwangerschaft erfahren hatte, tat er alles, damit sie sich sicher fühlte. In ihrem Zustand mußte sie vor ihrem Vater beschützt werden. Sie fürchtete seinen Zorn immer noch, obwohl Jamie unentwegt versuchte, sie zu beruhigen. Offenbar glaubte sie, Maidenhall wäre übermächtig und unbesiegbar.

»Briefe!« verkundete Jamie und hielt einen Lederbeutel hoch, dem man die weite Reise übers Meer und die Berge ansah. In ihrem freiwilligen Exil hörten sie nur wenig von der Außenwelt, und das gefiel Axia. Sie glaubte, ihr Vater würde überall nach ihr suchen und hätte eine Belohnung auf Jamies Kopf ausgesetzt.

»Nun solltest du deine Angst endlich bezwingen«, mahnte Jamie geduldig. »Sonst schadest du dem Baby.«

Mühsam setzte sie sich auf. »Wenn diese Briefe den Weg zu uns finden, wird er es auch schaffen.«

Wer »er« war, brauchte Jamie nicht zu fragen. Seufzend setzte er sich aufs Bett. »Die Briefe wurden an meinen Onkel geschickt, und er übergab sie einem Boten, der sie hierherbrachte.«

»Sicher wurde der Mann verfolgt.«

»Ja«, sagte Jamie sarkastisch, »und ich werde diesen Tag wohl kaum überleben. Schau mich nicht so an, Axia. Das war ein Scherz!« Geschickt löste er die verknoteten Schnüre, die den Beutel zusammenhielten, dann schüttete er den Inhalt auf die Decke. Zwei Briefe fielen heraus, und Axia hielt den Atem an, als sie die vertraute Handschrift ihres Vaters erkannte.

»Er hat uns gefunden!«

»Keineswegs, dieser Brief wurde an uns weitergeleitet. Nein, verkriech dich nicht unter dem Kissen. Du mußt erfahren, was er dir mitzuteilen hat.«

»Sicher bedroht er uns mit dem Tod und . . .«

»Frances hat dir auch geschrieben«, erklärte Jamie und hielt den zweiten Brief hoch.

Verwundert hob sie die Brauen. Von ihrer Kusine hatte sie nichts mehr gehört, seit sie mit ihrem Vater nach London gefahren war. Dort hatte er sie weggeschickt, und Axias Nachforschungen waren ergebnislos verlaufen.

»Welchen Brief soll ich zuerst vorlesen?« fragte Jamie.

Sie zeigte auf den Brief ihrer Kusine, weil sie sich die Drohungen ihres Vaters so lange wie möglich ersparen wollte.

Lächelnd öffnete er Frances' Brief und überflog die ersten Zeilen, dann runzelte er die Stirn. »Verdammt!«

Sie riß ihm den Brief aus der Hand und las vor: »›Meine liebste Kusine, ich weiß, Du dachtest immer, ich wäre hilflos und dumm. Doch Du sollst wissen, daß ich von Deiner Klugheit gelernt habe. Nachdem Jamie Dich entführt hatte, kam Dein Vater zu mir und erzählte, was geschehen war. Ja! Es stimmt! Er kam persönlich zu mir, um mich zu informieren. Zu meiner Verwunderung war er nicht wütend, nur traurig. Ich dachte, es würde ihn ärgern, daß er sein Geschäft mit Bolingbrooke nicht abschließen konnte. So skrupellos er auch sein mag, er genießt den Ruf eines Ehrenmanns, der immer zu seinem Wort steht. O Axia, ich weiß nicht, woher ich die Kraft nahm, um meinen Entschluß zu fassen. Aber es war mir ja auch gelungen, die Maidenhall-Erbin zu spielen und nichts zu fürchten. Und so traf ich ein Abkommen mit Deinem Vater. Da Bolingbrooke Dich nie gesehen hatte, würde er nicht staunen, wenn ich vor dem Traualtar stünde . . .‹«

Axia starrte Jamie verblüfft an, dann las sie weiter.

»›Also heiratete ich Gregory Bolingbrooke, und jetzt nennt man mich wieder die Maidenhall-Erbin. Das stört Dich sicher nicht, da Du diese Bezeichnung stets gehaßt hast. Aber ich liebe die Aufmerksamkeit, die man mir schenkt, und ich trage die herrlichsten Kleider. Doch das dürfte Dich wohl kaum interessieren. Jedenfalls hat Dein Vater mich mit Geld überhäuft, und ich bin unvorstellbar reich. Und nun muß ich Dir noch etwas anderes mitteilen. Diesen Brief vertraue ich Deinen Verwandten an, und sobald Du ihn gelesen hast, mußt Du ihn verbrennen. Niemals darf die Welt erfahren, was ich Dir anvertraue, sonst wäre ich ruiniert. Ich erwarte ein Kind von Tode.‹«

Fassungslos ließ Axia den Brief fallen, und Jamie griff danach, um die letzten Zeilen vorzulesen. »›Davon darfst Du Berengaria, die jetzt mit Tode verheiratet ist, nichts erzählen. Nur Jamie soll es wissen. Gewiß wird er verstehen, wie ich mich während meiner Gefangenschaft fühlte. Wenn Tode mich besuchte, war er so gut und freundlich – und schließlich ist es geschehen.‹«

Nun nahm Axia den Brief wieder an sich.

»›Welch eine Ironie, Axia! Eines Tages wird Todes Kind das Maidenhall-Vermögen erben. Leider kann ich mein Amüsement nur mit wenigen Leuten teilen. Du hast mir so viele Wohltaten erwiesen, und ich habe mich nie bedankt. Das will ich auch jetzt nicht. Hoffentlich wirst Du uns bald mit Jamie besuchen, dann werde ich Dir gebührend danken. Übrigens, ich mag meinen

Mann recht gern. Er rührt mich zwar nie an, aber er freut sich unbändig auf das Baby, und er hat nie nach dem Vater gefragt. Mein Schwiegervater übrigens auch nicht. Richte Jamie herzliche Grüße aus und sag ihm, ich wäre glücklich, weil er mich nicht geheiratet hat. In Liebe, Frances.‹«

Kraftlos sank Axia ins Kissen zurück. »So etwas habe ich in meinem ganzen Leben nicht gehört. Tode! Und Frances! Während sie gefangengehalten wurde und mir so große Sorgen bereitete, schlief sie mit meinem besten Freund. Also wirklich . . .«

»Wenn du noch ein Wort sagst, könnte ich glauben, du wärst eifersüchtig. Nun will ich dir den Brief deines Vaters vorlesen.«

»Nein!«

Aber Jamie beachtete ihren Protest nicht und erbrach das Siegel.

»›Meine liebe Tochter, wie Du weißt, hält man mich für den besten Geschäftsmann von England. Ich kann Waren auswählen, gutes Tuch von schlechtem unterscheiden, die Qualität von Pelzen erkennen, von Speisen, Ländereien und Schiffen. Und ich verstehe es auch, Menschen zu beurteilen. Du glaubst, ich hätte Dich nicht geliebt, weil wir uns nie sahen. Aber Du bist das einzige Geschöpf auf dieser Welt, das ich jemals liebte. Nur um Dich zu schützen, sperrte ich Dich ein. Hättest Du als meine Tochter in der Londoner Gesellschaft gelebt, wäre Deine Seele von der Macht des Gelds verdorben worden. Ich gab Dir etwas, das Du nicht kaufen konntest – die Möglichkeit, ein Mensch zu werden, nicht der gefühllose Geldbeutel, den so viele Leute in Dir sehen. Und ich suchte einen Gemahl für Dich aus. Es mußte der allerbeste sein, und so schaute ich mich aufmerksam um, bis ich James Montgomery fand. Seine Ehrlichkeit, sein Mut, seine Liebe zu den Mitmenschen und seine Sorge um ihr Wohl sind unübertroffen. Kein anderer, mag er arm oder reich sein, kann ihm das Wasser reichen. Überall hörte ich nur Gutes über ihn. Aber als Geschäftsmann verließ ich mich nicht auf das Urteil anderer. Und so unterzog ich ihn einer Prüfung. Er mußte sich zwischen Liebe und Geld entscheiden. Wenn Du auch vermutest, ich würde Dich nicht kennen – meine Spione, wie Du sie nanntest, informierten mich über alle Deine Eskapaden. Gewiß, ich trennte Dich von Männern und Frauen, die ich für Deiner unwürdig hielt. Sobald ich merkte, daß jemand Dir zu nahe stand und nur auf Dein Geld bedacht war, entließ ich ihn. Nur Tode und Frances bestanden die Prüfung. Tode liebte Dich, ohne an Dein Vermögen zu denken, und Frances war Dir stets treu ergeben, obwohl sie es nicht zeigte. Inzwischen hat sie's bewiesen. Ich schickte Dir einen wunderbaren Mann, Deinen Jamie. Dann zwang ich ihn, Dir und mir und vielleicht auch sich selbst, seine Charakterstärke zu beweisen. Hätte ich ihm die Hand der Maidenhall-Erbin angeboten, wäre er zweifellos einverstanden gewesen. Und Du, meine liebe Tochter, hättest ein Leben lang befürchtet, er würde Dich nicht lieben. Niemals wäre es ihm gelungen, Dich vom Gegenteil zu überzeugen. Aber ich wußte, Du würdest sein Herz gewinnen. Wie konnte er Dir widerstehen? Viele andere junge Männer, die Dich besucht hatten, hielten bei mir um Deine Hand an. Doch ich wies sie alle ab und erklärte, wenn Du gegen meinen Willen heiratest, würde ich Dich enterben. Da ließ sich kein einziger ein zweites Mal blicken. Nur Jamie blieb an Deiner Seite. Für Dich hätte er tatsächlich gegen Drachen gekämpft. Und er setzte alles aufs Spiel, nicht wahr? Jetzt weißt Du, daß er Dich liebt. Nicht deinen Reichtum. Daß Du meine Tochter bist, erfuhr er erst an dem Tag, wo wir uns zum erstenmal sahen. Als ich behauptete, er habe es schon vorher gewußt, log ich, um ihn auf eine letzte Probe zu stellen und Dir die Trennung von ihm ein wenig zu erleichtern. Doch er bestand auch diese Prüfung, scheute keine Gefahren und holte Dich aus meinem Londoner Haus. Ich enterbe Dich nicht. Alles wird Dir gehören, denn Frances bekam nur ein Almosen. Bald werde ich Dir mein Vermögen übertragen, weil es mir nichts bedeutet, Geld zu besitzen. Ich will es nur verdienen, das allein spornt mich an. In dieser Hinsicht gleiche ich meiner Tochter. Ich wünsche Dir viel Glück, und da Du mit einem guten Mann verheiratet bist, wird Dir das Schicksal stets gewogen sein. Wie ich bereits erwähnte, ich weiß die Menschen zu beurteilen, Männer ebenso wie Töchter. Alles sollst Du erhalten, mein Mädchen, meine ganze Liebe, meinen ganzen Reichtum. Dein Vater, Perkin Maidenhall.‹«

Als Jamie aufblickte, sah er Tränen über Axias Wangen rollen. »Über diesen Brief solltest du dich freuen«, sagte er leise. Es störte ihn ein wenig, daß Maidenhall ihn manipuliert hatte. Aber dann zog er seine Frau an sich, spürte ihren gewölbten Bauch, in dem ein neues Leben heranwuchs. Und da überlegte er nicht länger, auf welche Weise er sie für sich gewonnen hatte. Nur eins zählte – sie waren vereint, und die Gefahr, die ihre Liebe bedroht hatte, existierte nicht mehr.

»O Jamie, ich bin der glücklichste Mensch von der Welt!« schluchzte sie an seiner Brust.

»Nur der zweitglücklichste«, flüsterte er und küßte ihr Haar.

Band 12611

Julie Garwood

Melodie der Leidenschaft

In der Entführung von Lady Madelyne sieht Baron Duncan von Wexton die angemessene Vergeltung für ein Verbrechen, das deren Bruder, Baron Luoddon, an ihm verübt hat. Doch als Duncan Madelyne zum ersten Mal gegenübersteht, ist es um ihn geschehen. Er bringt sie auf seine Burg und schwört, sie wie seinen Augapfel zu hüten. Bald erliegt die junge Frau seinem Werben und gibt sich ihm mit ganzer Leidenschaft hin.
Um sich für die angetane Schmach zu rächen, faßt Luoddon einen hinterhältigen Plan: Er will das, was er sein eigen nennt, zurückholen. Doch Madelyne ist fest entschlossen, für den Mann zu kämpfen, der ihr mehr bedeutet als das eigene Leben ...

Band 12614

Barbara Cartland

Maskerade des Herzens

Ein Rollentausch führt zu ungeheuerlichen Verwicklungen

Lady Ursa Hollington langweilt sich zu Tode, während ihr Vater verreist ist. Deshalb ist sie auch sofort einverstanden, als ihre leichtlebige Schwester plötzlich auf dem Landsitz erscheint und sie bittet, vorübergehend in ihre Rolle zu schlüpfen.
Doch wie Ursa bald feststellen muß, folgt dem ersten Rollentausch bald der nächste. Und spätestens, als sie dem attraktiven Marquis von Carnwood begegnet, wird ihr klar, welch entsetzlichen Wirrwarr sie mit ihrer Maskerade angerichtet hat – nicht nur im Leben anderer, sondern auch in ihrem eigenen...

BASTEI LÜBBE